Souls in Pursuit of Happiness
A Study of Platonov's Creative Thoughts

追寻幸福的灵魂
普拉东诺夫创作思想研究

王晓宇 著

中国社会科学出版社

图书在版编目(CIP)数据

追寻幸福的灵魂：普拉东诺夫创作思想研究／王晓宇著 .—北京：中国社会科学出版社，2022.3

ISBN 978-7-5203-9811-4

Ⅰ.①追… Ⅱ.①王… Ⅲ.①普拉东诺夫（Platonov，Andrei Platonovich 1899-1951）—小说创作—文学创作研究 Ⅳ.①I512.074

中国版本图书馆 CIP 数据核字（2022）第 035210 号

出 版 人	赵剑英
责任编辑	慈明亮
责任校对	季　静
责任印制	戴　宽

出　　版	中国社会科学出版社
社　　址	北京鼓楼西大街甲 158 号
邮　　编	100720
网　　址	http://www.csspw.cn
发 行 部	010-84083685
门 市 部	010-84029450
经　　销	新华书店及其他书店
印　　刷	北京明恒达印务有限公司
装　　订	廊坊市广阳区广增装订厂
版　　次	2022 年 3 月第 1 版
印　　次	2022 年 3 月第 1 次印刷
开　　本	710×1000　1/16
印　　张	21.5
插　　页	2
字　　数	301 千字
定　　价	118.00 元

凡购买中国社会科学出版社图书，如有质量问题请与本社营销中心联系调换
电话：010-84083683
版权所有　侵权必究

序

赵桂莲

普拉东诺夫曾被认定为俄国作家中"最为俄国"的作家，与19世纪俄国经典作家普希金、列斯科夫、陀思妥耶夫斯基和苏联时期作家舒克申等一脉相承。在比较中国读者熟知的纳博科夫与当时很是受忽视的普拉东诺夫的时候，布罗茨基有过这样一个形象的比喻：纳博科夫之于普拉东诺夫，"就如同一个走钢丝者之于珠穆朗玛峰攀登者"，"20世纪俄国文学没有创造什么特别的东西，除了安德烈·普拉东诺夫写的一部小说和两个故事。"当然，布罗茨基这样说或许是源于对普拉东诺夫的偏爱。布罗茨基称俄罗斯小说给20世纪留下了空白且空白愈变愈大，并把20世纪俄罗斯小说的创作生态比作"空中灾难"。这种论断具有浓重的个人主观色彩，但是他对普拉东诺夫的评价还算中肯，称普拉东诺夫是一位伟大的作家，这样的作家能够"延长人类感受力之视角，能够在一个人智穷计尽之时指出一个好机会和一个可以追随的模式"。[①] 美国著名文学批评家和理论家詹姆逊则把普拉东诺夫视为"非凡的美学权威和道德精神权威，完全可以和卡夫卡在西方的地位相提并论"。[②]

[①] [美] 布罗茨基：《空中灾难》，《小于一》，黄灿然译，浙江文艺出版社2014年版，第232—261页。

[②] [俄] 普拉东诺夫：《以太通道》（文前介绍），淡修安译，《译林》2007年第1期。

普拉东诺夫的名字在苏联文学乃至世界文学的发展链条中不仅不可或缺，而且是闪闪发光的一环。他继承了俄罗斯文学前辈的传统，同时极大地引领着当代俄罗斯作家的创作。当代俄罗斯历史学家和小说家沙罗夫即是普拉东诺夫思想的严肃继承者。沙罗夫在15岁那年即因作为历史学家的父亲所具有的便利条件，读到了地下出版物《基坑》，那时普拉东诺夫作品还处于封禁状态。沙罗夫眼中的普拉东诺夫创造了一个由亲缘关系连接的理想世界。

白银时代宗教哲学家梅列日科夫斯基认为，俄罗斯后世知识分子的思想动机大多源自普希金。普拉东诺夫深有同感，对此又有进一步的阐释，他在《普希金和高尔基》一文中这样评论道："普希金点燃了自己的继承者和追随者，但是他的光芒全都照射到夹缝里，并未进入其中任何一个人的内心。"毫无疑问，作为普希金的继承者和追随者，普拉东诺夫不仅意识到自己所肩负的责任，而且也在竭尽全力地吸收普希金的光芒，照亮更多人的内心，为更多的人带去光明和温暖。身为战地记者的普拉东诺夫亲历战场，目睹了苏联人民遭受法西斯主义戕害的过程。他明确指出："与法西斯主义相抗衡的仅有一种力量，那就是共产主义。"[①] 可以看出普拉东诺夫是共产主义的坚定信仰者，而共产主义在他心里就是照亮人内心、给人带来温暖的光芒。

这样一位经典作家在我国俄苏文学研究界却少有人问津，更不用说普通读者了。很多人不喜欢读普拉东诺夫或对普拉东诺夫望而却步的理由是其创作晦涩难懂，阴暗压抑。读完本书，希望大多数人以往对普拉东诺夫作品的刻板印象会被颠覆，至少会发生改观。从这个意义上讲，我认为本书是为普拉东诺夫"正名"之作。希望广大读者能够通过阅读本书来理解普拉东诺夫的用心，品出普拉东诺夫创作中隐含的真理、善良和美好，以及温暖的光。

[①] Платонов А，П，Собрание сочинений т. 2. М.：Советская Россия. 1985. С. 307. 王晓宇译（未刊稿）。

本书不仅将研究视野扩大至作家的早、中、晚三个时期创作，而且在研究视野上也集中于探讨作家的乌托邦思想，并指出贯穿其始终的思想是俄罗斯人特有的弥赛亚使命。如果说普拉东诺夫早期创作的乌托邦是征服宇宙并建设人间天国的技术乌托邦，中期是空想社会主义神话的逐渐幻灭，后期则反对理性乌托邦，追求充满爱与和谐的乌托邦。普拉东诺夫整个创作道路上乌托邦的所指在不断变化。普拉东诺夫的思想艰深却不乏幽默风趣，作家笔下的现实世界有时令人绝望，在每个创作阶段，普拉东诺夫的艺术世界中都存在着美好与狂暴的对立，不变的是作家对美好的追求和对狂暴的反对，主人公始终在寻找充满幸福的理想世界。这本专著是由作者的博士学位论文修改而成，第一章和第二章均为新增加部分。她先后发表相关论文数篇，诸如《普拉东诺夫战争短篇小说中的洗礼主题》《普拉东诺夫笔下战时寻真者形象解读》《普拉东诺夫创作的神话——原型解读——以短篇小说〈波图丹河〉为例》《灵魂与记忆：普拉东诺夫与艾特玛托夫小说中的中亚书写》等。本书正是在这些文章基础上写作而成。尤其是本书第二章，将研究触角延伸至俄罗斯文学中的中亚书写，特别值得肯定。目前国内俄罗斯文学研究界还少有人涉及此类论题。

以乌托邦为主题研究普拉东诺夫的创作尤为值得肯定。前面我提及过对该作家"最为俄国"的定义，但与此同时，如果了解俄罗斯文学史，则不难发现这一定义并非普拉东诺夫专属：别尔嘉耶夫说陀思妥耶夫斯基是"俄罗斯人中的俄罗斯人"，这无疑是"最为俄国"的另一种表达；流亡欧洲的文学史家米尔斯基在他的《1926年之前的俄罗斯文学史》中也以类似的说法评论过列斯科夫……如果这么多俄罗斯作家都可担起这个"最"，那这个"最"所承载的就应该是俄罗斯民族本质的精神特征，其普遍呈现的精神气质。一言以蔽之，这一精神特征和精神气质即永无止境的真理探索，借用别尔嘉耶夫对一直行走在路上的俄罗斯"知识分子"的认识，即他们是在探求未来之城，寻找理想之地。而纵观普拉东诺夫的创作，则其作品中的人物几乎无一例外，皆为这种在俄语中与"知识分子"一词同义的"真理探索者"。俄罗斯当代艺术史家亚·卡金在其专著《俄罗斯及欧洲精神传统中的艺术哲学》中对俄罗斯历史舞台上生生不息、在很多人看来实属是乌托邦的探索做出了这样的总结："如果主带来了他的国非来自此世的福音，那就应当寻找这个国，走向它，甚至哪怕对于目前的生命来说这里孕育着危险。……只有俄罗斯的精神追求生活在地上如同在天上。……俄罗斯人一千年来都在试图实现这一真理。"①

由此，本书以乌托邦思想为切入点展开研究，重新发现的就不止是一个普拉东诺夫。这一研究对认识作为整体的俄罗斯文学以及俄罗斯文化精神的来龙去脉，必将大有裨益。

王晓宇从硕士阶段开始选修我给研究生开设的 19 世纪俄国文学史和俄国社会思想史等课程，后来又在我的指导下做博士学位论文。她为人正直，有韧劲，肯钻研，专业素养较高，学术视野开阔，具备扎实的语言功底和较为完整的知识结构。作为导师，看到自己的学生在学术上的进步，很是欣慰。不过，一部专著的问世只是对过去一个阶段学术成果的展示，并不代表可以就此画上句号。当然了，本书忽略了普拉东诺夫的一些重要作品，尽管作者有意译介了普拉东诺夫的部分文学评论文章，并在论证过程中作为其研究的重要参考资料加以佐证，但是普拉东诺夫的政论文和文学评论文章还远没有得到应有的研究。普拉东诺夫曾评论过高尔基、阿赫马托娃、马雅可夫斯基、奥斯特洛夫斯基、普里什文和帕乌斯托夫斯基等苏联时期的作家及其作品，还对俄罗斯经典作家和国外文学发表过评论。此外，普拉东诺夫的剧本，如《诺亚方舟》《父亲的声音》《外省的傻瓜》等几乎没有进入本书的关注视野，不能不说是一件憾事。普

---

① Казин А. Л. Философия искусства в русской и европейской духовной традиции. СПб.：Алетейя，2000. с. 323.

拉东诺夫研究还有很多值得做的事情，希望作者接下来在这一领域继续深挖，进一步出成果。

2021 年 12 月于北大

目 录

绪论 ……………………………………………………………… （1）
  第一节　普拉东诺夫生平与创作 ………………………………… （1）
  第二节　普拉东诺夫研究概观 …………………………………… （6）
  第三节　普拉东诺夫作品出版及在中国的译介 ………………… （35）
  第四节　俄罗斯作家论普拉东诺夫 ……………………………… （38）
    一　解禁前作家论普拉东诺夫 ………………………………… （39）
    二　解禁后作家论普拉东诺夫 ………………………………… （43）
    三　新一代作家论普拉东诺夫 ………………………………… （46）
  第五节　本书的主要理论依据 …………………………………… （51）

第一章　普拉东诺夫早期创作中的科技与乌托邦 …………… （57）
  第一节　普拉东诺夫"科幻三部曲"中的未来与科技 ………… （57）
  第二节　普拉东诺夫创作中的亲缘关系与乌托邦理想 ………… （65）
  第三节　普拉东诺夫创作中的技术主题与现代性反思 ………… （75）

第二章　漂泊：普拉东诺夫中期创作中的乌托邦叙事 ……… （87）
  第一节　普拉东诺夫与俄罗斯文学中的精神漂泊者 …………… （87）
  第二节　普拉东诺夫笔下的寻真者形象 ………………………… （96）
    一　"无父"的精神孤儿 ……………………………………… （98）
    二　内心隐秘的寻真者 ………………………………………… （104）
    三　"道路"尽头寻到真理 …………………………………… （107）
  第三节　普拉东诺夫创作的神话—原型解读 …………………… （113）

一　《波图丹河》中的斯拉夫神话原型 …………………（115）
　　二　《波图丹河》中的基督教神话原型 …………………（119）
　　三　《波图丹河》中的诺斯替神话原型 …………………（122）
　第四节　中亚：普拉东诺夫创作中理想的东方 ……………（126）
　　一　作为俄国理想东方的中亚 ……………………………（126）
　　二　普拉东诺夫创作中亚主题的契机 ……………………（129）
　　三　中亚生态和精神灾难的预言者 ………………………（134）
　第五节　理想的幻灭：普拉东诺夫中亚小说中的生态灾难
　　　　　和记忆书写 …………………………………………（138）
　　一　追寻幸福的灵魂与被守护的都塔尔 …………………（140）
　　二　摧残幸福的曼库尔特与被遗忘的杜年拜 ……………（150）
　　三　民族性与现代性的冲撞与较量 ………………………（155）

第三章　复归：普拉东诺夫战争小说中的乌托邦叙事 ………（159）
　第一节　战争、乌托邦与俄罗斯民族性格 …………………（160）
　　一　俄罗斯的"战争与和平"问题 ………………………（160）
　　二　战争与俄罗斯民族性格 ………………………………（163）
　第二节　普拉东诺夫战争小说中的洗礼和救世母题 ………（173）
　　一　普拉东诺夫战争小说中的洗礼母题 …………………（175）
　　二　普拉东诺夫战争小说中的救世母题 …………………（186）
　第三节　死亡是最大的恶 ……………………………………（196）
　第四节　"一粒麦子"的复活哲学 …………………………（212）
　第五节　复活逝者的手段——普拉东诺夫创作中的记忆
　　　　　母题 …………………………………………………（222）
　　一　三宝磨：借力于史诗经典的战争创伤叙事 …………（223）
　　二　记忆母题：战争文学中和平生活的修复和重建 ……（226）
　　三　善恶的永恒对立：人类的共同之根 …………………（230）

第四章　另一种乌托邦：普拉东诺夫创作与俄国圣像文化 …（243）
　第一节　俄罗斯的圣母和圣乔治崇敬传统 …………………（244）

一　俄罗斯的圣徒崇敬传统 ……………………………………（246）
　　二　东正教圣像美学 …………………………………………（250）
　第二节　普拉东诺夫创作与俄罗斯东正教圣母像 ………………（253）
　　一　普拉东诺夫创作中女性形象的圣母原型 ………………（255）
　　二　普拉东诺夫战争小说中的女性形象与圣母像 …………（260）
　　三　受难者中的受难者罗莎 …………………………………（274）
　第三节　普拉东诺夫创作与俄罗斯东正教圣乔治像 ……………（279）
　　一　普拉东诺夫创作中的主人公乔治 ………………………（279）
　　二　普拉东诺夫战争小说中的屠龙母题 ……………………（284）
　　三　精神崇高的人们 vs 无灵魂的敌人 ………………………（292）
结语 ……………………………………………………………………（298）
参考文献 ………………………………………………………………（305）
后记 ……………………………………………………………………（329）

绪　　论

第一节　普拉东诺夫生平与创作

　　安德烈·普拉东诺维奇·普拉东诺夫（1899—1951），原姓克里缅托夫，普拉东诺夫是作家在父亲名字普拉东的基础上给自己起的姓。19世纪与20世纪之交的独特时期赋予了普拉东诺夫独特的使命感。他出生和成长于沃罗涅日附近的驿站村，父亲是手工艺人普拉东·克里缅托夫（1872—1952），母亲是钟表匠的女儿马利亚（1876—1929）。跟高尔基一样，作为多子女家庭长子的普拉东诺夫很早就进入了社会底层这所"大学"。他13岁辍学，跟随父亲一起挑起家庭生活的重担。火车司机的助手、管道工厂的铸工、机车修理工，这些社会底层的经历，让这个未成年的男孩饱尝了生活的艰辛，也体味到底层人民的疾苦。十月革命爆发以后的1918年，普拉东诺夫进入沃罗涅日铁路综合技术学院电机工程系学习，毕业后以电气工程师和土壤改良专家的身份投身到家乡的建设事业，并利用业余时间从事写作，积极参与沃罗涅日的文学生活，发表了不少以革命和建设为题材的诗作、政论作品，成为沃罗涅日文化生活的建设者和活跃分子。1927年，普拉东诺夫迁居莫斯科，全身心地投入文学创作。

普拉东诺夫是俄罗斯经典作家，是"20世纪俄罗斯文学中最独树一帜，最令人不安，也是对所有发生的事情最为敏感的作家。甚至无法为他的那种伟大找到同类，他是一种独特的存在"①。作为悲剧性的20世纪的同龄人，普拉东诺夫热情地拥抱革命，担任过铁路工程师、土壤改良师、蒸汽机车工，亲自参与建设发电厂，做过战地记者。普拉东诺夫以诗歌《蔚蓝色的深处》（1918）初登文坛。他的创作以小说为主，兼及诗歌和戏剧，他还整理过民间故事，写过政论文和文艺评论。普拉东诺夫作为诗人、评论家和宣传员同几家报纸合作。卫国战争期间，以《红星报》战地记者的身份奔赴前线，写了大量揭露法西斯暴行、歌颂红军战士为国牺牲的崇高精神的短篇小说和战地报道。1951年1月5日，普拉东诺夫死于肺结核，凄凉地走完自己坎坷的人生道路。

普拉东诺夫是20世纪俄罗斯文坛上"一位深刻的人民作家"②。在三十年的创作生涯中，普拉东诺夫史诗般地记述了苏维埃时代几乎所有的时政大事——十月革命、国内战争、新经济政策、工业化、农业集体化、大清洗运动、伟大的卫国战争，真实反映了苏联社会主义时期的社会生活和民众的生存状态。普拉东诺夫的作品唤醒了人们的思想，唤起了生动的情感和强烈的感受，有时甚至令人困惑不解。

毫无疑问，普拉东诺夫是一位针砭时弊的作家。革命塑造了作家的精神气质，并给他的每一部作品打上了烙印。但是他的创作并不局限于当下，而是把社会现实置于人类历史的长河中进行深邃的反思。正因为如此，普拉东诺夫的作品才能常读常新，成为永恒的经典。

---

① Распутин В. Свет печальный и добрый // «Страна философов» Андрея Платонова: Проблемы творчества. Выпуск.4. Юбилейный. М.： ИМЛИ РАН，«Наследие»，2000. С.9.

② 张敬铭编译：《普拉东诺夫在今天——圆桌会议内容介绍》，《苏联文学》1988年第2期。

作为苏联回归文学的代表，普拉东诺夫对苏联社会生活中所出现问题的揭示，无论是在当时还是现在都很有价值，而且对社会生活中某些倾向的、敏锐的感知和分析能力使得回归文学作品显示了出奇的预见性。正如普拉东诺夫研究专家弗·韦林所言："与其说他是从过去，不如说他是从未来和我们交谈，他在解释我们昨天和今天遭受痛苦灾难的根源和前景。"[①] 然而，就是这样一位"立足当下，预见未来"的人民作家，在去世30年以后的苏联解体前后，其全部创作才得以问世。这不能不说是一种巨大的遗憾。苏联解体以来，普拉东诺夫及其作品一直是俄罗斯本土文学研究的一大热点。不仅作家的大量作品以各种语言不断出版，而且关于作家及其作品的学术研究也越来越丰富。作家的声望与日俱增，其创作也获得了应有的评价。普拉东诺夫的研究者通常把他的思想和创作大致划分成三个阶段。

第一阶段主要指他的早期创作，也就是20世纪20年代中期之前的创作。代表作有《以你之名》（1920），《红色的劳动》（1920），《电的黄金时代》，《修整土地》，《论科学》，《无产阶级诗歌》等。《致初入文坛的无产阶级诗人和作家》（1919），《工人阶级兄弟联盟》（1920），《论我们的宗教》（1920），《无产阶级文化》（1920），《但是人只有一个灵魂》（1920），《基督和我们》（1920），《让你的名字神圣闪光》（1920），《新福音书》（1921），《上帝的终结》（1921），《不可能之事》（1921/1922），《意识交响曲》（现代西欧精神文化练习曲）（1923/1924），《人和荒漠》（1924），《论爱》（1925）；科幻作品有《太阳的后裔》（1922），《月亮炸弹》（1926），《以太[②]通道》（1926—1927），《马尔孔》（1921）；历史剧

[①] 苏联《文学报》1987年9月23日，转引自吴泽霖《苏联回归文学的世纪末反思》，《国外文学》2002年第1期。

[②] 以太，古人观念及其诗歌中的一种比空气更轻更活跃的元素。普希金在其叙事诗《安哲鲁》（1833）中曾使用"以太"来形容童真少女的纯洁心灵。

《叶皮凡水闸》（1927）和《傻瓜伊万》（1927）等。

第二阶段的创作主要是指从20年代后期至30年代中期作家的创作。普拉东诺夫在长篇小说《切文古尔镇》（1927—1929）；中篇小说《驿站村》（1927），《隐秘的人》①（1928），《科片金奇遇记》（1928），《疑虑重重的马卡尔》（1929），《国家公民》（1929），《尤申卡》（1929），《基坑》（一译《地槽》）（1930），《有好处——贫农纪事》（一译《有利可图——贫农纪事》）（1931），《垃圾风》（1934），《龟裂土》（一译《黏土地带》）（1934），《初生海》（1934）等。

第三阶段指的是20世纪30年代中后期以来的一系列短篇小说为主的后期创作。特写《切—切—奥（州组织—哲学特写）》，悲剧《14个红房子》（1937—1938）和抒情喜剧《手摇风琴》；中篇小说《章族人》（一译《江族人》或音译为《德然》）（1938）；短篇小说《弗罗》（1936）、《波图丹河》（一译《波土丹河》）（1937）、《怜悯逝者》（1943）、《阿芙萝季塔》（1944—1945）、《尼基塔》（1945）、《回归》（一译《归来》）（1946）是这方面的代表作。作家在1937年出版了短篇小说集《波图丹河》，并在1942—1945年陆续出版了四部战争短篇小说集：《精神崇高的人们》（1942）、《祖国故事》（1943）、《铠甲》（1943）、《日落那方》（1945）。此外，这一阶段普拉东诺夫还创作了未完成的长篇小说《幸福的莫斯科娃》（1932—1936）。这一阶段的儿童文学作品《还有一个妈妈》《母牛》《乌利亚》《祖国之爱或曰麻雀的旅行》等写作日期不详。值得注意的是，虽然较之前的创作，作为《红星报》战地记者的普拉东诺夫

---

① 最初名为《哲人之国》（Страна философов），这个名字也成为莫斯科高尔基文学院出版的普拉东诺夫研究系列论文集的标题。См.：Алейников О. Ю.：Андрей Платонов и его роман «Чевенгур», Воронеж.2013.c.75. "Сокровенный человек"，大部分文学史著作采用的是《内向的人》这一译法，笔者认为翻译成《隐秘的人》更为贴切，因为汉语中"内向"更容易让人理解为性格方面的不爱说话，与外向相对。显然，普拉东诺夫想表达的是主人公所进行的对生命和存在意义的哲学思考。

创作于伟大的卫国战争时期的小说获得公开发表的机会更多了，但是也有相当一部分作品未能及时发表。作家还在肖洛霍夫的支持下，整理出版了三本民间故事集《菲尼斯特——光明之鹰》《巴什基尔民间故事集》和《魔环》。

不同于对普拉东诺夫创作分期的传统三段论，基于对普拉东诺夫创作周期性的想法，来自高尔基世界文学研究所的普拉东诺夫研究专家科尔尼延科（Наталья Корниенко）提出了新的创作年代分期原则。按照该学者的设想，每一个周期均以一部长篇小说的发表为标志。长期以来针对作家创作手稿所做的文献学工作，其中包括整理近年来发现的档案资料，使得科尔尼延科确信，作家生前共构思了五部长篇小说：《切文古尔镇》（1925—1928），至今未发现文本的关于 Стратилат 的长篇小说（1928—1932），《幸福的莫斯科娃》（1932—1936），遗失的长篇小说《从列宁格勒到莫斯科》（1937—1941），不出名的长篇小说《通往人类的旅行》（40 年代）。围绕每部长篇小说都有一个独特的创作场域：大量的中篇小说、短篇小说和戏剧。这种创作分期更多体现了作家创作风格和体裁的变化。

普拉东诺夫的创作由于暴露和揭示苏联社会主义革命和建设中的种种弊病而成为被禁的对象，许多重要作品在临近苏联解体之时才迟迟与读者见面。正如普拉东诺夫研究专家格列尔所说："普拉东诺夫研究的悖论在于'西方可以看到作家的作品，却无法接触其档案资料，而俄国可以接触档案，却看不到作家被禁的作品'。"[①] 伴随着 20 世纪 50 年代的"解冻"浪潮以及 80 年代"回归"大潮，有关普拉东诺夫的档案资料及其创作遗产逐渐成为当代俄罗斯文学研究的一大热点，长盛不衰。就连当年挥舞大棒批判普拉东诺夫的叶尔米洛夫也公开承认自己的错误："我未能进入安德烈·普拉东诺夫的艺术世界……我用了一把远离生活复杂性和艺术复杂性的抽象的

---

① Геллер М.Андрей Платонов в поисках счастья.М.，МИК，1999.сс.8-9.

尺子去衡量这篇小说。"①

苏联解体后重新编撰的各类文学史和教科书无一例外地将普拉东诺夫收录其中，甚至设立专章进行探讨。他作为俄罗斯经典作家的身份已经举世公认。不仅作家的大量作品以各种语言不断出版，而且关于作家及其作品的学术研究也方兴未艾。

第二节　普拉东诺夫研究概观

自1990年始，普拉东诺夫学术研讨会在全世界如火如荼地举行。由俄罗斯科学院高尔基世界文学研究所（ИМЛИ РАН）和普希金之家（ИРЛИ РАН）所做的档案资料和会议论文的整理和出版工作是现代普拉东诺夫研究的主线。两者分别以论文集的形式出版了《普拉东诺夫的哲人之国：创作问题》②（Н.В.科尔尼延科主编）和《普拉东诺夫创作：研究和资料》③系列丛书。由Н.В.科尔尼延科和Е.Д.舒宾整理出版了《普拉东诺夫创作的世界》和《同时代人回忆普拉东诺夫》④以及《普拉东诺夫档案》第一卷（2009）⑤。这些工作为未来的普拉东诺夫研究奠定了基础，也成为普拉东诺夫研究不可错过的重要参考文献。如今，格列尔在1982年所阐述的普拉东诺夫研究悖论已经不复存在。除了俄罗斯以外，欧美也有一批普拉东诺夫研究专家，他们时常活跃在普拉东诺夫国际研讨会上，其研究成果得到俄罗斯乃至全世界学术界的认可。其中，英国可以说是普

---

① 转引自徐振亚《美好而狂暴的世界·译后记》，浙江文艺出版社2003年版，第269页。

② «Страна философов» Андрея Платонова: проблемы творчества, Вып. 1 – 6. М., ИМЛИ РАН, Наследие, 1994, 1995, 1999, 2000, 2003, 2005.

③ Творчество Андрея Платонова: исследования и материалы, кн. 1, 2, 3, 4, СПб., Наука, 1995、2000、2004、2008.

④ Воспоминания современников: Материалы к биографии.Современный писатель, 1994.

⑤ Корниенко Н.В.Архив А.П.Платонова.М., ИМЛИ РАН.2009.

拉东诺夫研究和翻译的重镇。在专家数量和对普拉东诺夫作品的兴趣方面，英国可能是继俄罗斯之后研究普拉东诺夫的第二大国。① 著名的英国学者和普拉东诺夫作品译者 P.钱德勒在 2009 年 9 月举行的第七届普拉东诺夫国际学术会议暨作家诞辰 110 周年纪念会上所做的口头报告中，指出了把握普拉东诺夫创作的难度。他说："普拉东诺夫是相当复杂的天才作家。在他的作品中，我们可以找到许多来自俄罗斯经典作品、哲学、政治报告和宣传口号。他的文本涉及诸多领域。"钱德勒在《英国卫报》上发表文章指出："普拉东诺夫或许是俄罗斯过去 100 年最伟大的作家。"

自 2011 年起，普拉东诺夫的出生地沃罗涅日设立了普拉东诺夫文学艺术奖，旨在嘉奖在文学艺术领域做出重大贡献，创作出优秀作品，或者推动俄罗斯人文传统发展的国内外人士②。2019 年适逢普拉东诺夫诞辰 120 周年，位于俄罗斯首都莫斯科的俄罗斯科学院高尔基世界文学研究所、圣彼得堡的俄罗斯科学院俄罗斯文学研究所（普希金之家）以及坐落于作家故乡的沃罗涅日国立大学均举办了规模空前的纪念活动，以此纪念这位伟大作家。其中，最为引人注目的当属高尔基世界文学研究所主办的"世界文化空间中的普拉东诺夫"国际学术研讨会，吸引了来自世界各地的普拉东诺夫研究专家。值得一提的是，同年，俄罗斯科学院哲学研究所亦举办了纪念安德烈·普拉东诺夫诞辰 120 周年学术研讨会，主题为"俄罗斯自我认知问题：人民可以活着，但却不被允许"③。

---

① Баршт К.: Библиография. Платонов в Англии. Novoe literaturnoe obozrenie, 2003-06-30NLO-No.003, C.366.
② 刘娜：《普拉东诺夫文学艺术奖揭晓》，《世界文学》2015 年第 5 期。
③ Программа XVI конференции Института философии РАНс регионами России при участии Научно-исследовательского университета «Высшая школа экономики» и Института мировой литературы им.М.Горького РАН«Проблемы российского самосознания:" народ жить может, но ему нельзя".К 120-летию рождения Андрея Платонова» См.: https://iphras.ru/uplfile/root/news/archive_events/2019/24_09_19/24_09.pdf.

由于其作品的特殊性、复杂性和多样性，我们发现在研究者的著作中，存在多种视角、研究方法和原则，普拉东诺夫研究者们主要试图从主题、人物形象、生平创作等方面展开。此外，将普拉东诺夫作品与其他作家进行对比研究，也是近年来盛行的一种研究视角。

1. 主题思想研究

对普拉东诺夫作品主题的研究，有的囊括作品中的所有主题，有的针对某一主题，有的针对某一时期的创作。总体来说，主要围绕爱情主题、复活主题、死亡主题、孤儿主题、梦境主题、圣像画主题、乌托邦主题等。研究者们通常将作家的思想与存在主义、宗教哲学、人类学、乌托邦或反乌托邦思想、共同事业哲学等进行对比阐释。

巴尔什特在《论普拉东诺夫创作中的爱情主题》① 一文中，对普拉东诺夫作品中的爱情主题进行了研究。他所归纳的普拉东诺夫笔下爱情主题的内容和特征，与传统文学批评将爱情主题普遍归属于道德伦理学范畴不同，他所归纳的普拉东诺夫笔下爱情主题的内容和特征有了很大突破，较为真实地揭示了普拉东诺夫的爱情观，也丰富了俄罗斯文学中爱情主题的内涵和外延。维·尤金在论文《普拉东诺夫的"共同事业"：三四十年代小说中的复活主题》② 中，对普拉东诺夫作品中的复活主题进行了研究，在思想渊源和对话关系上获取了一些新的启示和定义，给普拉东诺夫复活主题的宗教哲学本质增添了些许"世俗天堂"的色彩。T.达维多娃在《俄罗斯新现实主义：思想体系、诗学、创作演变（扎米亚京，什梅廖夫，普里什文，普拉东诺夫与其他)》(2005) 中，将普拉东诺夫同扎米亚

---

① Баршт К.А.О мотиве любви в творчестве Андрея Платонова // Русская литература.2003.No 2.

② 淡修安:《普拉东诺夫研究近况（2000—2004）》,《中外文化与文论》第十二辑, 四川大学出版社 2007 年版, 第 216、209 页。

京、什梅廖夫、普里什文、布尔加科夫等一同视为俄罗斯新现实主义的代表作家。作者还对普拉东诺夫《切文古尔镇》的神话元素、乌托邦性和反乌托邦性进行了探讨。Н.斯雷德涅娃在专著《普拉东诺夫散文的主题》(2006)中，指出了作家各个时期作品的主题思想特性。该学者研究发现，各个作品的主题是相互作用的集合，这些主题集中围绕统一的思想核心。Н.斯雷德涅娃认为，揭示这些主题以及它们之间相互联系的特征有利于进一步理解作者的构思，作家的价值论以及世界观。И.斯皮里东诺娃在文章《普拉东诺夫战争短篇小说中的圣像画》① 中，对普拉东诺夫1941—1945年间战争短篇小说中所使用的圣像画主题的特点进行了阐释，并与20年代早期散文中的圣像画主题进行了对比。Н.波尔塔夫采娃在《普拉东诺夫和乔伊斯创作中作为文化问题的孤儿主题》② 一文中指出普拉东诺夫和乔伊斯创作中共同的孤儿主题，分析了两位作家在描述现代人生存困境方面的异同。我国学者池济敏于2019年出版了专著《普拉东诺夫小说中的孤儿主题研究》(四川大学出版社)把孤儿主题置于作家所处的时代背景和民族背景进行考察，剖析了传统与现实的割裂给人民生活和心灵带来的巨大影响。德国学者龚特尔在专著《乌托邦的两极》③ 中研究了普拉东诺夫创作中的乌托邦与记忆、历史中的乌托邦、肉体性、时空结构、启示录主题等。书中还采用对比的方法将普拉东诺夫和陀思妥耶夫斯基、费多罗夫④的思想进行了对

---

① Спиридонова И.А.Икона в военных рассказах А.Платонова // Евангельский текст в русской литературе XVIII–XX веков. Цитата, реминисценция, мотив, сюжет, жанр. Вып.7.Петрозаводск： Изд-во ПетрГУ，2012.

② Полтавцева Н.Г.，Мотив сиротства как проблема культуры у Платонова и Джойса // Творчество Андрея Платонова： Исследования и материалы. Кн. 3. СПб.，Наука，2004.

③ Гюнтер Х.По обе стороны от утопии.Контексты творчества А.Платонова.М.： Новое литературное обозрение，2011.

④ 除部分书名中原本译为费奥多罗夫以外，我们均统一使用费多罗夫这一译法。

比。德米特洛夫斯卡娅①对普拉东诺夫作品世界图景中的空间和时间，宏观世界和微观世界，人学概念进行了研究，并在附录中对某些代表作品中的"身体""心灵"和"意识"等概念进行了阐释，从语言学和文化学等多种视角分析了作家的世界观。B.玛洛什、Ю.帕斯图申科、М.德米特洛夫斯卡娅等学者指出"大地""湖水""洞穴""生命树""种子"等神话原型或宗教象征时常以直接或变体的形式出现在普拉东诺夫的作品中，他们致力于从原型象征意义出发分析作家的作品。②法国学者米·格列尔著有《寻找幸福的普拉东诺夫》，出版于苏联解体之前，是较早对作家创作从思想层面进行研究的著作。③格列尔认为，普拉东诺夫的几乎所有作品都遵循一种模式，那就是形而上层面的寻找幸福之旅。在这个过程中，总是傻瓜在寻找，这是对列斯科夫"聪明的傻瓜"的继承。该学者还指出，普拉东诺夫的独特语言是对古罗斯文学诗学元素的发展和使用。

同个别的哲学学说、哲学流派的关系是普拉东诺夫研究的重要部分，普拉东诺夫的文学文本是其哲学思想的特殊言说方式。在跟费多罗夫思想的对比中展开对作家作品的研究成为普拉东诺夫研究的传统。代表著作包括：杰斯基《普拉东诺夫和费多罗夫：基督教

---

① Дмитровская.М.А.Язык и миросозерцание А.Платонова., дис.Доктор фил.наук, М.，1999.

② Мароши В., Роль мифологических оппозиций в мотивной структуре прозы А. Платонова // Эстетический дискурс.Семиотические исследования в области литературы. Межвузовский сборник научных трудов.Новосибирск，НГПИ，1991，cc.144-151；Пастушенко Ю.，О мифологической природе образа у Платонова //《Страна философов》Андрея Платонова：Проблемы творчества.Вып. 4. Юбилейный.М.，ИМЛИ РАН，2000，cc.339-344；Дмитровская М.А.，Архаичная семантика зерна（семени）у А.Платонова //《Страна философов》Андрея Платонова：Проблемы творчества.Вып. 4. Юбилейный.М.，ИМЛИ РАН，2000，cc.362-368.

③ Геллер М.Андрей Платонов в поисках счастья.Paris：Ymca-Press，1982（2-е изд.-М.：МИК，1999）.

哲学对苏联作家的影响》①，龚特尔《乌托邦的两极》②。C.谢苗诺娃③亦揭示了宗教哲学家 H.费多罗夫对普拉东诺夫产生的思想影响。中国学者薛君智在中译本《切文古尔镇》（古扬译，1997）序言中指出，普拉东诺夫的世界观复杂而异常，在他的意识形态中，占主导地位的是对俄罗斯思想中某种原始而纯朴的哲学观念的反映，这种世界观的形成曾受费多罗夫《共同事业的哲学》的影响。普拉东诺夫作品与尼采哲学之间的关系是 O.莫洛斯（2001）和 E.雅布罗科夫所做研究的重中之重。一些研究者将普拉东诺夫和存在主义、普拉东诺夫创作和巴塔耶的思想进行了比较。B.扎曼斯卡娅的专著《20 世纪俄罗斯文学中的存在主义传统》认为普拉东诺夫的创作表现出明显的现代个体意识和存在主义思想倾向，反映了人在新旧体制交替时期茫然无所依的生存状态，以及国家集权体制和个性自由之间的尖锐冲突。④ 俄裔美籍文化学家米·爱普施坦认为，在对神秘存在的认知及语言表现上，普拉东诺夫接近于海德格尔。他们的语言都是言说存在，不同之处在于：海德格尔通过确定词源获得词最为原初的意义，而普拉东诺夫关注词语综合在一起的丰富性和多样性，因为这种丰富性和多样性可以把所有词义归结到原初的意义。爱普施坦认为，人们业已习惯的表达方式已经远离了存在，普拉东诺夫通过对语言成规的背离恰恰表达了对存在本身的持守。⑤

---

① A.Teskey, *Platonov and Feodorov*, *The Influence of Christian Philosophy on a Soviet Writer*, Amsterdam, 1982.

② Гюнтер Х.По обе стороны от утопии.Контексты творчества А.Платонова.М.：Новое литературное обозрение, 2011.

③ Семенова С.Г.О влиянии философских взглядов Н.Фёдорова на творчество А.Платонова // С.Г.Семенова, Николай Фёдоров：Творчество жизни.М., Советский писатель, 1990, cc.363-373.

④ Заманская В.В., Экзистенциальная традиция в русской литературе XX века.Диалоги на границах столетий.М., Флинта, Наука, 2002, cc.198-206.

⑤ [美]米·爱普施坦：《普拉东诺夫与海德格尔的存在语言》，张百春译，《俄罗斯文艺》2009 年第 4 期。

K.巴尔什特在《普拉东诺夫散文诗学》①（2005）中，发展了普拉东诺夫研究者将其创作置于俄罗斯宇宙论下的学说，重点强调世界的能量观念，有生命和无生命物质的相互关系。指出人包含在整个物质—能量交换过程中，并且强调在普拉东诺夫创作中人与自然冲突的重要性。该研究者还指出爱因斯坦，H.罗巴切夫斯基，Г.明科夫斯基，德国哲学家斯坦纳的人智说与19世纪末至20世纪初其他自然和哲学思想对普拉东诺夫的影响。X.科斯托夫在其著作《普拉东诺夫〈幸福的莫斯科娃〉中的神话诗学》（2000）中尝试重建体现人类在世界中存在的作者神话②。按照该研究者的观点，这一作者神话既包含固定的，也包含变化的特征：前者是指普拉东诺夫把神话思维作为自己诗学主要模式；后者是指对重建世界的乌托邦计划以及人类在这一进程中的作用和地位的态度。他认为在30年代下半期的普拉东诺夫散文中体现了对肉体和本能的顺从。И.斯皮里东诺娃③对普拉东诺夫创作中的宗教倾向给予了关注，她认为，普拉东诺夫是一位有着基督教精神气质的人，虽然他并非基督徒并在创作早期有过激烈的反宗教倾向。他的宗教气质和宗教精神与他幼年时的成长环境和俄罗斯东正教的文化氛围有密切的关系。A.德尔金④指出，《切文古尔镇》中遍布着和基督教相关的象征形象，如"心灵的守望者""道路"等等，"天—地""上—下""肉体—精神""男人—女人""世界心灵—存在之物"的结构性对位反映了宗教性的

---

① Баршт К.Поэтика прозы Андрея Платонова.СПБ., 2005.
② Костов Х.Мифопоэтика Андрея Платонова в романе «Счастливая Москва». Helsinki, 2000.
③ Спиридонова И.А., Христианские и антихристианские тенденции творчества Андрея Платонова 1910-1920-х годов // Евангельский текст в русской литературе XVIII-XX веков.Цитата. Реминисценция. Мотив. Сюжет. Жанр. Петрозаводск, Изд-во Петрозавод. ун-та, 1994, сс.348-360.
④ Дырдин А.А., «Круговой путь существования»: символико-реалистическая структура романа А.Платонова «Чевенгур» // Вопросы филологии: Сборник научных трудов.Ульяновск, УлГТУ, 2002, cc.74-92.

价值观体系。Э.巴利布罗夫①认为普拉东诺夫的世界观是一种宇宙论的世界观，和俄罗斯自然科学宇宙论、宗教哲学宇宙论存在内在的继承关系。薛君智对作家早中期的重要作品《切文古尔镇》《叶皮凡水闸》(1927)、《隐秘的人》(1928)和《疑虑重重的马卡尔》(1929)等的思想内容进行了较为准确的分析。另外，薛君智对贯穿普拉东诺夫创作道路的红线进行了梳理，作品的主题和内容始终包含着这个核心思想，即通过思考人和自然、人和宇宙、人和历史、人和革命、人和国家、人和社会、人和自己、人和别人的关系来探索人的生存意义。②该学者还指出了《切文古尔镇》的抒情讽刺问题对塞万提斯、果戈理、涅克拉索夫等作家的继承性和创新性。可以说，这篇序言是对普拉东诺夫思想和艺术风格的深入揭示，为国内后来的普拉东诺夫研究提供了坚实的基础，是普拉东诺夫研究无法绕开的重要参考文献。吴泽霖在文章《基坑——理想与现实断裂的象征》(《苏联文学》1988年第4期)中，针对这部中篇小说的思想性进行了解读，指出"基坑"是个体和整体、过去和未来、理想和现实断裂的象征。淡修安所著《普拉东诺夫的世界——个体和整体存在意义的求索》③是国内第一部普拉东诺夫研究专著，书中指出普拉东诺夫的思想体系涵盖自然哲学、革命理念、社会认知、爱的思想四个方面，并分别从人与自然、人与革命、人与社会、人与国家、人与人的关系五个角度探讨了作家对个人与整体存在意义的探索，揭示了其创作思想的统一性。

---

① Бальбуров Э.А. Платонов и М.Пришвин：две грани русского космизма // Роль традиции в литературной жизни эпохи.Сюжеты и мотивы.Новосибирск, Институт филологии СО РАН, 1994, сс. 111‒127；Бальбуров Э., Андрей Платонов и русский космизм：проблема живого знания// «Страна философов»Андрея Платонова：Проблемы творчества.Вып.5.Юбилейный.М., ИМЛИ РАН, 2003, сс.311-318.

② 薛君智：《与人民共呼吸、共患难——评普拉东诺夫及其长篇〈切文古尔镇〉》，[俄] 普拉东诺夫《切文古尔镇》，古扬译，漓江出版社1997年版。

③ 淡修安：《普拉东诺夫的世界——个人和整体存在意义的求索》，世界知识出版社2009年版。

祖淑珍的《普拉东诺夫〈基坑〉中的俄罗斯灵魂解读》(《外语教学》2003年第5期)一文，从俄罗斯文化、民族心理和文学传统的角度对《基坑》中所塑造的主人公对真理的不懈追求和精神自由的漫游性进行了解读和分析；邓鹏飞在《论普拉东诺夫〈切文古尔镇〉中的宗教意识》[《西南民族大学学报》(人文社科版) 2009年第2期]一文中指出，小说中的乌托邦世界之所以怪异，乃是因为它所具有的浓郁的基督教意识，文本间充盈着基督教末世论的思想成分；司俊琴、赵世杰合著的文章《论普拉东诺夫的文化人格及其家庭伦理思想》(《黑龙江民族丛刊》2008年第1期)表现了普拉东诺夫渴望以善的思想和爱的伦理克服隔膜和疏离，使世界走向和谐的理想；司俊琴的《论普拉东诺夫的弥赛亚意识》(《西伯利亚研究》2010年第2期)对普拉东诺夫作品中蕴含的弥赛亚意识给予了关注。这一类型的代表文章还有吴嘉佑的《普拉东诺夫的道德探索》(《贵州社会科学》2001年第6期)、司俊琴的《论普拉东诺夫的家庭伦理观》(《黑龙江史志》2009年第22期)、《论普拉东诺夫的人道主义思想》(《世界文学评论》2010年第1期)、《普拉东诺夫文学作品中蕴含的人道主义精神》(《宜宾学院学报》2010年第11期)等。一些研究者针对普拉东诺夫作品的反乌托邦性提出了自己的观点，如黑龙江大学冯小庆的博士学位论文《普拉东诺夫反乌托邦三部曲的思想和诗学研究》(2012)，以普拉东诺夫反乌托邦三部曲《切文古尔镇》《基坑》和《初生海》为研究对象，对作品中的反乌托邦性进行了深入解读，并揭示了三部曲与俄罗斯思想的紧密联系，对作品中的多种艺术表现手法进行了分析。中国社会科学院尹霖的博士学位论文《20世纪二三十年代俄罗斯反乌托邦小说探析》(2005)第二章以普拉东诺夫反乌托邦三部曲为对象，从作家创作历程、作品与《我们》的差异，以及小说的"寻找"主题入手，分析了普拉东诺夫反乌托邦小说的强烈的现实批判性，指出在反乌托邦中寄予某种乌托邦理想。郑丽、赵晓彬在文章《普拉东诺夫创作中美国主题的流变》(《俄罗斯文艺》2009 年第 1 期) 中探讨了普拉东诺夫创作中美国主题的变迁,并指出,作为技工出身的普拉东诺夫对美国有着特殊的情结,对待美国的态度是独树一帜的。在他的作品中既有对作为先进技术掌握者美国的肯定态度,也有对拥有先进技术的美国的失望情绪。

2. 人物形象研究

阿布阿什维利在《普拉东诺夫〈基坑〉的诗学和俄罗斯经典形象》中,对比了普拉东诺夫笔下的沃谢夫、娜斯佳与陀思妥耶夫斯基笔下的伊万·卡拉玛佐夫、阿廖沙·卡拉玛佐夫,揭示二者的互文性。M.鲍格莫洛瓦娅在论文《〈切文古尔镇〉诗学中的主人公肖像问题》① 中,阐释了普拉东诺夫作品中的人物肖像问题。该论文还重点研究了水的形象、生产技术主题、音乐形象性、嗅觉因素等问题。B.瓦西里耶夫在《普拉东诺夫生平与创作》② (1990) 中对《切文古尔镇》中父亲和母亲形象进行了解读。该作者认为,母亲给予孩子自然力量和母性感情,父亲挽着孩子走入新世界。母亲使孩子和自然、道德相连,父亲则是孩子进入历史国度的陪伴者。母亲是历史灵魂,父亲是历史理智,人生的任务就是要将这二者紧密地结合在一起,而不能将他们对立或者以一方去抑制另一方。A.列文斯通将《日瓦戈医生》中的尤里·日瓦戈和《切文古尔镇》中的萨莎·德瓦诺夫进行对比,以莎士比亚作品中的哈姆雷特形象为中介对他们进行研究,还对与歌德创作的联系进行了分析。③ 布洛克在专著《普拉东诺夫散文中的女性》④ 中,从心理分析和女性主义的角

---

① Богомолова М.В.Проблема портретных характеристик в прозе А.Платонова, М., ИМЛИ РАН.2011.

② Васильев В.В.Андрей Платонов: Очерк жизни и творчества.М., 1990

③ Ливингстон А.Гамлет, Дванов, Живаго, творчество Андрея Платонова, книга 3, cc.227-242, Наука, 2004.列文斯通将《切文古尔镇》中的 50 首诗以及普拉东诺夫的一系列短篇小说翻译成英文,并用英语和俄语发表了一系列普拉东诺夫研究的文章,由她翻译的《切文古尔镇》是最权威的英文版本。

④ P.Bullock, *The Feminine in the Prose of Andrey Platonov*, Oxford, 2005.

度对作家早期（20年代）和晚期（30至40年代）作品中女性形象的演变进行了研究。该研究者指出，相比传统的（异性间）性别关系，作家更倾向于男性和同志关系，拒绝性爱，他还探讨了普拉东诺夫对待家庭生活的态度等。郭景红、关立新《普拉东诺夫作品中的儿童形象研究》（《黑龙江生态工程职业学院学报》2010年第6期）和徐继芳《普拉东诺夫〈七月的雷雨〉中的儿童形象解读》（《佳木斯大学社会科学学报》2011年第5期）均指出了普拉东诺夫创作中儿童形象的独特象征意义。

3. 语言特性研究

普拉东诺夫作品语言怪诞，具有抒情讽刺色彩。不少研究者一方面感慨其语言的鲜活和多样，另一方面又发现他作品中多冗言赘语、奇谈怪论、错格修辞甚至语言错误。M.米赫耶夫在其专著《透过语言探究普拉东诺夫的世界》中，将语言分析同形象结构相结合，侧重对普拉东诺夫特殊语言含义的挖掘。米赫耶夫得出结论，认为读者在阅读普拉东诺夫作品时，需要努力猜测其特殊言语结构的潜在意义，对其稍加修正，从而找到通常情况下习惯使用的规范替代语。他所进行的语言学分析为理解普拉东诺夫独特的艺术世界奠定了基础。他认为，普拉东诺夫的世界以其强烈的物质性、合理性和机械的因果关系为特点。T.拉德比尔的专著《艺术文本的语言异常：普拉东诺夫及其他》[1] 在语言异常概念的背景下，对普拉东诺夫及哈尔姆斯等其他作家文本语言的特点进行了分析。M.穆辛采用静态研究的方法，对20世纪初一系列作家，其中包括普拉东诺夫的语言进行了研究，指出他们的概念系统的特征[2]。E.缅什科娃在《怪诞意

---

[1] Радбиль Т.Б. Языковые аномалии в художественном тексте Андрей Платонов и другие: Монография.— М.: МПГУ, 2006. \\ Радбиль Т.Б.Языковые аномалии в художественном тексте: Андрей Платонов и другие: Монография.— LAP Lambert Academic Publishing GmbH & Co.KG, Saarbrucken, Germany, 2012.

[2] Мухин М.Лексическая статистика и концептуальная система автора: М.Булгаков, В.Набоков, А.Платонов, М.Шолохов, Екатеринбург, 2010.

识：苏联文化的现象》（2004）中，以布尔加科夫、普拉东诺夫、沃罗申等作家为例，指出普拉东诺夫作品语言的狂欢怪诞性，并把这点作为苏联文化现象进行了详尽的研究。郝代尔①对普拉东诺夫从《在星空下的沙漠上》到《切文古尔镇》等作品中独特的语言风格进行了研究，并发表了一系列有影响力的文章②。比利时学者Б.多格③擅长对作家进行语言学研究，在其专著《普拉东诺夫语言的创造性改革和其世界的作者概念化》中，把作家成熟作品中的语言变革看作系统现象进行了描述和分类，提出《切文古尔镇》《基坑》和《幸福的莫斯科娃》中以精神活动和感受为特点的空间结构的阐释。他还提出了维诺库尔语言学理论对普拉东诺夫新词创造实践影响的可能性，并指出普拉东诺夫和赫列勃尼科夫以及哈尔姆斯相互之间在新词创造上的类型学关系。④

4. 诗学特征研究

自20世纪90年代末期以来，普拉东诺夫研究的角度呈现出从思想研究转向诗学研究的趋势，作家自成一格的诗学艺术引起了学者们的高度重视。涌现了玛雷金娜的《普拉东诺夫的美学》⑤和《普拉东诺夫：回归诗学》⑥；梅尔森《"自由之物"：普拉东诺夫的

---

① Hodel R.Erlebte Rede bei Andrej Platonov：von «V zvezdnoj pustyne»bis «Cevengur».［Несобственно-прямая речь у Андрея Платонова: от «В звездной пустыне»до «Чевенгура»］Frankfurt a.M.：Peter Lang，2001.

② Ходель Р.Епифанские шлюзы А.Платонова // Филологические заметки.Саранск：Мордов.гос.пед.ин-т，1996（1997）.Вып.4.Ходель Р. «Заборность» «Счастливой Москвы»и растворения несобственно-прямой речи // «Страна философов»Андрея Платонова：Проблемы творчества.М.：Наследие，1999.Вып.3.

③ Дооге Б.Творческое преобразование языка и авторская концептуализация мира у А.П. Платонова：Опыт лингвопоэтического исследования языка романов «Чевенгур» и «Счастливая Москва»и повести «Котлован».Gent：Universiteit Gent，2007.

④ Дооге Б.Прием языковой деформации Платонов，Хармс，Хлебников // Wiener Slawistischer Almanach.2009.

⑤ Малыгина Н.М.Эстетика Андрея Платонова / Н.М.Малыгина.-Иркутск：Изд-во Иркутск.ун-та，1985.

⑥ Малыгина Н. М. Андрей Платонов：поэтика «возвращения»/ Н. М. Малыгина.-М.：ТЕИС，2005.

陌生化诗学》①，巴尔什特《普拉东诺夫散文诗学》②，维·尤金《普拉东诺夫神秘诗学：风格形成与文化概述》③ 等一系列专著。

其中，玛雷金娜的《普拉东诺夫美学》是该学者在二三十年代文学进程的背景下对普拉东诺夫艺术手段的探讨，《普拉东诺夫：回归诗学》一书是在前书基础上对普拉东诺夫现实主义美学原则研究的继续，在这个过程中发表了一系列文章④，后都收录在《回归诗学》一书中。梅尔森研究了语言破坏的接受功能，把不正常的东西正常化，这是普拉东诺夫独特的艺术规则。因此把普拉东诺夫诗学称为陌生化诗学。巴尔什特首次系统描述了作家艺术本体论和人类学的基本要素，并分析了普拉东诺夫的艺术密码和19—20世纪重大的科学思想、设想和发现（达尔文进化论、马克思历史唯物主义、爱因斯坦相对论等）的相互联系。Л.尤丽耶娃⑤致力于普拉东诺夫的体裁和文体研究，她认为，普拉东诺夫的创作融合了现实主义、浪漫主义、象征主义、超现实主义和表现主义诸流派的表现手法，文体风格呈现出高度杂糅的特点；并指出，虽然普拉东诺夫的创作常常被划归到反乌托邦文学之列，但他的作品相比扎米亚京、布尔加科夫的创作而言更为复杂，他的小说往往表现为史诗和戏剧、抒情和讽刺、纪实和荒诞、乌托邦和反乌托邦的并存和合一。在研究普拉东诺夫创作诗学的所有著作中，要着重指出维·尤金的专著《普

---

① Меерсон О. «Свободная вещь»: поэтика неостранения у Андрея Платонова / О. Меерсон.-2-е изд., испр.-Новосибирск: Наука, 2001.

② Баршт К.А. Поэтика прозы Андрея Платонова / К.А. Баршт.-2-е изд., доп.-СПб.: Филол.фак.СПбГУ, 2005. (Серия «Филология и культура»).

③ Вьюгин В. Андрей Платонов: поэтика загадки (Очерк становления и эволюции стиля).СПБ., 2004.

④ Малыгина Н. Образы - символы в творчестве А. Платонова / Н. Малыгина // «Страна философов» Андрея Платонова: проблемы творчества.-М., 1994.

Малыгина Н.М. Художественный мир Андрея Платонова: учеб.пособие / Н.М. Малыгина.-М.: МПУ, 1995.

⑤ Юрьева Л., Русская антиутопия в контексте мировой литературы. М., ИМЛИ РАН, 2005, cc.181-316.

拉东诺夫的神秘诗学：风格形成与变化概述》（2004）。B. 维·尤金提出这样的思想，他认为普拉东诺夫的不可理解性，他的作品阐释的多种可能性是由作家所预设的自身特性和效果类似于民间创作的"神秘"文本决定的。维·尤金指出，普拉东诺夫作品体裁的生成遵循神秘的总体原则，集中体现在民间文学体裁的神秘性。认为普拉东诺夫作品的神秘性是作家 20 年代和 30 年代上半期大部分创作的特性，从 30 年代下半期开始，普拉东诺夫的创作不再延续神秘的原则。他从多个角度对《切文古尔镇》《基坑》两部重要的作品进行研究。该研究者尤其关注了作品中的民俗元素，因此他系统地分析了《切文古尔镇》中的梦，并且认为这些梦中隐含了迷信、禁忌和神话等元素。另外，维·尤金还认为普拉东诺夫的民间故事创作中也隐藏着乌托邦理想，这些作品是作家乌托邦理想的体现。E. 科列斯尼科娃的专著《普拉东诺夫的小散文（上下文和艺术定型）》（2010）依靠从文献学著作所获得的经验以及作品的草稿来研究作家的诗学特性。这种研究方法使 E. 科列斯尼科娃得出作品片段、草稿和终稿的思想和主题内容具有多变性的结论。科斯托夫[1]对普拉东诺夫未完成的小说《幸福的莫斯科娃》的诗学特性进行了总体研究。M. 德米特洛夫斯卡娅、T. 尼科诺娃等学者着重研究普拉东诺夫小说的时空体特征，认为他笔下的时间和空间不仅是物理层面的概念，更有着形而上的存在论含义。M. 德米特洛夫斯卡娅认为，普拉东诺夫笔下的时间表现为循环时间和线性时间两种模式，循环时间是宇宙时间、自然时间、神话时间，线性时间则是历史时间。该学者在《A. 普拉东诺夫笔下的循环时间》[2]一文中总结了普拉东诺夫作品中循环时间的表现方式，指出，普拉东诺夫频繁使用循环时间是为了表

---

[1] Костов Х. Мифопоэтика Андрея Платонова в романе «Счастливая Москва». Helsinki, 2000.
[2] Дмитровская М., Циклическое время у А. Платонова // Осуществлённая возможность: А. Платонов и XX век: По материалам III Междунар. Платоновских чтений. Воронёж, Полиграф, 2001, cc.36-50.

现世事变迁、时移世易背后永恒的本体性存在。T.尼科诺娃①则分析了普拉东诺夫笔下无限空间（开放空间）和有限空间（封闭空间）的对立性；С.博恰罗夫、В.斯米尔诺娃等学者重在考察普拉东诺夫独树一帜的、反常规的语言面貌。普拉东诺夫的语言是一种充满矛盾和冲突的语言，不同范畴的词汇之间，不同修辞色彩的表达之间，奇异的组合连接都显示出某种冲突或张力。С.博恰罗夫将普拉东诺夫的语言特点形象地概括为："这种表达仿佛克雷洛夫寓言中的人物那样，把四面八方的词汇汇合在一起。不同层面、语境、范围，也就是不同风格的概念的相遇显得很怪异。"② 抽象、具象词汇的并置是其中非常常见的一类，В.斯米尔诺娃和М.德米特洛夫斯卡娅两位学者对此予以了关注。③

学者们普遍认为，作家的语言模式就是他的世界观模式，作家有意偏离语言常规，造成错格修辞、不能连接的连接、省略和冗言赘语，是为了反映在他看来更为本真和本原的存在现实。"的确，普拉东诺夫的语言缺乏'正规'的表达，但这种'粗糙'的文风有着极其深刻的原因。他语言的独特性植根于对世界的直接把握当中。这给我们的印象是，作家特意（或者下意识地）清除了人们设立的各种范式、规则和套路，使自己从陈规旧套的束缚下摆脱出来，用世界的语言讲话。"④

托尔斯塔娅和维·尤金是普拉东诺夫诗学研究的重要代表，前

---

① Никонова Т.А., «Чужое» пространство у Платонова // Творчество Андрея Платонова: Исследования и материалы.Кн.3.СПб., Наука, 2004, сс.16-23.

② Бочаров С.Г., «Вещество существования» (Мир Андрея Платонова) // О художественных мирах.М., Советская Россия, 1985, С.289.

③ Смирнова В., Переосмысление отвлечённых существительных в художественной системе Андрея Платонова // Филологические науки, 1983, №5, сс.70-73; Дмитровская М., Вещество в художественном мире А.Платонова //Литературный текст: проблемы и методы исследования (Ⅲ).Сборник научных трудов.Тверь, Тверской государственный университет, 1997, сс.46-54.

④ Васильева М.Философия существования Андрея Платонова // Вестн.Моск.ун-та. Сер.7.Философия, 1992, №4, сс.19.

者认为作家的诗学是古怪的诗学①,后者则认为是隐秘的诗学②。针对普拉东诺夫诗学的结构原则,科尔尼延科把怀疑视为作家的叙述策略③,雅布罗科夫提出了普拉东诺夫创作的可逆性原则④,梅尔森提出了普拉东诺夫创作的陌生化手法⑤。以上这些研究主要针对普拉东诺夫二三十年代的创作,对战争时期(甚至可以说是40年代的创作)没有或者较少涉及。

5. 比较研究

普拉东诺夫和俄罗斯及世界文学中的经典作家作品比较研究主要集中在与陀思妥耶夫斯基、特瓦尔多夫斯基、肖洛霍夫、列昂诺夫、托尔斯泰、莎士比亚、歌德等的比较,发现普拉东诺夫与这些作家在哲学思想、创作题材或者人物形象体系上存在对话、继承或互文的关系。在俄罗斯和中国,对比普拉东诺夫和陀思妥耶夫斯基创作的著作悄然出现。比如玛雷金娜在《普拉东诺夫与陀思妥耶夫斯基对话》⑥一文中,研究了两位作家笔下"基督形象"及附着在人物形象身上的宗教哲学思想之间的对话和继承关系。我国学者王宗琥在《普拉东诺夫与陀思妥耶夫斯基的对话》(《俄罗斯文艺》2001年第4期)一文中,分析了《切文古尔镇》中和陀思妥耶夫斯基笔下基督形象和同貌人形象的互文性关系。梅尔森《陀思妥耶夫

---

① Толстая Е. Литературная аллюзия в прозе Андрея Платонова // Мирпослеконца: работы о русской литературе XX века. М., 2002. сс. 352-365.

② Вьюгин В. Ю. Андрей Платонов: поэтика загадки: (очерк становления и эволюции стиля) / В. Ю. Вьюгин. -СПб.: Изд-во Русского гуманитар. ин-та, 2004.

③ Корниенко Н. В. Основной текст Платонова 30-х годов и авторское сомнение в тексте: (от «Котлована» к «Счастливой Москве») // Совр. текстология: теория и практика. М., 1997. сс. 176-192.

④ Яблоков Е. А. Мотивная структура рассказа Андрея Платонова «Неодушевленный враг» // Вестник Моск. ун-та. Сер. 9. Филология. 1999. № 5. сс. 55-65.

⑤ Меерсон О. «Свободная вещь»: поэтика неостранения у Андрея Платонова. Новосибирск: Наука, 2001.

⑥ Малыгина Н. М. Диалог Платонова с Достоевским // «Страна философов» Андрея Платонова: Проблемы творчества. Вып. 4. Юбилейный. М., ИМЛИ РАН, 2000, сс. 185-200.

斯基和普拉东诺夫：被忽略者的重要性》①则是英语世界普拉东诺夫比较研究的代表性作品。对普拉东诺夫和同时代作家的对比亦是普拉东诺夫比较研究的热点。比如伊万诺夫在《特瓦尔多夫斯基与普拉东诺夫（创作比较）》中，对两位作家在20世纪30年代、第二次世界大战期间和战后这三个历史阶段文学创作上的接近现象展开研究。扎别瓦洛夫则在《普拉东诺夫与肖洛霍夫：〈归来〉与〈一个人的遭遇〉》②一文中，称两位作家在对第二次世界大战后从战场归来走向和平生活这一题材的思考和创作方面可以并驾齐驱。H.科尔尼延科在专著《说俄语的普拉东诺夫和肖洛霍夫：在俄罗斯文学中相逢》③中关注了后革命时期的普拉东诺夫创作，详细描述了两位作家之间的生平和文学创作，以及普拉东诺夫（包括《切文古尔镇》和《基坑》）和肖洛霍夫作品中音乐、歌曲和乐器形象的文学和社会文化语境之间的关系。Э.巴利布罗夫的文章《A.普拉东诺夫和M.普里什文：俄罗斯宇宙论的两维》指出普拉东诺夫和普里什文的创作都表达了关于存在完整性、万物有机联系的思想，都可以追溯到宇宙论的文化根源④。立陶宛学者雷索夫在论文《列昂诺夫与普拉东诺夫：创作经验的互动性分析》⑤中，把两位作家比作"俄罗斯心灵的两个扇面"；《两进地狱：普拉东诺夫和沙拉莫夫》⑥认为，普拉

---

① O.Meerson, *Dostoevsky and Platonov: The Importance of the Omitted*, Columbia University, 1991.

② Запевалов В.Н.А.Платонов и М.Шолохов: «Возвращение» и «Судьба человека»// Творчество Андрея ПЛатонова: исследования и материалы.Кн.2.СПб., Наука.cc.125-135.

③ Корниенко Н. «Сказано русским языком» Андрей Платонов и Михаил Шолохов: встречи в русской литературе.М., 2003.

④ Бальбуров Э., А.Платонов и М.Пришвин: две грани русского космизма // Роль традиции в литературной жизни эпохи.Сюжеты и мотивы.Новосибирск, Институт филологии СО РАН, 1994, cc.111-127.

⑤ 淡修安：《普拉东诺夫研究近况（2000—2004）》，《中外文化与文论》第十二辑，四川大学出版社2007年版，第216页。

⑥ Неретина С.С.Никольский С.А.Порус В.Н.Два сошествия в ад: Андрей Платонов и Варлам Шаламов//«Философская антропология Андрея Платонова», Москва, 2019, cc.175-228.

东诺夫和沙拉莫夫均以艺术的嗅觉深入到地狱,并在此基础上对二人的创作进行了对比分析。普拉东诺夫和欧美现代主义代表作品之间的比较研究主要集中在与卡夫卡、瓦尔泽尔、乔伊斯、普鲁斯特、福克纳等欧美作家的部分作品创作风格和主题的比较上。有代表性的是 Л. 尤里耶娃①的研究。该学者在20世纪世界文学的大背景下,通过和赫胥黎、奥威尔等的对比,分析了普拉东诺夫创作的反乌托邦特点(同时还分析了布尔加科夫和扎米亚京的作品)。普拉东诺夫作品同其他艺术文本的比较研究也是近年来普拉东诺夫研究的热门,出现了以副博士论文《普拉东诺夫20年代末至30年代初的电影戏剧学:时代背景下的创作历史》(俄罗斯科学院高尔基世界文学研究所,2020年)为代表的跨学科研究,该论文不仅探讨了电影文本在普拉东诺夫整体创作中的地位,还论述了普拉东诺夫电影文本在时代背景中的重要性。

值得一提的是,由苏联喀山大学语文系教授恩·阿·阿桑诺娃著,我国学者陈思红翻译的文章《古华的〈芙蓉镇〉与 А.普拉东诺夫的〈基坑〉——比较类型学分析的一次尝试》(《国外文学》1991年第4期),是苏联学者对中国和俄国文学进行比较的研究成果,同时也是我国学者较早对国外普拉东诺夫比较研究成果的译介。

6. 生平研究

扎拉伊斯卡娅对1918—2000年普拉东诺夫生平和创作研究的出版物所做的综述(俄语版,2001年),对于普拉东诺夫学的发展具有重要的参考价值。② 恰尔马耶夫的《安德烈·普拉东诺夫》③ 探讨了一位独特而复杂的作家的创作;А.瓦尔拉莫夫在大量研究作家生平和作品的基础上编写的《普拉东诺夫传》④;В.瓦西里

---

① Юрьева Л.Русская антиутопия в контексте мировой литературы.М.,2005.
② Андрей Платонович Платонов:Жизнь и творчество:Биобиблиографический указатель произведений писателя на русском языке, опубликованных в 1918 — янв.2000 г.Литература о жизни и творчестве Энциклопедия/справочник, 2001 год.
③ Чалмаев В.А.Андрей Платонов.М.:МГУ,1999.
④ Варламов А.Н.Андрей Платонов.М.:Молодая Гвардия,2011.

耶夫的《普拉东诺夫：生平与创作》①（1990）揭示了作家个性与其生活和工作时代的关系。普拉东诺夫与同时代作家的关系以及同时代人对普拉东诺夫的评价，是研究作家生平和创作的重要视角。科尔尼延科的《我经历过生活：普拉东诺夫的创作与生活》②（1999），是普拉东诺夫作品选集的后记，条分缕析地梳理了作家生活和创作中的关键事件，各个阶段创作的不同主题、情节和人物，是一篇全面而清晰的介绍作家生平和创作经历的文章。别尔辛在《1943—1951年普拉东诺夫与法捷耶夫关系》③中对二人的往来信件和苏联历史档案进行了研究，谈到了少有人关注的两位作家40年代的关系问题，并指出这一时期二人的矛盾趋向缓和。这些著作都是研究普拉东诺夫生平和创作不可多得的重要参考文献。

7. 哲学性和宗教性研究

1917年十月革命以后，无神论成为苏维埃国家的主导意识形态，官方否定基督教传统，试图割裂俄罗斯文学的宗教起源。但是基督教信仰并没有消亡，基督教文化传统更是深深扎根于俄国作家的意识深层，对他们的文学创作产生深远影响。文学研究者大多运用社会历史方法研究文学，这种方法固然行之有效，但是对于俄罗斯文学这样一个有着浓郁宗教色彩的现象来说，还远远不够，甚至可以说挖掘俄罗斯文学的宗教性才能真正探究到俄罗斯文学的本质。20世纪80年代中期起，俄罗斯文学研究界开始重新审视宗教，认真研究俄罗斯文学的宗教性特征，为基督教正名。尤其是从90年代以来，俄罗斯涌现了一批研究俄罗斯文学与宗教的著作。20世纪90年

---

① Васильев В.Андрей Платонов.М., Современник, 1990.

② Корниенко Н.В.Я прожил жизнь-Сочинения и жизнь Андрея Платонова//Платоно А.П.Избранное.М., ТЕРРА.Книжный клуб, 1999, сс.589-607.

③ Перхин В. В. Платонов А. П. и Фадеев А. А.: Из истории взаимоотношений (1943—1951) //Русская литература, 2001, №2.

代莫斯科神学院神学博士杜纳耶夫的《东正教与俄罗斯文学》①（六卷本），是一套全面分析俄罗斯文学作品与东正教思想之间联系的鸿篇巨作。作者较为详尽地分析了从17世纪古代文学到20世纪下半叶当代文学发展史上具有代表性的作家创作中所体现出来的东正教思想，并设专章探讨普拉东诺夫与东正教的关系。关于普拉东诺夫创作中的宗教思想的研究也正是在这样的大背景下开始的。

叶萨乌洛夫在他1995年出版的专著《俄罗斯文学中的聚合性范畴》一书中提出，处于危机中的俄罗斯文学史形成"新文学观"的前提是认清诞生俄罗斯文学的文化类型——"正教精神类型"②。正如该学者所言，苏联文化现象本身，其中包括对以东正教价值观为基础的俄国文化的态度，研究得还不够充分。③ 我们还同意该学者所说"俄语与东正教精神的根本体系不可分割"的观点，但是他将普拉东诺夫认定为"与东正教精神完全割裂，创作语言丧失了东正教密码，从而导致向另一种语言，即与俄语切断关系的苏联语言的转变，而后者有自己的一套与俄语无关的字母和非民族的价值观，这种价值观充满对缩写词的热情，不仅与基督教精神完全割裂开来，还失去了用俄语创作的可能性"。④ 这种说法在我们看来显然有失偏颇。

通过阅读普拉东诺夫的作品和文章，我们发现，研究普拉东诺夫难以绕开东正教。普拉东诺夫曾经有过共产党员的身份，也曾经退党。尽管他生活的时代正值革命和社会主义建设时期，很难确定他本人是否是基督徒，但是童年的经历在他的内心种下了东正教的

---

① Дунаев М.М.Православие и русская литература.В 6 т.М.：Христианская литература，1996.

② Есаулов И. А. Категория соборности в русской литературе. Петрозаводск，1995. С.3.

③ Есаулов И.А.Категория соборности в русской литературе.Петрозаводск.Издательство Петрозаводского ун-т.1995.С.190.

④ Есаулов И. А. Категория соборности в русской литературе. Петрозаводск，1995. С.3.

种子。作家早期的文章,尽管表现出了明显的反抗上帝的倾向,但是之所以可以反抗上帝,恰恰说明他的内心曾经是接受上帝的;只是因为受到社会环境的影响,才欢欣鼓舞地接受革命,把革命当作建立人间天国的手段。但是当发现激进的革命手段无法实现他改造世界的美好想法时,他开始怀疑这一手段的合理性。我们认为,无论是反抗上帝,还是寻找上帝,毋庸置疑的是其参照物均为上帝。早期关于普拉东诺夫思想和世界观研究的文章,不可能涉及作家的宗教性,因为时代不允许。无神论的观点是对苏联作家最好的概括,在苏联时期对待基督教的态度总是单一的否定态度,其根本目的是要根除教会和信仰。① 而对研究者来说,最好就是不讨论作家的世界观问题。

当然,苏联解体以来,普拉东诺夫思想研究在俄国取得的成就不容小觑,许多研究者把普拉东诺夫称为哲学家式的作家,将他的作品放在柏拉图、笛卡尔、柏格森、斯宾格勒、费多罗夫、鲍格丹诺夫、罗赞诺夫、别尔嘉耶夫等哲学家的思想语境中进行探讨。然而普拉东诺夫思想的宗教性研究真正启程较晚,尽管有些学者已经对作家创作的宗教性进行了探索,比如龚特尔②、托尔斯塔娅③、玛雷金娜④、科列斯尼科娃⑤等。近年来,从作家各个时期创作中的基督教文化密码的视角进行的研究方兴未艾,其中包括圣经形象、引文、联想、圣徒传母题、圣愚和受难题材等基督教文化元素等。这方面研

---

① Есаулов И.А.Категория соборности в русской литературе.Петрозаводск.Издательство Петрозаводского ун-т.1995.С.161.

② Гюнтер Г. Жанровые проблемы утопии и "Чевенгур" А. Платонова//Утопия и утопическое мышление.М., 1991.сс.252-276.

③ Толстая Е.1) Идеологические контексты Платонова//Толстая Е.Мирпослеконца. М., 2002.сс.289-323; 2) Натурфилософские темы у Платонова//Толстая Е.Литературная аллюзия в прозе Андрея Платонова // Мирпослеконца: работы о русской литературе XX века.М., 2002.сс.324-351.

④ Малыгина Н.М.Андрей Платонов: поэтика «возвращения», Москва, ТЕИС, 2005.

⑤ Колесникова Е.И.Духовные контексты творчества Платонова//Творчество Андрея Платонова: исследования и материалы.Кн.3.2004.сс.34-60;

究的学者代表有阿列伊尼科夫①、格列尔②、龚特尔③、德尔金④、科尔尼延科⑤、卡拉谢夫⑥、库兹明科⑦、谢苗诺娃⑧、雅布罗科夫⑨、斯皮里东诺娃⑩等。其中一些学者的观点对我们的研究有所启发。比

---

① Алейников О. Агиографические мотивы в прозе Платонова о Великой Отечественной войне / О. Алейников // «Страна философов» Андрея Платонова：проблемы творчества. М.，2003. Вып. 5. сс. 142-147.

Алейников О. Иносказательные образы животных в прозе А. Платонова 1920-30-х гг. / О. Алейников // Осуществленная возможность：А. Платонов и XX век：материалы III Междунар. Платоновских чтений. Воронеж，2001. сс. 186-194.

② Геллер М. Андрей Платонов в поисках счастья. М.，МИК，1999.

③ Гюнтер Х. Котлован и Вавилонская башня / Х. Гюнтер // «Страна философов» Андрея Платонова：проблемы творчества. М.，1995. Вып. 2. сс. 145-151.

Гюнтер Х. Любовь к дальнему и любовь к ближнему：постутопические рассказы А. Платонова второй половины 1930-х гг. / Х. Гюнтер // «Страна философов» Андрея Платонова：проблемы творчества. М.，2000. Вып. 4. сс. 304-313.

④ Дырдин А. Потаенный мыслитель：творческое сознание Андрея Платонова в свете русской духовности и культуры / А. Дырдин. Ульяновск：УлГТУ，2000.

⑤ Андрей Платонович Платонов：жизнь и творчество：биобиблиогр. указ. произведений писателя на рус. яз.，опубл. в 1918-янв. 2000 г.：лит. о жизни и творчестве / Рос. гос. б-ка ；сост. ред. В. П. Зарайская ；науч. конс. Н. В. Корниенко. М.：Пашков дом，2001.

⑥ Карасев Л. В. Движение по склону：(пустота и вещество в мире А. Платонова) / Л. В. Карасев // Вопросы философии. 1995. № 8. сс. 123-143.

Карасев Л. В. Знаки покинутого детства：(«постоянное» у А. Платонова) / Л. В. Карасев // Вопросы философии. 1990. № 2. сс. 26-43.

⑦ Кузьменко О. А. Андрей Платонов：Призвание и судьба：очерк творчества / О. А. Кузьменко.-Киев：Лыбидь，1991.

⑧ Семенова С. «Идея жизни» Андрея Платонова / С. Семенова // Платонов А. Чевенгур / А. Платонов. М.，1988. сс. 3-20. Семенова С. Россия и русский человек в пограничной ситуации：военные рассказы Андрея Платонова / С. Семенова // «Страна философов» Андрея Платонова：проблемы творчества. М.，2000. Вып. 4. сс. 138-152.

⑨ Яблоков Е. А. Мотивная структура рассказа Андрея Платонова «Неодушевленный враг» / Е. А. Яблоков // Вестник Моск. ун-та. Сер. 9. Филология. 1999. № 5. сс. 55-65.

Яблоков Е. А. На берегу неба：(роман Андрея Платонова «Чевенгур») / Е. А. Яблоков.-СПб.：Изд-во «Дмитрий Буланин»，2001. Яблоков Е. Homo Creator - Homo Faber-Homo Spectator：(тема мастерства у А. Платонова и М. Булгакова) / Е. А Яблоков // Russian Literature. 1999. Вып. 46. сс. 185-205.

⑩ Спиридонова И. А.，Христианские и антихристианские тенденции творчества Андрея Платонова 1910-1920-х годов //Евангельский текст в русской литературе XVIII-XX веков. Цитата. Реминисценция. сс. 348-360.

如，斯皮里东诺娃对普拉东诺夫创作中的宗教倾向给予了关注。她认为普拉东诺夫是一位有着基督教精神气质的人。虽然他并非基督徒并在创作早期有过激烈的反宗教倾向。他的宗教气质和宗教精神与他幼年时的成长环境、与俄罗斯东正教的文化氛围有密切的关系。德尔金在宗教文化大背景下，对普拉东诺夫创作意识进行了研究，把他称作隐秘的思想家，并且指出，《切文古尔镇》中遍布着和基督教相关的象征形象，从而形成了宗教性的价值观体系。[①] 谢苗诺娃揭示了宗教哲学家费多罗夫对普拉东诺夫产生的思想影响。[②] 玛雷金娜在专著《普拉东诺夫：回归诗学》[③] 中，重点关注了作家诗学的各个角度（形象结构，人物体系，体裁模式，题材形成原则等）和作家创作的历史文化语境（包括"光、太阳、未婚妻、音乐"等象征形象的来源及其在普拉东诺夫作品中的变体）。作品中使用各种结构的典故，其来源包括文学作品、民间创作、圣经、政治话语等。研究者们指出了普拉东诺夫作品中基督教主题、民间文化元素、神话、政治、社会思想研究的现实可能性；无论是主题、思想、主人公、题材、象征形象，还是母题，在各个作品之间，保留了同源的"记忆"，只是形式发生了变化。前面我们提到过的哲学会议主要议题是讨论涅列金娜（С.С.Неретина）、尼克尔斯基（С.А.Никольский）、鲍鲁斯（В.Н.Порус）等合著的《安德烈·普拉东诺夫的哲学人类学》（«Философская антропология Андрея Платонова», Москва, 2019）一书。这部专著是由专门从事哲学研究的学者，在对普拉东诺夫的艺术和哲学文本进行仔细的文本细读基础上展开的跨学科研究。该书使我们有可能

---

① См.Дырдин А.А., «Круговой путь существования»: символико-реалистическая структура романа А.Платонова «Чевенгур»//*Вопросы филологии: Сборник научных трудов.* Ульяновск, УлГТУ, 2002, сс.74-92.

② Семенова С.Г.О влиянии философских взглядов Н.Фёдорова на творчество А.Платонова // С.Г.Семенова, Николай Фёдоров: Творчество жизни.М., Советский писатель, 1990, сс.363-373.

③ Малыгина Н.Андрей Платонов: поэтика «возвращения».М., ТЕИС.2005.

在这位伟大作家的作品中看到20世纪布尔什维克时代和30年代上半期的哲学思考。普拉东诺夫所选择的现实主义幻想体裁，是欧洲马克思主义在俄罗斯土地上的主要属性。普拉东诺夫是一位先知，他预见到了半个世纪后席卷西方知识分子的后现代主义思想；普拉东诺夫是一个颠覆者，他和共产主义的另一位探索者瓦尔拉姆-沙拉莫夫一样，发现存在主义哲学的抽象概念无法充分描述人类的另一面生活。该著作也是近年来出版的普拉东诺夫跨学科研究的重要成果，为我们所做的互文性研究提供一种可资借鉴的思路和视角。

在普拉东诺夫研究领域有一个公认的事实，即作家从同时代人的政论作品、评论、文学；从政治、文化、社会、个人生活（生活方式和习惯、爱情经历、工程师工作的经历等）中为自己的作品寻找题材来源。研究者们试图综合各种文化密码，攻克普拉东诺夫作品内部的矛盾性和多样性。与此同时，普拉东诺夫作品中常使用典故和"他人话语"。普拉东诺夫将基督教母题、东正教文化和精神元素运用到自己的艺术作品中。这些元素在普拉东诺夫艺术作品文本中发挥着符号文本的作用。在新的形式语义关系中，各种元素在普拉东诺夫艺术作品中被读者认知：读者把这些视为熟悉的，在文化传统中有一定地位、功能和意义的元素。已知的模式在现实的上下文语境中再次组合，实现了"重新编码"①。借助重新编码意义得以构成，然而，这种新的意义并不排斥传统文化的语义。在艺术作品中，基督教元素对于作家和读者来说是共知的文本。揭示普拉东诺夫战争小说中基督教元素的功能，是本书研究的任务之一；无论是同源记忆，还是文化密码，都可以用互文性理论来更好地解读。关于互文性理论，我们将在下一部分进行介绍。除上述研究以外，众多学者以比较的视角将普拉东诺夫置于俄罗斯文学甚至世界文学的大背景下，将普拉东诺夫思想进行比较研究，也给我们的研究思路

---

① 彭甄：《意义构成的编码与文化政治——Ю. М. 洛特曼意义理论初探》，王立业主编《洛特曼学术思想研究》，黑龙江人民出版社2006年版，第32—36页。

带来了启发。由尼克利斯基著、张百春译的《俄罗斯文学的哲学阐释》① 一书,尤其是其中涉及陀思妥耶夫斯基研究部分,对我们亦有启发,该著作是从哲学视角研究文学的有益尝试。

8. 普拉东诺夫创作与东正教圣像画研究

本书还涉及俄罗斯文学作品中的圣像研究,我们将这一领域的研究状况大致梳理如下:十月革命以前,语文学家基尔皮奇尼科夫(1845—1903)曾对俄罗斯文学中的圣像问题进行过深入研究,该学者的博士学位论文题目为《圣乔治和勇敢的叶戈里》;俄罗斯科学院俄罗斯文学研究所(普希金之家)曾经在 1966 年和 1985 年分别出版论文集,主题为古罗斯文学和圣像画的相互影响;此外,圣像学家乌斯宾斯基、利哈乔夫也曾把显灵圣像故事作为古罗斯文学中的独特题材进行过研究。进入 21 世纪以来,每年一次的国际会议《俄罗斯文学中的圣像》② 是对这一问题研究的最好例证。该会议组委会主席列巴辛,近年来出版了一系列这方面的著作③。其中,《圣像画与圣像性》④ 一书的出版可被视为近年来基督教文学世界最为重

---

① [俄]尼克利斯基:《俄罗斯文学的哲学阐释》,张百春译,安徽大学出版社 2017 年版。

② 该会议到今年为止已连续举办 12 届,由莫斯科神学院、俄罗斯圣像博物馆、俄罗斯索尔仁尼琴侨民之家等联合举办,组委会主席是 В.В.列巴辛先生。

③ Лепахин В.В. «Иконичность древнерусской культуры» (Сегед, 1992; на венгерском языке), «Икона в изящной словесности» (Сегед, 1999), «Икона в русской поэзии XX века» (Сегед, 1999), «Икона в русской прозе XX века» (Сегед, 2000), «Икона и иконичность» (Сегед, 2000; книга переведена на украинский язык и издана во Львове), «Функции иконы» (Сомбатхей, 2001), «Функции иконы. Роль иконы в церковной, общественной и повседневной жизни» (Сомбатхей, 2001; на венгерском языке). С 2002 г. его книги начинают выходить в России: «Икона и иконичность» (2-е перераб. и доп. изд. - Санкт - Петербург, 2002); «Икона в русской художественной литературе» (Москва, 2003), «Значение и предназначение иконы» (Москва, 2003). «Образ иконописца в русской литературе XI-XX веков» (Москва: Русский путь, 2005) «Золотой век сказаний о чудотворных иконах» (Москва, 2008) «Икона в русской словесности 19-20 веков». (СЕГЕД, 2015).

④ Лепахин В. В. Икона и иконичность. СПб., Изд. Успенского подворья Оптиной Пустыни, 2002.

大的事件之一。专著作者语文学家、神学家和圣像学家列巴辛,试图对东正教圣像画的存在维度和文化功能的所有方面进行全面研究。列巴辛的著作是对业已形成的传统的继续,包括对理论和事实材料的经验总结,在此基础上阐述了自己对东正教圣像学的总体观点和理论发展的前景。东正教圣像学在如今的人文研究领域中已经占据显著地位。这部专著毫无疑问是传统与革新,正典和启发式的成功结合。列巴辛的另一部力作《俄罗斯文学中的圣像画》① 全面讨论了从古罗斯文学到普希金、果戈理、列斯科夫、陀思妥耶夫斯基、托尔斯泰,再到布宁、叶赛宁、布尔加科夫、帕斯捷尔纳克等作家作品中涉及的与圣像画有关的元素。其中,他对陀思妥耶夫斯基的作品,尤其是针对《温顺的女性》一文所进行的阐释带给我们很大的启发。他重点强调,女主人公自杀时怀抱圣像画的举动以及圣像画本身,是对信仰的特定象征作用。学者考姆科夫在副博士学位论文基础上,修订出版了专著《19世纪至20世纪初俄罗斯文学中的东正教圣像思维传统——以普希金、果戈理、列斯科夫和什梅廖夫为例》②,该书以文学作品中描绘的圣像画为切入点,比较分析了一批俄国文学家如何将俄罗斯东正教圣像画艺术的精髓融汇到自身作品,使人对文学作品中的圣像画艺术表现手法以及这种表现手法所具有的价值形成了清晰脉络。美国康奈尔大学森捷洛维奇教授③阐述了圣乔治形象的诞生和演变过程,对俄罗斯文化中的屠龙者乔治进行研究,并在此基础上,以批评的视角对中世纪各种形式的文化中圣乔治崇拜的产生和历史展开了溯源研究。该学者还针对该形象在契诃

---

① Лепахин В.В.Икона в русской художественной литературе.М., Отчий Дом.2002.
② Комков О.А.Традиции православного иконологического мышления в русской литературе XIX-начала XX веков, А.С.Пушкин, Н.В.Гоголь, Н.С.Лесков, И.С.Шмелёв. Дис.канд.культурол.наук.М., 2001.
③ Сендерович С.Георгий Победоносец в русской культуре.М.: АГРАФ, 2002.

夫等一些作家文本中的体现进行了具体研究①，专门研究了契诃夫作品中的圣乔治题材，从主人公名字出发研究题材的分布和定型。著名民间文艺理论家普罗普②不仅研究了古罗斯绘画中的圣乔治题材，还对圣徒传文献中的屠龙题材进行了溯源，分析了对乔治形象进行的典型描写。

  国内学人对圣像以及圣像与俄罗斯文学的关系也进行了一些初步的研究。徐凤林所著《东正教圣像史》是专门研究东正教圣像的第一部中文著作，该书以图文并茂的形式系统介绍和解释了东正教圣像的历史起源、神学含义、宗教功能、艺术特点、基本类型以及从拜占庭到俄罗斯的圣像艺术发展历程。赵桂莲和崔艺苹③曾以《列斯科夫的小说〈士官生修道院〉与鲁勃辽夫的圣像画》为题撰文讨论俄罗斯文学与圣像画的关系。该文对笔者启发很大，作者引用列斯科夫在《关于俄罗斯圣像绘画》一文中所表达的诸如"圣像是书""圣像对于普通百姓就像书籍对于识字的人一样具有同等重要的意义"等观点，阐述了圣像画对于俄罗斯普通百姓的重要性。不过作者也指出，阐述圣像画的意义并非列斯科夫写这篇文章的目的，该文的核心内容在于拯救俄罗斯衰败的、鱼龙混杂的圣像绘画艺术。作者在文中论述了《士官生修道院》与鲁勃辽夫的圣像画的关系，将两种看似不相干的艺术形式联系在一起，引起该文作者重视的主人公姓名的隐含深意，以及作者对此进行的分析也启发了本文对普拉东诺夫创作中人物名字的关注。

9. 普拉东诺夫战争小说研究

  在俄罗斯，相比作家创作高峰时期作品的丰硕研究成果，专门

---

① Сендерович С.Чехов-с глазу на глаз： История одной одержимости А.П.Чехова. СПб.1994.

② Пропп.В.Змееборство Георгия в свете фольклора//Фольклор и этнография русского Севера.Л.，1973.

③ 崔艺苹、赵桂莲：《列斯科夫的小说〈士官生修道院〉与鲁勃辽夫的圣像画》，《欧美文学论丛》第八辑，人民文学出版社 2013 年版，第 125—147 页。

针对作家战争小说所开展的研究则相对较少。根据我们的统计，目前仅学者斯皮里东诺娃出版有专著《普拉东诺夫战争短篇小说诗学研究》① 一部和博士学位论文《普拉东诺夫战争短篇小说的艺术世界》一篇。该学者的研究思路主要是从诗学角度出发，专门针对这一时期作家的创作，并且将普拉东诺夫放在卫国战争文学的大背景下进行了对比研究，在某种程度上对苏联卫国战争文学研究做出了补充和修正。一些学者的文章散见于普拉东诺夫研究论文集中，比如学者果赫②研究了普拉东诺夫创作中的死亡主题，并指出死亡问题在普拉东诺夫战争时期创作中获得的道德层面的意义；学者恰尔马耶夫③认为，普拉东诺夫通常借助理性的力量，有时则在费多罗夫和齐奥尔科夫斯基哲学思想的基础上，把战争这个令人绝望的世界转化成充满希望的世界，在这个过程中作家不断寻找对死亡的辩护和对失去亲人的人们的安慰。除此之外，由俄罗斯高尔基文学研究所编纂的论文集《普拉东诺夫的哲人之国：创作问题》第 5 卷④，是专门针对作家卫国战争时期创作的集中研究。其中收录了库拉金娜的文章《民间文学和普拉东诺夫战争时期创作中的士兵形象》，该文指出俄国士兵对灵魂不朽的信仰是不可战胜的，这一思想无论是在勇士歌、童话，还是在普拉东诺夫战争小说中都得以体现。除了第 5 卷，《普拉东诺夫哲人之国：创作问题》系列论文集以及俄罗斯科学院俄罗斯文学研究所（普希金之家）出版的《普拉东诺夫：研究和资料》系列论文集均收录了一些针对战争小说的研究文章。其中，

---

① Спиридонова И.«Внутри войны» (поэтика военных рассказов А.Платонова).Петрозаводск，2005.

② Кох М.Тема смерти в творчестве Андрея Платонова // «Страна философов»Андрея Платонова：проблемы творчества.М.，1994.сс.255-260.

③ Чалмаев В.Пленник свободы：(«нечаянные»и вечные катастрофы в прекрасном и яростном мире Андрея Платонова) // «Страна философов»Андрея Платонова：проблемы творчества.М.，1994.сс.3-50.

④ «Страна философов»Андрея Платонова：проблемы творчества，Вып.5.М.：ИМЛИ РАН，«Наследие»，2003.

对我们的研究有所启发的文章包括但不限于谢苗诺娃《极端条件下的俄罗斯和俄罗斯人——普拉东诺夫的战争短篇小说研究》一文，她在文中指出："普拉东诺夫战争小说的真正独特之处在于，普拉东诺夫关于战争、杀戮和死亡的短篇小说，不仅是关于生，更是有关永生的。"①

此外，普拉东诺夫与妻子的通信②以及普拉东诺夫的《创作笔记》③，是我们研究作家这一时期创作的重要参考文献。我们在分析作品的过程中所引用的文本大多出自普拉东诺夫的这些作品集：《死亡不存在！1941—1945年短篇小说和政论文章》④ 和《普拉东诺夫作品选》⑤。据我们所掌握的资料，目前国内除了《归来》（又译《伊万诺夫一家》）等少数作品之外，未见针对作家战争时期创作的其他研究成果。

尽管国内有不少学者对普拉东诺夫进行了卓有成效的研究，但是对我国大多数读者来说，他仍然是一个谜一般的人物，他的作品仍旧有许多需要探索的奥秘，尤其是这位作家庞杂而矛盾的思想体系，更是有待我们去揭示，留待我们去做的工作还有很多。我们发现，欧美学者和俄罗斯学者所进行的研究各取所长，相互补充。两者在对普拉东诺夫乌托邦性和反乌托邦性的阐释和对其发生学和比较类型学关系的阐释，以及费多罗夫、索洛维约夫、鲍格丹诺夫和其他思想家对普拉东诺夫创作的影响方面，持有并非完全一致的观点。

---

① Семёнова С. Россия и русский человек в пограничной ситуации. Военные рассказы Андрея Платонова// «Страна философов» Андрея Платонова: Проблемы творчества. Вып. 4. М., 2000. С.139.

② Платонов А. Государственный житель. Проза, ранние сочинения, письма. М., Советский Писатель.1988. сс.546-588.

③ Платонов А. Записные книжки. Материалы к биографии. М. ИМЛИ РАН, 2006.

④ Платонов А. Смерти нет! Рассказы и публицистика 1941—1945 годов. М., Время. 2010.

⑤ Платонов А. Избранные произведения. М., Экономика.1983. сс.650-841.

在中国，以吴泽霖和薛君智为代表的"老一代"普拉东诺夫研究前辈们对作家创作总体思想和艺术风格的把握非常精准，以淡修安等中青年学者为代表的"新一代"在前辈所做研究基础上开展的工作则更为深入细致。但是相比国外研究的广度和深度，目前中国学者对普拉东诺夫的研究还存在明显差距，与作家创作的复杂性和多样性相比，更是只能算作九牛一毛，还有很大的研究空间有待开拓。

第三节 普拉东诺夫作品出版及在中国的译介

普拉东诺夫向苏联文坛的回归可以分为两个阶段。第一阶段始于1958年，以作家部分短篇小说的结集出版为标志。当时，"解冻"浪潮使得政治氛围有所缓和，对作家创作遗产的整理、发掘和出版工作由此开始，但是得以问世的作品数量有限，且大部分为短篇小说。第二阶段伴随着80年代后半期回归浪潮的到来而开始，在"公开化"和"透明性"的政治氛围和随之而来的苏联解体的大背景下，普拉东诺夫所有被禁的作品悉数公之于众。其中，最为重要的便是"反乌托邦三部曲"《切文古尔镇》（《民族友谊》1988年第3—4期）、《基坑》（《新世界》1987年第6期）、《初生海》（《旗》1986年第6期）和未完之作《幸福的莫斯科娃》（《新世界》1991年第9期）的先后问世。

苏联国家文学出版社出版的《普拉东诺夫作品选》（两卷本，1978年），收录了他的46篇作品，其中13篇在作家生前从未发表[①]；1984年莫斯科苏维埃俄罗斯出版社出版了普拉东诺夫作品选集（三卷本）；2009年，莫斯科时代出版社出版的《普拉东诺夫作品集》有八卷，但非全集。苏联解体后重新编撰的各类文学史和教

---

① 江文琦：《苏联二十年代文学概论》，上海外语教育出版社1990年版，第333页。

科书，更是无一例外地将普拉东诺夫作为 20 世纪俄罗斯经典作家收录其中。

众所周知，普拉东诺夫是一个多产的作家。然而，普拉东诺夫作品在中国的翻译却屈指可数。正如普拉东诺夫作品的译者徐振亚所言，除了几家外国文学杂志刊登过他的少量作品外，（时至 2003 年——引者注）我们还没有出版过他作品的单行本①。根据我们目前所掌握的资料，普拉东诺夫作品在中国最早的翻译始于 1986 年，显然是伴随着回归文学浪潮而开展的。其中包括郭奇格译《芙萝》（收录在《苏联短篇小说选集》上册，北京出版社 1986 年版），娄自良译《归来》（收录在《苏联 60 年短篇佳作选》第三卷，上海译文出版社 1987 年版），何逸译《初生海》（《当代苏联文学》1987 年第 3 期），张广安译《戈拉多夫城》（《苏联文学》1988 年第 4 期），古扬译《切文古尔镇》（漓江出版社 1997 年版），吴泽霖译《垃圾风》（收录在李政文选编《二十世纪外国短篇小说编年·俄苏卷》人民文学出版社 2002 年版），徐振亚译中短篇小说集《美好而狂暴的世界》（浙江文艺出版社 2003 年版），其中收录作家的代表作品《格拉多夫城》、《美好而狂暴的世界》、《弗罗》、《七月的雷雨》、《回归》（一译《归来》）、《第三个儿子》（一译《老三》）、《基坑》。其中，古扬先生翻译的《切文古尔镇》并非小说的全译本，未收录小说第一部分《工匠的出身》，这部分曾以单行本形式发行。由柳鸣九主编、钱善行编选的《世界短篇小说精品文库·俄罗斯卷下》（海峡文艺出版社 1996 年版），收录了普拉东诺夫的《困惑不解的马卡尔》（张小军译，第 702—723 页）、《老三》（张小军译，第 724—731 页）。马振骞译《心生疑惑的马卡尔》（收录在吕同六主编《20 世纪世界小说经典·第 2 卷》，华夏出版社 1995 年版，第 243—263 页；同一卷还收录了普拉东诺夫的《太阳的后裔》）。进

---

① 徐振亚：《美好而狂暴的世界·译后记》，浙江文艺出版社 2003 年版，第 266 页。

入 21 世纪以来，淡修安大量翻译了普拉东诺夫此前未在中文世界出版过的作品，如淡修安译《龟裂土》（收录在《湖南文学》2019 年 4 月号，总第 52 期），淡修安译《以太通道》（收录在《译林》2017 年第 1 期），淡修安译《菲尼斯特——光明之鹰》（收录在《湖南文学》2019 年 4 月号，总第 52 期），淡修安译《叶皮凡水闸》（收录在《世界文学》2019 年第 3 期）。此外，王晓宇译普拉东诺夫政论文《普希金和高尔基》（收录在《世界文学》2019 年第 4 期）为国内对普拉东诺夫政论文少有的译介。

学术著作方面，薛君智所著《回归——苏联开禁作家五论》（社会科学文献出版社 1989 年版）和谭得伶、吴泽霖主编的《解冻文学和回归文学》（北京师范大学出版社 2001 年版）是目前国内仅有的专门探讨回归文学的两部著作，二者均把普拉东诺夫作为回归文学的重要代表加以介绍。前者对左琴科、帕斯捷尔纳克、扎米亚京、皮利尼亚克和普拉东诺夫这五位曾经遭到不公正对待的作家进行了认真和全面的探讨，后者则为普拉东诺夫设立一个专章，探讨了作家的生平和作品一部一部回归的过程。

此外，还有一些文学史著作设有普拉东诺夫专章，其中由马克·斯洛宁著、浦立民等译的《苏维埃俄罗斯文学》（上海译文出版社 1983 年版），将普拉东诺夫和布尔加科夫、扎鲍洛茨基一起列为身后恢复名誉的作家，但未对其具体作品进行介绍；江文琦所著《苏联二十年代文学概论》（上海外语教育出版社 1990 年版）、李明滨主编的《俄罗斯二十世纪非主潮文学》（北岳文艺出版社 1998 年版）和李毓榛主编的《20 世纪俄罗斯文学史》（北京大学出版社 2000 年版），对普拉东诺夫一些代表作品的情节进行了介绍，并对某些作品做了点评；由符·维·阿格诺索夫主编、凌建侯等翻译的《20 世纪俄罗斯文学》（中国人民大学出版社 2001 年版），对普拉东诺夫的生平、作品的艺术手法进行了介绍，并把《基坑》作为代表作品进行了较为详尽的解读；由任光宣主编的《俄罗斯文学简史》

（北京大学出版社 2006 年版），则正式把普拉东诺夫与"正统"文学放在一块儿作为 20 世纪小说家的代表加以介绍，并以《切文古尔镇》为代表作展开了详细探讨。李毓榛所著《反法西斯战争与苏联文学》（北京大学出版社 2015 年版）中把普拉东诺夫《归来》（《伊万诺夫一家》）一文作为描写战争创伤的代表作品进行了探讨。

第四节　俄罗斯作家论普拉东诺夫

俄罗斯作家通常根据自己的世界观和美学思想以及社会文化环境的影响来评价普拉东诺夫的文学遗产，因此他们对普拉东诺夫作品的阐释，不仅有益于研究这些作家作品的美学和诗学特点，而且有助于揭示苏联后期以及后苏联时期俄罗斯文学的精神探索和走向，更可谓研读普拉东诺夫不可多得的宝贵资料。

在俄罗斯当代作家瓦尔拉莫夫（1963—　）看来，普拉东诺夫是百分之百的体制牺牲品，而其多舛的命运是对苏维埃体制的谴责①。的确，1927 年创作的《切文古尔镇》未能发表已经预示着他写作之路的坎坷，作家以集体化为题材创作的讽刺中篇小说《贫农纪事》（1931 年发表在《红色处女地》）所引起的轩然大波则导致其文学道路几乎走向封闭，这篇直率真实的小说还导致普拉东诺夫被作家协会快速除名。多年后普拉东诺夫的名字再次出现在苏联作协官方报纸《文学报》（Литературная газета，1951 年 1 月 6 日）上，却是以讣告的形式。普拉东诺夫在苏联文坛的曲折命运可谓众人皆知。尽管如此，总有一些作家对普拉东诺夫及其作品爱护有加。高尔基在读完《切文古尔镇》以后肯定了他的卓越才华，当代作家瓦尔拉莫夫则"将《切文古尔镇》视为 20 世纪俄国小说的高

---

①　［俄］阿·瓦尔拉莫夫：《超越街垒？——土壤派和自由派视域下的苏维埃经典》，刘文飞译，《俄罗斯文艺》2016 年第 4 期。

峰之一"①，将其与《彼得堡》《静静的顿河》《白卫军》《阿尔谢尼耶夫的一生》和《日瓦戈医生》等著作并置。肖洛霍夫则支持普拉东诺夫整理俄罗斯民间故事的工作，其名字也因此出现在版权页上：经米哈伊尔·肖洛霍夫审校。此外，索尔仁尼琴的《致苏联作协第四次全会的信》（该信发表于《纽约时报》② 1967年6月5日）对于恢复普拉东诺夫声誉亦发挥了重要作用。在这封著名的信中索氏对普拉东诺夫、布尔加科夫和其他天才作家所遭遇的审查和排挤进行了揭露。除了作家以外，还有一家文学杂志《文学批评家》（Литературный критик）坚持发表普拉东诺夫的作品和评论文章，其中就包括1936年发表的著名短篇小说《弗洛》和《永生》以及1937年发表的两篇有关普希金的评论文章《普希金和高尔基》③ 和《普希金》。

在同为作家的塔尔图塔眼中，普拉东诺夫一方面天资聪慧，"生来就是个作家"④；另一方面还勤于练笔，不断把写好的稿子扔到写字台下面那只柳条编的大筐里。一旦有发表的哪怕一线希望，他便把这些稿子拿出来，着手修改，细致检查每一个词⑤。

一 解禁前作家论普拉东诺夫

由诗歌开启写作生涯的普拉东诺夫，尽管文学之路荆棘丛生，但是从他步入文坛的一刻起，一直为俄罗斯作家所关注。从我们所收集到的材料看，俄罗斯作家发表过不少关于普拉东诺夫的评论和

---

① Варламов А.Н.Андрей Платонов.М.：Молодая Гвардия，2011.C.135.

② Клинт Уокер.Платонов в англоязычном мире.//Возвращаясь к Платонову：вопросы рецепции.Санкт-Петербург.2013.C.183.

③ 该评论文章有关高尔基的部分已由王晓宇译成中文发表在《世界文学》2019年第4期"重读高尔基"小辑。

④ ［俄］塔拉图塔等：《回忆安德烈·普拉东诺夫》，郑滨译，《俄罗斯文艺》1992年第5期。

⑤ ［俄］塔拉图塔等：《回忆安德烈·普拉东诺夫》，郑滨译，《俄罗斯文艺》1992年第5期。

言谈,也应视作普拉东诺夫研究的一个侧面。

由于普拉东诺夫主要作品先在西方面世,后才在苏联刊物上发表,所以身居境外的俄罗斯侨民作家得以率先成为普拉东诺夫的读者。早在1939年,身居巴黎的俄罗斯侨民作家阿达莫维奇(1892—1972)表达了对普拉东诺夫的赞赏:"普拉东诺夫以自己的方式展现了灾难、苦难、贫穷和苦恼的全景。普拉东诺夫是苏维埃俄罗斯存在20年来唯一一位思考苦难者命运和特点,而非一味歌功颂德的作家。"①

没有对普拉东诺夫作品的全面阅读和了解,很难全面阐释他的作品。伴随苏联两次社会变革(即"解冻"和"改革"),普拉东诺夫的作品先后经历了两次大型的公开问世,对他作品的阐释因此被分成两个明显的阶段。50年代,伴随着苏联文学第一次回归浪潮,普拉东诺夫生前创作的作品逐渐问世。表面上看,乡村散文作家和普拉东诺夫在写作题材上类似,普拉东诺夫与乡村散文作家同样对生活在大自然中的人感兴趣,对破坏大自然的社会生活持批判态度。但是,普拉东诺夫30年代作品中所表现出的对文明的同情,与乡村散文家的悲观的乌托邦主义并不完全契合。再加上普拉东诺夫的语言背离承载和保留了千年俄罗斯文化的乡村语言,其早期乌托邦作品以及20世纪三四十年代作品对人的神秘本性的揭示不被这些作家看重也就不足为奇了。据我们所掌握的有限资料,无论是阿斯塔菲耶夫(1924—2001)还是舒克申(1929—1974),均未留下有关普拉东诺夫的严肃评论。以阿斯塔菲耶夫为例。1967年,还未能读到普拉东诺夫全部小说的他,仅仅公开承认了普拉东诺夫短篇小说《老三》的重要价值②。叶夫图申科为普拉东诺夫第一部英文版短篇小

---

① Адамович.Г.Шинель.//Критическая проза.Издательство Литературного института им.Горького, 1996.сс.293-304.

② Астафьев В.О любимом жанреС.255//Собрание сочинений: в 15 т.Т.12.Красноярск: Офсет, 1998.сс.246-255.

说选集《美好而狂暴的世界》(1969)撰写了序言《没有我人民是不完整的》，正是在这篇序言中叶夫图申科对普拉东诺夫给予了高度评价，并首次提及海明威对短篇小说《老三》的赞许之辞①。该序言于次年刊登在《纽约书评》(1970年1月1日)上，为普拉东诺夫在英语世界地位的提升奠定了基础，之后普拉东诺夫作品陆续出现在1971年的两部俄苏短篇小说选集中。

一些作家更加看重《基坑》这样的大型作品。例如，敢于吐露真言的索尔仁尼琴曾宣称，如果外出旅行只能随身带一本书，那就是普拉东诺夫的中篇小说《基坑》②。索尔仁尼琴对普拉东诺夫作品尤其是《基坑》的喜爱可见一斑。

在叶夫图申科之后，著名诗人布罗茨基(1940—1996)为英文版《基坑》(1973)作跋。侨居美国的他，早于苏联国内大部分读者读到了中篇小说《基坑》。布罗茨基对普拉东诺夫作品语言的复杂性和修辞风格的独特性进行了论述，实现了对普拉东诺夫文本后现代主义解读的突破。他视普拉东诺夫为俄国的超现实主义者，以及存在的不可认知性和荒谬性的表达者。这里的荒谬指的并非卡夫卡式的个人荒谬，而是民族集体意识的荒谬。按照布罗茨基的观点，普拉东诺夫的荒谬是语言的权力的后果。其原因并不在于接受社会主义乌托邦思想，而是在于接受语言的权力，接受俄罗斯文化所特有的现实性和言语假定性。普拉东诺夫让自己臣服于时代的语言，在那里看到了许多无底深渊。一旦瞥过一眼，就再也不可能游走在

---

① 1954年诺贝尔文学奖得主、美国短篇小说家海明威承认自己曾向普拉东诺夫学习，并在被诺贝尔奖评委问及"你最喜欢的作家是谁"时回答曰"普拉东诺夫"。根据时间推算，海明威读过的普拉东诺夫作品应该是入选1936年美国年度最佳小说集的短篇小说《老三》。海明威的两部短篇小说也收录在同一集中。Клинт Уокер. Платонов в англоязычном мире. // Возвращаясь к Платонову: вопросы рецепции. Санкт-Петербург. 2013. C. 170. 布罗茨基在其收录在文学评论集《小于一》中的文章《空中灾难》中，指出普拉东诺夫令海明威赞不绝口的短篇小说《老三》不过是一个很三流的普拉东诺夫作品。详见[美]约瑟夫·布罗茨基《小于一》，黄灿然译，浙江文艺出版社2014年版，第251页。

② Платонов А. Котлован. Лениздат. 2014. 见该书推荐语。

文学的表面，也不可能玩弄堆积题材的狡猾游戏和钩织修辞学的花边①。可以说，在布罗茨基眼里，《基坑》是一部十分阴郁却思想深刻的作品。

值得一提的是，布罗茨基把普拉东诺夫与同龄人纳博科夫放在一起进行了形象比较：纳博科夫之于普拉东诺夫，"就如同一个走钢丝者之于珠穆朗玛峰攀登者"②。"20世纪俄国文学没有创造什么特别的东西，除了安德烈·普拉东诺夫写的一部小说和两个故事。"③ 或许，布罗茨基可以称得上最认可普拉东诺夫的作家了。

《科雷马故事》（被称为集中营文学集大成之作）的作者沙拉莫夫（1907—1982），只比普拉东诺夫晚出生八年，可算是普拉东诺夫的同时代人。他读过普拉东诺夫的作品，并给予高度评价。其中，著名短篇小说《归来》（发表时题为《伊万诺夫一家》）是沙拉莫夫最早读到的普拉东诺夫作品之一。读罢这部作品，沙拉莫夫即在写给作家杜勃罗沃尔斯基的信（1955年8月13日）中抱怨俄罗斯缺少优秀的家庭故事，更缺少对苏联时期母爱和父爱缺失这一现实状况的真正研究。在此基础上，沙拉莫夫不仅对普拉东诺夫的创作给予肯定，还称赞普拉东诺夫对这一现象颇有研究，他写出了《归来》这样的感人故事以及其他许多短篇小说。与此同时，沙拉莫夫对他的遭遇深表遗憾：他很不幸，非但没能因此名声大噪，反而还遭受了过多的折磨④。沙拉莫夫所言极是。可惜，写这封信时，普拉东诺夫离世已四年。罕为人知的是，《归来》甚至比肖洛霍夫的著名短篇小说《一个人的遭遇》早问世十年，却没能得到及时关注。

---

① Бродский И. Послесловие к «Котловану» А. Платонова（1973）С.73 // Бродский И. Сочинения Иосифа Бродского. Т.7. СПб., сс.72-74.

② [美] 约瑟夫·布罗茨基：《小于一》，黄灿然译，第253页。

③ 转引自 [俄] 普拉东诺夫《以太通道》（文前介绍），淡修安译，《译林》2017年第1期。

④ Шаламов В. Новая книга：Воспоминания；Записные книжки；Переписка；Следственные дела. М.：ЭКСМО，2004. сс.494-495

沙拉莫夫在其作家笔记和书信中曾多次提及普拉东诺夫，其中就包括写给著名作家索尔仁尼琴（1964年1月2日）和诗人曼德尔施塔姆（1968年7月21日）的信。在1963年的一篇作家笔记中这样写道：普拉东诺夫知道，这世上还有许多苦难，而且生活中苦难甚至比欢乐更多①。同年（1963）的作家笔记中他又写道：《章族人》是我读过的最好的普拉东诺夫作品之一②。彼时，沙拉莫夫大概未曾读到《切文古尔镇》和《基坑》。不过，对《章族人》的褒奖之词并不过分，这一点从该作品位列法国理想藏书中俄国小说前二十即可看出。十三年以后的1976年12月17日，沙拉莫夫在写给当时的出版家和传记作家克拉莫夫的信中，称《基坑》为普拉东诺夫最优秀的作品③。在写给诗人曼德尔施塔姆的信④中亦提到了《基坑》。

由上，这一时期，伴随普拉东诺夫作品的逐渐公开，受到作家们关注的除了战争短篇小说以外，还包括作家生前未能发表的《基坑》等大型作品。尤其是《基坑》，甫一问世，便受到广大作家的喜爱和推崇。

二 解禁后作家论普拉东诺夫

20世纪80年代，随着改革的开展，苏联文坛出现了解禁热潮，由此涌现出大批回归文学和解冻文学，包括俄罗斯作家在内的读者对普拉东诺夫的阅读兴趣也随之高涨起来，直至80年代末普拉东诺夫作品得到官方认可并列入经典作家行列。正是在这一时期，克里

---

① Шаламов В.Новая книга：Воспоминания；Записные книжки；Переписка；Следственные дела.М.：ЭКСМО，2004.С.295.
② Шаламов В.Новая книга：Воспоминания；Записные книжки；Переписка；Следственные дела.М.：ЭКСМО，2004.С.293
③ Шаламов В.Новая книга：Воспоминания；Записные книжки；Переписка；Следственные дела.М.：ЭКСМО，2004.С.934.
④ Шаламов В.Новая книга：Воспоминания；Записные книжки；Переписка；Следственные дела.М.：ЭКСМО，2004.С.790.

米亚天文台发现的小行星和地球卫星陆续被冠以作家普拉东诺夫的名字。

作家之间的艺术影响取决于他们的审美趣味、艺术追求、创作个性和精神气质等各个方面。比如拉斯普京（1937—2015）就喜欢强调普拉东诺夫与自己相近的方面：普拉东诺夫的主人公属于大自然，他们的行为并不按照人类的经验，而是遵循大自然的有机规律①。也就是说，在拉斯普京看来，普拉东诺夫不同于那些试图生产生活现象与现实之间日常联系的作家。

在拉斯普京眼里，普拉东诺夫创作的主要乃至全部主题就是对世界和人的同情（24—25）。换言之，普拉东诺夫不是一位俄罗斯乌托邦和弥赛亚主义的表达者和批判者，而是一位彻彻底底的人民观点的传达者。在一篇题为《文学拯救俄罗斯》的演讲中，拉斯普京援引了普拉东诺夫早期创作《老机械师》（Старый механик）中的名句：没有我，人民是不完整的！这句话常常被作为普拉东诺夫的名句引用，体现的是每个人作为公民和个人的价值和意义。在这篇演讲中，拉斯普京把普拉东诺夫排在普希金和果戈理之后，称其为解冻（1958）后包括拉斯普京自己在内的年轻作家争相模仿的对象。拉斯普京认为普拉东诺夫对自己童年意识的形成影响重大。② 20世纪六七十年代拉斯普京即阅读了普拉东诺夫那些富有神秘色彩的作品。直至21世纪初所写的一篇文章中，他仍对普拉东诺夫推崇备至，并把普拉东诺夫创作视为对俄罗斯文学传统和人民传统意识的继承（8）。

后现代主义作家马卡宁（1937—2017）把普拉东诺夫的散文创作归入20世纪俄罗斯文学大潮。按照马卡宁的观点，普拉东诺夫不

---

① Распутин В.Свет печальный и добрый С.8// 《Страна философов》Андрея Платонова.Проблемы творчества.Вып.4.1999.М.： ИМЛИ РАН，《Наследие》，2000.cc.7-9.后段引文均来自该文，只注明页码，其他信息不再另注。

② http://www.baltwillinfo.com/spr/sp-13.htm.

是在行动中,而是在对世界的认识过程中了解人。在他看来,普拉东诺夫不仅重视大自然和人的行动,而且还深知其中奥秘,深知其与理想的差距①。

不同作家对于普拉东诺夫艺术世界中人的接受不同。作为那个时代的存在主义者,普拉东诺夫揭示了存在的荒谬性。但是,在六七十年代作家看来,普拉东诺夫的人道主义只不过是对作为个体的人的同情。他们对早期普拉东诺夫创作闭口不谈,仅仅接受晚期普拉东诺夫的伦理道德思想,更加关心身处具体的社会和生存环境的主人公的个人意识。因此,他们常常在普拉东诺夫三四十年代创作的短篇小说《老三》《弗罗》《归来》中寻找自己喜爱的主人公。以比托夫(1937—2018)为例,他发现了普拉东诺夫早先未被发现的本体论问题,但仅局限于人道主义和伦理学层面②。比托夫承认自己早期创作(以及60年代的创作)的修辞风格和诗学,受到普拉东诺夫儿童散文的影响。而在晚年抑或创作成熟期的比托夫看来,普拉东诺夫的创作并不是对传统经验的翻转,而是在于描述没被描述过的东西,用原始的语言洞察世界。当你试图以普拉东诺夫写作的内容,而非他写作的方式,去阅读他的作品时,阅读过程中就会出现解释不了的困难,在享受和苦难之间即会产生裂缝。这里的阅读困难指的大概就是比托夫所说的"阅读普拉东诺夫作品的每一页所能带给灵魂的考验"。

对于比托夫以及许多被审查的作家来说,普拉东诺夫是个人写作事业成功的楷模。不仅因为作为艺术家的普拉东诺夫所拥有的出色表现力和预见性,也即其短篇小说中可以读到的艺术家想要表达

---

① Маканин В.Одна из возможных точек зрения на нынешний русский роман//Новый мир.2004.№1.С.160.

② Битов А.Пятьдесят лет без Платонова // Звезда.2001.№ 1.URL:http://www.zhzal.ru/zvezda/2001/1/bitov.html.

的东西，以及他没能亲眼看到，但是比他活得久的我们却知道的东西①；还因为这些作家与普拉东诺夫类似的经历所导致的写作风险，这种风险不仅在于致贫，甚至需要以牺牲生命为代价②。

三 新一代作家论普拉东诺夫

自90年代始，普拉东诺夫国际学术研讨会在莫斯科举办多届，该研讨会吸引了来自世界各地的普拉东诺夫研究专家。值得称道的是，论文集所收文章作者不乏作为普拉东诺夫研究者出现的俄罗斯当代作家，其中就包括瓦尔拉莫夫（1963— ）和沙罗夫（1952—2018）。以作品（《像孩子一样》，赵桂莲译，北京大学出版社2015年版）已被译成中文出版的俄罗斯当代作家沙罗夫为例，其名字出现在了三届研讨会（分别为1999年、2001年和2004年）的论文集（分别为第4、5、6三卷）中。

普拉东诺夫《创作笔记》③的出版极大地推动了对作家意识中神秘元素的发掘进程，这些神秘元素包括从早期基督教的末世论到费多罗夫的新神话主义等。在此背景下，新一代作家把重心转向普拉东诺夫的形而上思想。相比以往大多数作家仅仅看重并局限于苏联文学在人道主义和社会伦理学方面的价值，新一代作家对普拉东诺夫的关注重心发生了明显变化。

在俄罗斯当代著名作家瓦尔拉莫夫看来："哪怕是在后苏联时期，假如普拉东诺夫小说中的主要哲学悖论能够为人所熟知，对普拉东诺夫作品的了解甚至可以扭转20世纪俄罗斯文学的发展方向。其中，《切文古尔镇》就是一部能够改变20世纪整个俄国小说发展

---

① Трифонов Ю.Возвращение к prosus（1959）C.381//Трифонов Ю.Как слово наше отзовётся.М.：Сов Россия，1985.C.75.

② Битов А.Две заметки о гласности（1990）//Неизбежность ненаписанного.М.：Вагриус，1999.cc.381-387.

③ Платонов А. П. Записные книжки. Материалы к библиографии. М.：Наследие，2000.

趋势的作品。可惜,20世纪俄国文学朝着离普拉东诺夫愈来愈远的方向发展了。"①

瓦尔拉莫夫大概是谈论普拉东诺夫最多的俄罗斯当代作家了。他是名人传记系列之《普拉东诺夫传》② 的作者,还是普拉东诺夫研究者,可谓典型的学院派作家。《普拉东诺夫传》的问世距离作家去世刚好六十年。在传记中,瓦尔拉莫夫按照时间顺序对普拉东诺夫创作文本加以阐释,尝试将普拉东诺夫艺术世界和作家生活中的某些时间点关联起来。不仅包括普拉东诺夫从事火车工、蒸汽机车工和战地记者等职业的经历在作家的艺术世界中的体现,还在文中对中篇小说《贫农纪事》发表前后普拉东诺夫和高尔基、法捷耶夫之间关系的转变,以及儿子普拉东被捕一事一一进行了解释。针对普拉东诺夫与作品主人公的关系,传记作者瓦尔拉莫夫这样说道,每个主人公都有自己的观点和看待世界的视角,作者从不以任何形式把自己的想法强加给主人公,而是认真倾听每一个主人公的心声。或许正是这种内部的多声部性,使得某些关键悖论,比如乌托邦和反乌托邦、进步与灾难、城市与乡村、科学与艺术,以及主人公关于存在的双重观点,在普拉东诺夫作品中得以同时呈现。瓦尔拉莫夫还指出了普拉东诺夫战争年代作品中明显的教会化倾向③,以此说明作家从共产主义向东正教的转变。在讨论普拉东诺夫作品中的基督教潜文本时,瓦尔拉莫夫强调作家感兴趣的不仅是官方东正教,还包括旧礼仪派和启示录传统。普拉东诺夫在《切文古尔镇》中所塑造的"福地",正是对旧礼仪派传说和民间文学中的白水国等美好国度的隐喻。其次,普拉东诺夫的宗教主题已经超越了基督教的范

---

① Варламов А. На адовом дне коммунизма. А. Платонов от «Чевенгура» до «Котлована» С.122.// Октябрь.2010.№7.сс.122-161.
② Варламов А.Н. Андрей Платонов.М.：Молодая Гвардия, 2011.
③ Варламов А.Н. Андрей Платонов.М.：Молодая Гвардия, 2011.сс.138, 484.

式。除了圣经故事以外，他的作品还涉猎丰富的多神教题材①。而瓦尔拉莫夫眼中基督教未能解决的问题，或许就是评论家波利亚科夫所指的对人类存在最重要的问题，对此普拉东诺夫的解决方案是对世界实施变革②。瓦尔拉莫夫的确在自己的作品《沉默的方舟》中发展了普拉东诺夫关于信仰乃实现理想社会途径的思想。由此可以窥见普拉东诺夫对瓦尔拉莫夫个人创作的影响③。传记作者瓦尔拉莫夫并未对普拉东诺夫创作的语言给予特别关注，他曾在一篇文章中给出了理由，"仅注意作家的语言意味着完全把普拉东诺夫简单化了，无论创作语言多么特别，它永远都不会是目的，而只可能是手段"④。

  如果说瓦尔拉莫夫更多是把普拉东诺夫作为一个研究对象客观看待，沙罗夫对普拉东诺夫的研究则始于阅读兴趣，并在此基础上将与普拉东诺夫相似的创作特征和艺术思想付诸自己的写作实践。因此，沙罗夫才能成为评论家眼中充满兴趣的普拉东诺夫研究者，他追随普拉东诺夫不疾不徐地创作蕴含深刻思想的文学作品⑤。尽管在沙罗夫少年时期，普拉东诺夫作品还处于封禁状态。但是，身为历史学家之子，15岁（1967年）的他便读到了作为地下出版物的《基坑》。沙罗夫的长篇小说很大程度上受到了《切文古尔镇》的影响，与"单纯在形式上拷贝而在思想上未能理解普拉东诺夫的索罗金"相比，沙罗夫成为当之无愧的"普拉东诺夫思想的严肃继承

---

  ① 《基坑》中小女孩娜斯佳玩弄死去母亲骨头的游戏，唤起了多神教的文化记忆：母亲的骨头是死亡的护身符，而游戏本身就是将母亲生命复活到孩子身上的仪式。

  ② Поляков В. А. Революция и христианство в повестях Андрея Платонова «Котлован» и «Сокровенный человек»// Творчество Андрея Платонова：Исследования и материалы.Кн.4.С.182.

  ③ 瓦尔拉莫夫曾公开承认普拉东诺夫对自己创作的影响，见 ПрилепинИменины сердца：разговоры с русской литературой.М.：Астрель，2009.С.159.

  ④ Варламов А.Н.Третий сын // «Страна философов»Андрея Платонова：проблемы творчества.Вып.4.С.44.

  ⑤ http：//www.chaskor.ru/p.php？id＝2930.

者"①。

  沙罗夫将普拉东诺夫的创作思想视为对业已成为俄罗斯传统的早期基督教末世论的表达，认为其作品体现的是对世界末日以及对新天新地的期待。正是这一点，导致人们拒绝接纳现实的物质世界，而是接纳通常被视为污秽和罪恶载体的身体或曰肉体。在他看来，普拉东诺夫创造了一种世界形象：在这个世界上，一切均由亲缘关系来连接。人和动物没有任何区别，二者皆需承受痛苦和折磨。普拉东诺夫把自己笔下的人物置于人和兽的边缘。普拉东诺夫的信仰之根在于，人兽之间、有生命之物与无生命之物之间并不存在界限②。

  沙罗夫指出了普拉东诺夫思想意识中的形而上立场及其创作中的形而上题材：普拉东诺夫在描述人时体现出了某种不可思议的羞涩，原因在于人的灵魂通常藏匿在肥硕而结实的肉体层面，而在这里几乎处于裸露状态……为使主人公接近真正的生命，把其从肉体躯壳中净化改造，你已经习惯，只有最高力量才能看见、知道和予以审判。如果人死了，他的灵魂将投向上帝的怀抱，并接受上帝的审判③。在沙罗夫看来，普拉东诺夫的本体论思想不仅来自费多罗夫对物质死亡性的克服，更是首先来自早期基督教把地上的世界视为临时的，对另外的非物质生命的临界点的一种体验。在他看来，现实就是忙乱游走在水面上的小浮标④。

  沙罗夫认为，普拉东诺夫描述的都是人的此在性。某一天，他们便开始不同以往地突然参透世界。如此一来，世界一下子面目全

---

 ① http://www.chaskor.ru/p.php?id=2930.
 ② Шаров В.О записных книжках Андрея Платонова // «Страна философов»Андрея Платонова.Вып.5.По матер.5-й конф.2001.М.：ИМЛИ РАН.2003.С.201.
 ③ Шаров В.О записных книжках Андрея Платонова // «Страна философов»Андрея Платонова.Вып.5.По матер.5-й конф.2001.М.：ИМЛИ РАН.2003.С.200.
 ④ Шаров В.Памяти Пролетарской Силы（Андрей Платонов）// Знамя.2009.No 8.С.163.

非了。作家仿佛知道，他们对世界足够理解，并且很快将会死去，最好的情况就是不留痕迹地消逝在剩下的人群中。普拉东诺夫为此哭泣，为那些为了寻求自身的真理而牺牲生命的人哭泣①。可以说，沙罗夫从基督教早期静修主义那里得出了普拉东诺夫的人学思想。

　　作家对普拉东诺夫作品的接受，取决于其自身的艺术主张。他们对普拉东诺夫作品的阐释体现在各自的批评文章和随笔中。除因解体前后普拉东诺夫部分作品的最新公开以外，这些作家本人美学观点的变化以及不同的艺术流派归属，也是导致他们对普拉东诺夫不同评价的重要原因。普拉东诺夫的作品备受俄罗斯当代作家推崇，不单因为他在多部作品中以多种形式预言了苏联文明的终结，更在于他鼓励创作一种"世界得以呈现出本来和平等的面目，人们得以从中为亲人发现这个世界"（普拉东诺夫《无产阶级诗歌》，1923年）的艺术作品。在如今的俄罗斯文化和社会生活中，普拉东诺夫作品文本中所探讨的令人不安的问题以及对普拉东诺夫作品的阅读，不仅可能，而且富有现实意义。如比托夫所言："我们需要普拉东诺夫，就像需要空气一般。"②

　　在一位不算有名的同时代女作家塔拉图塔眼里，普拉东诺夫看上去好像来自另一个世界———张工人和劳动者的脸，穿着常见的风衣，戴着普通鸭舌帽。然而，每当他来到编辑部时，所有喜爱他的人都悄悄汇聚过来，听他讲点什么。"普拉东诺夫是位读来不易的作家，是位有深刻思想、深厚情感和杰出语言技巧的作家。一个伟大的人！"时隔三十年，我们仍然"有责任向后代讲述这个出色的人，这位优秀的作家"③。

---

　　① Шаров В. Меж двух революций. Андрей Платонов и русская история. С. 156，157//Знамя. 2005. No 9. cc. 174-192.

　　② Битов А. Пятьдесят лет без Платонова // Звезда. 2001. No 1. URL：http：//www.zhzal.ru/zvezda/2001/1/bitov.html.

　　③ ［俄］塔拉图塔：《回忆安德烈·普拉东诺夫》，郑滨译，《俄罗斯文艺》1992年第5期。

第五节　本书的主要理论依据

本书主要借助民间文学中的母题理论和互文性理论对普拉东诺夫创作思想的变迁展开研究。首先我们来界定一下母题。直至今日，研究者对"母题"一词有不同的理解。母题（motif）是国际上通用的名词，该概念多用于民间文学研究。俄国文学理论家维谢洛夫斯基（1839—1906）认为母题指的是最原初的叙事单位，母题的标志是它的形象的、单一成分的模式论；这就是最初级的神话和故事不能再分解的元素。① 但是正如普罗普所言："他（维谢洛夫斯基）作为例子援引的那些母题都可以再分解。"美国学者汤普森则提出，一个母题是一个故事中最小的、能够持续在传统中的成分。② 俄国形式主义学家普罗普在《故事形态学》一书中，提出了"角色的功能"这一概念，用来"代替维谢洛夫斯基所说的母题"，并指出"在各色完成者身上体现出功能的重复性……功能指的是从其对于行动过程意义角度定义的角色行为"③。

神话母题"表现了一个人类共同体（氏族、民族、国家乃至全人类）的集体意识，其中一些母题由于悠久的历史性和高度的典型性而常常成为该群体的文化标识"④。在本书中，我们对文学作品的"母题"作出如下的界定：母题是指一个作家或者一部作品中的叙事的典型元素，能够在不同时空体内被复制或者进行重新排列组合，从而为表达某种特定的主题服务。也就是说，表达不同主题所需要的母题是不同的。这些典型元素在对前人的文学传承中独立存在，且能在后世的文学作品中继续传承。不同作家、不同民族的文学文

---

①　转引自［俄］普罗普《故事形态学》，贾放译，中华书局2006年版，第11页。
②　［美］斯蒂·汤普森：《世界民间故事分类学》，郑海等译，上海文艺出版社1991年版，第499页。
③　［俄］普罗普：《故事形态学》，贾放译，中华书局2006年版，第17—18页。
④　陈建宪：《神话解读》，湖北教育出版社1997年版，第23页。

本所包含的母题是有区别和联系的，因此母题研究既可以帮助我们梳理出一个作家或一部作品，乃至一个民族文化的独特性，也可以为我们洞察不同作家和不同民族文化之间的交叉关系提供参照。不同的叙事环境中母题的内涵不尽相同，我们所梳理的是普拉东诺夫创作中的典型母题，并非"将叙事文本无限分隔以求得'最小单位'，而是以获得能够说明故事类型之原型意义的母题结构为止"①。

  本书所依据的另外一个重要理论是互文性，该理论近年来方兴未艾，无论是国外学者还是国内学者对其进行的阐释浩如烟海。较之缺乏细密的逻辑体系构建的我国传统的文学批评方法，西方互文性理论无疑"更具概括力，能够更深刻更全面地揭示作品文本的生成机制"②。1967年，当代法国著名文学理论家、符号学家和心理学家朱莉亚·克里斯蒂娃在巴赫金对话性理论的基础上首次提出了"互文性"这一概念。其基本含义是，决定文本意义的不仅仅是语言系统，还有外部世界这个大文本。社会和历史并不是外在于文本的独立因素或背景，它们本身就是文本，是文本整体的一个有机组成部分。克里斯蒂娃还指出："作者是有针对性地写出自己的文本；每一个语词（文本）都是其他语词（文本）的镜子，每一个文本都是对其他文本的吸收和转化，它们互相参照、彼此牵连，形成一个潜力无限的开放网络，以此构成文本过去、现在和将来的巨大开放体系和文学符号的演变过程。"③ 她认为："任何文本都是引语的镶嵌品构成的，任何文本都是对另一文本的吸收和改编。"④ 杰拉尔德·普林斯在其《叙事学词典》中对"互文性"下了更为清楚易懂的定

---

  ① 吕微：《神话何为——神圣叙事的传承与阐释》，社会科学文献出版社2001年版，第17页。
  ② 范子烨：《春蚕与止酒——互文性视域下的陶渊明诗》，社会科学文献出版社2012年版，第9页。
  ③ ［法］朱莉娅·克里斯蒂娃：《符号学：意义分析研究》，转引自朱立元主编《现代西方美学史》，上海文艺出版社1996年版，第947页。
  ④ 王瑾：《互文性》，广西师范大学出版社2005年版，第1—2页。

义:"一个确定的文本与它所引用、改写、吸收、扩展或在总体上加以改造的其它文本之间的关系,并且依据这种关系才可能理解这个文本。"①克里斯蒂娃、罗兰·巴特和德里达从后结构主义出发,广义地定义了互文性。他们把整个世界当成一个文本,文本与文本之间存在相互指涉的关系,即任何文本与赋予该文本意义的各种语言、知识代码和文化表意实践间有着相互指涉的关系。任何文本都是开放性网络上的一个点,并与四周的其他点之间存在着千丝万缕的联系。也就是说,任何文本都是对其他文本的吸收和借鉴,也将被其他文本吸收和融合。互文性批评就是要放弃那种只关注作者与作品关系的传统批评方法,转向一种宽泛语境中的跨文本文化研究。互文性理论将文本与文本之间的互涉、互动看作是文学与文化的基本构成因素,主要强调在文际关系中发掘和解读作品的意义。这样把写作置于一个坐标体系中予以观照:从横向上看,它将一个文本与其他文本进行对比研究,让文本在一个文本系统中确定其特性;从纵向上看,它注重前文本的影响研究,从而获得对文学和文化传统的系统认识。

法国文学理论家萨莫瓦约在他的《互文性研究》一书中指出:"一篇文本对另一篇文本的吸纳就是以多种形式合并和粘贴原文被借用的部分",引用完全隐含并融于受文。它绝对是深藏不露的,要想发现这种引用的存在,要么由作者给出别的迹象,要么就靠诠释者自己的洞察力了②。"读者只有在发现互文的情况下方能明白其中的奥妙"③,然而并不是每一位读者都具备较为广博的知识,以及足够的敏感和洞察力,因此,我们所做的工作就是扮演互文性的诠释者和研究者的角色。萨莫瓦约指出:"互文性让我们懂得并分析文学的

---

① 转引自程锡麟《互文性理论概述》,《外国文学》1996年第1期。
② [法]蒂费纳·萨莫瓦约:《互文性研究》,邵炜译,天津人民出版社2003年版,第49、51页。
③ [法]蒂费纳·萨莫瓦约:《互文性研究》,邵炜译,第84页。

一个重要特性,即文学织就的、永久的、与它自身的对话关系;这不是一个简单的现象,而是文学发展的主题。"① 本书所指的互文性不单纯指该学者所言的"文学与它自身的对话关系",这种对话关系其实是局限于同一艺术门类范围内的本体互文性的一种,也是最常见的互文性研究范畴。事实上,互文性远远不局限于此,而是在更为广阔的艺术门类之间存在交叉的互文,针对于此,有学者曾经指出:"跨体互文性的意义丝毫不亚于本体互文性"②,的确,单就取材于圣经故事的绘画文本就不计其数,可以说,跨体互文性研究颇有意思也颇值得研究。

因此,在开始我们的研究之前有必要对本书所使用的"互文性"这一概念进行一下界定。本书所涉及的互文性既有广义的,也有狭义的,艺术门类方面,包括本体互文性和跨体互文性,其中前者指的是文学范畴内的互文,后者指的是不同艺术门类之间的互文,在本书中则主要指文学和东正教圣像画之间的互文③。无论是本体还是跨体互文,我们都会借助"母题"这一工具,对互文性的具体表现进行阐述。

乌托邦叙事意味着历史、现实和未来三者并置。从时间维度看,是在历史中搜寻规律或者动力,把未来设想叠加在现实生活之上;从哲学维度看,是把个人从被奴役的状态解放出来,获得本质意义上的自由。陶渊明的《桃花源记》,托马斯·莫尔的《乌托邦》[全名《关于最完美的国家制度和乌托邦新岛的既有益又有趣的金书》,(1518)],柏拉图的《理想国》,意大利作家托马索·康帕内拉的《太阳城》(1602),法国作家埃蒂耶纳·卡贝的《伊加利亚旅行记》

---

① [法] 蒂费纳·萨莫瓦约:《互文性研究》,邵炜译,第1—2页。
② 李玉平:《互文性——文学理论研究的新视野》,商务印书馆2014年版,第84页。
③ 关于文学与绘画之间的互文,我国学者李玉平曾经指出鲁本斯的木板油画《参孙和大力拉》取材于《圣经》,前者是绘画文本,后者是文字文本。我国学者崔艺艼、赵桂莲在《列斯科夫的小说〈士官生修道院〉与鲁勃辽夫的圣像画》一文中所讨论的也是两种艺术文本之间的互文,只是并未使用"互文性"这一理论术语。

(1848)、英国作家威廉·莫里斯的《乌有乡消息》(1891)、英国哲学家弗兰西斯·培根的《新大西岛》(1623)、俄国作家车尔尼雪夫斯基的《怎么办?》都是通过对理想国度的描绘，表达了对现实的不满和对美好未来的向往。普拉东诺夫创作中的乌托邦叙事是将历史时间、社会主义现实和乌托邦未来并置，他的人物生活在不同的时间段（历史时间、神话过去、乌托邦未来①）（雅布罗科夫语）。

  我们的研究以马克思主义为指导，立足于普拉东诺夫的艺术文本和俄国传统文化，以上述研究成果和理论基础为参照，各章节基本以普拉东诺夫的创作分期来分章，与此同时也兼而对作家其他时期的创作文本进行对比分析。借助母题研究和互文性等理论，以词源学、文化学和宗教学的视角挖掘普拉东诺夫创作中一以贯之的母题，兼而将普拉东诺夫创作放在俄罗斯文学文化和宗教哲学的大语境中进行互文性研究，从而揭示作家各个时期的创作文本以及以圣像文本为代表的其他艺术文本之间的相互指涉和意义关联，为阐释普拉东诺夫作品提供一个新的角度。在这个过程中还会用到词源学、俄罗斯宗教哲学、神话学、原型批评等理论。

  第一章重点研究普拉东诺夫以"科幻三部曲"为代表的早期创作中技术乌托邦、亲缘关系以及技术过激带来的现代性反思。第二章研析普拉东诺夫中期创作中的乌托邦叙事，普拉东诺夫笔下的寻真者形象，对普拉东诺夫创作进行神话—原型解读；探讨普拉东诺夫中亚主题小说中所充斥着的生态灾难和记忆书写。第三章着重探讨普拉东诺夫战争小说中的乌托邦叙事，梳理战争与俄罗斯民族性格及其乌托邦理想的相互关系，在第二节中具体阐述普拉东诺夫战争小说中的洗礼和救世母题的表现，第三节中从死亡是最大的恶、"一粒麦子"的复活哲学、记忆作为复活逝者的手段等方面对普拉东

---

① Яблоков Е.Контрапункт（Проблема авторской позиции в повести «Ювенильное море»）C.140.// Поэтика Андрея Платонова.Сб.1：На пути к «Ювенильному морю».Белград，2013.cc.134-172.

诺夫创作中的复活母题展开研究，普拉东诺夫在战争小说中更加坚定地回归父辈传统，对以法西斯为代表的理性乌托邦展开驳斥。第四章把圣像文化和圣像中所展现的理想世界视为另一种乌托邦，并在此基础上探讨普拉东诺夫创作与俄国圣像文本的互文关系，先整体介绍俄国的圣母崇敬和圣乔治崇敬传统，然后分别从名字、母题等角度出发，分析普拉东诺夫创作对俄国民间文化和东正教文化的指涉。我们通过分析作家的整体创作与圣像文本的互文梳理出普拉东诺夫创作的不同时期作家世界观的变迁，即从早期否定耶稣神性的人神论到中期作家对采用革命手段建立人间天国的怀疑和否定再到后期对和谐之爱思想的回归。

  本书的主要价值体现在以下几个方面：第一，对普拉东诺夫创作进行整体研究，对其思想和世界观的变迁做出梳理；第二，从一位深入了解底层人民生活的作家的创作文本去了解俄国的文化类型，这对于我们深刻认识俄国的民族性格不无裨益；第三，在俄国传统文化语境中对普拉东诺夫的思想进行研究，可以揭示作品中折射的哲学、文化、社会、意识形态、道德问题以及作家在革命和战争等特殊历史时期所进行的精神探索；第四，文学是对社会和国家最为敏感和及时的反映，研究普拉东诺夫的创作遗产可以帮助我们认识苏联时期国家、社会和人之间的关系，反观当今全球化的时代，使我们倍加珍惜亲缘关系，明晰人的使命和意义何在；第五，挖掘普拉东诺夫各个时期创作之间及其与其他作家创作以及以圣像文本为代表的其他艺术文本之间的相互指涉关系，也可以为其他作家的研究提供可资借鉴的视角。无论是母题研究，还是互文性研究，其共性在于能够有机地沟通文学研究和文化研究，不仅突出文学文本之间的联系和转化，而且注重在广阔的文化语境中考察文学意义的生成与交流，拓宽了传统文学研究的范围，提供了新的视角和方法。

第一章

普拉东诺夫早期创作中的科技与乌托邦

1920年参加第一届全俄无产阶级文化工作者大会时,面对大会的调查问卷"你感到自己属于哪个文学流派?"这一问题,作家本人曾简短地答道:"不属于任何一派,我自成一派。"① 尽管普拉东诺夫本人否认自己的流派归属,但是在难以抑制的乌托邦激情方面,他和创作出大量歌颂未来的乌托邦诗歌的无产阶级文化派如出一辙。在十月革命后的20世纪20年代,书写未来和歌颂理想成为作家关注的目标,普拉东诺夫正是这样的作家之一。

第一节 普拉东诺夫"科幻三部曲"中的未来与科技

20世纪初,欧洲资本主义国家在自然科学领域取得了诸多成就,比如量子论的发明者普朗克和相对论的发明者爱因斯坦都是德国科学家……然而,"第一次成功的、公开的革命不是发生在世界上最先进的资本主义国家之一,而是发生在一个经济发展不平衡、饱受战争摧残、文化和社会发展普遍落后的国家",因此,对于苏联来说,

---

① [俄]符·维·阿格诺索夫主编:《20世纪俄罗斯文学》,凌建侯等译,中国人民大学出版社2001年版,第421页。

"在革命的最初阶段，培训技术专家远比实施新文化更重要"①。文化的发展虽然未必与技术发展同步，但是的确有一定相关性。这一时期，俄罗斯迎来了文化空前繁荣的白银时代，而且"在各种技术和科学突破、通信工具扩散的泛滥下，大众自我意识发生了质的飞跃……空气中充满了对大转变，新的事物秩序即将来临、对世界重组的期待和预言，在地平线上，有哈雷彗星随时撞击地球的危险……这个时期有点歇斯底里的味道。因此，当革命到来以后，很多人以为那就是他们一直盼望的"②，似乎革命为人们带来了理想即将实现的幸福，这场宏大的实验涉及人们生活和行为的方方面面。在普拉东诺夫看来，"革命代表一种历史时刻，它使人重生，为人寻找新的力量源泉，使人获得新的生机"③。这一时期的他始终坚定革命立场，支持并欢迎革命。革命的烙印打在作家的精神气质和他的每一部作品中。革命的目标是建立理智、善良、公平和团结的王国，这一目标与革命时期的社会历史现实相矛盾。因此，普拉东诺夫早期作品中也不可避免地充斥着典型的自相矛盾，学者瓦西里耶夫曾这样论述："早期普拉东诺夫作品变幻莫测，充满漫无目的的追寻。把大自然和人看作彼此敌对力量的同时，又寻找二者的亲缘性；将机器和金属绝对化的同时，又俯瞰大地和小草；向科学贡献自己天才的同时，又怀疑科学的无所不能。"④ 普拉东诺夫生活在科技迅猛发展的20世纪上半叶，时代要求新技术体系的形成，而新技术体系的形成又难免改变人与大自然之间原有的关系。因此也就不难理解作家作品中的复杂关系了。

作为土壤改良师的普拉东诺夫直接投身革命事业，参与技术发

---

① James C. McClelland, "Utopianism versus Revolutionary Heroism in Bolshevik Policy: The Proletarian Culture Debate", *Slavic Review*, pp. 403 – 425. See https://studylib.net/doc/8870759/utopianism-versus-revolutionary-heroism-in-bolshevik.
② [美] 约瑟夫·布罗茨基：《小于一》，黄灿然译，第246页。
③ Платонов А.П.Возвращение.М., Молодая гвардия, 1989, C.28.
④ Васильев В.Андрей Платонов.М., Современник, 1990.C.45.

展过程。因此，普拉东诺夫对待技术的态度与众不同，他曾在沃罗涅日时期发表的文章中，最为直接和鲜明地体现出自己对技术的钟爱："除了田地，农村，母亲和钟声，我还喜欢（而且越来越喜欢）蒸汽机车，机器，嘈杂的汽笛声和流汗的劳动。"① 电气化，无疑是少年普拉东诺夫的最爱。作为年轻的工程师、改革家和幻想家，普拉东诺夫在自己的早期文章中表达了对于技术改造社会的信心。年轻的普拉东诺夫相信，电气化改变的不只是土壤表面，工厂和车间的全貌，还包括人的存在本身。他在1921年的文章《农村的电气化》中指出，发明共产主义的俄罗斯的工人农民也发明了电气化。普拉东诺夫深知，"被历史幻象蒙蔽的广大人民群众，还显露出生命发展的无尽潜力。作为沉默的大多数，他们为了生存忍辱负重。社会压迫和个人的致命遭遇，迫使人们找寻毁灭性处境的出路"②，别尔嘉耶夫则指出，"革命的伟大目的是使人摆脱压迫和奴役"③，革命正是人民自我拯救之路。尽管彼时的普拉东诺夫并未有机会接触到别尔嘉耶夫1939年于法国巴黎首度出版的《论人的奴役与自由》一书，但是或许是身处相同的时代背景使得英雄所见略同，普拉东诺夫亦表达了摆脱奴役向往自由的思想："人们总是向往更好的命运，并为之不懈努力。他们甚至懂得，在贫穷而乏味的世界中，生活的真正价值何在。他们的内心永远不会丧失鼓舞。"④

时代变迁带来了精神和思想的原则性分歧。人们之间的相互关系需要重新调整。普拉东诺夫当时还完全是一个年轻人，尽管目睹和亲身经历过一些事情，但也只是工具式地理解未来新世界的建立问题，

---

① Платонов А.Собр.Соч.：в 3-х т.М.，1985.Т.3.С.487.
② Платонов А.П.Пушкин и Горький// Размышления читателя：Литературная критика.Статьи и рецензии.М.，Советский писатель，1970.С.24.
③ ［俄］别尔嘉耶夫：《论人的奴役与自由——人格主义哲学体验》，张百春译，中国城市出版社2002年版，第229页。
④ Платонов А.П.Пушкин и Горький//Размышления читателя：Литературная критика.Статьи и рецензии.М.，Советский писатель，1970.С.27-28.

认为金属和电气化是人们生存和生活的根基所在，并把机器和技术看作变革世界的有力武器。在第一本诗集《蔚蓝色的深处》（1922）中，普拉东诺夫把机器视为全宇宙的掌控者，对科学和理智的创造力充满神圣信仰。尤其是早期诗作《全宇宙》，淋漓尽致地体现了希望用技术变革全宇宙的思想。

早期普拉东诺夫高度的乌托邦主义源于其在俄国革命空前胜利的鼓舞下萌生的解放劳动者双手和改造世界的内心愿景，同时受到无产阶级文化派理论先驱鲍格丹诺夫普遍组织科学的影响。俄国学者玛雷金娜[1]、恰尔马耶夫[2]和我国学者薛君智[3]、淡修安[4]均曾对这一观点进行过论证。就如同鲍格丹诺夫所倡导的"无产阶级社会改造的任务在于建立或者实现大规模改造残缺世界"，"作家试图把大地建设成人类舒适的家园"[5]，这就需要采用科学力量征服和利用周围的物质世界，谋求普遍幸福，在尘世间实现天堂。

涌现大量具有强烈乌托邦和社会工程色彩的哲学著作和科幻小说"[6]的20世纪初，同时出现了一批以技术为主要主题的绘画作品，比如 莫霍利-纳吉的作品《无穷动》（1919）和《桥梁》（1919）等构造 像机械一样的对象。尽管纳吉后来移民到德国，但是他对技术主题的兴趣得以延续，并坦陈最终定居德国而非自己曾短暂停留的奥地利首都维也纳，恰是因为对巴洛克式建筑风格的兴趣远远不如对高度发达的德国工业技术的兴趣[7]。1918年，普拉东诺夫初登文坛。创作初期是体现普拉东诺夫创作真性情的天才阶段。普拉东诺

---

[1] Малыгина Н.М.Андрей Платонов: поэтика «возворащения».М., 2005, С.284.
[2] ЧалмаевВ.А.Андрей Платонов.М.: МГУ, 1999, С.22.
[3] 薛君智:《回归——苏联开禁作家五论》，社会科学文献出版社1989年版，第227页。
[4] 淡修安:《普拉东诺夫的世界：个体和整体存在意义的求索》，第48页。
[5] Малыгина Н.М.Андрей Платонов: поэтика «возворащения».М., 2005, С.284.
[6] [美] 约瑟夫·布罗茨基:《小于一》，黄灿然译，第246页。
[7] [美] 维克多·马格林:《设计，为乌托邦奋斗（1917—1946）》，北京大学出版社2018年版，第63页。

夫创作其早期作品的 20 年代，苏维埃文化生活丰富多彩，大胆创新。其中，城市在这一时期的俄罗斯文化中留下鲜明印迹。城市面貌的变化，市民生活和城市节日的盛况，都在当时的文学作品、绘画和电影等多种艺术形式中得到反映。工业化城市的郊区开始被各种工厂厂房覆盖，电力的发明，汽车的出现，都给城市生活带来巨大变化。普拉东诺夫在诗集《蔚蓝色的深处》中，对那个时代城市的发展做出了敏感的反映，其诗歌思考集中在新城形象上，这是一个由无产阶级革命力量创造的乌托邦式的地方。正是基于这样的时代背景和个人经历，普拉东诺夫的科幻三部曲《太阳的后裔》（1922）、《月亮炸弹》（1926）和《以太通道》（1927）应运而生。作品主人公从改造地球的工程师沃古洛夫到工程师兼发明家彼捷尔·克列伊兹科普夫再到物理学博士基尔毕奇尼科夫，职业共同点都是技术专家。

我们不妨以普拉东诺夫被誉为"科幻三部曲的尾篇和巅峰之作"① 的《以太通道》为例展开分析。中篇小说主人公基尔毕奇尼科夫是一个喜欢自言自语，潜心钻研学术的物理学博士，也是周围人眼里的理性冷血且中规中矩的怪物。作为一名曾经的瓦工，他"有良好的高等教育经历……还是一名坚定而真诚的共产主义者。……他知道，离开了社会主义，任何科学技术革命都是不可能的"②。他们的任务是将"一个人短暂而偶然的生命""转变为对宇宙奇迹的永恒控制"③，在冻土地带建造第一条垂直热力隧道，"通向地下神秘世界之门……其价值和影响将远超蒸汽机的发明"，远胜镭元素的发现④。年轻有为的法捷依·波波夫英年早逝，由基尔毕奇尼科夫继承他的科研事业。困扰基尔毕奇尼科夫和驱使他不断追求

---

① ［俄］普拉东诺夫：《以太通道》（文前介绍），淡修安译，《译林》2017 年第 1 期。
② ［俄］普拉东诺夫：《以太通道》，淡修安译，《译林》2017 年第 1 期。
③ ［俄］普拉东诺夫：《以太通道》，淡修安译，《译林》2017 年第 1 期。
④ ［俄］普拉东诺夫：《以太通道》，淡修安译，《译林》2017 年第 1 期。

和寻找的,是完成死去的波波夫的未竟事业,"人为地繁殖电子微生物,在技术上建成波波夫的以太通道"①。以太通道的方案始终没有着落。然而,当他驱车前往沃洛什诺途中见到了面目一新的农村,人造灌溉系统和人工降雨机遍地,基尔毕奇尼科夫深感历史的车轮正在改变方向,社会主义国家美好的经济地理图景浮现在眼前。然而,普拉东诺夫在其早期作品中并非一味地征服自然和宇宙,亦有对技术的反思,他借其笔下人物基尔毕奇尼科夫之口表达了自己的担忧。当亲眼看着那些为建设以太通道而准备的仪器设备静静地摆在那里,电子微生物的以太食物通道迟迟没有着落时,基尔毕奇尼科夫有忧愁,伤感,也有迷茫。作为技术同道,基尔毕奇尼科夫的大学同学、农业工程师伊萨克·玛基森认为人是科学技术最大和最有效的工具②。当与多年未见的好友玛基森久别重逢后,基尔毕奇尼科夫发现玛基森对大自然使用暴力,一心征服自然,远没有摆脱人比自然可贵的观念,而实际上自然始终比所有人都更加深邃丰富和多姿多彩。

除了修建以太通道以外,米哈伊尔·基尔毕奇尼科夫还前往美国学习如何制作玫瑰油,目的是回国后将玫瑰花种遍俄罗斯黑土地。在他的意识里,以太同玫瑰花产生联系,"在那以太蔚蓝幽远的深处,有一朵玫瑰在散发着迷人的芬芳"③。在这部作品中,美国是高科技的代表,这也是普拉东诺夫早期作品和政论文中一贯秉持的观点,不过他从一开始就号召苏联人民超过美国:"这样的(电气化)车站在美国已经有了,我们应该超过美国。"④ 我国学者曾指出,"技工出身的普拉东诺夫对美国有着特殊的情结,对待美国的态度是独树一帜的。在他的作品中既有对作为先进技术掌握者美国的

---

① [俄] 普拉东诺夫:《以太通道》,淡修安译,《译林》2017 年第 1 期。
② [俄] 普拉东诺夫:《以太通道》,淡修安译,《译林》2017 年第 1 期。
③ [俄] 普拉东诺夫:《以太通道》,淡修安译,《译林》2017 年第 1 期。
④ Платонов А.П.Электрификация деревень.См.: http://platonov-ap.ru/publ/elekt-rifikaciya-dereven/.

肯定态度，也有对拥有先进技术的美国的失望情绪"①。在《以太通道》中，我们显然更多地看到作家对美国这个技术王国的憧憬和向往。玫瑰油带给俄罗斯从拥有糟糕味道的现在到芳香四溢的未来这一改变，隐喻式地表达普拉东诺夫对俄罗斯未来技术进步的信心和期望。穿越苏联欧洲部分，途径里加，又漂洋过海来到美国加利福尼亚州的弗赛德市，基尔毕奇尼科夫惊叹这里随处可见的先进文明，流连于美国的农场，并找了份工作，钳工和铁匠手艺也派上了用场，甚至尝到了农场主女儿给他带来的爱情甜头。不过，这部小说的主人公对美国的态度并非一成不变：尽管一晃十年过去，夜深人静之时，他的内心还是唤起了玫瑰和俄罗斯，想起了费奥多西和波波夫，以太通道……他的鲜血中依然饱含着对未来的希望，苏维埃未来千百年岁月的幸福时光，玫瑰花香飘大地，以太滋养人间。然而，当基尔毕奇尼科夫真的来到弗赛德市时，一方面感叹井井有条的街道，舒适便利的城市服务，另一方面街边栅栏上密密麻麻的充满鼓动性和优越感的广告语让他大跌眼镜，他不禁哈哈大笑起来："美国人的智商就跟 12 岁的小孩差不多……周围尽是些呆头呆脑和无聊透顶的人……（美国人）对本民族盲目自大。"② 如美国学者考利所言，扛在俄罗斯文学肩上的重负似乎由陀思妥耶夫斯基等一代伟大作家的伟大作品卸下来，经济方面俄罗斯人对"欧洲人"（实际上当然包括美国人）的自卑感却始终压在陀思妥耶夫斯基及其下一代知识分子的肩上③。不过，随着十月革命的爆发，作为第一个社会主义国家的公民，苏联人的民族自豪感和信心也随之增加。这一方面体现为普拉东诺夫对美国态度发生的转变，从仰视和羡慕到俯视和讥讽；另一方面也反映出作家世界观的转变，是作家内心对技术战胜自然

---

① 郑丽、赵晓彬：《憧憬与幻灭——普拉东诺夫创作中美国主题的流变》，《俄罗斯文艺》2009 年第 1 期。
② [俄] 普拉东诺夫：《以太通道》，淡修安译，《译林》2017 年第 1 期。
③ [美] 马尔科姆·考利：《流放者归来——1920 年代的文学浪游史》，姜向明译，湖南文艺出版社 2021 年版，第 117 页。引用时有改动。

现象的反思和警示，对技术进步的权宜之计的质疑和轻蔑。不过，美国所拥有的先进技术还是令普拉东诺夫一心向往，只是美国人的做法给作家一向秉持的"技术为人类造福"的理念带来了冲击。

以《以太通道》为代表的三部科幻作品，其核心主题是人借助神圣而强大的科学技术征服大自然和整个宇宙。虽然他们最终的尝试和努力均以失败告终，但是他们前进的基本方向始终围绕着战胜自然的主题，把人类定位在大自然的对立面。尽管科幻三部曲"从思想内容到艺术形式，并不具有什么很重大的价值。但是，它们在普拉东诺夫创作进程中是不可缺少的一页"。之所以这样讲，原因在于，这几部作品反映出作家创作道路的一个转折点，那就是"从浪漫主义的、乌托邦式的、怪诞的空想，进入到现实主义的、反映社会真实生活的、严肃的纪实写作"①。作为俄国宇宙论者齐奥尔科夫斯基，维尔纳斯基和齐热夫斯基的同时代人，普拉东诺夫创作《月亮炸弹》的 1926 年，距离 1961 年人类（苏联宇航员尤里·加加林）首次进入太空还有 35 年时间，距离人类首次登月——美国宇航员阿姆斯特朗迈出左脚踏上月球的 1969 年，还有 43 年时间。甚至在今天看来，普拉东诺夫的科幻思想都非常具有前瞻性。

青年普拉东诺夫的政论文章中，对世界观各方面主要问题的阐述，充分体现出作者当年的激情和直白。这一时期普拉东诺夫的观点带有稚嫩的极端主义色彩，无序而混乱。普拉东诺夫将希望全部寄托在技术，借助于技术，人类可以无限地征服大自然，按照自己的意愿极端化利用土地，却并不关心这种改造所带来的后果。技术对那时的普拉东诺夫来说近乎完美。在他看来，人不过机器的附属品。如俄国学者恰尔马耶夫所言："沃罗涅日时期甚至包括多年以后

---

① 薛君智：《回归——苏联开禁作家五论》，社会科学文献出版社 1989 年版，第 228—229 页。

的普拉东诺夫，都是机器和电气化的忠实拥护者，从未改变。"① 确如这位俄国学者所言，有些后期作品仍体现出作家对机器的挚爱，如《老机械师》（Старый механик，1940）中，蒸汽机车即作为家庭成员，与彼得及其妻子共同组成家庭。普拉东诺夫意在强调，假如脱离机器，人会变得脆弱而无助，人的存在将陷入绝望的境地，现实生活条件的改善终将无望。

第二节 普拉东诺夫创作中的亲缘关系与乌托邦理想

在对苏联社会进行思考的过程中，普拉东诺夫与其同时代作家伊万诺夫、普里什文等，均认为人与周围世界存在着美好而深刻的联系。"曾几何时，人民是普希金精神振奋的创造性力量的源泉。仅有一种和普希金一样的力量同法西斯主义相抗衡，那就是共产主义。"② 年轻的普拉东诺夫对共产主义抱有坚定的信念，在他看来，"许多俄罗斯经典作家把资本主义理解为历史发展的衰败，而且是悲观而致命的衰败。这种理解虽然正确，却有失偏颇。……他们（许多俄国作家）仍然忽视了某个'伟大的本质'。这就是俄国工人阶级的出身，以及工人阶级与大部分赤贫的农民阶级的亲缘关系"③。普拉东诺夫的创作从独特的宇宙主义视角出发，认为知识分子和大自然的关系不可分割。"亲缘关系"一词是普拉东诺夫创作中出现的高频词。在《自传信》一文中，普拉东诺夫曾讲述过一则令人心灵震撼的童话："人与小草，野兽，而非掌管一切、易于暴动的绿色大

---

① Чалмаев В.А.У человеческого сердца.-В кн.：Платонов А.Собр.Соч.：В 3-х тт. М.，1985.Т.1，С.13.

② Платонов А.П.Пушкин и Горький//Собрание сочинений.М.，Советская Россия. 1985.С.301.

③ Платонов А.П.Пушкин и Горький//Собрание сочинений.М.，Советская Россия. 1985.С.310.

地的上帝有亲缘关系，大地因为人的无限性而区别于天空。"① 普拉东诺夫作品中的人物不由自主地与大自然保持节拍一致。或许，当大自然与人合为一体，并共同生活时，统一的感觉便随之而来。

  如果说，成熟期普拉东诺夫作品关注的重点是个人与大众，人与周围世界不可分割的联系，那么早期创作中则缺少对这种统一的关注。20年代作家在寻找真理时，一方面乌托邦式地展现美好的未来，笔下的主人公只能感受到自己和大自然的亲缘关系，自私地封闭在孤独中，将自己与周围世界隔绝；另一方面，他歌颂的主人公都是那些创造性地通过革命积极改变生活的劳动者。普拉东诺夫真正地经历过革命前世界的混沌和残酷。革命的到来为改变未来提供了前所未有的契机，为人与自然的和谐创造了条件。电站的建立，沙漠绿化，沼泽变干，梦想成真……普拉东诺夫的主人公通常牺牲自己的个人生活，追求社会的高级结构，向往人们未来的亲缘关系。《阿弗罗季塔》中作家塑造的主人公纳扎尔，就像他的同辈一样致力于使贫乏而分散的世界趋于精神高尚。"亲缘关系"一词在普拉东诺夫作品中经常重复，这意味着在作家看来，人们之间共同联系和相互依赖性的必要性。因为按照普拉东诺夫的观点，"一个人不可能理解自己存在的意义和目的。当他靠近养育自己的人民，通过人民接近大自然和世界，接近过去的时间和未来的希望时，他那隐秘的内心便敞开了，这正是人赖以生存的源泉"②。这显然不同于"寻找个人快乐和幸福，以此补偿自己所遭受的损失或伤害"的利己主义者，后者怀着禁欲主义的心理深入自然并把自然当成拯救自我和远离人类社会的修道院③。

  普拉东诺夫的精神世界完整地体现在各个方面。无论是在从事

---

  ① https：//www.rulit.me/books/ya - prozhil - zhizn - pisma - 1920 - 1950 - gody - read - 462657-7.html.
  ② Платонов.А.Течение времени.М.，1971，С.114.
  ③ 转引自淡修安《普拉东诺夫的世界：个体和整体存在意义的求索》，第47页。

文学创作，还是在进行土地改良等领域的工作时，作家对自己生命活动的所有方面都怀着统一的精神视角。不同于读者对文本的传统美学认知，对该作家来说，艺术和非艺术活动是一个整体。此外，普拉东诺夫的小型作品和未完成的作品是其思想、手段、形象等的重要体现，是其大部头作品和整体创作思想所在。作家的一系列未完成的小散文在结构和内容上都具有同等重要的地位。从作家创作初期就形成了基本的固定题材体系和主人公。按照对生活的积极性，主人公形象被分成不同等级。这并非社会化的等级，而是存在决定论方面，不具评价色彩，普拉东诺夫的主人公从始至终未被分成正反面人物。

主人公是否有能力接近未来，取决于其对待现实的态度。我们以普拉东诺夫20年代下半叶创作的两组短篇小说为例。两组主人公用不同的方式展示了作家的亲缘关系思想。第一组包括《伊里奇之灯》《电的祖国》和《沙乡女教师》等。这些作品塑造了执着而虔诚的人们，他们执着于为未来而战，希望通过伟大的生活目标来鼓舞人们。"柯察金天生拥有高尚而鼓舞人心的力量，总是和现实相联系。他的内心并非隐藏在存在的黑暗处，而是顽强地在人和革命的互动关系中得以加固。"① 作家首先通过描述主人公的行为来揭示他们的本性，作家的思想借由主人公体现出来。《伊里奇之灯》一开头，弗罗尔（Фрол Ефимович）谈到自己："我为所有人努力思考，吸引我的不只是身体的舒适性和自己的口腹之欲，同时还包括对生活，对苏维埃建设的兴趣。"②

拯救者来到人民身边，往往通过直接参与革命或者社会劳动获得经验。普拉东诺夫的主人公深谙此事，以弗罗尔为例："电气化的建设者弗罗尔也是'连接城市和农村的桥梁'。他出身农民，在城市

---

① Платонов А.Размышление читателя.Статьи.М.，1970，С.106.
② Платонов А.Размышление читателя.Статьи.М.，1970，С.216.

工作，把新的意志和新的知识从城里带回自己的家乡。"① 这些人有能力快速准确地应对人民生活中最为困难的时刻。作家强调他们的劳动和贡献，看中其品格高尚，初衷良好，歌颂其劳动英雄主义。最为典型的就是《电的祖国》和《沙乡女教师》中的改革者，他们给农村带来电气化，把沼泽填平，使沙漠绿化。

第二组主人公是 20 年代的自觉行动者，他们是试图寻找到永恒真理的怪人，与有困难和有需求的人民建立起亲缘关系。这一组主人公主要来自乌托邦短篇小说《后代的笔记》（«Записи потомка»），《深坑》（«Бучило»），《伊万·若赫》（«Иван Жох»），《杰米扬·福米奇》（«Демьян Фомич»）和《民族的奠基者或者担心的事件》（«Родоначальники нации или беспокойные происшествия»）等。精神亲缘性使人不自觉地生活在与周围世界和大自然的统一中。在短篇小说《深坑》中，普拉东诺夫通过主人公叶夫多科的生活，展现了一个怪人认识亲缘关系的过程。小说开头，作家便开门见山地强调叶夫多科"为自己的妈妈感到痛苦，想到如果没有他，也许不会发生火灾。牛蒡草长大，夜晚和噩梦很快就要来临"②。经历了几次悲剧事件之后，主人公内心趋于平静，浮现出令人意料不到的梦想：为远方的树林，为一颗星星，为远处的乡村小路而苦恼。③叶夫多科的梦融合了具体和抽象的事物，这种想象成为他的必需，甚至未能被纪律严明和集体生活的军队征服。在描述自己的感受时，作家谬论般地将各种现象混合在一起，指出周围世界的组成部分便是人内心世界的内容："周围鼾声四起，汗臭扑鼻，内心却装着凉爽的夜晚的道路和等待孩子回家吃晚饭的母亲。人物开始自觉思考与周围世界的稳固联系。为了确定和巩固这种通过思维和想象获得的真理，发明真正的不朽之人，永远活在这个世界上，使得星星和安静的小村庄里的干草，

---

① Платонов А. Размышление читателя. Статьи. М., 1970, С.222.
② Платонов А. Епифанские шлюзы. М., 1927, С.65.
③ Платонов А. Епифанские шлюзы. М., 1927, С.66.

篱笆，夜晚，蜿蜒小径都亲近起来。"① 与叶夫多科的理想想象具有异曲同工之妙的还有《杰米扬·福米奇》和《民族的奠基者或者担心的事件》等其他短篇小说主人公的乌托邦计划。

这些主人公不仅思想相近，而且认识真理的道路也属同一类型，都是集中而抽象的推断与漫游结合。他们由此获得真理，不再受制于生活，不再被时间的有限性牵绊。漫游是普拉东诺夫最喜欢的母题。对于作家本人来说，漫游的目的地和方式并不重要，最重要的是漫游的过程和目的。主人公的漫游是为了从忙碌中摆脱出来，集中力量思考。隐居的目的不是为了认识世界，而是为了在对待这个世界的态度中认识自己，思考自身的存在问题。

短篇小说《伊万·若赫》便描述了幻想家的漫游经历，他们试图让梦想成为现实，脱离时间，与大自然实现和谐，在他们修建在远方河流上的"美好却不存在的永恒城市"中实现这一梦想。任何人都不可能脱离周围的人，摆脱时间的有限性。在普拉东诺夫看来，人和世界相互依赖，因此不只是人通过漫游使自己融入世界，而且世界如果脱离人，也是无望的。普拉东诺夫频繁使用"空虚"（пуст）为词根的词来强调这种相互依赖性。无论是沙漠，人迹罕至的道路，还是被人抛弃的空闲农舍，都在等待着漫游者的到来。短篇小说《老太太的小木屋》中，了解整个世界的悲观主义者萨拉伊叔叔，被作者评价头脑空空如也，嘴巴也是空洞之至。该人物这样评价自己：我也是内心空虚的小人物。普拉东诺夫通常在哲学世界中表现自己的主人公，借作品中的人物来表达自己的哲学观点。小季什卡便是普拉东诺夫哲学的代表。他已经感受不到周围狂暴的生活的充实，沿着空空如也的乡村街道，大哭起来。因为世界对他来说，就是空虚的②。

---

① Платонов А.Епифанские шлюзы.М.，1927，С.67.
② Платонов А.Избушка бабушки.«Наш современник»，1966，№6.

精神性、想象和积极性帮助普拉东诺夫作品的主人公了解和改造世界。但是，在一组乌托邦短篇小说中，主人公对实现与周围世界的精神亲缘关系抱有坚定的信念。这使得他们更加注重灵与肉的内部冲突。在作品中，妇女象征着精神和物质的两重性。通常这些小说的主人公不结婚。《精神之女》（«Душевная ночь»）的主人公萨瓦季的农舍"没有娘们儿的气息"，"精神空虚者对女人的追求一文不值"[①]。在《民族的奠基者》中，普拉东诺夫讲述的是肉体民族的毁灭和精神民族的诞生。作家只让那些追求理想和反对肉体的人们从旧有民族中存活下来。只有生理体验却没有妻子的伊万·戈普奇科夫（Иван Копчиков）；为了孤独和自然而献身的叶夫列姆；在阿方山寻找真理的多马（Фома）等。这些主人公的外表表征着他们的思想：身体干瘪瘦弱，血管透明。多马的脸因劳作而黯淡；伊万的脸松弛并布满痛苦的皱纹。

在追求精神的过程中，主人公拒绝庸常生活，担心被舒适的生活奴化。他们发出宣言：人非农舍和黄米，需要前进和提升。因此，作家强调日常生活空间中物质的匮乏：木屋里空荡荡。周围一片冷寂，了无人烟。炉子冷冰冰。普拉东诺夫一直钟爱那些热爱劳动并与大自然和人保持亲缘关系的主人公，比如《美好而狂暴的世界》中的主人公马尔采夫。这些人物承载着作家的乌托邦理想。然而，需要指出的是，普拉东诺夫有时过分强调人和自然的亲缘关系，使其接近自然主义倾向，比如，在《基坑》中，他的主人公可以学狼嚎，并且享受这种能力。

《马尔孔》（1921）中的主人公马尔孔，是一名年轻的工厂绘图员。他时常进行哲学式思考，不断梦想着发明创造。然而，他的个人生活却异常贫乏。他生性孤独，不受尊重和理解，是别人眼中的傻瓜。马尔孔对待年幼的兄弟也是满不关心。他的内心世界同陀思

---

① Платонов А.Епифанские шлюзы, М., 1927, С.272.

妥耶夫斯基笔下的彼得堡知识分子（其中包括地下室人和荒唐人）有许多相似之处。当童年时期的马尔孔丧失了对上帝的信仰，他便"开始对每一个人祈祷，服侍每一个人，把自己当作所有人的奴隶。如今回忆起来，那时是多么美好。心中充满爱，他因为狂热变得憔悴瘦削，比每个人都低贱，都坏"①。这与陀思妥耶夫斯基地下室主人公如出一辙。众所周知，尽管陀思妥耶夫斯基的主人公往往表面上看起来比其他人都低贱，因此掩盖了自己的骄傲和信心，但是实际上他们的内心比其他人都要高大和美好。布罗茨基曾指出：普拉东诺夫"与陀思妥耶夫斯基要比俄罗斯文学中的任何人都更有共通点"，② 我们研究发现，普拉东诺夫20年代的救世主型主人公与陀思妥耶夫斯基作品中的彼得堡知识分子形象存在明显的继承关系。

马尔孔发明了具有无限力量的涡轮。他非常乐意把自己发明的强大涡轮献给人类，于是盼望着成功的那一天到来。他有信心成功，就像陀思妥耶夫斯基的"荒唐人"因掌握真理而身担重负（"我一个人知道真理，何等沉重啊！"）一样，马尔孔亦苦于自己一个人掌握真理而感觉糟糕（"我知道得太多了，感觉多么不好！"）。普拉东诺夫对自己的年轻主人公怀有一丝讽刺意味。在试验过程中，马尔孔把自己的涡轮模型藏在马厩里，生怕别人看到。在小说结尾，马尔孔试验完涡轮以后，就像荒唐人一样相信自己掌握了拯救能力。他承认，之前他只爱自己。但是现在，当他认清自己一文不值时，在他面前呈现出了全世界，因为他"把自己毁灭，在全世界面前展现自己，并以此得胜。只有现在才开始真正活着"。就像《一个荒唐人的梦》中所描述的那样，这条改造主人公的道路令人生疑。荒唐人依旧荒唐，只有他自己为自己的发现而自豪。马尔孔认为，他自己一无是处，但是话中亦暗含骄傲："我是第一个有勇气的

---

① Платонов А.П.Маркун.//Избранные произведения.М.，Экономика.1983.C.8.
② ［美］约瑟夫·布罗茨基：《小于一》，黄灿然译，第251页。

人。"① 马尔孔和荒唐人还有许多相似之处。比如彻夜不寐，端坐着思考问题。荒唐人欺负女孩，马尔孔则回想起自己欺负小弟弟，并且后者如何"害怕他，躲着他"。望着熟睡的弟弟，马尔孔扪心自问："为何我们爱的和可怜的都是关系疏远的抑或死去之人，为何活着的和身边之人，却成了我们的外人。"② 远人和近人的对立，是陀思妥耶夫斯基作品中知识分子心理的典型特征。对此，尼采也持有类似观点。尼采的思想在世纪初的俄罗斯非常流行，充斥着俄国文化的方方面面。

普拉东诺夫在20年代初的创作（比如《蔚蓝色的深处》）中，公开表达对旧的乡村世界，对大自然，对野兽，对乡村怪人的偏爱。在这些作品中，普拉东诺夫谴责一切他曾怀着温柔和关爱对待的事物并丧失对亲人的关爱。如果说旧世界是平静的，那么作家却要借助狂暴的劳动来消灭旧世界，改造地球。这部分作品将对远人的爱发展到了极致。普拉东诺夫与其他无产阶级作家同道在尼采学说中寻找到各自的思想源头。

小说《太阳的后裔》（1922）以感伤风格开始，主人公出生在一个充满对邻人之爱的村子里。但是当出现已经成年的主人公沃古洛夫时，感伤的风格顿时变成了酒神的风格。征服者沃古洛夫是尼采超人式的人物。沃古洛夫又像浮士德，以丧失自己的内心为代价获取知识和权力。在他与一个姑娘认识不久后，这个姑娘便不幸死去。爱情的幻灭几乎是普拉东诺夫20年代所有工程师主人公的命运和归宿。主人公经历了爱情的失败，从爱近人转变成爱远人和爱全人类。

20年代下半叶的普拉东诺夫创作中体现出对过去思想的重新评价。代替意识王国出现的是官僚世界，代替超人和改革家出现的是

---

① Платонов А.П.Маркун.//Избранные произведения.М.，Экономика.1983.С.10.
② Платонов А.П.Маркун.//Избранные произведения.М.，Экономика.1983.С.7.

夹着公文包的聪明工人。作为曾经开启黄金时代的钥匙，科学如今已经转向疯狂、灾难和死亡（《太阳的后裔》，1922）。伟大的发明家巴克拉让诺夫在《基坑》（1926）中似乎已经落伍。在普拉东诺夫创作中，大企业以失败告终（《叶皮凡水闸》）。如今近人的一极借助远人获得了力量。中学女教师、匠师，头脑空空却双手灵巧的男人等普通人代替了拥有天才头脑的超人。

在短篇小说《疑虑重重的马卡尔》（1929）中，爱远人成为一个噩梦。主人公马卡尔追求的是，将自己全身心献给共产主义事业。这里的马卡尔在梦中看到的是科学家。如何成为一个对他人有用的人？他期待从科学家那里获得这一问题的答案。但很遗憾并没有获得答案，因为科学家思考的全都是总体规划，是未来的遥远的大众生活，根本不会思考马卡尔个人的问题。在这样的对立中，普拉东诺夫为我们呈现的是现代版的普希金的《青铜骑士》。在普希金的《青铜骑士》中，彼得大帝考虑的亦是远方和遥远的未来，而非叶甫盖尼个人。

在普拉东诺夫20年代末的中篇小说《基坑》（1930）中再次出现了工程师形象。该作品中爱远人和爱近人的冲突，体现为全体无产阶级家园的乌托邦理想形象和众人对家园未来居民——小姑娘娜斯佳之死的同情。工程师普鲁舍夫斯基，在很多方面都是马尔孔的近亲，只是比马尔孔更加彻底和绝望。他拥有数学家式的冷静头脑，与世隔绝，陷入严重的精神危机。在某种程度上，基坑这一空间便是对他空虚内心的隐喻。普鲁舍夫斯基望着远方的星星，仿佛永远都找不到生活的幸福或者意义。荒唐人想的是死去的弟弟，普鲁舍夫斯基想的是远房妹妹。在这两部小说中，都有一个需要帮助的小姑娘。荒唐人得知小姑娘的母亲死了，《基坑》中出现的也是一个失去妈妈的小姑娘。相同的是，两部作品中的知识分子均对普通民众的死亡和痛苦漠不关心。如果说墙壁使得荒唐人和隔壁房间的生活隔绝开来，那么《基坑》中，则是简易木房的板墙使得知识分子和熟睡的工人们隔绝开来。

普鲁舍夫斯基下意识地感觉到他人对亲近感的需求，但是领导不允许身为工程师的他与普通人同住。普鲁舍夫斯基看到的幻象与基坑形象构成鲜明对比。我们不妨回想一下普拉东诺夫短篇小说《伊万·若赫》（1926）中，旧礼仪派看到的"白城"（белый город）以及关于义人之城即看不见的基杰日城（град Китеж）的传说。但是就像光明的未来理想一样，这一光明的古老形象离普鲁舍夫斯基太过遥远。正如荒唐人一样，普鲁舍夫斯基想要构建自己的理想世界。也就是说，需要改变的是理想，而非自己。"他觉得感受地上的星星的忧伤更加舒服，别人的遥远的幸福则容易引起他的羞怯和不安。"普鲁舍夫斯基的幻象和荒唐人的梦结构一致。普鲁舍夫斯基对他的前辈荒唐人的追随还体现在其接下来的行动中。荒唐人在梦境之后决定回到自己之前欺负的小女孩身边，普鲁舍夫斯基则通过小姑娘娜斯佳获得了自救。小姑娘都是在请求知识分子的帮助。"我现在就跟您一起去"，普鲁舍夫斯基说，他重复的正是荒唐人的话。荒唐人向全世界公开宣称自己的真理，普鲁舍夫斯基教小姑娘如何参与新生活。在《基坑》中，小姑娘与远处的房子构成对照，对远人的爱和对未来生活的憧憬，借助对近人的爱得以实现。

《基坑》还与陀思妥耶夫斯基《地下室手记》存在多处互文。根本问题在于：人类是否希望生活在所谓的理想社会中。普鲁舍夫斯基担心建起来的无产阶级公共大厦，平日无人问津，只有天气不好才会有人住。如果说陀思妥耶夫斯基笔下缺乏自由的蚁穴，是车尔尼雪夫斯基笔下乌托邦形象水晶宫的对立面的话，那么拥有无限自由的基坑则被认为是水晶宫的继承者。人类生活的一味理性化通往的是蚁穴。人生活的最高意义在于爱近人。这样的思想是从《隐秘的人》《切文古尔镇》开始，在《章族人》《弗罗》《幸福的莫斯科娃》和战争小说中得到发展。同世界的亲缘关系，正是普拉东诺夫的新主人公们所要寻找的生命真理。

普拉东诺夫曾在《红色农村报》上写道:"在牛蒡草、叫花子、乡野歌曲和电之间,在蒸汽机车和响彻大地的轰鸣声之间,在这样那样的东西之间均存在亲缘关系。什么样的联系,到现在还不知道。但我知道的是,可怜的庄稼人,明天坐上五轴的蒸汽机车,成为主人,将变得难以辨认。"也就是说,普拉东诺夫开始意识到人与自然的亲缘关系。人不是大自然的沙皇,而是它的孩子。破坏大自然无济于事,就像为了将来而破坏自己的家园一样。用理智战胜感性,用机械给活生生的物质施压,原则上可以。但这并不意味着人对世界的胜利,反而可能是最恐怖的失败,会遭到大自然的疯狂报复。

第三节 普拉东诺夫创作中的技术主题与现代性反思

普拉东诺夫创作中有许多现代文明未及之地,皆因所谓先进文明的染指而被卷入时代洪流。在他的创作中,技术发展与人的经验,传统与现代之间始终存在某种不可言说的复杂关系。生活在激荡时代的普拉东诺夫,少年时期恰逢日俄战争和第一次世界大战,初登文坛又逢两次革命和苏维埃俄国的初建;也经历了俄国现代主义的发端和新艺术团体的轮番登场。技术的发展总是伴随着文化的纠葛和道德的沦丧。《我们现代人:科幻小说与俄罗斯现代性的形成》(2012)一书的作者美国学者班内吉从左翼立场出发展示出,苏联时代的很多关于科学技术和文化的政策并非突如其来,而是对晚期帝俄时代业已存在的思潮的延续和发展①。普拉东诺夫和扎米亚京一同作为工程师作家的代表进入了班内吉的关注视野。梅列日科夫斯基曾在其乌托邦代表作《地球乐园或者冬夜之梦》(Рай земной, или Сон в зимнюю ночь, 1903)中断言:"社会进步本身就是一个痛苦

---

① 初金一:《科幻小说与俄罗斯现代性的形成——评〈我们现代人〉》,http://www.wyzxwk.com/e/mp/content.php?classid=23&id=423343,访问日期为2021年7月。

的过程，进步之路越往前伸展，给人类带来的痛苦就越多，这就是自然最可怕、最残酷的法则之一。"① 这里的进步指的应该就是技术进步所带来的经济发展，痛苦则是指道德上的堕落，因此，这一言说无疑把乌托邦文学与科技文明和道德问题同时联系到了一起。

  普拉东诺夫思想体系庞杂多变。他心中那个理想的乌有之乡远没有这么容易实现。如布罗茨基所言，普拉东诺夫创作中充斥着这几类人物：外省教师、工程师、技术工人，他们在被上帝遗弃的地方思索有关世界秩序的理念②。其中，电力工人"我"（《电的祖国》）、别尔特兰·贝利（《叶皮凡水闸》）、尼古拉·韦尔莫（《初生海》）和列车司机科斯佳（《美好而狂暴的世界》）最后全部招致大自然的疯狂报复或者人们的讥讽嘲笑。当普拉东诺夫意识到，实现物质富足需要付出情感的缺失或者以放弃普遍道德规范为代价时，他的世界观也随之发生了变化，开始质疑技术进步的权宜之计，质疑无产阶级乌托邦的价值。在19世纪末20世纪初的历史十字路口，普拉东诺夫见证了人的心灵和意识发生大转折，俄罗斯的动荡现实及其现代性的形成。普拉东诺夫《科里措夫在共产主义大学的一晚》（1920）一文如是定义世界历史和民族文化历史上的这一转折点：人们逐渐从一个俄罗斯进入另一个俄罗斯，也即从过去那个迷人的广阔的俄罗斯和漂泊者的故乡，进入如今这个充斥着思想和金属、共产主义革命、能源和电气的国度。这是对普拉东诺夫早期思想最为典型的概括。然而，普拉东诺夫对待技术的态度在20年代中期出现了明显转折，从征服宇宙并尽情享受大自然的馈赠到意识到人类为此付出精神生活的代价。正如俄国学者恰尔马耶夫所指出的那样："对世界的非理性胜利之前，机器军团所发挥的杠杆调节作用，在《工匠的出身》中已经

---

  ① 转引自郑永旺《点亮洞穴的微光——俄罗斯反乌托邦文学研究》，社会科学文献出版社2020年版，第4页。
  ② ［美］约瑟夫·布罗茨基：《小于一》，黄灿然译，第252页。

非常微弱。普拉东诺夫作品中对机器的理想化已经不复存在，但是作家并未急于使其名声扫地。"①

通过研究我们发现，普拉东诺夫 20 年代作品的主人公多数为工程师或发明家形象，用我们今天的话来讲就是技术人才：沃古洛夫（《太阳的后裔》）、克列伊兹科普夫（《月亮炸弹》）、马尔孔（《马尔孔》）、玛基森（《以太通道》）、普鲁舍夫斯基（《基坑》）等。这些主人公充当人民救世主的角色，他们总是孤独而缺爱，几乎与世隔绝。除了科幻三部曲以外，普拉东诺夫在 1926 年创作的以短篇小说《电的祖国》和中篇小说《叶皮凡水闸》为代表的其他作品亦围绕科技主题展开情节。年轻的普拉东诺夫曾呼吁："一旦我们征服世界，便可从中获得解放……创造一个新的宇宙。"② 随着作家人生阅历的丰富及其不同宗教哲学流派的影响，作家对待技术理性的态度也开始发生动摇，肯定与否定并存。普拉东诺夫在《电的祖国》中已经把重心转向对人性的关注。主人公试图学会感觉和理解机器，目的是使马达这一令人亲近的物件减轻痛苦。与此同时，主人公不只对机器怀有同情，他的心灵还对赤身裸体的孩子和年迈体弱的老妇人有回应。

《叶皮凡水闸》中的别尔特兰·贝利，为了帮助彼得大帝实现"连通黑海、里海和波罗的海直至印度次大陆并通商"的政治理想，需要克服俄罗斯严峻的地理环境。对环境的征服是这位外国工程师存在的唯一价值。最终他挖掘出的人工运河，招致了大自然的无情摧毁。作者借此想要表达的逻辑或许是，任何想要与大自然为敌的行为都将以失败告终，人与大自然需要在和谐相处中合作共生。

从《电的祖国》《隐秘的人》和《匠师的出身》到《司机的妻子》《在动植物之间》和《阿弗罗季塔》，普拉东诺夫主人公都保留

---

① Чалмаев В.А.Андрей Платонов.Воронеж，1984.С.310.
② Платонов А.П.Размышления читателя.М.，Советский писатель，1970，С.103.

着对机器坦诚的爱,但是这种爱已经不再独立存在。作家考虑的问题从天马行空的宇宙世界过渡到现实问题。他的主人公知道,只靠聪明的机器和先进的技术无力改变世界和人:对机器的爱散发着温暖雾气,被风吹散,在他们面前展现的是赤裸生存的人们的孤独生活。从宇宙的高度到自己喜爱的故乡,作家把视野转向生活在水深火热中的普通人。在战争时期创作的短篇小说《阿弗罗季塔》中,主人公纳扎尔同大自然、天空、星星和大地等无生命事物交流,带着疑问和希望向路人询问情人阿弗罗季塔的去处。主人公"坚信苏联走上了一条无人走过的康庄大道……布尔什维克承担着全人类的职责,工人阶级完成自己的使命,黑暗是黎明前的短暂迷雾"①。作家在作品中发出疑问:"难道改变世界的目的就是将其据为己有吗?"② 由此作家对技术改变世界发出的质疑,反映出作家世界观在创作后期所发生的变迁。

  对文明和科技进步的成就持怀疑态度是普拉东诺夫中期小说的主要主题之一。科技发展在改造世界的同时也给人们带来破坏,作家在这一时期开始对现代性的反思。普拉东诺夫意识到人与自然密不可分的相互联系,以及地球上所有存在物之间的亲缘关系。他开始深入思考人和世界的正确存在,并在此基础上得出结论:人和大自然,人性和技术,人的双手和机械,应该是在某种和谐状态下相互作用,彼此之间互不排斥,也互不干扰。

  普拉东诺夫的艺术世界中人和技术,人和自然之间的关系,是对心灵和理智,生命力和机械之间冲突的延伸和继续。在《普希金——我们的同志》(1936)一文中,普拉东诺夫在思考这些问题的基础上认识到有生命物和机械、理智和心灵之间的对立,类似于普

---

① Платонов А. П. Афродита//Андрей Платонов. Избранные произведения. Экономика.1983.cc.796-797.

② Платонов А. П. Афродита//Андрей Платонов. Избранные произведения. Экономика.1983.C.803.

希金《青铜骑士》中彼得大帝和叶甫盖尼的对立,这是"伟大历史著作的两个分支、两个主要方向,人的心灵的两种需求"①。在普拉东诺夫看来,在强者和弱者,理智和感性的悲剧性对立中,没有胜者。它们诞生于生命的同一根源中,脱离彼此任何一方均不能存在。博恰洛夫在《存在的物质》一文中指出:在普拉东诺夫那里没有强硬的机器和温暖的童年,强硬粗鲁和柔弱敏感的对立的确存在,但这些力量在普拉东诺夫那里融合为统一的整体。②

普拉东诺夫生活和创作的时代,科技蓬勃发展。在这样的时代背景下,作家对科技和现代性的冷静反思无疑具有独特性和前瞻性。普拉东诺夫承认人和机械在这个世界上相互联系,并以全局视角思考有生命物和机械的无生命物之间的关系问题。作家深知科技的进步和发展永无止境。受俄国宇宙论者齐奥尔科夫斯基、维尔纳斯基、齐热夫斯基以及哲学家费多罗夫的影响,普拉东诺夫给科技发展人为设定了人文主义的界限。因为技术发明者和工作者的无情,实际上就是在重复技术中的道德缺位。对于人来讲,技术既可以作为创造的手段,也可以作为毁灭的手段。在普拉东诺夫看来,假如人的精神贫乏,那么所有为了人而改造世界、社会和自然的思想,都会半途而废,前景堪忧。人作为脆弱的一方,可以跟自然和社会的毁灭性力量相抗衡,但是必须保留理智和心灵的统一,两者缺一不可。

20世纪爆发了人类历史上前所未有的一系列事件,基因工程和核技术空前发展,战争和恐怖主义肆虐。这一切均以牺牲道德和鞭挞人性为代价。如果说青年时期的普拉东诺夫是一个虔诚的社会主义者,那么普拉东诺夫在20世纪30年代初则开始对空想社会主义感到失望。但是,不容否认的是,普拉东诺夫一生都是一个真正的无产阶级作家。若要合理利用技术并摆脱技术的威胁,与普拉东诺夫同时代的德国哲学家本雅明的马克思主义观点值得参考。在第一

---

① Платонов А.П.Размышление читателя.Советский писатель.1970.C.18.
② Бочаров С.Г.О художественных мирах.М.,1985.C.264.

次世界大战后，本雅明试图平息社会上蔓延的技术恐惧症。他把技术力量的崛起视为"借助宇宙力量建立一个从未见过的新联盟的一种尝试"。然而，在他看来，这些力量应该受到无产阶级纪律的遏制。这里所谓无产阶级纪律指的应该就是普拉东诺夫给科技发展设定的人文主义界限。

　　如果不把普通的铲锹当作技术工具的话，普拉东诺夫在成熟期创作有一系列没有或者几乎没有涉及他此前一向钟情的技术的作品，比如反乌托邦三部曲《切文古尔镇》《基坑》和《初生海》。尽管《切文古尔镇》中确实有蒸汽机车，但是，与早期的技术主题作品相比，技术在其中所发挥的作用已不可同日而语。在这些作品中，以蒸汽机车、马达和发电站等为代表的技术，作为具体人物形象而出现。掌控技术的人们，技术的发明者，机器的爱好者，就像爱自己的亲人一样热衷技术，跟技术一起共同参与事件的发生过程。人对技术的依赖关系，就像过去的农民离不开马儿一样。

　　《初生海》创作于苏联刚刚完成第一个五年计划的 1934 年。全国人民都在为这次史无前例的无产阶级劳动壮举而欢呼，这在当时甚至物质文明高度发达的今天看来，确实都是极为了不起的现象。这种时代氛围无疑对普拉东诺夫产生了巨大的视觉和思想冲击，让作家看到了新世界的希望，也使他对新政权抱有更大的信心。虽说作家此前已经完成了《基坑》和《切文古尔镇》两部具有鲜明反乌托邦基调的作品，不过在这两部作品中，无产阶级作家普拉东诺夫更想表达的是一种对于未来社会的忧患思想。与《基坑》《切文古尔镇》等作品中沉重和悲伤的基调形成较大反差，《初生海》的叙述基调相对轻松和积极，让读者更多地看到希望和信心。这一点从主人公国营农场电机工程师韦尔莫名字的俄语意思"忠诚、信仰"和前场长乌姆里谢夫名字的词根"死亡"即可见一斑。前者负责用科技手段改善整个农村的运营，他的重建梦想是发现新能源和获得初生海水，即解决国有农场的土地开垦问题；后者则代表落后的管理理念和冷漠无情的工作态度。维尔莫和乌姆里谢夫就像人物体系乌托邦天平上的"两极"。两相对照，意味着旧的历史终将逝去，新的世界必将到来。另一个人物名字费杰拉托夫娜在俄语中有"联邦"之意，她最后接受了象征落后旧时代的乌姆里谢夫，并凭借勤奋爱学和刻骨钻研的精神当上农场的副场长，这其中包含了普拉东诺夫对于改造旧世界和建立新世界的期许。尽管韦尔莫的诸多科学尝试以失败告终，但是毕竟初生海水被挖掘了出来，最终韦尔莫和娜杰日达出国深造。因此，相对于"科技三部曲"中宏伟却不合实际的科学幻想，《初生海》的确更加务实。当然，《初生海》中亦有幻想与日常生活的结合（巨大的南瓜成长为楼房），不乏怪诞手法的使用："难道现在还没有到脱离腐朽的动物形态，而拥有像雷龙一样的社会主义巨人，在一次产奶中从它们那里获得一罐牛奶的时候吗？"①

　　普拉东诺夫早期科幻作品中改造宇宙的理想，在作家的反乌托邦作品中被推翻。如果说，科幻作品中的主人公热切希望把宇宙毁灭并重建整个宇宙的话，那么，《切文古尔镇》的主人公切普尔内伊、普罗科菲·德瓦诺夫等希望改造的则是社会和人类自身，甚至为了光明的未来，不得不毁灭人。在按照非人性化和机械化规则存在的世界中，人也转变成机械化社会的螺丝和零件。然而，从早期的科幻作品到成熟期创作，普拉东诺夫作品中贯穿着一条红线，那就是沃古洛夫、玛马基森、皮尤夏、普罗科菲·德瓦诺夫等改革家主人公都在残酷地折磨着活生生的大自然和人。不过，作家的态度在不断发生变化。

　　成熟期普拉东诺夫对待这种改革家的态度已经更加明确。此时的普拉东诺夫更加珍视人和人的精神世界。完美的人要兼有心灵和

---

① Платонов А.П. Ювенильное море С.386.// Платонов А.П.Эфирный тракт: повести 1920-х-начала 1930-х годов / Под ред. Н.М. Малыгиной. М.: Время, 2011. сс.351—433.

理智。不要把生活归入到过于死气沉沉的抽象世界中去，将整个世界转变成"神圣的青铜器"，"彼此分离，失去彼此的人们在世界上颤栗"（《普希金——我们的同志》）。普拉东诺夫反对通过暴力达到社会和自然科学的进步，预言这条通往未来之路的无望，等待人类的只能是在狭窄机械中的精神之死。正如《垃圾风》的主人公利希滕别尔格不再有任何想象，像个冷漠的幽灵一样走到载重汽车的散热器前。忐忑地抖动着的热气从这钢铁的机件中散发出来；千万人变成了这块金属，在马达声中艰难地喘息，透过散热器的缝隙，他看到里边坟墓般的黑暗。人类正迷失在这机械的狭缝中而死去"①。不仅因为人与技术的对抗，还因为技术对人所构成的威胁。普拉东诺夫先知般地看到了技术对世界上所有存在物之间关系的破坏，以及技术带来的人与人之间关系的冷漠。人们开始相互恐惧，精神空虚的人成为他人和自然的敌人，最终成为自己的敌人。这是普拉东诺夫最恐怖的预言之一。换言之，文明自我毁灭的原因，首先在于人性的危机。

普拉东诺夫在《论第一次社会主义的悲剧》（1934）一文中指出，技术是现代历史悲剧的来源。这里所理解的技术，不只是生产工具，还指依托于生产技术的社会组织，甚至是意识形态。还应包括被认为如钢铁一样死板而了无生气的技术人员。技术的目的在于"给我一个支点，我可以撬动整个地球"。尽管人们可以颠倒世界，获得所需，然而这条道路和这条长长的杠杆运行过程中，暂时的胜利毫无益处，最终亦会走向失败。这就是辩证法的基本点。普拉东诺夫举了一个现代的事实：原子核的爆裂是人为的对自然规律，也即辩证法的破坏。大自然原本处于一个封闭的循环中，技术却要反其道而行之。相应地，外部世界通过辩证法对抗我们，获得保护。

透过短篇小说《美好而狂暴的世界》（1941）主人公马尔采夫

---

① ［俄］普拉东诺夫：《垃圾风》，吴泽霖译，李政文选编《二十世纪外国短篇小说编年·俄苏卷》，人民文学出版社 2002 年版，第 358 页。

的叙述，我们可以看到，普拉东诺夫反对毁灭人的致命力量，认为这种力量偶然而冷漠。马尔采夫是一名怀揣抱负的普通列车司机，他内心充满对机器和对司机这一职业的爱，开车的时候表现出大师般的果敢和信心，演员般的投入和专注，把整个外部世界融进了自己的内心体验，因此能够统率外部世界①，立志要利用人工闪电知识与自然"斗争到底"。这股子冲动从这位平凡的列车司机经历一场自然灾难后便开始孕育萌发。虽然他掌握的科学知识很浅薄，虽然他改造自然的尝试屡次失败，但在"邪恶"的大自然面前他从来没有低头："我觉得自己身上有一种自然界外部力量和我们命运中不可能存在的东西……我横下一条心，决定抗争到底……"② 在他心目中，人和自然界根本对立。因此他认为，在这场较量中，人必须取得胜利，只有通过征服和利用自然，人才能真正实现自己的存在价值和意义，否则，将被无情地吞没。从这个人物的话语之间也能感受到作家普拉东诺夫的观点，那就是人类只有通过强大的科技手段才能最终战胜自然。战胜自然的目的便在于消除自然法则对于人类生存的限制，从而摆脱小说中诸如闪电等自然现象给人类带来的不可抗拒的厄运。普拉东诺夫的主人公照常忠诚于自己对机械无限的爱，比如，对机械工马尔采夫来说，机器神圣无比，机车的外表便能使他感到振奋，"可以久久地盯着它看，浑身充满一种特别的欣喜，就像小时候第一次读普希金的诗歌一样"！③ 又如《夜半苍穹》（1939）的主人公驾驶员祖米尔，他可以边欣赏马达边紧张工作，永不厌倦地享受这种感觉。但是成熟期普拉东诺夫的主人公已经是某种更加高尚的存在。如果人自身缺乏神圣性或者这种神圣性被消灭的话，那么，无论是好马达，还是坏马达，都无法帮助人正确生存。

---

① ［俄］普拉东诺夫：《美好而狂暴的世界》，徐振亚译，浙江文艺出版社 2003 年版，第 39 页。
② ［俄］普拉东诺夫：《美好而狂暴的世界》，徐振亚译，第 50 页。
③ ［俄］普拉东诺夫：《美好而狂暴的世界》，徐振亚译，第 38 页。

在普拉东诺夫看来，任何理想再美好，也不能借助暴力手段实施。好的目标并不能为暴力的实现手段做辩护。相反，如果人被强制驱赶到天堂，那么就会连同其发明的技术一起，进入无望的死胡同。再也没有任何实现理性目标的希望。因为人一旦失去自由，就失去了决定自己命运的权利，也便失去创造的能力和前进的动力。地球上的所有存在物，从每一个独立的人到每一朵路边的小花，再到每一只飞鸟和每一片树叶，甚至包括无生命的蒸汽机车或者其他机械，都有自己的价值。这就是普拉东诺夫眼中的和谐世界图景。从这个角度讲，普拉东诺夫是陀思妥耶夫斯基伟大人文思想的继承人。

有学者（Krishan Kumar）指出，反乌托邦与乌托邦具有对位性，前者从后者撷取原材料，是对后者的否定性回应。正因为现实没有出路，人们才会有超越现实，改造社会的乌托邦冲动。美国学者詹姆逊从切文古尔世界的苦难、创伤、死亡和升越等现象出发，试图站在传统乌托邦文学的理性上接近并消解普拉东诺夫的毁灭性结局所带来的某种反乌托邦情绪。对于《切文古尔镇》是否属于反乌托邦文学的范畴历来存在争议，我国学者冯小庆在其博士学位论文《普拉东诺夫的反乌托邦三部曲的思想与诗学研究》[①]中，借由切文古尔人的反常行为指出作家的反乌托邦思维；郑永旺则在肯定《切文古尔镇》的反乌托邦性的基础上，将其反乌托邦思维诉求界定为块茎结构，从而区别于《我们》等的典型树状结构[②]。詹姆逊在《时间的种子》一书中，将普拉东诺夫置于后现代语境，设专章探讨乌托邦文学的现代性出路。在我国学者淡修安看来，詹姆逊忽略了普拉东诺夫"未来世界"与"现实世界"之间的叠合关系，将这一

---

① 冯小庆：《普拉东诺夫的反乌托邦三部曲的思想与诗学研究》，博士学位论文，黑龙江大学，2012年，第63页。
② 郑永旺：《点亮洞穴的微光——俄罗斯反乌托邦文学研究》，社会科学文献出版社2020年版，第187页。

情绪过分功利化了①。淡修安认为，切文古尔的艺术世界直观反映着乌托邦世界和乌托邦世界之真实②，"即使在狂热的梦想理念的主导和驱使下，也从未忽视或放弃对社会现实的冷静观察与思考，并且始终带着一种批判的眼光和针砭时弊的态度来衡量和评判'20 世纪俄罗斯和人类的命运'"③。的确，《切文古尔镇》的毁灭式结局很容易在读者心中引发反乌托邦的情绪。龚特尔的专著《乌托邦的两面》④ 的标题最准确地反映了普拉东诺夫乌托邦主义的复杂性质；托尔斯塔娅⑤认为普拉东诺夫作品的内心世界是乌托邦和反乌托邦的对话；查理科娃认为，乌托邦和反乌托邦的概念与普拉东诺夫的"非流派思想格格不入，他不寻求乌托邦和反乌托邦的平衡"⑥；列维奇认为："《切文古尔镇》《基坑》和《初生海》可以被视为乌托邦（或反乌托邦），在这种情况下两者是同一回事。"⑦ 也就是说，实现乌托邦的尝试激起了反抗，既不是完全的乌托邦，也不是完全的反乌托邦。这种二元性以及乌托邦向其反面的过渡机制，诞生了反乌托邦。我国学者薛君智在《切文古尔镇》中译本前言中指出："《切文古尔镇》是普拉东诺夫一部相当复杂的也是很有代表性的作品，它奇妙地结合了现实主义的纪实和乌托邦式的空想，结合了无情的讽刺和亲切的抒情。因此，它一方面是一部批判现实主义性质

---

① 淡修安：《普拉东诺夫创作的现代性问题——兼论詹姆逊的阐释局限》，《俄罗斯文艺》2020 年第 2 期。
② 淡修安：《普拉东诺夫创作的现代性问题——兼论詹姆逊的阐释局限》，《俄罗斯文艺》2020 年第 2 期。
③ 淡修安：《批判与礼赞——普拉东诺夫笔下生态文学之墨迹》，《俄罗斯文艺》2009 年第 4 期。
④ Гюнтер Х. По обе стороны утопии: контексты творчества А. Платонова. М.: Новое литературное обозрение, 2012.
⑤ Толстая-Сегал Е. Идеологические контексты А. Платонова // А. Платонов: мир творчества. М.: Современный писатель, 1994.cc.47-83.
⑥ Чаликова В. Утопия рождается из утопии: эссе разных лет. London: Overseas Publications Interchange Ltd., 1992.C.162.
⑦ Ревич А. Перекресток утопий. М.: ИВ РАН.1998.С.100.

的讽刺小说，另一方面又是一部在某种程度上展现作家的浪漫主义理想世界的乌托邦小说。"薛君智并没有对《切文古尔镇》的乌托邦或者反乌托邦下定论，而是论述了二者的双重性。她认为："从表面看来，前者的成分浓重得多，因此大多数批评家把它看作一部反乌托邦的讽刺小说，而实际上它却又同时是作家'怀着另一种感情'写成的抒情小说。"① 要知道，那时的普拉东诺夫坚信，苏维埃人民永远不会背叛政权或失去对政权的信心。因为人民知道，她（政权）的错误就是他（人民）自己的错误。所以，如果斥责苏维埃，那他明白这就是辱骂自己，至于人民有可能会对政权表示不满或进行批评，那也只由于"我爱谁才会打谁"，列宁早就察觉这种感情②。在对前人研究成果进行梳理的基础上，淡修安得出结论：在普拉东诺夫那里，"'乌托邦'并未转向'反乌托邦'的迹象……因为他所极力寻找和求索并终身在思考及验证的'未来新世界'……在其艺术世界中表现并被塑造为一种绝对正面的'引领者'形象……"③ 通过本章的分析，我们更加赞同我国学者淡修安的观点。

---

① 薛君智：《与人民共呼吸、共患难——评普拉东诺夫及其长篇〈切文古尔镇〉》，[俄] 普拉东诺夫《切文古尔镇》，古扬译，漓江出版社1997年版，第13页。
② Платонов А.П.Красный труд.См..：http：//platonov-ap.ru/publ/krasnyi-trud/.
③ 淡修安：《普拉东诺夫创作的现代性问题——兼论詹姆逊的阐释局限》，《俄罗斯文艺》2020年第2期。

第二章

漂泊：普拉东诺夫中期创作中的乌托邦叙事

普拉东诺夫创作高峰期的经典作品，语言风格鲜明。评论家把作家这一阶段作品的独特语言风格提炼和概括为"普拉东诺夫风格"。① 俄罗斯学界普遍把这一风格定义为与俄国传统经典文学语言相左抑或相背离的反文学语言。这一语言风格主要体现为叙述语言内在构成上的杂糅性，融合了大量宣传口号、公文用语、招贴画用语和高度浓缩的哲学话语等，将惯常用语同新词新语混搭，同时使用丰富的俄罗斯民间语言。但是作家的创作思想同俄罗斯文学传统的继承性关系依然存在，甚至相当严密。我们在本章要侧重研究的就是普拉东诺夫创作对俄罗斯文学精神漂泊者画廊在何种程度和哪些方面有继承与发展。

第一节　普拉东诺夫与俄罗斯文学中的精神漂泊者

一个民族赖以生存的自然环境影响甚至决定它的民族性格，这

---

① 参见淡修安《普拉东诺夫的世界：个体和整体存在意义的求索》，第22页。

一点正是"地理环境决定论"①的核心内容。俄罗斯的生存环境、历史遭际和发展道路决定了其民族文化和民族性格的特点。俄罗斯民族之自然本性对其民族性格形成的影响当然不容忽视。这里的自然本性包括地形条件和气候条件。首先是地形条件。俄罗斯民族起源于欧洲腹地,河流在俄罗斯分布广泛,著名的"从瓦良格人到希腊人"就是一条贯穿斯堪的纳维亚半岛和俄罗斯平原直通黑海的水路。丰富的水系孕育了广袤的内陆森林,一望无际的平原则构成这里单一的地表特征。俄罗斯拥有广袤的森林,森林一方面是在俄国的军事史上,发挥了抵御外敌入侵的作用,是俄罗斯民族历史上一条天然的屏障;另一方面在宗教上承担了隐修地和避难所的作用。许多虔诚的信徒为了躲避异族奴役和宗教、政治压迫,在森林中,在河畔坡地建立起隐修地,从而不断吸引人们前去朝圣和隐修。俄国的教堂习惯用辉煌的金顶洋葱头造型,以便昭示远方。在俄罗斯文化意识中,朝圣者不仅是一个个独自上路的虔诚信徒,而且还形成一个独特的"社会阶层"(克柳切夫斯基语)②。生长在河流和森林居多的自然环境中,俄罗斯民族兼具森林狩猎民族和平原农耕民族的精神特质,既团结守纪、崇尚集体主义,又安土重迁、寻求一致与稳定。广袤的平原使得俄罗斯的先民倍感孤寂与无助,神秘的森林和沼泽更使其在大自然面前深觉自身力量之渺小,因此长期以来形成一种顺应自然的心态。说到气候条件,俄罗斯夏季短暂,冬季漫长,漫长的冬日再加上漫长的夜晚,培养了这个民族静心沉思的习惯。他们习惯于关注人的命运和生死,因此对人之生存意义的思考更加深刻。克服空间距离,寻求身心合一成为俄罗斯民族迫切的精神需求。

---

① 该学说兴起于18世纪,主要观点是认为自然和地理环境决定一个民族的体质和心理状态,形成人口、文化和经济等多方面的差异。
② 转引自[俄]叶夫多基莫夫《俄罗斯思想中的基督》,杨德友译,学林出版社1999年版,第35页。

东正教神学家布尔加科夫在其《东正教》一书中指出："全世界基督教的每一个分支都有自己特有的才能；天主教具有权力组织者的才能，新教具有日常生活和理智的诚实性的伦理才能，东正教民族，首先是拜占庭和俄罗斯，则具有洞见神灵世界之美的才能。"① 这种摒弃现世的相对价值和追求彼岸的绝对真理的文化特征必然导致摈弃者和追求者的精神在尘世里漂泊流浪，因为在尘世他们找不到可以满足其终极追求的精神家园。② 因此，俄罗斯文学不同于其他国家文学的显著特点在于其自成一格的精神漂泊者形象画廊。俄罗斯文学中典型的，相对于其他国家的文学来说自成一格的真理探索者的形象显示出其与众不同的特色。如果说这种真理探索者、精神漂泊者形象在俄罗斯文学中组成了一个长长的画廊，也因此普拉东诺夫创作中的漂泊者，相对于俄罗斯文学来说无所谓新颖，那么，至少以整体面貌表现出来的俄罗斯文学之精神探索，却的确是其鲜明而典型的特点。

俄国的宗教哲学家更是发现俄罗斯大地是形成人们心灵的象征和基础。俄国人无论是地理位置上，还是精神上，总是处于不断变化中。谈到民族灵魂的游移性，阿尔谢尼耶夫曾指出民族性格与周围空间的一致性；这种对外在开放空间的眷恋在俄罗斯民族历史上通常发挥关键作用；历史和文化中有许多肯定和否定的特点，可以说哪怕至少一部分是可以用这种感觉来解释的。参与这个过程的除了哥萨克和寻求惊险的冒险家（水上强盗），还有农民。这些农民在开展寻找工作的过程中在俄罗斯欧洲部分留下了自己的足迹，最终许多漂泊者穿越整个国家，追随著名的圣地基辅洞窟修道院，或者去追寻遥远的白海边的岛屿附近的圣徒，或者去往莫斯科郊外著名

---

① ［俄］布尔加科夫：《东正教——教会学说概要》，徐凤林译，商务印书馆2001年版，第160—161页。
② 赵桂莲：《漂泊的灵魂——陀思妥耶夫斯基与俄罗斯传统文化》，北京大学出版社2002年版，第423页。

的圣三一修道院，所有这些旅行者、探险者、强盗、研究者、漂泊者和迁徙者都使得这一状况变得明显：在俄罗斯人的心理中，漂泊的元素发挥着重要作用。① 拉吉舍夫的《从彼得堡到莫斯科旅行记》，果戈理的《死魂灵》，列斯科夫的《怪人》和《流浪者》等等，均属于漂泊的体裁。而且这一点不只局限在东正教信徒，而是适用于全体俄罗斯人。罗赞诺夫曾说："我是一个具有宗教气质的人，但却不是教会的人。"所谓宗教气质，抑或可以说是宗教情怀，指的就是"与生俱来的温顺、与生俱来的对上帝的祈祷"，以及深刻的苦难意识，因为"不知道痛苦的人也不了解宗教"。② 在俄罗斯历史上不乏这样的人存在，比如晚年提出"勿以暴力抗恶"并被教会驱逐的列夫·托尔斯泰，比如共同事业哲学的倡导者费多罗夫……他们可以否认自己是任何一种固定宗教信仰的信徒，但却绝不否认自己内心所拥有的与生俱来的宗教情怀。俄罗斯白银时代的宗教哲学家叶夫多基莫夫将俄罗斯民族性格总结为："俄罗斯人或者与上帝同在，或者反对上帝，但是永远不能没有上帝。"③ 谢·布尔加科夫则说：尽管"可能存在非宗教的，甚至反对宗教的人"，但是却没有也不可能有准确意义上的"宗教之外的人"。④

从某种意义上来讲，普拉东诺夫亦不是宗教之外的人。他对信仰途径的认识，即在信仰问题上作为个体、主体的人是至关重要的，没有一定之规，这种认识在很大程度上承继的正是俄罗斯人这种有史以来的信仰传统。八部长篇小说皆以宗教信仰为核心的当代小说家、对俄罗斯人的信仰之路和信仰传统素有研究的历史学副博士沙罗夫塑造了无数对信仰有独到感悟的人物，对于我们形象地认识俄罗斯人的信仰路径具有极好的借鉴意义。比如在《像孩子一样》中，

---

① N.Arseniev, *Russian Piety*, London, The Faith Press, 1964, p.21.

② Розанов В.В.Опавшие листья：короб второй и последний.Изд-во Директ медиа，Москва，2015.С.49.

③ ［俄］叶夫多基莫夫：《俄罗斯思想中的基督》，杨德友译，第31页。

④ Булгаков С.Н.Два града.СПб.，РХГИ.1997.т2.С.8.

该作家表达了具有代表性的俄罗斯底层百姓的观点。其中一位旧礼仪派信徒认为："选择善与恶的自由恐怕是对人的主要恩赐。我们被造就成为主的谈话对象，成为那些时辰到来时根据内心的必要而不是像战士听从命令那样选择善、拒绝恶的人。"① 另一位第一次世界大战时期的工程兵大尉的阐释更具体："我们每一个人都是浪子，而信仰是通向主的路，有种种可以想象的偏离和摇摆的路。只有从路上走过，我们才会得到启示，我们理解主的话语的程度只与走的过程、走过多少有关。否则，收集起来的就是寻常的训诫和教诲。否则，在路上就什么都感受不透，什么都不痛，什么折磨都没有。既不会有怀疑、背叛，也不会有逃离：你只会像个优等生一样把功课背牢，在班里抢风头。……它（即'信仰'——引者注）应当般配一个人对世界、对世界的正义、对罪的力量的认识，只有这样它才有可能帮助人、让他往更好的方向去。"② 有意思的是，作家沙罗夫还是一位普拉东诺夫作品的研究者和普拉东诺夫思想的严肃继承者。我们曾经指出过，普拉东诺夫创作体现出的浓郁的宗教信仰渴求，应该说，与他"在路上""走的过程、走过多少"有直接的关系。

俄罗斯民族的自然本性和历史遭际造就了这个民族的性格特点和精神特质，为其接纳东方教父基督学的静修和冥思传统打下了坚实的基础。修金在《基督教东方和俄罗斯文化主题》一文中指出：俄罗斯土壤上移植了重要的东正教成分，即"精神苦行和道德自我完善的静观式泛神论最高标准"③。"静修"④ 一词的俄文来自希腊语，意思是"安宁""平静"和"沉默无语"。起初把那些独自苦修

---

① ［俄］沙罗夫：《像孩子一样》，赵桂莲译，北京大学出版社2015年版，第184页。
② ［俄］沙罗夫：《像孩子一样》，赵桂莲译，第187—188页。
③ Щукин В. Христианский Восток и топика русской культуры. Вопрос философии, 1995. No4. cc.56-57.
④ 据《简明不列颠百科全书》（中国大百科全书出版社1985年版，第446页）和《圣经百科辞典》（辽宁人民出版社1990年版，第399页）的定义，静修（Hesychasm），是东方基督教的灵修方式。静修者要不间歇地祈祷默想以寻求神赐的宁静。

的遁世者、修士叫作静修者,不同于共同生活的修道士。静修者的全部生活内容就是进行"耶稣祈祷"(Иесусова молитва)或"凝神祈祷"(умная молитва),祈祷方法是配合呼吸和凝神来反复念诵"主耶稣基督请宽恕我的罪"。内心处于开放的状态——这是拜占庭静修主义学说的核心,另外,还包括集中头脑和心脏的注意力的短暂祷告。我们不去关注禁欲主义教父的精神之路的所有环节,对于我们来说,重要的是他的结论部分——对人心灵的净化和圣化。所有变容和祷告努力的结果都是在苦行僧的意识里产生新类型的能量形式,其中大脑和内心的能量形成一个统一的结构。思维活动的基础在于思维变化和集中力量克服身体和心灵、感觉和意志的分离。由此人们开始寻找存在的终极真理。在东正教的苦修者看来,头脑(ум)和内心(сердце)两个概念是相互区别的。《路加福音》中讲到马利亚坐在耶稣脚前听他讲道,马大则为服侍耶稣而终日忙于具体事务。结果,耶稣责备马大不该为许多思绪烦忧,认为马利亚所做的才是唯一必需的一件事。① 东正教看见了灵性之美的异象,心灵正在寻求向这种美接近的各种道路。这种美"处于善恶划分的彼岸。这也是那照亮地上云游者之路的光,号召超越现有生命的界限,改造现有生命"。对这种美的追求,就是布尔加科夫所言的"东正教的精神类型"②。而东正教人学亦强调人的本质不在于自身,而在于人身上的神性,在于人的提升与神化,这也就是帕拉马所言的"非受造的恩典"③。如弗兰克所言:"俄罗斯思维和精神生活不仅就其内在本质而言是宗教性的,而且宗教性还交织渗透于精神生活的所有外部领域。就此而言,俄罗斯精神是彻底宗教性的。"④ 当我们探讨普拉东诺夫创作的总体特征时,我们会想到精神探索,道德思考等

---

① 《路加福音》10:38—42。
② [俄]布尔加科夫:《东正教——教会学说概要》,徐凤林译,第190页。
③ Иоанн Мейендпрф: Жизнь и труды святителя Григория Палама. Введение в изучение. Санкт-Петербург, 1997. сс.226-227.
④ Франк С.Л. Русское мировозрение. СПб., Наука.1996. сс.183-184.

方面，这些正是基督教文化的典型特征。

普拉东诺夫生于顿河畔沃罗涅日郊区的驿站村，每天都能看到行走在顿河沿岸大道上的漂泊者和朝圣者。普拉东诺夫在拥有强烈的宗教基础和传统生活的家庭中长大，个人经历与漂泊这种典型的宗教现象密切相关。对于普拉东诺夫来说，宗教传说、童话、圣愚的预言等一点都不陌生，而且在作家童年的脑海里留下了深刻印象。因此，普拉东诺夫的亲身经历对他的创作过程影响很大：教会中学上学的经历，14岁开始"在人间"的游历，在省里做工程师—机械师的经历。在普拉东诺夫意识中有机地融合了以下几点：俄罗斯属于漂泊者耶稣，属于穷人和流浪汉，属于男人和半无产阶级（包括匠师和手工艺人）。值得注意的是，作家的姓在宗教领域非常流行：克里缅托夫（Климентов），词根克里门特（Климент-Klementio）在希腊语中是"仁慈"的意思。1921年，身为沃罗涅日年轻记者的普拉东诺夫，将继承自父亲的姓改为源于父亲名字的姓，即普拉东诺夫，这也从某种程度上说明了作家对俄国传统文化的珍视与继承。

在未完成的长篇小说《曾经的爱人》（«Однажды любившие»）中，普拉东诺夫曾坦言："生活中有三件事情令我感到惊奇，那就是远方的路，风和爱。远方的路，就像生活的引力，前方遇到的世界的风景，充满鲜活的历史意义的漂泊；风就像令人不安的宇宙的风向标，吹拂着不停歇的旅行者的脸庞，温柔得就像爱人的呼吸，吹向的是前进的脚步，从而使旅途的劳累得以缓解；爱是我们内心的症结，使我们变得聪颖，强大，独特和美妙。"[①] 这在一定程度上论证了普拉东诺夫创作中漂泊主题的自传性，而漂泊主题是普拉东诺夫所有作品的思想核心。这"三件事情"也成为普拉东诺夫作品中承载作家思想的三种重要形象。

---

① Платонов А. Государственный житель. Проза, ранние сочинения, письма. М., Советский писатель.1988.С.575.

对于普拉东诺夫来说，内心的隐秘生活是个人生活的必要基础。作家从内心视角去挖掘人的这一特性是不变的，即使普拉东诺夫主人公的内心体验也许远非真正基督教的。普拉东诺夫以刻画人物内心的隐秘性出名。为了理解这一隐秘性的原因应该分析作家创作个性的精神来源。对于作家来说，不是要克服自身的宗教感受，而是逐渐回归建立于东正教规则基础上的文化和生活规则。

在这里有必要对"宗教灵魂"作一个内涵与外延的界定。应该说，此处的"宗教"并非狭义的宗教。俄语中的"духовный"具有双重意义，既表示"精神的"，也有"宗教的"之义，这可以帮助我们从词源学的角度理解包括普拉东诺夫在内的许多俄罗斯作家对"宗教灵魂"的认识。除了"宗教灵魂"以外，我们认为马克斯·穆勒所提出的"宗教性"这一说法也很适用于探讨普拉东诺夫的思想。穆勒曾经讨论过对宗教性的两种理解：一种宗教性是对各种学说（基督教、犹太教、印度教等）的总括，另一种宗教性是一种独立于所有历史宗教的信仰的能力，理智的能力或者独立于感觉和理智之外的，有时候独立于这些之外让人通过各种名字和各种形式来认识无限的能力。① 谈论普拉东诺夫的宗教归属，把他视为基督教的义人或者是坚定的无神论者，都没有充足根据。但是应该无人否认普拉东诺夫确是一个不折不扣的拥有宗教性的人，也就是相信人可以认识无限。这里的相信并不排除怀疑的成分。普拉东诺夫在《创作笔记》中谈道："人们去教会，摘下帽子，但是还骂人，画十字深呼一口气。"② "基督教、素食主义等在童年和少年时期培养的是英勇的恶棍……"③ "旧礼仪派是全世界的原则性运动，而且不知道这

---

① Мюллер М.Введение в науку о религии//Классики мирового религиоведения.М.：Канон，1996.cc.41-42.

② Платонов Андрей：Записные книжки.Материалы к биографии.ИМЛИ РАН.2006.С.25.

③ Платонов Андрей：Записные книжки.Материалы к биографии.ИМЛИ РАН.2006.С.70.

一运动将会带来什么,而进步可以带来什么是可以知道的。"① 换句话说,普拉东诺夫和许多他的同时代人认识到了19世纪俄罗斯历史学家米留科夫所说的"广大人民的仪式主义和他们对宗教精神内容的漠不关心"②,也就是说人民信仰的缺失。

尽管在作品中,普拉东诺夫并未借塑造人物形象公开表达宗教思想,但是作品中两种对待人生的观点,行动派和思想派之间的相互关系等是摆在第一位的,因此可以说,是俄罗斯文化传统本身把普拉东诺夫的思考放到了宗教中心主义的领域。普拉东诺夫的宗教思想与神学传统直接相关,而作家所经历的俄罗斯文化的白银时代正是这一传统发展的高峰。

斯皮里东诺娃在研究普拉东诺夫作品中的孤独母题时曾指出:普拉东诺夫创作的宗教内容如今已无须专业的论证,但却尤其需要专门的研究③。该母题借自基督教的思想和主题在普拉东诺夫创作的整个过程都有所表现。从早期发表的政论文章和诗集《蔚蓝色的深处》(1922)到剧本《诺亚方舟》(创作于1950年,但是发表于1993年)。这些借自基督教的思想和主题都经过作家的重新思考、服务于自身创作目的,但都不失其与自身来源的联系:比如主显节在普拉东诺夫那里被降低到社会现实的层面。类似的对圣经形象和福音书题材的模仿和引用,也可以说是普拉东诺夫创作与《圣经》的互文性,在普拉东诺夫的大部头作品《切文古尔镇》(1927—1929)中表现得最为明显。互文性集中体现在女乞丐儿子未能成功复活一幕和切文古尔镇的布尔什维克组织的"二次降临",布尔什维克作为自己思想的伟大受难者,教堂中所出现的福音书文本,天

---

① Платонов Андрей: Записные книжки.Материалы к биографии.ИМЛИ РАН.2006. С.139.
② Милюков П.Н.Очерки истории русской культуры: В 3 т.Т.2.Ч.1.С.204.
③ Спиридонова И.А.Мотив сиротства в «Чевенгуре» А.Платонова в свете христианской традиции//Евангельский текст в русской литературе XVIII—XX века.Цитата, реминисценция, мотив, сюжет, жанр.Петрозаводск.1998.С.515.

堂—地狱的对立，启示录式的马，天空之城的象征等。普拉东诺夫将基督教的传统形象和象征转变成自己的诗学语言，以伪经和宗教传说的形式展现。普拉东诺夫与基督教遗产的互文性这一思想其实并不新鲜。如学者维·尤金所言："普拉东诺夫在试图阐述绝对的和主要的问题时，无法绕过'上帝'一词。"① 从普拉东诺夫的《创作笔记》中也能找到很多与作家本人宗教思想有关的例证。比如，"上帝是死人"②；"我是造物主，我也是被造物。"③ 普拉东诺夫试图去理解宗教和无神论，找出二者的共同之处，并且提出了第三种可能性，那就是他关于上帝的著名论断："上帝存在和不存在都是正确的。"④ 普拉东诺夫还曾提到过耶稣是"由纯粹巫魔创造的形象"，"没有革新，没有理论，没有奇迹"⑤。在早期文章《论我们的宗教》中，普拉东诺夫还曾说过："人是上帝之父。人和人所承载的生命从头至尾都是宇宙的唯一权力。"⑥ 不管这样的认识与基督教如何背道而驰，但这一切的思考却皆以"上帝"为核心。

第二节　普拉东诺夫笔下的寻真者形象

"俄罗斯文化最有创造性的代表就其精神实质讲也是朝圣者，比如普希金、莱蒙托夫、托尔斯泰、陀思妥耶夫斯基、索洛维约夫和

---

① Вьюгин В. Ю. Андрей Платонов: поэтика загадки (Очерк становления и эволюции стиля).СПБ., 2004.С.318.

② Платонов А.П.Записные книжки.Материалы к биографии.М.ИМЛИ РАН, 2006. С.246.

③ Платонов А.П.Записные книжки.Материалы к биографии.М.ИМЛИ РАН, 2006. С.21.

④ Платонов А.П.Записные книжки.Материалы к биографии.М.ИМЛИ РАН, 2006. С.257.

⑤ Платонов А.П.Записные книжки.Материалы к биографии.М.ИМЛИ РАН, 2006. С.231.

⑥ См..Вьюгин В.Ю.Андрей Платонов: поэтика загадки.СПБ., 2004.С.316.

所有革命知识分子都是朝圣者。"① 俄国白银时代的哲学家别尔嘉耶夫所列举的这些俄罗斯文化的代表人物大多数都是作家。实际上，不仅作家本人，就连他们笔端的主人公，也多为俄罗斯大地上的漂泊者。② 对无限和终极真理的追求使这些漂泊者不可能静止在任何有限的东西上，诚如别尔嘉耶夫所言："对俄罗斯而言，一个漫游者的形象是那么富有个性、那么光彩照人……漫游者——独立于'世界'之外，整个尘世与尘世生活都被压缩成为肩膀上的一个小小的背包。"③ 俄罗斯民族性格中浓厚的宗教色彩和悲天悯人的情怀，是上帝馈赠的神圣礼物，从而使这片土地上诞生了数量众多的漂泊者形象。俄国知识分子都是满怀激情的"寻真者"，这里的"真"包括"真理""真相""公正""合乎道德"等意义，它们要成为生命的"真正基础"，使生命变得圣洁并得到拯救。

在普拉东诺夫的巅峰之作《切文古尔镇》中，开头便出现了这样的画面：在俄罗斯大地上有条泥泞道路，行走着一群漂泊者，他们由于饥饿、渴求和绝望而上路。其中有一个不记得自己名字，也不记得上帝名字的孤苦伶仃的贫农。《切文古尔镇》"中心人物穿越大地寻找有机地出现的社会主义中，以及他对一匹叫作罗莎·卢森堡马的长篇独白中"，可以看到《死魂灵》的回声。作为《基坑》英文版跋的撰写者，布罗茨基还曾指出"《切文古尔镇》和《基坑》至少在主题上都可以视为陀思妥耶夫斯基《群魔》的续集，因为他代表着陀思妥耶夫斯基的预言的实现"。不过，布罗茨基紧接着补充

---

① 耿海英：《别尔嘉耶夫与俄罗斯文学》，上海世纪出版集团2009年版，第389页。
② 俄语中的 странничество、скитательство、паломничество 对应的汉语词是"漂泊""漫游""朝圣"。这些词表达的基本都是俄国文化传统中的同一种现象，相应地，странник、скиталец、паломник 则是指"漂泊者""漫游者"和"朝圣者"，汉语中也称"香客"。此外，俄语中还有 правдоискатель（寻真者）也是指上述人物。因此，为了表达的方便，我们在本文的论述中将这种行为统一称作"漂泊"。
③ ［俄］别尔嘉耶夫：《俄罗斯的命运》，汪剑钊译，云南人民出版社1999年版，第11—12页。

到，这实现是由历史和现实提供的，并非一个作家的推测①。继承俄罗斯文学和作家前期创作的传统，伟大的卫国战争期间，普拉东诺夫创作了数量众多的优秀短篇小说，以他笔下的寻真者形象为例，他所塑造的以别佳·伊万诺夫、科拉斯诺谢里斯基、帕尔申和切普尔内伊等为代表的一大批主人公，以其自身独特性丰富了俄罗斯文学自成一格的寻真者形象画廊。

普拉东诺夫在战争小说中塑造了苦苦寻找真理的寻真者形象，这些主人公的独特之处在于：他们是"无父"的精神孤儿；他们用"心灵"感知世界；他们在道路尽头寻到了真理。

一 "无父"的精神孤儿

俄语中有两个词都表示"祖国"，一个是 родина，另一个是 отечество，但是这两个词含义又不尽相同，前者词根是 род，跟母亲的生育行为有关，对应英语中的 motherland；后者则是 отец（父亲）的同根词，对应英语中的 fatherland。俄语中通常用 мать-земля 来指称大地母亲，与 рождение, род, природа 这些词放在一起。换言之，母亲负责在肉体上哺育孩子。父亲则通常与 долг、честь 等放在一起使用，亦即父亲负责孩子的精神成长。在依托于民间哲学的普拉东诺夫作品中，母亲来自大自然，赋予孩子与世界的亲缘关系，使其建立与自然的连接；父亲则帮助人建立社会和精神的继承性。

在传统民间父权社会生活中，父亲拥有最高权威。普拉东诺夫小说中的漂泊者大多是失去父亲、为寻找"真理"、寻找"父亲"而踏上一条充满荆棘之路历尽磨难的孤儿。"父亲"在普拉东诺夫小说中不仅是物质意义上的，因为他的大多数主人公的确很小就失去了父亲，更是精神意义上的。寻父题材，是一条贯穿普拉东诺夫全

---

① ［美］约瑟夫·布罗茨基：《小于一》，黄灿然译，第 251 页。

部作品的主线，体现为对丧失的精神家园的渴望和追求，同时也表述了人与人之间、父辈与子辈之间的责任和关爱。诚如作家所说："按照父亲的方式"表现的爱"是人与人之间的一种崭新的爱。它是通过他人的心灵折射出来的爱"。这种爱和责任感使人坚强，使人勇敢，使人精神高尚，使人在孤独之中仍旧感受到在群体中的温暖。唯其如此，作家才满含深情地呼吁："应当按照父亲的方式去爱人。"①

不少俄国学者曾在自己的著作中集中探讨普拉东诺夫创作中的孤独主题，并视其为俄国文化中的典型现象。格里乔娃在《论俄国文化中的孤独》② 一文的"全世界的孤独"部分谈到了普拉东诺夫创作中主人公普遍存在的孤独问题。科尔尼延科则在其专著《普拉东诺夫的文本历史和生平（1926—1946）》③ 结语中，指出了作家在30年代末至40年代创作中的孤独主题。雅布罗科夫则认为，不应过分强调普拉东诺夫作品中人物的社会归属问题。更重要的是，在小说中，一个人的身份被呈现为孤儿，被自然和祖先抛弃，被迫理解大千世界的意义和自身的存在价值④。

普拉东诺夫善于塑造孤儿主人公，这首先与他自身的经历有关。普拉东诺夫自幼丧父，过早承担起了家庭重担并参加劳动。在他的意识中早就模糊了童年与成人的界限。这就是孤儿的典型特征。

普拉东诺夫欢欣鼓舞地迎接革命，把革命当作对非真理存在的悲剧式克服，是为了创立新的宇宙。如果说革命开始时期的普拉东诺夫是一名无神论者，也就是他并不把上帝看作地上天国的建造者的话，那么无论如何不能称他为反抗上帝的人。问题在于，普拉东

---

① Платонов А.П.Деревянное растение.М., Правда, 1990, С.29.
② Горичева Т.Сиротство в русской культуре // Вестник новой русской литературы. 1991.№ 3.cc.227—245.
③ Корниенко Н.В.История текста и биография А.П.Платонова（1926—1946）// Здесь и теперь.1993.№ 1.cc.263—304.
④ Яблоков Е.А.Безвыходное небо // Платонов А.Чевенгур.М., 1991.С.12.

诺夫从人民生活的深处得出结论：上帝已死。"上帝已死"这一主题在普拉东诺夫的早期诗歌（20世纪10年代）中体现出来。年轻的普拉东诺夫强烈地保持着与父辈在精神上的亲缘关系。对父亲的回忆在作家的姓普拉东诺夫（Платонов）中成为永恒。上帝已死，但是必须建立代替上帝之国的真理之国、善良之国、美好之国。否则，人类的生活将变得毫无意义。在无产阶级革命中，普拉东诺夫看到了接替死去上帝的新的弥赛亚。在《全宇宙》（Вселенная）一诗中，普拉东诺夫以革命勇士的口吻提出：我们是意识，是光，是拯救，在我们之后不会有任何人。他把社会主义理解成"最后的希望的宗教"（А.Луначарский）。作家把革命志士看成是新的朝圣者，这一思想在《朝圣者》（Богомольцы）中体现得淋漓尽致。作家寄希望于耶稣的复活，上帝的重返人间，期盼人类走向上帝。普拉东诺夫在1920年的文章《耶稣和我们》中指出："正是革命群众才是耶稣的直接继承人……基督不属于神庙和祭司，而是属于我们，我们继续他的事业，他就活在我们中间。"①年轻的普拉东诺夫对耶稣本质的认识由此反映出来。在神人本性中，作家强调的是其人性，耶稣对他来说首先是人子。在普拉东诺夫稍后发表的言论中甚至可以看出，耶稣已经失去了其神性的一面，他是大地之子，意识之王，是第一个无产者。耶稣形象在普拉东诺夫一二十年代的文章中充满了与人类似的内容。年轻的普拉东诺夫非常容易接受那种暴力改造世界从而实现未来幸福的思想。这一时期的文章《论我们的宗教》《新福音书》《电的黄金时代》《修整土地》《论科学》《无产阶级诗歌》等充满了宗教内容，但是普拉东诺夫所要表达的却是人神论。他把上帝当成一个凡夫俗子，甚至Бог的第一个字母都小写。

《切文古尔镇》中几乎所有人都感觉自己是孤儿——不光孩子，

---

① Платонов А.Размышление читателя.М.，Современник，1980，С.13.

还包括成人。萨沙·德瓦诺夫尽管有继父母，有同志相伴，却依然感觉自己是个孤儿。科片金被革命的骑士帕申采夫称作"和自己一样的地上的孤儿"。切文古尔镇的共产党员和外来人组成了孤儿家族。萨沙的父亲自愿走向死亡。他的母亲更是早年即去世，萨沙对于母亲的唯一印象来自父亲手上戴的那枚戒指。萨沙是真正的孤儿（失去双亲），但是作家强调的是他父亲的缺位。萨沙的自然悲剧因为他在世界上试图克服自己的孤独和无父而加剧。出于对死亡的好奇心，父亲一跃进入穆杰沃湖。父亲曾经跟男人们讲过他要尝试逃离死亡。殊不知一旦与死神碰面并有机会了解生死的奥秘，与此同时人的性命也将一去不复返。最终，他或许获得了关于死亡的所有知识，却因为对另一个世界的苦恼，孩子般地拒绝上帝所赐予的生命，轻视生与死的奥秘。

对继父普罗霍尔·阿布拉莫维奇来说，送别萨沙是一场灾难。但是，现实世界中的他却没有任何身体和精神的力量来保证养子在自己家的生活。养父母德瓦诺夫夫妇悲痛欲绝，跟失去自己的孩子并无两样。德瓦诺夫亦把自己视为家中的孤儿。他孤独的直接原因是对保护孩子的无能为力，而孩子似乎构成了他生活的全部意义。博恰洛夫曾经指出，"在普罗霍尔·德瓦诺夫徒有虚名和无迹可寻的存在中，有一个持久的保证——他的孩子们：孩子们是他生命中唯一的持久感的来源。他们用柔软的小手促使他耕作、做家务、付出心血。这些柔软的小手在肉体上是可感的。它们推动着生命的伟大进程。没有它们，生命就会戛然而止。"[①] 在博恰洛夫看来，"并非继父普罗霍尔指导孩子们的生活道路，而是孩子们自己不得不'领导'父亲。"因此这里的关系发生了颠倒：在父亲和孩子的关系中，父辈的无能为力导致了孩子童年的缺失。

如果说二三十年代，普拉东诺夫作品中的孤儿疏离传统、背弃

[①] Бочаров С.Г. "Вещество существования" // Платонов А. Чевенгур. М., 1991. С. 459.

父母、用社会主义大家庭的带有一定"乌托邦"色彩的兄弟姐妹情来代替家庭亲情的话，那么40年代卫国战争期间的小说中的孤儿，则是因为战争所造成的父亲缺位，是被历史和命运选择的，他们被战争剥夺了生活在父母身边享受其乐融融的家庭生活的权利。

尽管在这场伟大的卫国战争中，俄国人是正义的一方，但是那种情绪激昂的保家卫国的热情能够替代他们对家庭的思念吗？显然不能。他们一方面义无反顾地履行自己的使命和义务，一方面毫无疑义地期待战争早日结束，期待回归家庭，所以上战场之前才需要借助宣誓这样的仪式来鼓舞士气。普拉东诺夫细致入微地刻画了战士们在这种情况下无奈和矛盾的心理斗争。

数量众多的战士已经成家立业，扮演着父亲、丈夫和儿子的三重角色，因为自己的离开或牺牲造成了后方大量"留守儿童"和孤儿的出现。但是，也有相当数量的战士刚刚成年抑或乳臭未干，战争使他们沦为"孤儿"。代替他们父亲的是一个指挥官，后者或许有意愿成为战士们的依靠，帮助战士们摆脱孤独的情绪，可是却无济于事，因为他们内心深处最期待的仍是早日与家人团聚。士兵向祖国宣誓、为祖国祈祷的场面类似于基督徒面对上帝所做的祷告。如果说圣徒是心甘情愿地主动去承受苦难的话，那么战士们为国捐躯视死如归的举动多少有些无奈。

普拉东诺夫在其《创作笔记》中勾勒了这样一幅极其形象的画面："伟大而又朴素的生活戏剧是这样的：在一栋贫穷的住宅里，一个两三岁的孩子围着一张空空的木桌子边转边哭。他想念父亲，他的父亲尸骨未寒。打着赤脚、半饥半饱的儿子，在灰蒙蒙的日子里想念远方的父亲，独自在家痛哭流涕。"① 这样的家庭在卫国战争时期再普通不过了：父亲去前线打仗，把母亲和一帮孩子留在后方。普拉东诺夫在自己的作品中记录了这些家庭的故事。最为典型的是

---

① Платонов А.П.Труд есть совесть.//Собрание сочинений.в 3 т.М., Советская Россия.1985.Т.3.С.548.

《归来》① 中孤孤单单度过自己童年的别佳。这是作家在战争刚刚结束时创作的描写人们从战争回归和平生活的代表作,揭示的不是胜利的喜悦,而是战争给人们带来的精神创伤。小说通过描写红军大尉伊万诺夫在战后复员回家的经历,讲述了战争期间四个家庭的悲剧:某部队厨师助理玛莎,家破人亡;伊万诺夫的家庭走进了另一个男人谢苗,谢苗在白俄罗斯的一家人全死光了;残疾人合作社售货员哈里顿的妻子阿纽塔和一个独臂残疾人"好"上了。伊万诺夫和妻子柳芭育有一儿一女,儿子别佳十二岁,女儿娜斯佳五岁。伊万诺夫回到家中时,看到少年老成的儿子别佳不免胸中一阵酸楚,后者俨然一家之主,家里的大小事情全由他安排,母亲和妹妹都听他的。战争期间,亲生父亲伊万诺夫缺位,另一个男人谢苗走进了他们的家庭,给这个家带来了温暖和快乐,在某种程度上充当了孩子们的父亲。但是孩子们一直在盼望和等待亲生父亲伊万诺夫的归来,对于他的归来满心欢喜。儿子别佳得知父亲离家出走后,便带上妹妹奔向车站。跑着跑着,两个孩子一下子摔倒了,因为别佳的一只脚穿毡靴,一只脚穿套鞋。这一细节揭示的正是孩子们对父爱的渴望。可以说,在孩子们,尤其是儿子别佳的成长过程中,父亲伊万诺夫是缺位的,尽管别佳有父亲,但在精神上他是一个"没有父亲的孤儿"。

围绕卫国战争题材创作的小说中,战争还用一种极端的方式强迫战士们变成孤儿。他们要么从走出家门的一刻就注定永远做一个孤儿,战死沙场,要么有幸活下来,造成孩子们战争期间临时的"孤儿"处境。"父亲"由战场上的指挥官(如切普尔内伊)和邻居家的男人(如谢苗)等各种非亲生父亲的角色来临时承担。

---

① 1945 年,这部短篇小说在俄罗斯尤其是列宁格勒的各大杂志上发表,1946 年以《伊万诺夫的家庭》为名发表在《新世界》杂志,在作家死后出版的所有刊物上均以《归来》为名发表。参见 Платонов А. П. Комментарии.//Собрание сочинений. в т. 8. М., Время.2010.Т.5.С.537.

二 内心隐秘的寻真者

普拉东诺夫发现，身处宇宙中的人总是不可避免地陷入孤独状态。孤独的根源潜藏在人的意识中。从《隐秘的人》（1926）开始，作家便开始关注这一问题。该作品主人公普霍夫"总是对空间惊异不已，因为空间使处于痛苦中的他得以抚慰。若快乐所剩无几，空间便可以使快乐增加"。① 这里的空间不仅指自然空间，更多地指示可以包容天下苦难的心灵空间，象征着人内心的慷慨和坦荡。普霍夫就是这样一个懂得自然生活之奥秘、认识到劳动和苦难具有净化灵魂之作用，并且乐意接受世界本来面目的个性独特的形象。

"心"（сердце）这一概念，在神秘主义宗教和各个民族的诗歌中都占据中心位置。"在荷马史诗《伊利亚特》中，愚蠢的人被称作有一颗'不聪明的心'的人；拉丁语 cordatus homo 被称为'理智的人'（разумный），而非'衷心的人'（сердечный）；印度神秘主义则把人的精神，那个真正的'我'放到心脏，而非大脑。"② 《圣经》中更是随处可见"心"这一概念。心脏象征着只有上帝才能触及的隐秘深处（《圣经赞美诗》43：22）。因此，从某种程度上讲，不光存在无法认识的上帝，还存在无法认识的人。正是在这个无法认识的深处，在心的深处，人才能与上帝相遇。这就是为何东正教如此强调内心神秘之处的原因。白银时代宗教哲学家维谢斯拉夫采夫指出了"人之存在的七个等级"，"万物之始乃上帝，人只是上帝形象的反映"，因为"人本身并非圣贤，虽然人可以在宇宙等级方面无限地靠近神"③。

从普拉东诺夫的战争小说中，我们能感受到一个突出的特点，

---

① Платонов А.П.Живя главной жизнью.М.：Правда.1989.С.9.
② Вышеславцев Б.П.Этика преображенного эроса.М.，Республика.1994.С.271.
③ Вышеславцев Б. П. Этика преображенного эроса. М.：Республика，1994，сс. 284-285.

那就是作为真理探索者的这些主人公们思维方式的独特性:"用心灵感知世界"。"心"是普拉东诺夫艺术语言的核心语词之一。这一概念与俄罗斯文学的圣经传统不无关系。学者阿西姆巴耶娃在评论陀思妥耶夫斯基的作品时指出:"关于'心'的圣经话语聚集到一起,组成一个人类以极统一形式存在的极具表现力的各种角度的复调场景"。① 从普拉东诺夫小说中使用频率极高的"灵魂""心""爱",可以明显地感受到这种特点。据学者米哈伊留琴科统计,单在1986年出版的普拉东诺夫战争短篇小说集《精神崇高的人们》中,"心"一词及其各种变体在41部短篇小说中就出现了208次。②《精神崇高的人们》这部短篇小说中这几个词的出现频率达数十次之多,不断把读者拉回主人公的主观感受中。科拉斯诺谢里斯基的未婚妻在遥远的乌拉尔"因为爱情而哭泣……她想要看到他(自己的爱人)并且在他身边抚慰自己在离别中哭泣的心"③;"残酷的死亡低低地漂浮在他们(战士们)心上,但他们的心灵护卫着他们";战士齐布里科哭不是因为害怕死亡,"不,我什么都不怕,可是我现在感到我的母亲正在爱着我,想着我;她害怕我会死去,我这是在怜惜她呀!"④ 正是这个齐布里科"爱用自己特别的大脑想象一切;他把世界看成一个美好的奥秘……"⑤ 这一美好的奥秘可以从普拉东诺夫的《创作笔记》中找到诠释:"科学所研究的仅仅是事物和现象在形式上的关系,是不关心本质的表面文章,而恰恰是在本质中蕴含着世界的真正鲜活的奥秘。"⑥ 普拉东诺夫的主人公为理智的头脑插上了心灵的翅膀,使其得以触到世界的本质。心灵是战争时期主人

---

① Ашимбаева.Н.Т.Сердце в произведениях Достоевского и библейская антропология// Достоевский в конце XX века: Сб.ст.М., 1996.cc.379-380.
② Михайлюченко О.С.Концепт «сердце» в военных рассказах Андрея Платонова.// Евангельский текст в русской литературе 18-20 веков, СПБ.: Алетейя.2011.С.328.
③ Платонов А.Избранные произведения.М., Экономика.1983.С.695.
④ Платонов А.Избранные произведения.М., Экономика.1983.С.705.
⑤ Платонов А.Избранные произведения.М., Экономика.1983.С.706.
⑥ Платонов А.Записные книжки.М.ИМЛИ РАН.2006.С.247.

公力量的源泉。《精神崇高的人们》(《塞瓦斯托波尔之战的故事》)集中地表达了心灵在主人公寻找真理过程中的升华和净化功能。面对着战友的遗体,主人公科拉斯诺谢里斯基内心由恐惧逐渐转向轻松,因为在这样的生死关头他比任何时候都更深切地感到,"仿佛他承担了为死去的朋友活着的责任,于是牺牲者的力量融入到了他的内心"。① 而政治指导员费里琴科的内心独白更直截了当地表明了这一点。在殊死战斗的前夜,战友们"在最后的梦里舒展开四肢,他们每个人的脸都是那么坦荡,费里琴科依次凝视着每一张面孔,这些人对于战争中的他就是一切,是一个人需要但却失去的一切:他们代替了他的父亲母亲、兄弟姐妹、心灵的女友和珍爱的书籍,他们对于他就是以微缩形式表现出来的全体苏联人民,他们体现了他那寻找依恋的全部心灵力量"。②

另一个战士帕尔申浑身洋溢着迷人的魅力,他的"迷人的奥秘在于他心灵的善良和慷慨"。③《精神崇高的人们》中的战士奥金措夫在思考德国法西斯的暴行时,眼前"突然出现了一个寄居在活着的、动着的死人身上的空洞灵魂……"④ 普拉东诺夫在《创作笔记》中对丧失心灵的法西斯的描述更直白:一个孩子问母亲:"妈妈,德国人是些什么样的人?"母亲回答:"他们是心灵冷漠、空洞的人……"⑤ 普拉东诺夫笔下的主人公尽管身处战火中,仍然保守着自己内心的敏感,临死的前一刻仍然试图建立与亲人的联系,这与丧失心灵的法西斯形成鲜明对照。

普拉东诺夫塑造的主人公通常其貌不扬,不善交际,却拥有丰富的内心世界。短篇小说《忠诚的内心》主人公切普尔内伊是位年轻的军官,他容易害羞,但却积极参与到追寻真理的行动中。他心

---

① Платонов А.П.Избранные произведения.М.：Экономика.1983.С.696.
② Платонов А.Избранные произведения.М.，Экономика.1983.С.705.
③ Платонов А.Избранные произведения.М.，Экономика.1983.С.708.
④ Платонов А.Избранные произведения.М.，Экономика.1983.С.704.
⑤ Платонов А.Записные книжки.Материалы к биографии.М.2006.С.281.

中的"战士是崇高的人，是保卫人民的人，而不是庆幸自己还活着的蠢货……"①指挥官"永远不应该让战士处于孤独的处境"，而"需要不断地坚定自己对祖国的爱和信心，不忘自己的父母和孩子生活的这片土地"②。祖国在战士们身后，为战士们的内心成长提供精神营养。

普拉东诺夫很少塑造宏大的战争场面，而是始终关注主人公内心世界的微妙变化，这离不开俄罗斯东正教文化的孕育。神学家布尔加科夫指出，"这颗心灵（指的是东正教的心灵——引者注）所寻求的神圣性就是最大的容忍和自我牺牲"，③因此俄罗斯文学中诞生了数量众多的无家可归的流浪者，他们是为基督而生活的圣愚。"用心感知世界"这一主题可以在福音书中找到源头：上帝怜悯的是那些内心敏感，能够感知世界的人。普拉东诺夫短篇小说《小战士》的主人公正是这样的人，他不想分离，他的心不能忍受孤独。④

总之，普拉东诺夫小说中的人物都是在生活中感到"心灵"日渐一日地干瘪和空洞的时候才抛开一切，去漂泊流浪，寻找真理，以此来填充内心那块空下来的无底洞。这个无底洞只能通过上帝的真理来填充，用任何现世的有限之物均无法填充。这些人物是典型的俄罗斯人。

三 "道路"尽头寻到真理

普拉东诺夫的主人公不约而同地走上了寻求真理的道路（истинный путь），不再受制于生活亦即时间的限制，并最终认识到了真理。漫游是为了摆脱庸碌，集中力量思考；隐居的目的则是为了

---

① Платонов А.Верное сердце.//Собрание сочинений.в т.8.М.，Время.2010.Т.5.С.183.
② Платонов А.Верное сердце.//Собрание сочинений.в т.8.М.，Время.2010.Т.5.С.184.
③ ［俄］布尔加科夫：《东正教——教会学说概要》，徐凤林译，第188页。
④ Платонов А.Избранные произведения.М.，Экономика.1983.С.765.

在认识世界的同时侧重于认识自己。

据《达里详解词典》，"дорога"一词的意思为：行车带；平坦的或者以各种方式准备好的用于行车、走车走马或者走人的地方；旅途，路途；从一个地方到另一个地方的方向和距离；与此同时，还可以理解为位移的过程：行车或者走路本身，旅途。"дорога"还有一个象征意义，那就是生活方式、命运等。[①] 提到"道路"（дорога），就不得不谈论俄罗斯民间文化中通常与"道路"相对的另外一个母题——家园（дом），二者分别对应"移动"和"定居"两种存在状态[②]。"дорога/путь"（道路）和"дом"（家园）两个相互对立的概念在俄罗斯人语言世界图景中占据非常重要的地位，并且总是以一种二元对立的形式出现。如果说家园如同静态的坐标点，标示出人生的各个阶段，那么道路则是将这些点连接起来的一条细细的红线；家园是道路的起点、终点以及路途中的落脚点，道路是对家园的背离和遗弃[③]。家园和道路的对立代表两种不同的生活方式——定居和漂泊的对立，家园通常代表舒适温暖的家庭生活，通常和温暖的火炉相联系，能够遮蔽寒冷、风雨和磨难，而道路通常代表危险和漂泊的无家可归的生活。此外，家园是生命、结果、生育的象征，道路则是死亡、疾病、不孕的象征[④]。需要指出的一点，在俄语中，"дорога"与"путь"是存在细微差别的，前者比较具体，经常伴随描述性成分；后者则较抽象，强调个人精神成长，一般搭配评价性成分，如 духовный путь。人们走上道路（"дорога"），通常是为了寻找真理之路（"истинный путь"），但是未必能够成

---

① Даль В.И. Толковый словарь живого великорусского языка：В 4 т. М.，Русский язык. 2000. Т.1 С.473.

② Щепанская Т.Б. Культура дороги в русской мифоритуальной традиции XIX – XX вв. ИНДРИК. М.，2003，С.25.

③ 张冬梅：《俄罗斯民族世界图景中的文化观念"家园"和"道路"》，黑龙江人民出版社2009年版，第60页。

④ Щепанская.Т.Б. Культура дороги в русской мифоритуальной традиции XIX – XX вв. ИНДРИК. М.，2003，С.40.

功。由此看来，在俄语中，доpoгa/путь 基本可以相互替换，尽管也有细微差别。在本书中视二者为同义词。

主人公们不断走上漂泊之路的行为亦可在东正教神学中找到依据。帕拉马所主张的东正教苦修主义人学的突出特点是动态论①。东正教人学不同意人的本性给定不变的观点，而是认为，人性是一个"变量"，而非"常量"，一种开放的、要求实现自我超越的存在物。生命的基本法则在于，人是通向外部的，从自身到外部，他要与外部世界以及占据外部世界的人和事物相联系，以此来感受自己的存在。人内心的空虚本身似乎决定了向世界开放的需求②。因此，普拉东诺夫让自己的主人公们上路，使他们沿途遇到种种新的社会问题，并思考人的存在问题。20年代末，《切文古尔镇》的部分片段得以发表。作家把小说第一部分起名为"带着开放的内心旅行"。③ 作品开篇描绘了一幅漂泊的场景画：如同每个人一样，他（德瓦诺夫）也被远方所吸引……省执委会主席米舒林"想起一本科学读物，说引力及物体和生命的重量随运动速度而变小"，他认为："俄国的流浪者和朝圣者之所以不停地吃力地行走，就是因为他们一路上可以不停地把人民痛苦心灵的压抑感排遣掉。"④ 简言之，"旅途"在普拉东诺夫小说中发挥着重要的构架作用。

如果说在早期反映社会面貌的作品，比如旅行札记《切—切—奥》中漂泊纯粹是结构线索的话，那么在《切文古尔镇》《基坑》《初生海》等中期作品里就不再只是情节上的梗概，更喻示精神的漂泊。如果说《隐秘的人》主人公普霍夫作为"漂泊者"的形象更多

---

① 徐凤林在《帕拉马神学与东正教人论》（《哲学门》2008年第1期）一文中追溯了东正教静修主义与东正教独特的人学之间的关系，指出东正教独特的人学在于，人通过自己的不断提升来获得神性。
② Хоружий С.С. К феноменологии аскезы. М.，ИГЛ.1998.С.310.
③ Корниенко Н.В. Андрей Платонов：«Не отказываться от своего разума»：Историко-литературный комментарий к анкете 1931 года «Какой нам нужен писатель»// Дружба народов.1989.№11.С.239.
④ ［俄］普拉东诺夫：《切文古尔镇》，古扬译，第3、21页。

地体现在他的精神流浪上,表现在他不安分地探索着心灵的秘密上,那么作家此后创作的其他作品里,主人公的动荡乃物质意义和精神意义上的双重漂泊。

俄罗斯民族拥有寻找"理想之地、幸福之城"的传统。普拉东诺夫淋漓尽致地展示了他所处时代的人们的同类探索。与普拉东诺夫作品中几乎所有主人公一样,《基坑》主人公沃谢夫是一个哲学家,天生热衷于探索生存的意义。这不是指他们所从事的工作,而是就其内在禀性而言。他是普拉东诺夫描写的一大批同具这一特点的人物之一。为了寻找真理而踏上漫漫之途,他走进了对自己来说完全陌生的生活。沃谢夫在自己三十岁生日那天被小机械厂解雇,就这样踏上了旅程。他疲惫不堪和体力衰退是由于他的心灵"停止认识真理"了,他觉得自己就像一片落叶那样"没有生活的意义"① 了。普拉东诺夫是怀着深切的同情在描写这一群不着边际却充满理想色彩的人们。这里的同情远远大于讽刺,这是一个深刻洞察俄罗斯民族性格的作家对俄罗斯现实最真实的描写。笔者以为,把《基坑》理解为是对所谓苏联戕害个性、不切实际和集体化的讽刺实属肤浅之见。这是对俄罗斯民族性格最深刻的揭示,是俄罗斯民族自古以来寻找真理传统的必然延续,尽管这个"宏伟大厦"永远也不可能竣工。

普拉东诺夫的求真者之路也从俄罗斯童话中获得了滋养,而俄罗斯童话是俄罗斯民族寻找"理想之地、幸福之城"传统的一个缩影。普罗普在分析俄罗斯童话的32个功能项时讨论了道路是如何将家园与主人公所要去往的地域联系起来的,路上往往会遇到森林、海洋、火海、河流和深渊。旅行的目的往往是为了获得某种神圣的东西,比如神话故事中的活命水、长生不老果,或者为了挽救被劫走的未婚妻等。前面我们提到过俄语和俄国民间文化中道路和家园

---

① [俄]普拉东诺夫:《美好而狂暴的世界》,徐振亚译,第137页。

的二元对立，从这个角度来讲，战争无疑是最大限度上造成二者对立的极端条件。在普拉东诺夫战争小说中，道路跟家园的对立得到了淋漓尽致的表现。普拉东诺夫的战争小说把童话故事中的"上路—暂死—新生"即"家园—道路—家园"模式，变成"家园—道路—战场"或者"战场—道路—家园"模式。

前者以《上帝之树》和《怜悯逝者》为代表，描写战争爆发初期主人公奔赴战场的场景；后者以《归来》为代表，描写战争结束时主人公回家的场景。《上帝之树》的主人公名叫斯捷潘·特罗菲姆，其中"Степан"在俄语中意为花环、王冠。① 在俄罗斯民间文化中，树的作用非常重要。树冠，树枝，树根把纵向的世界分成三部分。树冠代表上帝、天空和飞鸟的上层世界；树枝代表地上的人和动物的万物中间世界；树根代表死者、爬行动物（青蛙、蜥蜴、蛇、昆虫）、植物中的蘑菇、水等整个地下世界。横向的空间则分为四部分。如果说三代表运动，那么四代表静态。② 树的形象总是与人相关。树也经常与"远行"相关联，比如俄罗斯歌曲中"橡树在摇摆"，象征着主人公"我"在生活中历经磨难。"白桦树倚靠在橡树上"，象征着姑娘对小伙子的倾心。这就是人和树之间，人与树的生命之间的象征。同路一样，树也是生命的象征，因为树慢慢长大，就像孩子以及孩子的孩子长大的过程一样。一方面，树和人是一种对比，另一方面，树也是生命的象征。人是上帝所造。在俄语中有这样的表达："上帝的创造"（«божье творение»），"上帝之人"（«божий человек»），但是却没有"上帝之树"（«божье дерево»）这样的表达。因此短篇小说标题中，普拉东诺夫采用的是一种仿造新词的用法，传统的标准俄语中是没有这种说法的。普拉东诺夫把"人"换成"树"，因为人和树有相同的指代——生命。此外，通过

---

① Тихонов А.Н., Бояринова Л.З., Рыжкова А.Г., Словарь русских личных имён. М.：Школа-Пресс，1995.C.325.

② Юдин А.В.Русская народная духовная культура.М.，Высшая Школа.1999.C.39.

这种仿造新词的用法，普拉东诺夫赋予了这棵树以神圣的使命，而这棵树在某种程度上也是对俄罗斯母亲、祖国母亲生生不息的象征。"主人公把树叶揣在怀里，去参战……继续远行"。

德瓦诺夫和沃谢夫对自己目前的生活不满意，出门去寻找生活的真谛；斯捷潘对母亲和家中的一切恋恋不舍，母亲也寓意祖国。斯捷潘从家园通往战场的道路很漫长，预示着离战争结束还遥遥无期，此行很可能没有归期。当斯捷潘走向战场，走向"整个世界"时，他在精神血脉上已经不只是这一个妈妈的儿子了，而是整个俄罗斯民族的儿子。通过普拉东诺夫描写的环境细节，我们可以看出，斯捷潘可能获得真理：因为鸟儿在树上唱歌，而蓝色的树叶喻示着天堂和真理。

《归来》中伊万诺夫在旅途中不断地试图回到家园，但是真理似乎一次又一次地把他引向战场的方向。离开部队回家途中，遇到了同样退伍回家的玛莎。回到家以后，他依然心系军队，误以为"炉旁的儿子是指挥"。发现自己与阔别多年的家庭格格不入时，他想去找玛莎。但他最终真正回家了，从精神上回家了，这里的"家"就是真理。儿子别佳的回归体现在对童年生活的回归，童年生活就是他的真理。谈到《归来》时，英国学者钱德勒认为"故事的每一个主人公仿佛都处于一种孤儿的境地，正是这种孤儿的处境需要被克服"。① 童年母题对于普拉东诺夫主人公从这种孤独和疏离状态解脱出来具有重要作用。这也是俄罗斯文学的传统。

普拉东诺夫的主人公在死亡之时获得了真理之光。《精神崇高的人们》的主人公奥金措夫濒临死亡时，靠自己仍在跳动的心脏的微弱力量，爬向坦克，人瞬间化作火光。苏联学者阿基莫夫就此评论说："作品中所描述的'人们周围闪烁的火光'不只是物质标志，

---

① Запевалов В.Н.: А.Платонов и М.Шолохов: «Возвращение»и «Судьба человека»// Творчество Андрея Платонова.СПб.2000.С.126.

更是对散发精神本性的独特隐喻。"① 无独有偶,《铠甲》的主人公萨文在临死时呼喊道:"我的死是有意义的。"

由此可见,普拉东诺夫的战争题材小说并非简单地停留在战胜敌人,甚至也没有停留在弘扬爱国主义的层面上,而是旨在探寻永恒真理的意义。普拉东诺夫经历了从十月革命到国内战争再到伟大的卫国战争等20世纪上半叶几乎所有大事,他笔下的主人公纷纷踏上旅途,寻找真理之光。普拉东诺夫主人公们孜孜不倦地探索的生命真谛在于,让故去的"父亲"安息,让活着的孩子们精神有所依托,在相互爱护的人们中间找到温暖的家园,找到"以父亲的方式"体现出来的博大的爱。有学者指出,"陀思妥耶夫斯基的主要思想在战时普拉东诺夫的意识中获得了额外的生命力和现实性"②,我们的研究正揭示了普拉东诺夫战争小说中所蕴含的独特生命力和现实性。

第三节 普拉东诺夫创作的神话—原型解读

《波图丹河》(1936)是作家短篇小说代表作之一,1937年出版的同名短篇小说集《波图丹河》即由此小说得名。不同于其他作品,该小说未在任何文学杂志上发表,甫一公开问世即被收录入作家作品集。普拉东诺夫研究专家科尔尼延科通过多年研究证实,普拉东诺夫创作生涯的每一步都伴随一部长篇小说的诞生:《切文古尔镇》(Чевенгур,20年代末),《幸福的莫斯科娃》(Счастливая Москва,30年代中期),《从列宁格勒到莫斯科》(Из Ленинграда в Москву,战争时期被销毁)。如果按照这个规律,《波图丹河》意味着作家创作新起点和成熟期的最终确定。《普拉东诺夫传》的作者瓦尔拉莫夫则断言:"假如要从普拉东诺夫三十年间的创作中选取一部最重要的

---

① Акимов В.Солдат начинается с думы об отечестве…(Военная проза Андрея Платонова)//Платонов А.Одухотворенные люди.М.,1986.С.7.

② Геллер М.Андрей Платонов в поисках счастья.М.,МИК,1999.С.394.

文本，那么没有比《波图丹河》更合适的了，不仅因为这部作品完美的艺术性，还因为其集中了作家生前未能问世的作品中的许多题材，并成为它们的独特纪念碑和传声筒。"① 因此，研究《波图丹河》对于我们深入挖掘作家的创作思想源头和领会作家世界观的变迁无疑具有重要意义。

20世纪30年代，作家的创作逐渐从对幸福未来的浪漫主义乌托邦式幻想转向日常生活题材，所塑造的对象由全人类转向自己身边的亲人。不同于此前创作（如《切文古尔镇》中的主人公德瓦诺夫离家主题），以短篇小说《波图丹河》（Река Потудань，红军尼基塔离开战场回家）和《归来》（Возвращение，1945，上尉伊万诺夫离开战场回家）为代表的中后期作品，均围绕回归主题展开叙事。普拉东诺夫思想艰涩隐晦，令后世读者难以把握和理解，其宗教、哲学思想研究尽管并不少见，但至今仍未出现较为完整的研究图景。

原型批评理论的运用，使得众多批评家得以将一部独立作品纳入作家创作的整体环境中加以考察，从而获得作品解读的新视角，发掘出作家创作的重要价值。所谓"原型批评"，也叫"神话批评"。神话乃最基本的文学原型。我们对神话的界定是广义上的一种提供原型的文化体系。

公元988年，东正教取代俄罗斯人民此前信仰的多神教成为国教。然而"俄罗斯的基督教是一种充满多神信仰的基督教"②。换句话说，俄罗斯人民的信仰是一种双重信仰。此外，俄罗斯学者科兹列夫曾专门论述过诺斯替主义对19世纪末20世纪初的俄罗斯的全面影响，认为"这种影响不仅来自书面文献的阅读，还源自当时的文化哲学背景"③，普拉东诺夫生活的时代背景影响着其在创作过程

---

① Варламов А.Н.Андрей Платонов..М.：Молодая Гвардия，2011.С.371.

② Юдин А.В. Русская народная духовная культура. М.：Высшая школа，1999. cc. 114-115.

③ Козырев А.П.Соловьев и гностики.М.，：Изд.Саваин С.А.，2007.С.10.

中对神话原型的选择。因此，本书涉及斯拉夫、基督教和诺斯替教三种神话，其中，斯拉夫民间童话、《圣经》和《珍珠之歌》分别为相应神话的重要载体。

普拉东诺夫对原型的运用通常是复杂的，可能是间接的暗示，也可能反其意而用之，很少直接借用，作家对某个原型的借用模式体现的正是作家的思想与孕育该原型的文化的关联以及该文化对作家世界观的影响，因此对作品原型的运用和演变进行考察有助于挖掘作家创作思想。以下将从三个方面展开论述。普拉东诺夫的短篇小说《波图丹河》的主要人物尼基塔在斯拉夫多神教、基督教和诺斯替教等不同文化体系中，分别对应童话主人公傻瓜伊万、耶稣基督和《珍珠之歌》的主人公东方王子等人物原型，离家、暂死和新生等典型母题则围绕这些原型展开。小说人物与不同文化原型间的关系，体现的是作家的思想与孕育该原型的文化之间的相应关联，以及该文化对作家世界观的影响。

一 《波图丹河》中的斯拉夫神话原型

民间文学是作家文学的重要源泉，童话作为民间文学的重要组成部分，为作家们提供了很多主人公的原型，其中，傻子伊万就是重要的原型之一。他们是俄罗斯民间童话的常客，往往出身贫贱，且在家中地位不及自己的兄长，甚至是旁人眼中的傻子，常常会踏上一段冒险旅程，去完成一个看似不可能完成的任务。在俄罗斯民间故事中，"3"是一个象征圆满之意的吉祥数字，最为常见的便是以家中排行老三的傻瓜伊万（Иван-дурак 或称 Иван-третий）或者傻瓜叶梅利亚（Емеля-дурак）为主人公的童话故事。① 从这个角度

---

① 详见 Афанасьев.А.И.Народные русские сказки.в 3 томах.М.：Наука.1984—1985. 此外，还有作家在民间故事基础上改编的作品，如：Толсой Л.Н.Сказка об Иване-дураке и его двух братьях.//Собрание сочинений в 22 томах.Том10.Художественная литература. 1978—1985.cc.317-341.

来讲，普拉东诺夫把老三尼基塔作为主人公来塑造并非偶然，他选取了童话中排行老三的儿子为原型，又在此基础上有所发展。小说主要人物包括红军费尔索夫·尼基塔、尼基塔的父亲、未婚妻柳芭及其母亲——中学女教师。自从母亲去世，父亲一直在孤独中度日，两个大儿子战死在国内战争的战场，最小的儿子尼基塔也英勇赴战。

《波图丹河》中的斯拉夫神话原型主要有三种类型。我们首先讨论第一种类型——离家的仪式原型。小说情节可抽离成几次仪式化的离家—回家组合。其中，最为重要的有两次，一次是主人公尼基塔离家上前线后回家，另一次则是尼基塔离开父亲和未婚妻柳芭前往康捷米洛夫卡市场，后在父亲的感召下回到家中。从战场回家之后，尼基塔在街上散步时碰见了成年后的柳芭并受邀前往柳芭家做客，两人开始共同生活，尼基塔经常不着家引起了父亲的好奇，因此要求尼基塔将他一并带上，却遭到了拒绝。可见，作家最初渲染的是尼基塔的离家行动给父亲带来的困扰与不适，这种不适在婚礼仪式举行之时达到高潮。

"在民间文化中，婚礼和死亡紧密联系，婚礼和葬礼仪式有许多相同之处，都象征着人向新的状态的转变。"① 在童话故事中，婚礼通常在主人公从彼岸世界回来之后举行，且通常表现为女孩的"离家"。但在这部短篇小说中却恰恰相反，文中没有任何打发女儿出嫁的描写，而是特意提到父亲为儿子置备柜子，仿佛是在打发儿子"出嫁"。从临时的共同生活到结婚仪式的礼成并非一帆风顺，父亲无疑为这对年轻人高兴，但是失落似乎多于高兴，因此作家在小说中并未着力渲染父亲情绪中高兴的成分，而是这样描述父亲在儿子婚礼之前的感受的："儿子刚从战场归来，这下又要离开家了，而这次是永远地离开了。"② 显然，作家并没有强调婚礼对于女主人公的

---

① Ерёмина В.И.Ритуал и фольклор.Л.：Наука，1991.С.91.
② Платонов А. П. Счастливая Москва：Роман，повесть，рассказы. М.：Время，2011.С.442.

仪式化意义，着墨较多的是尼基塔父亲在儿子婚礼前的复杂感受，以及婚礼对于男主人公尼基塔和父亲的仪式化意义，因此，尼基塔的婚礼可被视作斯拉夫童话中"离家"仪式的一种变体。

　　接下来我们要讨论暂死的仪式原型。尼基塔和柳芭终成眷属，本该欢喜不已，不料两人却四目相望，不知所措，过着无性的婚姻生活。日子就这样一天天地过，终于有一天夜里尼基塔突然被妻子的哭声惊醒。为了不再折磨妻子，尼基塔决定跳河自尽。后又放弃，并在一位乞丐带领下前往康捷米洛夫卡镇的市场。这跟许多童话中主人公到达彼岸的方式契合：都需要引路人的帮助，且该角色通常由恶魔式的人物或者神奇动物，比如鸟、狼和鹿等来充当。流浪在市场上的尼基塔，成了一名清洁工。他的工作、住处和饮食，皆不同寻常。打扫卫生，收拾垃圾，吃别人的残食以及污水沟里的污物。"食物"在民间文学作品中具有特殊的象征意义："依据民间信仰，想要到达彼岸世界，要吃某种特殊食物。"① 要从彼岸世界返回此岸，则"需要借助非食物，其中包括动物尸体、牲口粪等"②。康捷米洛夫卡镇市场带有斯拉夫神话中彼岸世界的色彩，尼基塔在市场上的经历与暂死仪式相关。

　　市场清洁工的工作让尼基塔暂时忘掉了过去的生活，因从不与人交流而被人认为是哑巴，而"哑症是象征彼岸世界的典型特征"③。在市场管理人员眼里，尼基塔是一个异类。除负责市场上的清洁工作，他大部分时间都在睡觉，要么席地而睡，要么睡在使人联想到棺材的空匣子里，要么睡在离波图丹河不远的地方。靠近水的地方通常是冥界入口，死亡之地，"水历来属于人世间的下层……

---

① Пропп В.Я.Исторические корни волшебной сказки.Л.：Изд.Ленинградского университета，1986.С.67.

② Толстая С.М.Славянская мифология.Энциклопедический словарь.М.：Международные отношения，2002.С.463.

③ Толстая С.М.Славянская мифология.Энциклопедический словарь.М.：Международные отношения，2002.С.303.

人死时，其灵魂往往漂过水域或沉入水底"①。不仅睡觉地点，而且梦也与暂死密切相关。借助梦，人的灵魂得以暂时脱离肉体，完成彼岸世界之旅，了解生之外的世界。

最后一个类型的斯拉夫神话原型是新生的仪式原型。一天晚上，父亲照旧早睡，却被突然响起的敲窗声吵醒：原来是老三尼基塔回到了阔别多年的家乡。在儿子看来，家里没有任何变化，就连嗅觉上带给他的感受都如往常一样。彼时，父亲妄想娶柳芭的母亲——当地的女教师为妻，后因女主人家境殷实，二者处境的悬殊使得尼基塔的父亲望而却步；此时，母亲离开人世多年，只剩女儿柳芭。女教师家已不复往日的阔绰，柳芭甚至因为挨饿而躺在床上度日。当尼基塔提出要跟柳芭生活在一起的时候，柳芭建议待春天来临再考虑此事。尼基塔却出人意料地生病了，三个星期处于呓语的状态，几乎失忆。在尼基塔生病的日子里，柳芭第一次主动前去探望，并邀其到家中养病。虽然他身体并未好转，但是柳芭带给他的温暖却使他暂时忘却了病痛和寒冷。尼基塔病好以后，他们决定春天举行婚礼。

如前所述，尼基塔从象征彼岸之地，如战场归来、生病后从柳芭家回来以及在市场上"偶遇"父亲等，与父亲见面的场景在作品中不止一次出现。正是同父亲的见面推动着尼基塔在婚礼之前的冬天离家，以及从康捷米洛夫卡镇市场回家。父亲虽然在小说中自始至终没有自己的名字，但是，我们有理由认为，"父亲"这一角色的作用不容忽视：他不只充当民间文学中派自己的孩子离开"这个世界"的父亲的角色，而且发挥着神奇故事中助手的功能。尼基塔的重生发生于与父亲在市场上见面之时，长期的沉默终被打破，尼基塔干涩的嗓子重新恢复正常。父亲预言尼基塔将摆脱不幸："你的嗓

---

① ［加拿大］诺思罗普·弗莱：《批评的解剖》，陈慧等译，百花文艺出版社2006年版，第207页。

子还痛吗？马上就好了！"①

主人公在市场上经历暂死后重获新生。表面上看，梦境和市场限制阻碍了尼基塔自我的发展，代之以另一个噩梦式的我，但是经历了彼岸世界的磨难后，尼基塔又以重生的新人的状态回到了未婚妻柳芭身边。

二 《波图丹河》中的基督教神话原型

作家的创作活动体现了其丰富的宗教知识，尽管基督教并非其世界观的唯一来源，但却是作家探索精神和哲学问题的重要媒介。作家曾回忆道："教会的钟声是村子里的全部音乐，老妇、穷人和我在寂静的夏天的夜晚，一起聆听。"② 村子里生活的精神重心即是教会。教堂辖区学校的女教师阿波丽娜丽娅·尼古拉耶夫娜在安德烈·克里缅托夫幼小的心灵中埋下了启蒙的种子。苏联解体以来，对作家各个时期创作中的基督教文化密码研究方兴未艾。斯皮里东诺娃（Спиридонова）认为作家的宗教气质和宗教精神源自其幼年成长环境和俄罗斯东正教的文化氛围③。换言之，作家早年在教会学校受到的基督教方面的教育为其独特世界观的形成奠定了基础。作家创作中的基督教元素对于作家和俄罗斯读者来说是共知的文本，对于中国读者来说，却是一个有待揭示和挖掘的对象，这也正是本书研究的任务之一。鉴于前文已经对故事情节做过较为详尽的交代，在接下来的分析中将不再赘述，而是着重从三个方面论述主人公同基督形象原型的关系。

---

① Платонов А. П. Счастливая Москва: Роман, повесть, рассказы. М.: Время, 2011.С.452.
② Платонов А.П.Собрание сочинений: В 3 т.Т.3..М.: Советская Россия, 1985.С. 487.
③ Спиридонова И. А. Христианские и антихристианские тенденции творчества Андрея Платонова 1910—1920-х годов//Евангельский текст в русской литературе XVIII - XX веков. Цитата. Реминисценция. Выпуск 3, П.: Изд. Петрозаводского университета, 1994.сс.348-360.

首先，尼基塔内心丰富而柔软，物质生活简朴，精神世界崇高。在小说开头有一个细节值得我们留意，尼基塔回家后发现城里"隐秘的东西变得小而枯燥"，柳芭母亲的房间"如今不再有趣和充满神秘色彩"。"隐秘"一词还出现在关于柳芭的肖像描写中。尼基塔"思考这种不可理解的隐秘的原因，以及柳芭为何冲他微笑，并且不明原因地爱着他"。这里我们看到了作家对主人公精神生活的象征性描写和暗示。在尼基塔眼里，柳芭的面孔从一开始就像是用圣像画家手中的画笔勾勒出来的："她那双圣洁的眼睛，温柔地望着尼基塔，像是在欣赏他。"① 除了眼睛，作家还特意强调了柳芭穿着的独特性：及膝的白衣。通过对尼基塔眼睛和柳芭衣着的特写，作家在向读者传递这样一种信息：尼基塔拥有先知般的预见，柳芭代表着濒死之人。这无疑给叙述带来一种哀伤的调子。尼基塔和柳芭之间的对话简单而不费心思，然而男女主人公的少言寡语并不代表他们内心世界的贫乏，恰恰相反，他们最为关心的正是来自内心，而非外在物质世界和理智的需求。现实物质世界中愈是贫乏和不幸的人，作家愈是有意在艺术和诗学上使其获得精神的提升。

　　其次，圣经"浪子回头"故事可被视为小说故事的原型。通过研究我们发现，尼基塔和基督教神话中的核心人物基督存在诸多相似之处。这首先表现为他和耶稣基督在尘世间的身份和职业是一致的：都是木匠，都是木匠的儿子。此外，围绕这一人物展开的"离家—暂死—新生"这三个母题亦可在基督教文化中寻根溯源。具体而言，尼基塔离开家前往市场与耶稣离开耶路撒冷前往沙漠，他在康捷米洛夫卡镇市场上所遭遇的患哑症、吃地沟食等磨难与耶稣在沙漠所遭受的"饥饿时摆在面前的食物，拥有全世界的欲望和凭借自己去试探神"这三种诱惑，尼基塔的暂死与耶稣被钉十字架，尼基塔回到家中回到柳芭身边与耶稣复活后回到加利利的行为等均可

---

① Платонов А.П.Избранные произведения.М.：Экономика，1983.C.585.

联系在一起。

尼基塔好比《圣经·新约》(《路加福音》15: 11—32) 中记载的"浪子回头"故事中的小儿子。尽管从情节上看，普拉东诺夫作品围绕世俗生活中的爱情故事展开冲突，却远不止于爱情。表面上看，尼基塔就仿佛耶稣所讲的这个故事中的"浪子"，前往市场经历磨难最终回到父亲和柳芭身边。在某种程度上，柳芭也是"浪子"，这一点可以从作为强者的柳芭被驯化获得佐证，这里的强者指的是接受教育方面，在作品所描述的典型场景中，柳芭在家读书，尼基塔从事的则是烧炉子等体力活，作家强调的是柳芭过于理智而缺乏感性。柳芭的"由强变弱"引起尼基塔心脏跳动的加快，"尼基塔用一种试图把心爱的人装进自己内心深处的力量拥抱柳芭"。因此，可以说，普拉东诺夫为读者所呈现的是浪子回头故事的变体。正如瓦尔拉莫夫所言："无论有意识还是无意识，普拉东诺夫的确是把福音书中浪子回头的故事进行了重新阐释。"①

最后，尼基塔的自我牺牲和柳芭的忍耐怜悯，使我们有理由将基督和圣母视作二者的人物原型。一方面，尼基塔做出离家和回家两次重要决定均由未婚妻引起，离家出走的原因是不忍心看到妻子柳芭彻夜哭泣，不希望给妻子带来任何负担和不幸。回家也是因为得知柳芭忍受不了与他分别的痛苦而溺水，出于对她的爱怜。回归家庭生活的尼基塔经历了一系列折磨和痛苦，并非一下子就找到自己在和平生活和日常家庭生活中的位置；另一方面，柳芭又何尝不是为尼基塔着想？她没有因丈夫"无能"而羞辱对方，而是自己默默忍受，得知丈夫离开后更是自责不已，并作出跳湖的举动。尽管作品中尼基塔和柳芭是以夫妻身份出现，但是他们之间的爱似乎并不像普通情侣，柳芭对尼基塔的爱带有明显的母爱色彩，尼基塔对柳芭的爱也混杂了尊敬、兴奋和某种神秘主义的原罪成分。联系柳

---

① Варламов А.Н.Андрей Платонов.М.: Молодая Гвардия, 2011.С.380.

芭这一形象的圣母原型有助于读者理解这种区别于普通爱情的爱。

在这里，我们有必要援引普拉东诺夫在其早期政论文《世界心灵》（Душа мира，1920）中所作的"关于爱情"的阐释，来帮助我们理解尼基塔和柳芭之间爱的神秘性所在：肉体的情欲，使人靠近女人的来自肉体的情欲，不是人们通常所想的那样仅仅出于对女性的欣赏。除此以外，还有祷告的成分，是为了希望和复活，为了使光明降临到被钉在十字架上的痛苦的生命而进行的隐秘的生命活动①。虽然在其艺术创作中，作家并未直接提到上帝，但在《创作笔记》中，作家提道："上帝存在和上帝不存在，这两种观点都是正确的。有无神论，也有宗教。"② 普拉东诺夫试图去理解宗教和无神论，并且找出二者的共同之处，最终提出了关于上帝的这一著名论断，也即提出了无神论和宗教之外的第三种可能性，这说明在看待上帝是否存在这一问题上，并不是非此即彼的，或者说无论肯定抑或否定上帝，都有其共通性，那就是上帝始终是他们讨论的对象。

三 《波图丹河》中的诺斯替神话原型

诺斯替神话对普拉东诺夫世界观的影响不仅可以从作家生活的时代环境寻到思想源头，还可从作家的《创作笔记》和同时代人对他的回忆中得到证实。诺斯替主义常常在社会转型时期流行，比如19世纪与20世纪之交的俄国，与同时期的索洛维约夫、勃洛克、高尔基等一样，普拉东诺夫亦受其影响③。"他们（人们）认为，他们是从魔鬼而来，而当得知这一点时，他们感到满意。"④ 据普拉东诺

---

① Платонов А.П.Душа мира//Платонов А.П.Государственный житель.М.：Советский писатель.1988.С.534.

② Платонов А.П.Записные книжки.Материалы к биографии.М.：ИМЛИ РАН，Наследие，2006.С.257.

③ Моторин А.В.Гностический Андрей Платонов.Вестник НГУ 2017.（4）：83–87.

④ Платонов А.П.Записные книжки.Материалы к биографии.М.：ИМЛИ РАН，Наследие，2006С.209.

夫的同时代人亚维奇（Явич）回忆，在作家的书桌上立着一个生铁铸造的黑色魔鬼，"它在因灯光照射而形成的影子中惊讶地望着作家笔下的白纸如何焕发生机"①。在作家那里，这个魔鬼成为对至高智慧来源的一种象征，而这样的"知识"正是诺斯替主义者所追求的。

　　接下来，我们对尼基塔和诺斯替神话原型东方王子的关联加以阐发。主人公尼基塔在康捷米洛夫卡镇市场的遭遇与诺斯替神话《珍珠之歌》②的主人公东方王子的经历存在诸多相似之处。具体而言，二者皆经历了"离家—暂死—新生"的过程。王子离开家乡，来到"被视为'这个世界'，也就是物质世界、无知世界、邪恶宗教的象征"的埃及，为的是寻找"超自然意义上的'灵魂'的永恒的隐喻"的藏在海底的珍珠③。这是他的使命。在他出现前，"遗失了"的珍珠被猛蛇围着或隐藏在深处，它的闪亮与周围的黑暗形成鲜明对照。为了找到它，王子不得不接受下降与流放的命运，经受地上旅程的考验。当王子的父母得知儿子的命运时，写了一封以鹰的形象出现的家书，旨在唤醒儿子，使其回忆起自己过去的生活和使命。梦和失忆可以使人失去真我，进入另一个不属于自己的实在。而回归真我需要别人的帮助，"只有通过外来的影响，从无意识（无知）状态中苏醒过来"④，唤醒对过去生活的回忆。仿佛坠入另一个世界的异乡人，"丧失了对食物、对休息的兴趣，没有愿望再见到父亲""处于失忆状态，丧失理智，对任何事情都已经无动于衷"的尼基塔，被偶然闯入市场的父亲发现，记忆亦被后者唤醒。将两个故

---

①　Явич А. Е. Думы об Андрее Платонове// Корниенко Н. В., Шубина Е. Д. (сост.) Андрей Платонов: Воспоминания современников: Материалы к биографии. М.: Современный писатель, 1994. сс.23-30.25.

②　详见［美］汉斯·约纳斯《诺斯替宗教——异乡神的信息与基督教的开端》一书第五章《珍珠之歌》。

③　［美］汉斯·约纳斯：《诺斯替宗教——异乡神的信息与基督教的开端》，张新樟译，上海三联书店2006年版，第111—117页。

④　［美］汉斯·约纳斯：《诺斯替宗教——异乡神的信息与基督教的开端》，张新樟译，第62页。

事加以对照，不难发现尼基塔与王子的类似历程：尼基塔（东方王子）坠入康捷米洛夫卡镇市场（埃及），在父亲（鹰）的感召下，回到未婚妻柳芭（王子父母）的身边，重新回归自我。至此，《波图丹河》与诺斯替神话中人物形象和"离家—暂死—新生"三大母题的原型的对应关系渐趋明了。

　　三大母题中，最为复杂，也最能体现作家创作思想的诺斯替源头的当属"暂死"母题，在这一部分我们将集中探讨主人公在市场上的种种生命状态与诺斯替意象的呼应。不仅约纳斯在《诺斯替宗教》一书中谈及诸如异乡人、此世与彼世、生命与死亡、光明与黑暗、麻木、昏睡、沉醉、思乡等，艾利阿德也谈到"失忆（也即丧失自我同一性）、梦、醉酒、麻木、堕落、因痛失家园而苦恼"等典型的诺斯替标志和现象。梦、失忆、哑症和呓语等在诺斯替主义和诺斯替教神话中被称为无知状态，"无知、失忆、被俘、梦、醉酒在诺斯替教义中是对精神死亡的隐喻。知识给人以真正的生活，也就是说使人获救和得永生"①。这些"本来归于地下世界死亡状态"②的特征，正是普拉东诺夫作品中主人公精神死亡的表现。尼基塔常被幻象俘获，除了体现为黏土制造出来的象征死亡的幻象以外，还体现为小动物两次出现在他体内：第一次是睡在回家路上的树林时，尼基塔在梦里感觉到自己的呼吸要将可怜但又危险的小动物烧死；第二次是患上重病的尼基塔脑子里仿佛飞着一只临死的苍蝇。普拉东诺夫安排自己的主人公陷入这些幻象，或许是受到诺斯替主义"可以改变知者生命状态，以蛇的形象示人"的影响，上文所提到的作家书桌上摆放的魔鬼形象亦可提供旁证。

　　实际上，不仅尼基塔的出走，柳芭的投湖自杀也具有诺斯替色

---

① Элиаде М. История веры и религиозных идей（от Гаутамы Будды до триумфа христианства）. в 3 т. Т. 2. М.：Академический проект, 2009. С.427, С.431.

② ［美］汉斯·约纳斯：《诺斯替宗教——异乡神的信息与基督教的开端》，张新樟译，第62页。

彩。自杀是"神选之人"的有意之举,同《切文古尔镇》中萨沙·德瓦诺夫以跳湖自杀的方式追随父亲而去一样,二者似乎也在以一种隐秘的方式到达真理之巅。除了自杀这一显然有违基督教教义的举动以外,尼基塔以一个阳痿患者的身份与柳芭之间展开柏拉图式的无性之爱,也可以在诺斯替主义中找到思想之源,在被诺斯替文献称为"黑暗的笼子"和"朽坏的监狱"①的邪恶肉身中,寄居着人的灵性,因此,人的灵性需要解放。同极力主张禁欲苦修的诺斯替主义一样,普拉东诺夫正是通过自杀和禁欲等与现世决裂的方式使主人公达到灵魂与肉体的分离,从而实现对灵性的拯救。

普拉东诺夫的创作因其复杂艰涩而闻名于世,借助于原型批评,我们发现普拉东诺夫作品中隐含着源于不同文化体系的记忆。这些错综复杂的记忆,需要借助对各种文化密码的解码加以还原。以上,我们阐释了普拉东诺夫如何借助人物形象与斯拉夫多神教文化、基督教文化和诺斯替文化中原型的对应关系,将三种文化中的诸多元素编码到自己的艺术作品中的。这些在文化传统中有一定地位、功能和意义的元素被读者认知,在上下文语境中获得新的组合,由此实现了对熟悉的文化元素"重新编码"②。

波图丹河是真实存在的,流经普拉东诺夫故乡俄罗斯中部城市沃罗涅日。在俄语中还有"在那边""在另一边"的意思。主人公尼基塔试图逃往另一个世界,或曰乌有之乡。这种乌托邦之梦使人与现实格格不入,仅仅是为逃离这个世界所做的防御,最终还要回到这里。通过追溯作品主人公尼基塔与不同原型的关系,我们可以发现,无论是在斯拉夫童话中被派去完成任务的傻瓜伊万、基督教中的耶稣,还是诺斯替教中的异乡人,他们的行动轨迹都是前往另

---

① [美]罗宾逊等编:《灵知派经典》,杨克勤译,华东师范大学出版社2008年版,第233—234页。
② 彭甄:《意义构成的编码与文化政治——Ю. M. 洛特曼意义理论初探》,王立业主编《洛特曼学术思想研究》,黑龙江人民出版社2006年版,第42—45,第32—36页。

一个世界，后又回到出发地。尽管这一路并不轻松，甚至充满苦难，但是主人公经受和克服了这些苦难，他们的出走和归来是为拯救这个世界并与这个世界和解，或许这就是作家想要表达的思想。

第四节　中亚：普拉东诺夫创作中理想的东方

一　作为俄国理想东方的中亚

英国作家詹姆斯·希尔顿（James Hilton）创作于1933年的小说《消失的地平线》畅销至今，为遁世主义小说之先驱。故事围绕着20世纪30年代四位西方旅客意外来到群山环绕的香格里拉的种种奇遇展开叙事。那里有世界上最好的图书馆、艺术品和宋朝瓷器。那里是西方人的伊甸园。作为土著的藏族人在这里成了为西方人提供服务的可有可无的存在，除了脸上的微笑，什么都没有。

俄罗斯19世纪到20世纪初对中亚的殖民统治一如英国对中亚的统治，都是想象出来一个精神的中亚，然后在现实中去实现这个理想。然而，这种统治其实脆弱之至。牛津大学历史学研究员亚历山大·莫里森（Alexander Morrison）通过对税收、土地等具体治理问题的分析，反映出俄罗斯统治者对地方社会经济结构知识的根本性缺失。而这些知识的忽视是基于其对俄罗斯文明优越性的坚定信念，认为在强大的俄罗斯文明影响下，中亚文化会逐渐实现"去伊斯兰化"和"俄罗斯化"。这种无知和盲目自信使得俄罗斯在中亚地区的殖民统治始终浮于表面，无法做到深入有效，甚至还进一步引发了将中亚地区融入俄罗斯帝国这一尝试的大规模失败。

俄罗斯（苏联）不仅幅员辽阔，而且是一个多民族多宗教的国家，但是这种文化的多元性似乎并没有被作为主流民族的俄罗斯人所消化和接受。不少地方，无论是帝俄边疆地区，还是苏联加盟共和国，都拥有比俄罗斯更加悠久的历史。在归属俄罗斯或苏联时，他们政治上毫无疑问要听从沙皇或者苏联中央政府的命令，但是在社会组织建设和法律建设上都保持了自身的独立性，生活方式也保留了自己的特点。这种政治与文化上的不同步，是俄罗斯历史上值得关注的现象。作为俄罗斯人流放、旅行和考察等活动目的地的边疆地区，是一个值得关注却常被忽略的对象。在地理上，我们把东方界定为包括高加索、中亚和西伯利亚、远东等在内的地区。当然，在俄罗斯社会生活中，"东方"不仅是作为一个历史地理概念，而且是作为一个哲学文化等概念的综合。东方学是俄罗斯社会科学的重要构成部分。

尽管俄罗斯商人、哥萨克和军人经常来到这个地区并与这里的居民有所接触，但是，对于普通俄罗斯人来说，这里的居民遥远而陌生，这一地区是与印度、伊朗或者中国无异的充满异域风情的东方。除了地理位置的遥远以外，还跟俄罗斯人对中亚认知的改变有关。这一地区在19世纪归属俄罗斯帝国，在20世纪则进入苏联范围。随着俄罗斯国家政治进程的变化，从俄国人到苏联人再到当下的俄罗斯人的身份变迁，使其对中亚的认知也不断发生改变。这种认知在很大程度上取决于中亚在俄罗斯社会发展不同时期所发挥的作用，而不是取决于中亚这一地区的行政地理归属——位于俄罗斯这个大国疆域的内部还是外部。

相比19世纪的俄罗斯帝国，苏联无论是军事上，还是原材料的供应上，都极尽可能地使得中亚地区成为庞大的苏联的有机组成部分。因为与俄罗斯的融合，中亚修建了铁路，兴建了原料加工厂和矿场等。由于苏联的帮助，中亚地区哪怕不成为新的"大俄罗斯"——苏联的有机组成部分，也应该几乎成为"自己人"。

然而，事实并非如此：一是苏联的建设者们来到这里发展棉花产业，给当地生态带来了极大的破坏，由此造成了咸海的逐渐枯竭等不可挽回的严重后果。二是文化方面的问题。尽管20世纪二三十年代苏联文化建设也取得了一定的成就，具体体现在扫盲和普及教育的发展，文学建筑艺术等各个方面也取得了长足发展。但是，文化战线上的改造和批判运动也是空前绝后。少数民族文化遗产惨遭遗失，传承被迫中断。不仅文学变成"统一的党的机器上的小轮子、螺丝钉"，形式不同于以前的标准化的大众艺术也在苏联铺天盖地地兴起，苏联时期推行的经济发展政策给当地遗留下的问题，作为外来文化的俄罗斯文化对当地的入侵以及政府推行的整齐划一的文化政策，无疑在当地人心中引起了对俄罗斯一定程度的排斥与抗拒。

从遥远的19世纪开始，中亚便成为让诗人们离开首都生活，开启东方之旅的目的地之一。然而，在俄罗斯传统上接受去克里木或者高加索旅行，中亚只在非常小的范围内吸引了人们的注意。20世纪初，同哲学家费多罗夫一样，被布罗茨基称为"20世纪最好的六大作家之一"①的普拉东诺夫把中亚视为人类文明的发祥地。②他在那里发现了另一种文化，而在此之前他从未离开过俄罗斯，也许是阅读智者菲尔多西的作品带他进入了这个神秘的地区。

不仅如此，中亚主题成为普拉东诺夫20世纪二三十年代创作的重点，有其深层社会思想背景，那就是19到20世纪之交不仅在西方出现了以德国哲学家斯宾格勒《西方的没落》为代表的哲学思想，在俄罗斯哲学界出现了一种被称为"欧洲中心主义危机"的现象。俄罗斯思想家索洛维约夫站在世界哲学史和时代的高度来把握俄国的困境和历史使命，认为仅仅依靠欧洲的精神经验不可能建立起俄国特有的历史哲学和美学的概念。索洛维约夫创立的融东西方哲学最高成就于一体的新型哲学，即万物统一哲学，正是建立在东西方文化和宗教的融合基础之上。这一时期俄罗斯作家对东方的兴趣在很大程度上来源于索洛维约夫，后者决定了白银时代俄国文学的精神走向。因此，寻求对俄罗斯在传统东西方对立中的历史地位和作

---

① Andrei Platonov, *Soul and Other Stories*, trans. Robert and Elizabeth Chandler, Vintage, 2013.

② Платонов А.П.Записные книжки.М.，ИМЛИ РАН.2006，С.374.

用的认知,成为白银时代作家和诗人创作中转向东方主题的原因之一。1909 年,普里什文在中亚旅行两个月,并写下了《黑皮肤的阿拉伯人》《亚当和夏娃》这样的篇章。二十五年之后,普拉东诺夫也踏上了中亚腹地。如果说 19 世纪下半叶的俄国作家更多地是以一种帝国之眼去俯视中亚,甚至对于这种视角,他们时常是不自知的,那么,经历或见证了世纪之交的精神和宗教危机的俄国作家,其笔下的中亚则更为复杂。的确存在一些作家继续用帝国之眼审视中亚,但是也有一些作家则是站在全人类的视角去体察。中亚作为人类文明在古老东方的发祥地之一,成为俄罗斯作家,尤其是生活在社会转型时期的作家在对欧洲文明的未来感到困惑和失望之时寻求精神转向的目标之一。这种转向一直延续到以普拉东诺夫为代表的苏联作家。在他们那里,东西方处于对立状态,只是西方不再来自西欧,而是指莫斯科,东方则指苏联的亚洲部分。需要指出的是,作家笔下着力渲染的不是中亚的古老文明,而是把笔锋指向苏联时期具有特殊意义的中亚问题,塑造的人物形象更多是当地的普通人,甚至可以说是下层人民。

俄罗斯作家笔下的东方主题是他们前往高加索、西伯利亚和中亚等异域流放或者旅行,以他者之眼对当地风物的某种个性化解读。因不懂当地方言以及宗教和文化差异等原因,有时会用猎奇的口吻来描述所见所闻。在考察这一环节时,"俄人东下"时的心态、处境、文化背景、时代背景等,都是他们对当地人和当地文化和风俗习惯进行不同描述和做出不同评价的影响因素。

对欧洲文明的未来感到失望的普拉东诺夫如苦行僧一般,和他笔下的主人公一起,在极端艰苦的外部环境中实现内在精神提升。一生都在"寻找幸福的普拉东诺夫"(格列尔语)从西方到东方的过渡意味着对幸福未来的向往和追寻。

二 普拉东诺夫创作中亚主题的契机

普拉东诺夫这个真理的拥护者时常处于不断运动中,他经常在街道和火车上度日。他生于俄罗斯中部农村，1927 年，曾经留在莫斯科，计划成为作家。然而，我们不能单一地把他列为作家抑或工程师，尽管他为了确保自己的生计做了各种工作。尽管他经常人在旅途，但是旅行路线却有明显的地域局限：从首都和围绕他家乡周围的俄国南部到里海。

中亚之旅使得普拉东诺夫得以创作虚构的故事，即极端贫穷的人在沙漠里漫游的故事。他们就像不受管制的奴隶，生活在生活之外，自愿赴死。这些"几乎不存在的人"不再有求生的意愿。应不应该把这一点视为对他们过去奴隶地位的不可医治的后果呢？抑或视为在极端物质和精神贫困条件下的谋生手段？

普拉东诺夫想要前往白海却未能成行。这项连通了白海和波罗的海的浩大工程——白海波罗的海运河，是由进行劳动改造的服刑人员完成的。当时最有名的俄国作家几乎都参与到了 1933 年夏天的这次考察，最终出版了赞颂苦役劳动的著名集体著作。值得注意的是，尽管普拉东诺夫和普里什文请求高尔基批准，却未能成行。然而，或许只有他们两位作家真正关心此次考察的目的，并真正明晰自己的文学使命。尽管被禁止参加考察，二者在自己的著作中仍旧关注了这一主题。普里什文创作了《奥苏达雷瓦之路》(«Осударева дорога», 1957)。相比之下，普拉东诺夫的劳改营主题则表现得比较隐晦，但是，可以肯定的是，在作家代表团对集中营进行官方访问之前，作家即已表现出了一如既往的反对态度。要知道，挖掘如此大型的运河只能靠剥削苦役犯，后者不得不在极端的气候和物质条件下工作。无论是白海、波罗的海的历史劳改营，还是虚构故事中的沙漠，体现的无非是奴役和大规模死亡的旧的和新的形式。然而，需要注意的是，普拉东诺夫对普里什文是有批判的。普里什文的长篇小说《赤裸的春天》(«Неодетая весна», 1940) 发表，普拉东诺夫批评普里什文的自然哲学观是利己主义的社会哲学，"只是寻找个人的瞬间快乐和幸福，以此来补偿自己所受的社会损失"①。

直接引发普拉东诺夫创作中亚主题作品的原因则是作家的亲身经历。

1934年3月末，一支由20位苏联作家组成的工作小组从莫斯科出发前往土库曼斯坦。该作家组的派出旨在集体创作纪念苏联土库曼社会主义共和国成立十周年作品集②，普拉东诺夫就是这个小组中的一员。普拉东诺夫曾经写道："我想写一个有关土库曼共和国最善良的人们的故事，他们的生命耗费在了沙漠的改造时期，以前他们只能赤脚走在父辈的骨灰上，如今将被改造成为一个共产主义的社会，将会配备同世界上其他地方一样先进的工程设备。"③ 事实上，20年代的大部分年份，普拉东诺夫都在俄罗斯南部小镇漫游。他关注普通人的生活和命运。的确，改造世界是普拉东诺夫创作中的一个核心主题，然而这样的愿望往往不能实现："对于思想来说，一切都在将来；对于心来说，一切都在过去。"④

自1918年普拉东诺夫登上文坛，在从事文学创作的三十余年时间内，中亚地区大部分时间（自1922年开始）均以加盟共和国的身份归属苏联政府的领导。中亚问题在苏联时期具有独特意义。跟俄罗斯相比，那里的一切对他来说都充满异域风情，因此土库曼之行在很多方面都出乎他的意料。此次考察给作家留下了深刻的印象，随后即发表了短篇小说《龟裂土》（1934）。普拉东诺夫对大自然充满好奇，然而这是一种警觉的好奇心。这使得他不同于代表团的其他作家，在到达阿什哈巴德后写信给妻子："我要前往克拉斯诺沃茨克（土库曼斯坦西部城市，靠近里海，意为'红色的水'。——引者注）。其他人都留在阿什哈巴德呢，他们泡澡，喝冷饮。我几乎和

---

① Платонов А.П.Размышления читателя.М.，Советский писатель，1970，C.103.
② Варламов А.Н.Андрей Платонов.М.：Молодая Гвардия，2011.C.280.
③ Платонов А.Записные книжки，М.：ИМЛИ РАН Наследие.2006，C.364.
④ Платонов А.Записные книжки，М.：ИМЛИ РАН Наследие.2006，C.171.

他们失去联系。"① 由此不难看出，只有他真正关心此行的目的，对其他人而言这里仿佛无异于普通的旅游目的地，仅图消遣享受。

　　小说《龟裂土》发表后，受土库曼共和国政府邀请普拉东诺夫1935年初再次前往中亚考察，并从那里带回了《章族人》的故事。中篇小说《章族人》于同年（1935）春天寄给《新处女地》杂志和《两个五年计划》选集编辑部。然而，直到夏天小说仍未发表，甚至在作家有生之年也未能问世。作家被迫做出一系列的修改和补充。原因有几点：首先，作品有违当时的"规范"，也即不符合社会主义现实主义的主流创作方法。其次，这一时期普拉东诺夫与高尔基的关系非常复杂。二者从《切文古尔镇》时期即已结怨，高尔基承认普拉东诺夫是天才作家，但是认为后者有些脱离现实，并期待他能创作出使用主流艺术手段的作品。1938年，《章族人》仅在《文学报》以《回乡》为题发表了片段，直到作家去世后的1964年才又在《自由》杂志发表了删节版。

　　普拉东诺夫第一部中亚小说《沙乡女教师》（1927）的主人公是作为外来者的改革家玛利亚。作品围绕殖民者的理想与被殖民者生活的冲突展开叙事。20岁的玛丽亚·尼基弗洛夫娜·纳里什金娜是一名教师的女儿，"最初来自阿斯特拉罕省的一个沙场小镇"。她是一个健康的年轻人，"有着强壮的肌肉和结实的腿"。玛利亚的健康不仅源于良好的遗传基因，也得益于其在父亲保护下免遭内战的恐怖。玛丽亚从小就喜欢地理。16岁时，父亲带她去阿斯特拉罕参加了四年的教师培训课程。通过这个课程，她的女性气质、意识和生活态度都得到了提升。后来，她被任命为偏远村庄霍舒托沃的乡村教师。霍术托沃村位于阿斯特拉罕州，与中亚的沙漠地带接壤。前往乡村的路上，玛利亚第一次遭遇了沙尘暴。第三天，当玛利亚

---

① Платонов А. Записные книжки, Материалы к биографии. М. ИМЛИ РАН, 2006. С.365.

抵达村子时，霍舒托沃村完全被沙子覆盖。那里的农民每天都在做繁重却几乎无用的劳动，那就是打扫村子里的沙子，可惜的是，被打扫干净的地方很快又被沙子填满。村民们陷入一种"沉默的贫穷和顺从的绝望"。

接下来进入"漫游"阶段，也即乡村女教师拯救沙乡居民脱离到来的沙灾的行动。为了使这个小世界稳定，她坚持不懈地劳动。玛利亚的行动意味着历史和神话存在的暂时性冲突。与之相反，她的主要反对者游牧民族的生活，稳定不变地存在着，经年累月地处于无限运动中。和普拉东诺夫作品《土壤改良师》《叶皮凡水闸》和《电的祖国》中的改革家主人公一样，《沙乡女教师》中的玛利亚亦担负起行动者的角色；但是又从一开始就不积极，总是在外部环境激发下才付诸行动。在霍舒托沃村，老人们知道，今年村子附近将有牧民赶着自己的畜群经过：每隔15年他们就在沙漠里沿着自己的游牧线路行走。被改造工作充斥的玛利亚的历史时间，与游牧民族的历史外的永恒生活循环相冲突。玛利亚被派往新的地方，因为她已经按照上级领导的要求教会了当地居民如何在沙漠生存，而他们将会继续她的事业。玛利亚把赋予这一循环以历史的线性方向视作她的使命。不过，阶段性的劳动成果被毁灭，最终展现在读者面前的是经历间歇性胜利和失败的改革家形象玛利亚。

第二部中亚主题小说短篇小说《龟裂土》（1934）则围绕拯救者苏维埃政权来到卡拉库姆大沙漠展开情节。龟裂土是沙漠中最为干旱，也最为恐怖的部分，常年颗粒无收。个人命运越是恐怖，生活在其中的女主人公就越难摆脱受奴役的地位。扎林—塔季打算带着女儿走出这片龟裂土，到希瓦商道去，却因疲惫倒在半路。① 尽管故事结尾苏联政权解救了这些人，表面上看是乐观的，但在普拉东

---

① ［俄］普拉东诺夫：《龟裂土》，淡修安译，《湖南文学》2017 年第 8 期。

诺夫看来，这多少有些干涉的意味，"日升日落，朝夕流转。时光悄然而逝，只为让每个人内心的痛苦煎熬，变得习惯平常"①。这种干涉在小说的思想冲突中不断发生着变化。《龟裂土》叙述的是沙漠世界人们的生活。在那里，被残酷的大自然所限制的人们选择了极端不公但却节俭而唯一可能的生存形式。了解了普拉东诺夫创作中亚主题小说的契机，有助于我们更好地讨论普拉东诺夫30年代初对中亚地区生态和精神灾难的预言。

三 中亚生态和精神灾难的预言者

"又是阿姆河，又是沙漠。"普拉东诺夫在这种异国情调中发现了什么？他最初的愿望是否达成？表面上看，中亚与白海波罗的海运河并无任何共同之处。实际上，普拉东诺夫未能成行的北方白海波罗的海运河之旅和他在中亚地区目睹的费尔干纳大运河，都是苏联改造自然工程的缩影。普拉东诺夫曾担任多年的土壤改良工程师。这一专业身份和独特经历使得作家对大自然生态问题有着天然的敏感。正如人为改变白海波罗的海运河的流向，破坏了生态平衡，使天堂变成了地狱，咸海的灾难亦如此。或许是因为这个原因，普拉东诺夫将章族人漫游的地方萨雷卡梅什大沙漠作为自己作品的中心。在那里，人的随心所欲遭遇了无助。对他来说，这个苦难的地方还有什么意义？在普拉东诺夫眼里，"在社会主义苏联，迷失在黄沙中的土库曼人不仅掌控着无生命的龟裂土空间，而且还将这片巨大的死亡之地转化成沟渠和树林"②。

早在1924年，普拉东诺夫即在政论文《人与荒漠》（Человек и пустыня）中指出："人类是自然的掠夺者和破坏者。……不仅应该合理利用自然，而且应该为了经济成就保护和完善自然。"③普拉东

---

① ［俄］普拉东诺夫：《龟裂土》，淡修安译，《湖南文学》2017年第8期。
② Платонов А.П.Жить главной жизнью.М., Правда, 1989, C.397.
③ Платонов А.П.Возвращение.М., Молодая гвардия, 1989, cc.50-51.

诺夫是中亚生态灾难的预言者。正如黄河和长江之于中国，幼发拉底河和底格里斯河之于美索不达米亚，恒河和印度河之于印度，普拉东诺夫在《章族人》中所提到的阿姆河和锡尔河对于中亚诸国的重要性不言而喻。二者均起源于帕米尔高原上的喜马拉雅山脉，水源则主要来自遥远山脉的雪融水，两条河流穿过绵延数千里的克孜勒库姆勒沙漠，最终在盆地最底部交汇，分别从南部和北部注入咸海。

乌兹别克斯坦古城卡拉卡尔帕克自治共和国首府努库斯，几乎是前往咸海的必经地。主人公恰噶塔耶夫曾经三次造访的希瓦城，是中亚三大古城（撒马尔罕、布哈拉和希瓦）之一。希瓦古城坐落于今乌兹别克斯坦的西部，与土库曼斯坦接壤，南部坐落着卡拉库姆大沙漠，西接乌斯秋尔特高地，北邻咸海。阿姆河经由希瓦城向北汇入咸海，并在此形成富饶的三角形绿洲。希瓦古城一直是一个小商贸点，扮演着中转站的角色。直到 16 世纪成为独立汗国的都城。希瓦所在的花剌子模州（首府乌尔根奇）如今隶属于土库曼斯坦。

《章族人》的英译者、普拉东诺夫研究专家罗伯特·钱德勒[①]曾在该书英文版（Soul，2003）问世前不久，受 BBC 之邀，跟随普拉东诺夫和其主人公足迹，赴乌兹别克斯坦考察，并拍摄了围绕《章族人》展开的俄语节目。他们去了咸海过去的主要渔港莫依纳克。还去了乌斯秋尔特高地，这里曾是历史上丝绸之路的一部分，商旅队由此西行。然而，如今的高地已经荒芜。小说接近尾声之时，章族人经历了漫长的沙漠漫游之后来到乌斯秋尔特高地，在那里建造他们的新家。视普拉东诺夫为钟爱的作家并希望将其作品译成乌兹别克语的哈米德，时任 BBC 中亚部主任，也一同前往。哈米德坦言："自己第一次读到作品《章族人》时，曾为之一震，认为普拉

[①] 英国伦敦大学玛丽女王学院教授罗伯特·钱德勒将普拉东诺夫中篇小说《章族人》（2003）翻译成英文，并因此获得美国斯拉夫和东欧语言协会（AATSEEL）年度最佳翻译奖。此外，钱德勒还是普拉东诺夫《切文古尔镇》、格罗斯曼《生活与命运》、普希金《杜勃罗夫斯基》《上尉的女儿》、列斯科夫《姆岑斯克县的麦克白小姐》等俄罗斯文学经典名著的英文译者，长期研究普拉东诺夫，是欧美学界公认的普拉东诺夫研究专家。

东诺夫说尽了有关中亚的一切，甚至没有任何可以补充之处。"①

"盐碱地，仿佛眼泪已被哭干，然而痛苦还未消失"，普拉东诺夫描写的是离咸海不远处的费尔干纳盆地。他说，那里是全世界的地狱。如今咸海面积日益缩减的状况证明，普拉东诺夫预见了现代生态灾难，八十余年前所表示的担忧并非杞人忧天。人们不计后果地改造咸海，最终遭遇的是大自然疯狂的报复。咸海枯竭，导致大量湖床裸露，盐尘暴和"盐雾"肆虐中亚各国，生态环境迅速恶化，严重危害动植物生长和居民身体健康，导致那里成为全世界罹患肺结核和一系列其他疾病人数最多的地方之一，婴儿死亡率节节攀升。咸海所在的卡拉卡尔帕克自治共和国、希瓦所在的花剌子模州（首府乌尔根奇）都是蒙受咸海生态灾难的重灾区。咸海枯竭又引发一系列问题，不仅导致乌兹别克斯坦西北部的卡拉卡尔帕克共和国成为全世界罹患肺结核和婴儿死亡率最高的地区之一，还使得海滨城市努库斯经济发展（曾以渔业为支柱）停滞。

咸海曾经是世界第四大内陆湖泊。1918年，刚成立的苏维埃政府设想将咸海南部的阿姆河和北部的锡尔河改道，以灌溉水稻、瓜类、谷子和棉花。这是苏联的"棉花计划"，或者叫"白金计划"的一部分。当时，计划的制订者希望棉花能成为新兴的苏维埃国家重要的出口产品。就在普拉东诺夫创作《章族人》的30年代，苏联政府大量拨款修建著名的费尔干纳大运河和卡拉库姆运河。60年代起，苏联的引水灌溉工程导致咸海面积大幅缩减。至今因各种原因导致咸海仍在不断缩小。成千上万的移民来到阿姆河、锡尔河及新运河流域，开垦和灌溉了棉田，使该流域成为新的粮棉生产基地。

---

① 随行记者兼制片人罗莎·库达巴耶娃。她的同事哈米德·伊斯马伊洛夫，是诗人、翻译家，曾用俄语和乌兹别克语创作小说，同时还担任BBC中亚部的主任。哈米德说，普拉东诺夫是他最喜欢的作家之一，希望将其作品译成乌兹别克语，她坦言，自己第一次读到普拉东诺夫的《章族人》时，为之一震，认为作家把有关中亚的一切能说的都说完了，没有任何可以补充的。http://www.stosvet.net/4/chandler/。

卡拉库姆运河是最主要的调水工程。以兴建运河为代表的调水工程建成后，该地区棉花丰收，水稻高产，农业出现连年跃进局面。而后，苏联在哈萨克斯坦、乌兹别克斯坦和土库曼斯坦兴建重大引水工程。在引水灌溉工程建成后，两河水流被引至沙漠地区，用于灌溉贫瘠沙漠地区农田，以种植棉花和其他农作物。虽然河水让沙漠充满了生机，短期收效明显：沙漠变绿洲，农田喜获丰收。但长远看来，因种植棉花而分流咸海，显然是一种违背自然规律之举。这也导致了更为严重的后果——锡尔河和阿姆河历史性地超负荷地养活着苏联人，这导致注入咸海的水量直线下降。咸海迅速枯竭至原来的五分之一大小。苏联政府意识到生态灾难时已不可挽回，他们也曾宣布启动"北水南调"工程，从西伯利亚鄂毕河引水，凿通图尔盖高地，修建"西伯利亚—咸海运河"。但终因工程浩大于1986年宣布停止，最为致命的是这一方案也必将给鄂毕河沿岸生态平衡带来如咸海般的破坏。

  咸海危机如今愈演愈烈，成为中亚水资源问题的重要诱因，为治理咸海，已成立拯救咸海国际基金会和国家间水协调委员会。中亚地区水利资源紧缺问题已引起世界上一些其他国家的注意和重视，这些国家正在积极想办法向中亚地区补足水源。一些国家也在积极考虑在中亚地区投资建设有关水利设施，帮助该地区合理规划和利用水资源。1993年中亚五国联合成立国际拯救咸海基金会，旨在通过资助联合项目和计划，拯救咸海并改善咸海地区日趋恶化的环境状况。2014年10月，拯救咸海国际会议在花剌子模州首府乌尔根奇市举行。乌兹别克斯坦总统卡里莫夫在致会议的信中说："非常遗憾，现在已经不可能使咸海完全恢复到从前的状态。所以，当前的首要任务应该是努力消除咸海危机对生态环境和周围上百万居民生产生活的不利影响。"[①] 独立以后的乌兹别克斯坦国徽上画有棉花，

---

① 《逐水而行：中亚水资源考察》，《三联生活周刊》2015年第24期。

这意味着棉花依旧是该国最为重要的经济作物。尽管人们意识到棉花种植对生态平衡的破坏之重,但是短时间内很难摆脱对其经济上的依赖性。

如果说,苏联解体之前,中亚的水资源尽管分布不均匀,但还能按照优势互补的原则来统一协调解决用水问题,各共和国间尚能合作共处,那么,中亚五国独立以来,资源共享机制随之瓦解,各国各自为政只能使状况变得更糟。

1921年大饥荒以后普拉东诺夫几乎暂停文学创作达五年之久,主要从事土壤改良专家的工作。可以说,普拉东诺夫对土地有着独特的亲近感。普拉东诺夫在作品中不止一次地将"灵魂"(章族人)界定为"贫农的财富"(богатство бедняков),很难说普拉东诺夫是赋予贫穷以浪漫主义色彩。普拉东诺夫在"生态学"这一概念和科学分支出现之前就明确地提出了生态学的原则:

否则一个人扬言说真正的热情仅仅栖居在人类的心底——这样的扬言是毫无价值甚至空洞的。因为乌龟眼里可以看到沉思,黑刺李散发芬芳,这意味着它们存在的伟大内在价值,不需要借助人的灵魂来补充。或许,它们需要恰噶塔耶夫帮一点小忙,但是来自他的优越感、傲慢或者可怜一概不需要……①

第五节　理想的幻灭:普拉东诺夫中亚小说中的生态灾难和记忆书写

俄罗斯族作家普拉东诺夫和吉尔吉斯族作家艾特玛托夫,分别在《章族人》和《风雪小站》中围绕灵魂和记忆主题对中亚这一地理空间展开文学想象。前者对虚构的中亚章族人抱以尊重的态度,并为身为返乡者和拯救者的恰噶塔耶夫安排了被章族人"同化"的

---

① Платонов.А.П.Государственный Житель,Советский Писатель.1988.С.486.

结局；后者则围绕象征民族记忆传承中断的传统父辈和现代子辈的分化展开叙事。中亚少数族裔的文化记忆和传统被割裂，随之而来的是日渐严重的身份认同危机。

当我们有意将文化与民族或国家勾连起来，文化就成为身份的来源和象征，政权和意识形态较量的舞台和战场。由于俄罗斯"几乎是唯一靠位置邻近来夺得领土的国家……俄国单独吞并了所有与它相邻的土地和人民"，因此学者们对于俄罗斯帝国对邻国实施的扩张政策没有给予足够关注，但"并非意味着俄国对中亚的统治是仁慈的或较少带有帝国主义性质"①。

《帝国意识：俄国文学与殖民主义》一书作者埃娃·汤普逊梳理了俄罗斯文学中的经典场景，"帝国把自己的话语强加给了被打败的民族，又把他们的故事从记忆的历史中剔除出去"②。或许这是许多俄国作家通过文学想象的掩饰试图表达的谬论。针对这一现象，汤普逊在《俄国文学的中亚叙事》一章中，以索尔仁尼琴的《癌症楼》为中心对俄国作家们掩盖殖民行径的做法进行了鞭辟入里的揭露③。然而，在我们看来，也有一些作家，比如普拉东诺夫，他们有悖于汤普逊所得出的普遍结论，而是借助自己的文学想象来抗衡国家所推行的不合理政策，反对俄国的帝国意识和殖民主义。彰显国家意志的倒是获奖这样的行为，如倪蕊琴在其撰写的书评《〈帝国意识〉读后》中谈道，获斯大林文学奖的斯捷潘诺夫创作的《旅顺口》（1944）曾被周恩来严厉批评为"满纸胡说八道"，"极尽丑化中国之能事"④。由此，普拉东诺夫这样的作家受到当局的批判就在

---

① ［美］萨义德：《文化与帝国主义》，李琨译，生活·读书·新知三联书店2016年版，第11页。

② ［美］汤普逊：《帝国意识：俄国文学与殖民主义》，杨德友译，北京大学出版社2009年版，第54页。

③ 详见［美］汤普逊《帝国意识：俄国文学与殖民主义》，杨德友译，第127—149页。

④ 倪蕊琴：《〈帝国意识：俄国文学与殖民主义〉读后》，《东吴学术》2012年第3期。

情理之中了,《章族人》在普拉东诺夫生前未能问世也就不足为怪。

普拉东诺夫把恰嘎塔耶夫塑造成一个苏联官方派往中亚的拯救者。这在形式上符合苏联当时盛行的社会主义现实主义的创作方法。然而,仔细阅读文本会发现,他非但没能拯救章族人,反而是在与当地人的不断接触中寻觅到了自己的灵魂。换言之,如果一些俄国作家有意歌功颂德,抑或对于自己与官方高度一致的殖民主义话语是不自知的话,那么,普拉东诺夫作品则充斥着对本国类似行径的反思与揭露。艾特玛托夫围绕象征民族记忆传承中断的传统父辈和现代子辈的分化展开自己的文学想象,提供了一个俄罗斯文化成功征服少数民族的典型例证。然而,作为少数族裔作家的艾特玛托夫,毕竟是苏联文化中的他者。在他的作品中,我们可以发现一位苏联少数民族作家对自身民族文化的保护以及对被割裂的传统的叹惋。

如果说普拉东诺夫《章族人》的关键词是"灵魂",《风雪小站》(又名《布雷内小站》《一日长于百年》)的关键词是"记忆",那么,两者加在一起就构成了精神记忆的主题。事实上,这一主题构成了两部小说的主体,是解读作家思想的重要视角。

"对自己的过去和对自己所属的大我群体的过去的感知和诠释,乃是个人和集体赖以涉及自我认同的出发点。"[①] 基于此,本书将从时间和空间两个维度围绕精神文化灾难分别展开论述。

一 追寻幸福的灵魂与被守护的都塔尔

1935 年,苏联作家普拉东诺夫创作了中篇小说《章族人》(«Джан»)。《章族人》位列《理想藏书》(编者为法国《读书》杂志主编皮埃尔·蓬塞纳)推荐的前 25 本俄罗斯小说之一。[②] 遗憾的

[①] [德] 韦尔策编:《社会记忆:历史、回忆、传承》,季斌等译,北京大学出版社 2007 年版,第 3 页。

[②] [法] 蓬塞纳主编:《理想藏书》,余中先等译,上海人民出版社 2011 年版,第 189 页。

是，如此优秀的作品直至苏联解体后的1999年，才得以在俄罗斯境内首次出版。小说英译本于2003年在英国首次与读者见面。至今未见中译本。

按照土库曼迷信说法，джан意为"追寻幸福的灵魂"。作家用这个词来指称由被抛弃的人和孤儿组成的虚构民族。章族人，是一群聚集在一起的没有固定国籍、没有任何财产的人，他们是奴隶、逃亡者和罪犯。其中有土库曼人、卡拉卡尔帕克人、乌兹别克人、哈萨克人、波斯人、库尔德人和贝鲁特人等。他们是贫穷困顿的漫游者。换种说法，是被社会所抛弃的一群人，他们唯一拥有的是自己的"灵魂"。同时，他们还是中亚文化、历史和过去的代表。这些人已经习惯于死亡，他们的理智早已愚钝，感觉不到任何幸福，对他们来说安宁和遗忘是最好的归宿。他们在生活中没有任何目标，对任何事物都缺乏兴趣，因为他们从来没有过任何愿望，只是机械地活着。

然而，这群人却是普拉东诺夫钟爱的主人公。或许，作家正是借土库曼老人之口表达对待穷人和富人的迥异态度，他指出，富人的死恰恰因为他们缺乏穷人唯一拥有的"财富"——"感知、受苦、思考和斗争的能力"①。这是富人嘲笑穷人的说辞。普拉东诺夫不信任富人，这种不信任在作品中经常表现为一种不友好的态度。对他来说，无家可归的穷人更加亲近和易懂，也更加可爱。普拉东诺夫正是怀着同样的温柔讲述《切文古尔镇》的主人公德瓦诺夫和《基坑》的主人公沃谢夫的。普拉东诺夫在这部作品中所秉持的思想，与他的反乌托邦三部曲一脉相承。作家继续思考的依然是新的幸福生活到底是什么样的？是搬进一些重新兴建的土房子吗？作家试图回答这一系列疑问：所有尝试在沙漠上建立社会主义的企图只是幻想和乌托邦。希望这个民族和这里的居民幸福无可厚非。然而，

---

① Платонов.А.П.Государственный Житель，Советский Писатель.1988.С.377，464.

以违背其意志为代价，人为地干涉当地人的生活，却一定是不可取的。他曾在次年（1937）撰写的政论文《普希金与高尔基》中指出：按照陀思妥耶夫斯基笔下宗教大法官的观点，只需满足人们对粮食的基本需求即可。① 仿佛仅仅借助这个糨糊就可以将全世界的幸福黏合起来……普拉东诺夫显然对大法官的谬论嗤之以鼻。

普拉东诺夫在文中强调希瓦汗国的可汗之残忍应该引起我们的注意，希瓦是一个繁忙的奴隶市场点，可汗们以残酷而臭名昭著。希瓦城的人们大部分都讲塔吉克语，而在苏联时期被迫分到了乌兹别克斯坦。普拉东诺夫以一个描写薇拉（主人公恰噶塔耶夫在莫斯科期间遇到的一个女人，并娶她为妻）的情节开始，对陀思妥耶夫斯基的公理进行了反思：人未必追求幸福。《基坑》中的积极分子曾说："没有谁一定能幸福。"幸福，是一种选择，是欲望的对象。在一定的客观条件下，幸福有可能缺席。不幸的诱惑，先验的自我毁灭的冲动，对普拉东诺夫具有崇高的意义。这一思想与奥尔姆斯德和阿里曼的故事有关，该故事以自己的方式和新的审美方式解释了摩尼教的神话和这对双胞胎兄弟所体现的善与恶的对立。

作品主人公恰噶塔耶夫的身份兼具双重属性。他是刚从莫斯科毕业的大学生，又是早年离开这里的章族人的代表。此行被派往位于亚洲中部沙漠地区的故乡——土库曼斯坦，肩负的任务便是寻找和拯救章族人，并将其从地狱般的沙漠送进社会主义的天堂。换句话说，这部作品讲述的是一位试图把现代俄罗斯价值观带到自己童年故乡中亚的故事。

在前往中亚沙漠地区之前，普拉东诺夫提交了行前申请。从中可以看到符合官方立场和彰显代表团初衷的文字："我想写一个有关最美土库曼斯坦人的故事。他们致力于将贫瘠的家乡改造成共产主

---

① Платонов.А.П.Собрание Сочинений, Том 2.Советская Россия.1985.С.311.译文参考 [俄] 普拉东诺夫《普希金和高尔基》，王晓宇译，《世界文学》2019 年第 2 期。

义社会，后者是用全世界的先进设备武装起来的。"① 但是，等到真正踏上这片土地，他完全震惊了。在写给妻子的信中，作家一针见血地指出了这里的问题："亚洲贫穷而空旷，沙土遍地。"②

"两河"（即阿姆河和锡尔河）穿越数千里的克孜勒库姆勒沙漠后，汇入咸海。普拉东诺夫笔下章族人的故事就发生在离咸海不远的盆地里。普拉东诺夫对现代生态灾难的预言，在 21 世纪的今天依然富有警示性。但是，在热火朝天建设社会主义的苏联，类似的描述显然有不合时宜之嫌。

仅仅从生态学的角度去分析普拉东诺夫的作品其实是不全面的，或者说是隔靴搔痒式的。这种分析只看到了"果"，却忽略了"因"，也即造成这一生态灾难的始作俑者和元凶是谁。"两河"所承载的文明同尼罗河所孕育的埃及文明一样古老。苏联中央派来的"外来拯救者"和当地人谁是主体？换言之，这背后隐藏的两种文明的交锋是如何展开的？

支配俄罗斯殖民逻辑的是俄罗斯地理中心论，这种权威把非俄罗斯地带"贬低到次等人种文化和本体论地位的文化语境"③。如果把主要宗主国文化放在其发展帝国事业之斗争的地理背景下研究，便会出现一个清晰的文化版图。把一些看似不相关的作品贯穿起来的就是官方帝国主义的意识形态。某种程度上，尝试揭示俄罗斯文学与俄罗斯殖民主义关系的美籍波兰裔学者埃娃·汤普逊是萨义德东方学和帝国主义理论的继承者和阐释者。假如存在汤普逊所说的"以各种形式蔓延在俄国文学中的俄国和平扩张神话"④ 的话，那么，这种神话在普拉东诺夫这里一定发生了断裂。换言之，假如可以把俄罗斯作家和作品分成践行和反击俄罗斯的帝国意识和殖民主

---

① Варламов А. Андрей Платонов. Молодая Гвардия. 2011. С. 281.
② Платонов. А. П. Государственный Житель，Советский Писатель. 1988. С. 560.
③ ［美］萨义德：《文化与帝国主义》，李琨译，第 79 页。
④ ［美］汤普逊：《帝国意识：俄国文学与殖民主义》，杨德友译，第 133 页。

义两类的话，普拉东诺夫一定属于后者。在普拉东诺夫笔下，作为边缘人群的章族人尽管未能幸免于因苏联经济大跃进而蒙受的生态灾难；但最终灵魂得以保全，记忆得以传承。

实际上，普拉东诺夫在《章族人》中塑造的拯救者形象纳扎尔·恰噶塔耶夫并非无源之水。早年他在《沙乡女教师》中即塑造了改革者形象玛利亚。玛利亚处在改革工作充斥的历史时间，与游牧民族存于历史之外的永恒神话相冲突。后者稳定存在于经年累月的无限循环之中。玛利亚却把赋予这一循环以历史的方向性视作自己的使命，最终只能走向失败。同样，我们在《章族人》的文字中不难感受到，普拉东诺夫对恰噶塔耶夫拯救行动所抱持的反对态度。普拉东诺夫不可能违背事实地去完成行前设定的目标。即便完成，也是在普拉东诺夫意义上完成。他通过艺术的方式告诉读者：沙漠生活和别处一样理应得到足够的尊重。难怪一位当代土库曼作家读罢这部作品，发出如此感慨："令人震惊的是，普拉东诺夫何以在如此短暂的逗留之余写出如此准确建构我们国家精神的篇章。"①

那么，这里所讲的国家精神的内核究竟何在呢？按照德国理论家阿莱达·阿斯曼的观点，神话传说、传统故事和传统音乐属于承载记忆的空间。② 事实上，这些记忆空间的确为建构一种有别于其他民族的民族认同，编织民族性叙事提供了绝佳的原料。随着第一个五年计划的启动，苏联艺术家被号召起来，被要求比过去更为直接地为国家服务③。如果说，在政治经济方面，苏联对各加盟共和国的控制显而易见。那么，在文化方面的控制却隐晦得多。尽管20世纪二三十年代，苏联文化建设在扫盲和普及教育的发展方面取得了一定成就。但是，文化战线上的改造和批判运动也空前绝后，形式不

---

① Варламов А.Андрей Платонов.Молодая Гвардия.2011.С.285.
② ［德］阿斯曼：《回忆空间：文化记忆的形式和变迁》，潘璐译，北京大学出版社2016年版，第71页。
③ ［美］维克多·马格林：《设计，为乌托邦而奋斗》，第10页。

同以往的标准化的大众艺术也在苏联铺天盖地地兴起。在这一过程中，少数民族文化遗产惨遭遗失，音乐传统被迫中断。一个管弦乐团的发起者说："我们不得不克服民间音乐家的独奏传统，让所有乐器都为一个乐队的和谐而演奏。这些乐队成员往常已经习惯了各自独立的即兴表演，如今则要改为以相似方式来演奏。"① 对于决策者来说，普拉东诺夫对中亚音乐传统的有意守护，无疑是对新推出的文化政策的直接挑战和公然挑衅。

音乐被普拉东诺夫视为表达灵魂的语言和工具，象征着章族人对本民族文化执拗的保护。小说中，最终"拯救"恰噶塔耶夫的女孩阿依德姆名字的突厥语意义为歌曲。正是通过歌唱，章族人才得以摆脱集体的萧条，重获灵魂。恰噶塔耶夫来到"童年时曾目睹过的小阿吾勒"（突厥语"村子"的意思），那里都是"善良的人们"。这里的村民们主要以鱼为食。除捕鱼外，大部分时间都用于制作一种名为都塔尔的弹唱乐器。当他敲门时，门竟然自己敞开了，在场的老乡均被弹唱音乐感动，完全没有察觉到外人进来。值得注意的是，根据普拉东诺夫记述，长者苏菲扬用都塔尔弹唱了一首《鱼之歌》，"聪明的鱼儿力大无比……" "任何人都拥有使自己有别于他人的梦想和自己所钟爱的感受。"② 象征着被压迫民族寻求自身文化和身份认同的歌词，与外来文化对本地民族文化的同化倾向构成了巨大的隐喻。普拉东诺夫借苏菲扬手中的都塔尔所歌颂的实际是一种海阔凭鱼跃的自由，恰恰是作家对苏联边疆地区少数民族渴望自由以及期望苏联中央政府给予他们自由发展的权利的隐晦表达。章族人与世隔绝，仿佛生活在古代，没有受到任何现代文化的浸染，代表着灵魂最完整的群体。从这个意义上来讲，章族人的弹唱乐器都塔尔，就像以色列人穿越沙漠时带在身边用来盛放刻有摩西十诫

---

① A.P.Platonov, *Soul and Other Stories*, trans.Robert and Elizabeth Chandler, Vintage, 2013.p.13.

② Платонов.А.П.Государственный Житель，Советский Писатель.1988.С.458.

的石板的约柜一样,承载着章族人的记忆,在小说文本中是对过去和传统的隐喻。

普拉东诺夫在作品中将"灵魂"界定为"贫农的财富",还借阿依德姆之口指出穷人疼痛的原因"不是饥饿,而是感受,她思考生活之重并珍惜一切的善",相比之下,恰噶塔耶夫竟然都"没有思考过这样的问题"。作家的本意当然不是赋予贫穷以浪漫主义色彩,而是意在强调贫穷的章族人的精神世界之丰满及其在外来拯救者面前对自己文化的有力捍卫。普拉东诺夫塑造了一个拯救章族人的使者——恰噶塔耶夫。然而,面对章族人,他无法如愿履行自己的使命。尽管章族人表面上看与世隔绝、落后不堪,但在外来力量面前,他们却能不卑不亢。无怪乎普拉东诺夫把章族人比作沙漠里的动植物,揭穿了人们根深蒂固的偏见的本质,即片面地认为"真正的热情仅仅栖居在人类的心底"是"毫无价值甚至空洞的"。普拉东诺夫给出的理由是"在乌龟眼里可以看到沉思,黑刺李散发芬芳。这意味着它们存在的伟大价值,不需要借助人的灵魂来补充"。普拉东诺夫借大自然之口吐露了章族人的心声,他们"或许需要恰噶塔耶夫帮一点小忙,但是因为对方的优越感、傲慢抑或可怜而一概不需要……"①

诚然,他应该帮助仅剩不足五十人的本族老乡。然而,他能提供的帮助,却仅限于确保其生活得以维系的食物。恰噶塔耶夫未能催生章族人内心的求生欲望。当自觉萌生和恢复求生欲,感觉到生命力量的涌动时,章族人却四散开来。为了寻找幸福和日后重聚,更为了比从前过得更好,他们出人意料地逃走了,依靠自身力量去漫游和认识世界。当恰噶塔耶夫向苏菲扬打听章族人的去向时,这位长者答道:"章族人经历过生死劫难,生存对于他们来说并非难事。"在小说结尾,章族人重又聚集在了一起。可以说,从此次返乡

---

① Платонов.А.П.Государственный Житель, Советский Писатель.1988.cc.464, 451, 450.

的经历及其与章族人的接触过程中，恰噶塔耶夫获得了一种"不干涉"的智慧。他学会了默默倾听，而后悄然离开。恰噶塔耶夫最终承认需要别人帮助的恰恰是自己。"他用自己的手握住了克谢尼娅的手，同时感受到她的心脏在遥远的地方快速跳动，仿佛她的灵魂想要向他发起突围并拯救他于苦海之中。"需要注意的是，克谢尼娅这个名字的意思就是"陌生的"或者"别的"。作品的情感主线恰噶塔耶夫娶了这个偶然认识的女人。后者"眼睛充满痛苦和忍耐，就像备受劳累的大型牲口一样"①。恰噶塔耶夫还爱上了妻子的半大女儿阿依德姆，而后者的脸上还闪烁着童年的稚嫩。只是不断成熟的力量使得这种天真的痕迹减弱到几乎不被发现的程度。在某种程度上，小姑娘是章族人未来的隐喻。普拉东诺夫笔下的章族人对都塔尔的守护以高度象征化的方式建构出该族群身份的自我认同，也宣告着在外来文化的影响下，现代与传统之间的撕裂危在旦夕。无论是章族人对以民族音乐所代表的传统记忆的捍卫，还是对恰噶塔耶夫所代表的外来文化携带者的抗拒，都确保了自身文化的传承和对自己灵魂的掌控。由此，普拉东诺夫巧妙地把现实的空间转化成了历史的时间，线性链条上传统与现代的古今之争便是地理空间上本土和外来文化的冲突所造成的结果。

恰噶塔耶夫对神话有自己的理解，他认为：为了自己的人民，阿里曼不想要幸福的生活。伊朗的奢华果园未能吸引他，他对战胜奥尔姆斯德更感兴趣，限制他的果园或者建造这样的果园。当恰噶塔耶夫再次找到游牧民族的不幸代表时，他认出了他们，但是他们已经把他忘记。他同人们的接触方式很独特，不在人们面前发表演讲，不号召他们聚集在一起，从来都不给他们提建议。他开始一个接一个地寻找，在哪里发现就在哪里观察他们，有时还抚摸他们。他微微一笑，观察和思考，试图理解他们的自然本性。他秉持的是

---

① Платонов.А.П.Государственный Житель，Советский Писатель.1988.сc.459，467，379.

泛人道主义思想，不仅和人还和动物，甚至无生命的事物接触。逐渐地，他自然而然地变成了他们，能够彻底体会他们的痛苦和局限。他远远谈不上在教化这些人，他只是在沙漠里陪着这些漫游者，那么如何在这个地狱般的地方寻找幸福呢？于是他的角色徘徊在同情对方的拯救者和保持距离的观察者之间。作品中有一个同貌人，努尔-穆哈梅德（恰噶塔耶夫隐藏的帝国之眼），后者被地方政府委以拯救章族人的重任。不同于恰噶塔耶夫的地方在于，他有保证当地人"活命"的清晰计划，因为这些弱者在他眼里毫无价值，他通过在沙漠里漫无目的的漫游来加速人们的死亡。这个带来不幸和欺骗的领导，造成人们精疲力竭。为了寻求满足，他甚至还对小阿依德姆施暴。

普拉东诺夫在文本中对人民的美好和革命的弥赛亚主义的思考是多方面的。在这里，我们应该指出一条线索，即从与贝洛莫卡纳尔营地的间接接触到前往中亚的旅程。对群众进行暴力再教育的想法与充满机智和怀疑的参与式同情的做法形成对比。一个人最初不能符合救世主的角色，因为如果没有情感的参与，就不能理解他人的不幸，而这需要自我牺牲或其他方面的牺牲。正如该小说所揭示的，任何预先准备好的解决方案都不适合这样一个多层面的复杂任务。作为解决方案提供的社会主义模式只是强加于现实。

普拉东诺夫的作品能够将世界的痛苦和诗意编织在一起，使读者感到被吸引到一个神话般的冒险中，将永恒的人类问题与现代性相结合。他同时被吹得神魂颠倒，又被强烈的同情心所攫取。恰噶塔耶夫带着他饥饿的人民流浪，走到了极端，决定把自己的身体作为诱饵献给老鹰，试图杀死它们并把肉喂给章族人。他躺在地上，把脸转向天空。这个极其激动人心的场面唤醒了被拯救者微弱的求生欲。恰噶塔耶夫似乎恢复了以前的力量：他找到了以前村子的地方，自己一砖一瓦地建起了房子。然而，章族人仍然没有表现出生存的意志。然后，他给人们提供食物，为他们修建可以遮风挡雨的休息室，并给他们留出睡觉和返程的时间。

恰噶塔耶夫不希望，为了遥远的神话般的幸福而牺牲人的生命。他最终明白，要想避免地狱，只有借助个人的意志。最终他的使命破灭，当他再次试图激起相信他的人们的意志时，他们全都四散而走。从这个意义上来讲，为了找到生活的支柱，每个人都更倾向于逃走，每个人都在寻找自己的幸福。恰噶塔耶夫喘了口气并微笑道：他毕竟是想借助自己狭隘的脑瓜（理智），在萨拉卡梅什创造一种真正的生活，这里是古老世界的地狱之底。但是，相较而言，每个人自己更加清楚，对他们而言，怎样更好。他帮助人们活命足矣，就让他们自己在地平线的另一端获取幸福吧……①

无论是大家一起，还是在一个拯救者的帮助下，这些人均无法找到自己的幸福。恰噶塔耶夫返回莫斯科，同样要经营自己的生活。集体生活计划在个人生活面前让步。这是普拉东诺夫的最初版本。这一版本无论如何也不符合时代精神需求。《章族人》的主人公拒绝尘世社会主义的功利性天堂，那里没有意志自由，对邻居的爱与对"远人"的爱形成鲜明对比。恰噶塔耶夫开始了他的旅程，他的梦想是为人民提供食物并使他们重获新生，但第一版故事结尾对幸福的理解是身体上的饱足感，这已经不适合这位主人公了。纳扎尔对他的人民现在所过的普通而微薄的生活感到不满，因此，普拉东诺夫的主人公以一种反乌托邦的方式解决了所有二元论的困境。在第二个版本中，复活的纳扎尔重新组合了人们，他们现在生活在温饱之中，并准备好繁衍后代。在这个版本的故事中，普拉东诺夫描绘了一个乌托邦式的社会主义，人们不必在面包和自由之间做出选择。第二个版本显然是对集体生活的赞扬和讴歌。在描写理性破灭之后，立即增加了一个冗长的情节。不久后，恰噶塔耶夫再次回到自己亲手建设的村子，也就是章族人离开的村子，在那里他再次遇见了那

---

① Платонов.А.П.Государственный Житель，Советский Писатель.1988.С.514.

些逃亡的人们。经过一段时间的独立生活后,人们强壮而繁荣,男人、女人和牲畜都回到了各自的村庄,坚定决心繁荣他们的集体生活。故事的新结局,充满对集体生活的乐观肯定,无疑更有利于作品出版。然而,这个史无前例的集体农场财富来历不明。在那里,仿佛施了魔法一样,盲人恢复了视力,老人恢复了青春。却透露出一种微妙的讽刺。就像普拉东诺夫经常做的那样,讽刺使得这种冲突的解决具有了滑稽的特点,从而掩盖了故事的不完整性。

二 摧残幸福的曼库尔特与被遗忘的杜年拜

尽管苏联对边缘属地极尽其能地管控和镇压,就像改造西伯利亚一样试图把中亚改造成俄罗斯的中亚,但这并未摧毁当地人对自身民族属性的眷恋和对身份认同的渴求。这种政治与文化上的不同步,是俄罗斯历史上值得关注的现象。

如果说,社会主义经济政策在中亚的推行,给当地带来了不可挽回的生态灾难。俄语及其所承载的俄罗斯文化在当地的推广和流行,则造成了当地人记忆的缺失与传统的割裂。如果说,章族人在物质方面极端贫困,那么,至少他们的精神世界极为丰富。由于外来文化的影响,《风雪小站》中以萨比特让为代表的接受俄式教育的子辈,已经完全丧失了对过去和传统的记忆,他们极端贫乏的精神和道德世界已滑落至万丈深渊。遗憾的是,普拉东诺夫的担忧在艾特玛托夫那里变为事实。从普拉东诺夫30年代创作的《章族人》到艾特玛托夫70年代创作的《风雪小站》,不仅普拉东诺夫所预言的中亚生态灾难,借由艾特玛托夫的主人公——应验,就连普拉东诺夫笔下章族人拼命守护的民族记忆也惨遭撕裂。苏联在中亚地区所推行的社会经济政策所遭遇的水土不服,是中亚人民对外来文化接受史的微缩。

接下来,我们要研究的便是斯拉夫文化和吉尔吉斯草原文化的融合与拒斥在艾特玛托夫及其主人公身上的鲜明体现。著名哈萨克诗人夏汗诺夫曾高度赞誉艾特玛托夫长篇小说《风雪小站》（«И дольше века длится день»）："即便钦吉斯·艾特玛托夫除了这部长篇小说之外什么也没有写，我们也会因此为他修建一座纪念碑。"① 的确，该小说相比之前的作品视域更加宽广，将民间传说、苏联历史和科学幻想三种元素有机融合在一起，从三个层面展开论述：其一，是哈萨克长者前往朋友葬礼途中的回忆；其二，是退役士兵因写作第二次世界大战回忆录惨遭迫害的经历；其三，是美苏空间站航天员重返地球家园的请求遭拒，原因在于政府担心地球文明被外太空的高级文明同化。这三个层面层层递进，分别涉及的是俄罗斯主体民族和少数民族之间、苏德两国之间、苏美联合所代表的地球人和外星人之间的三种对峙。

艾特玛托夫是与玛纳斯齐名的吉尔吉斯英雄人物。他所接受的吉俄双语教育，使得他无论对俄罗斯文学经典所蕴含的斯拉夫文化，还是对于游牧民族古老的神话传说所传达的深厚文化传统均表现出了非凡的亲近感。然而，从作家塑造的主人公在遭遇复杂的社会现实时的反应，以及作家对此所持的态度中不难看出，吉尔吉斯血统使得他对后一种文化似乎表现出了先天的认同。艾特玛托夫和他笔下的父辈代表叶吉盖，就是这样的誓死捍卫本民族文化的代表。

诚然，苏联时期推行的不成熟的经济政策，给中亚带来了不可挽回的生态灾难，"那个咸海早已不见了踪影。咸海在消失，在枯竭。他们在原来的海底，在光秃秃的沙地上，乘车走了十来公里路，才到达水边。"叶吉盖和卡赞加普都是咸海边出生长大的哈萨克，常在萨雷奥杰克思念咸海。死前不久，卡赞加普特地去了一趟已经枯竭的咸海，并请求死后把自己埋在那附近的阿纳贝特墓地："连海都干枯了，哪还谈得上人的生命呀！"②

---

① ［吉］艾特玛托夫、［哈］夏汗诺夫：《悬崖猎人的哀歌：世纪之交谈话录》，哈依夏·塔巴热克译，上海文艺出版社2015年版，"序"第4页。
② ［吉］艾特玛托夫：《风雪小站》，汪浩译，花山文艺出版社1994年版，第48页。

然而，不仅普拉东诺夫笔下描述的生态灾难愈演愈烈，就连章族人拼命守护的"灵魂"这根救命稻草也消耗殆尽，对记忆的摧残所带来的文化灾难更加发人深省。"在人类生活的文化定向中，记忆是一种巨大的力量，似乎要取代历史在那些决定历史认同的行为中所处的核心位置。"① 换句话说，记忆比历史更加鲜活和珍贵。一个人、一个家族、一个群体、一个民族乃至一个星球的记忆，何以得到保存和传承？如若保存和传承失败将会带来何种恶果？艾特玛托夫在《风雪小站》中抛出了这些疑问引发读者的思考。

在小说前言中，艾特玛托夫指出"剥夺人的个性的愿望从古至今总是伴随着帝国的、帝国主义的、霸权主义的觊觎目的"，而过去的记忆则，是决定一个人乃至一个民族个性的重要因素。假如"人丧失了过去的记忆，必需重新判定自己在世界的位置"②，换言之，无论是人的个性，还是民族的个性，都来源于自身的记忆。从这个意义上来讲，一个民族记忆的丧失简直比遭遇大屠杀后果更加恐怖。然而，在殖民者的控制下，记忆与遗忘之间的平衡不是由作为被殖民者的本地人决定，而是受作为殖民者的外来人左右，从而服从和服务于殖民者的政治需要。"如果遗忘能由最高权力机构发号施令来执行"，那么"生活将回到一个没有历史的和谐状态"③。在普拉东诺夫那里，我们可以看到被殖民者对殖民者的有条件接受。所谓的条件，就是对记忆的保存。在艾特玛托夫笔下，以萨比特让为代表的子辈退却化为对苏维埃价值观无意识的全盘接受。与此同时，本民族的记忆和传统丧失。作为本民族共同记忆的载体，以口头民间传说和神话为代表的民间文学，在故事传承过程中发挥着稳固所在社群的认同感的作用。保护好这些承载记忆的民间传统，是形成身

---

① 吕森：《历史的观念译丛总序·序一》，[英] 柯林伍德《历史的观念·增补版》，何兆武等译，北京大学出版社 2010 年版，第 2 页。
② [吉] 艾特玛托夫：《风雪小站》，汪浩译，"作者前言"第 3 页。
③ [德] 阿斯曼：《回忆空间》，潘璐译，第 71 页。

份认同的重要条件；反之，则容易引发认同危机。

《风雪小站》借助记忆主题反映了过去、现在与未来的关联。最为核心的故事曼库尔特传说，提出了一个永恒的全人类问题，体现了代际关系、时代关系以及时代的同一性问题。这一传说有机贯穿在小说中，并以一种历史的视角将现代人的失忆问题提出来。曼库尔特传说讲述的是乃曼族的一位母亲阿纳被独生子无情射杀的故事，他的独生子记忆惨遭剥夺，变成曼库尔特。这个故事是对整部小说中人的失忆这一题材的高度象征。全书最后浮现在叶吉盖心里的那句话（"你是曼库尔特！一个真正的曼库尔特！"）①，则是作家对记忆的召唤与对遗忘的谴责最为形象的隐喻。

对母语和祖国文化的失忆，在很大程度上是由外来文化的殖民造成的。"曼库尔特"一词被用于指称那些以牺牲本民族文化或者语言认同为代价来步别国文化后尘的人。作家讲到一个保卫航天站的百万富翁的故事，作为一个哈萨克族人他不讲本族母语，人们用哈语跟他打招呼，他却用俄语回答。这个故事是对曼库尔特传说的有效延续和补充。在一个民族自我认同形成的过程中，作为民族记忆载体的母语发挥着巨大的精神价值。如若母语的权威性得不到捍卫，那么在应对外来文化抑或殖民话语的挑战时，语言就会连同这个民族的过去和历史一起，被抛进历史的废墟，被压迫民族的身份认同就很难建构。

宛若一位娴熟的交响乐指挥家，艾特玛托夫将个人、家族、民族乃至人类的记忆有机融合到叙事脉络中。在为老友送葬的短暂而漫长的一天中，叶吉盖回忆起自己的种种人生经历，自己与老友之间的往事亦历历在目。与此同时，其他人的记忆和部落的种种迷人传说像是无数和声，不断地加入进来，奏响了一曲以"记忆"为名的哀歌。如果说墓地是家族记忆的象征，传说是民族记忆的载体，

---

① ［吉］艾特玛托夫：《风雪小站》，汪浩译，第 383 页。

那么阿布塔里普因写作第二次世界大战亲历记惨遭迫害,则导致个人、家族、民族乃至整个人类的集体失忆。寓意为"母亲安息之地"的阿纳贝特,是萨雷奥杰克最神圣的墓地,承载着哈萨克人丰富的民间记忆,却因宇宙发射基地的建设而被填平。孩子在寄宿学校接受官方认可的教育,却因此远离家园,失去通过口耳相传的方式接触古老传说的机会。鲍兰雷-布兰内会让站的传说在年轻一代中无人知晓。阿布塔里普不光保存有关于第二次世界大战的记忆,他还记录了这一地区有关阿纳和拉伊玛雷-阿哈的传说。但是这一切均因阿布塔里普被稽查员带走而被迫中止。不仅如此,以萨比特让为代表的年轻一代宗教信仰缺失,最该传承的东西却被他们无情遗忘了。在父亲下葬当天,小萨比特让俨然一个典型的冷血动物。他非但没有陷入失去至亲的悲痛,甚至连传统上守孝者理应履行的义务和本该走完的程序都没完成,却着急回城上班。尽管当年母亲阿纳被失忆的儿子射死,但她的白头巾变成了白鸟,萦绕在耳边的"你是谁的后代?……你的父亲是冬年拜……"① 时刻警醒着后世:对传统的记忆确保一个民族在时间长河中的连续和绵延,帮助一个民族在不被世界抛弃的基础上,守护自己的个性。无论是对过去的重构,还是对区分于他者的身份认同行为来说,记忆都体现出重要的价值。

如果说,柔然人头上的骆驼皮割裂的,是一个人乃至一个部落的记忆。那么,各国在整个地球大气层布置的环状防御武器,则宛若一张将外星文明拒斥于门外的巨型骆驼皮。如果说遗忘代表的是对过去记忆的割裂,那么拒绝与外星文明的对话则代表丧失追求未来的可能性。艾特玛托夫笔下的人类不仅失去了过去的记忆,经历着传统的消弭和文化的断层。与此同时,他们还拒绝未来,拒绝走向更高文明的可能性。从这个意义上讲,人类似乎沦落为没有过去又没有未来的生物。艾特玛托夫所描绘的都是按照统一方式被重新

---

① [吉]艾特玛托夫:《风雪小站》,汪浩译,第94、386页。

塑造的人。如果说，由此造成的个人与家族、与过去、与传统割裂、与记忆割裂，实乃被动之举，那么，拒绝未来的可能性实属人类主动选择的荒谬之举。

实际上，在面对外界力量时，无论是一个人，一个家族，一个部落，还是一个民族，一个国家的警惕和防守都无可厚非。但是，一味地故步自封显然无济于事。从这个意义上来讲，《风雪小站》既是一部关于文明记忆的悲剧，又是一部关于文明未来的哀歌。

三 民族性与现代性的冲撞与较量

从地缘政治的角度来讲，中亚自古以来总是被各国觊觎，充当着避免直接交锋的缓冲带。无论是沙皇俄国，还是十月革命以后的苏联，其创立者皆极尽可能地将中亚地区纳入庞大国土的有机组成部分。苏联所推行的经济政策给当地遗留下的问题，以及俄罗斯强势文化对当地的入侵，乃至政府推行的整齐划一的文化政策，无不引起了当地人对俄罗斯一定程度的排斥与抗拒。

普拉东诺夫在创作于 30 年代的《章族人》中所预言的中亚生态灾难，在艾特玛托夫创作于 70 年代的《风雪小站》中悉数应验。前者创作的历史背景是：大饥荒爆发之后，苏联政府计划把乌兹别克斯坦发展成棉花种植基地。后者的历史背景则是 1975 年苏联"联盟"号飞船在拜科努尔航天中心发射升空并与美国"阿波罗"号飞船实现对接和联合飞行。然而，农业和航空业快速发展的背后，无可挽回的生态灾难和精神坍塌更引发我们深思。

斯大林曾在《马克思主义和民族问题》一文中指出"谁也没有权利用暴力干涉这个民族的生活……破坏它的风俗和习惯，限制它的语言……"① 也就是说，每个民族的命运只有自己有权决定。然而，苏联历史教科书隐藏的另外一种历史，或许才更加接近事实。

---

① 中央编译局编选：《斯大林选集》（上），人民出版社 1979 年版，第 74 页。

苏联对中亚的控制不单停留在行政管辖层面，而是渗透到文化领域，威胁到民族文化的安全。全球化浪潮席卷世界的每个角落，人们越来越难感觉到与本民族历史的联系，斩断与过去的联系和相信未来的幻影或者重新杜撰出来的过去则相对容易。鲜有人愿意站在历史的废墟上淘捡记忆和迎接未来。以中亚五国为例，它们并非横空出世，在俄罗斯帝国入侵之前它们已经拥有源远流长的历史和传统。尽管斯拉夫文化对它们也产生了不可避免的影响，并因此成为它们历史记忆中的一部分。所以，"如何对待自己的过去"就成为个人乃至整个社会都要面临的严峻问题。

"一切既存或曾经存在的民族认同都是历史的产物，唯有通过客观理解每一个独特的民族认同（包括自我的认同与'他者'的认同）形成的历史过程与机制，才可能真正摆脱傲慢偏执的民族中心主义……寻求不同的'想象的共同体'之间的和平共存之道。"① 在当今的全球化时代，众多的想象共同体一起构成了人类命运共同体。如何处理好民族性与国家性之间的关系，本土文化与外来文化之间的关系，从而寻求传统与现代、本地与外来的平衡，成为每个国家和民族面临的更大挑战。这一问题不仅是中亚五国政府思考的问题，也是解体后作家们思考的问题。一方面，如今这些新独立的国家在被苏联统治数十年之后意欲重获民族意识，另一方面，它们本来就拥有非凡而古老的文明。它们曾在不同时期处于波斯、希腊、印度、突厥、蒙古等外族的统治之下。在后苏联时代，新独立的中亚国家发起了不同程度的去俄化运动。最为典型的就是民族语言从解体前的基里尔字母往拉丁化的过渡。在那片民族主义高潮迭起的土地上，关于苏联时期的历史记忆仿佛很快逝去。官方通过立法等方式制造出一种假象，仿佛记忆中20世纪的许多历史事件不曾发生。第二次世界大战老兵不允许在公众场合佩戴勋章，街道上的列宁雕像被拆，

---

① ［美］安德森：《想象的共同体：民族主义的起源与散布》，吴叡人译，上海人民出版社2011年版，"导读"第17页。

博物馆里抹掉与苏联共产党有关的文字等,均是人为抹去记忆的典型做法。值得深思的是,社会主义看似远去了,但是代替它的未必是民主。从苏联的五个加盟共和国到独立后的五个中亚主权国家,或许可以为我们提供借鉴和参考。

无产阶级作家普拉东诺夫,在 20 年代中期至 30 年代早期开始"怀疑"和"动摇"。这种"怀疑"和"动摇"体现在普拉东诺夫作品中对苏联社会主义神话的描写。作家文本中乌托邦计划和反对乌托邦展开复杂的相互作用,很难界定普拉东诺夫的中期作品是乌托邦抑或反乌托邦。龚特尔的专著《乌托邦的两面》[1] 的标题最准确地反映了普拉东诺夫乌托邦主义的复杂性质;托尔斯塔娅[2]认为,普拉东诺夫作品的内心世界是乌托邦和反乌托邦的对话;查理科娃认为,乌托邦和反乌托邦的概念与普拉东诺夫的"非流派思想格格不入,他不寻求乌托邦和反乌托邦的平衡"[3]。列维奇认为:"《切文古尔镇》《基坑》和《初生海》可以被视为乌托邦(或反乌托邦),在这种情况下两者是同一回事。"[4] 也就是说,实现乌托邦的尝试激起了反抗,既不是完全的乌托邦,也不是完全的反乌托邦。这种二元性以及乌托邦向其反面的过渡机制,诞生了反乌托邦。

尽管作家在其早期作品中亦对技术乌托邦表达了怀疑,但 1926 年仍被认为是一个过渡时期。普拉东诺夫把对文明和科技进步的成就持怀疑态度作为中期小说的主要主题之一。根据瓦西里耶夫的说法,在普拉东诺夫身上"一个乌托邦作家正在死去,一个现实的艺

---

[1] Гюнтер Х. По обе стороны утопии: контексты творчества А. Платонова. М.: Новое литературное обозрение, 2012.

[2] Толстая-Сегал Е. Идеологические контексты А. Платонова // А. Платонов: мир творчества. М.: Современный писатель, 1994. сс.47—83.

[3] Чаликова В. Утопия рождается из утопии: эссе разных лет. London: Overseas Publications Interchange Ltd., 1992. C.162.

[4] Ревич А. Перекресток утопий. М.: ИВ РАН. 1998. C.100.

术家正在诞生"①。因此，乌托邦和反乌托邦继续在普拉东诺夫作品的艺术空间中共存。在作家接下来创作的巅峰之作长篇小说《切文古尔镇》（1926—1928）的叙事结构中，我们可以同时发现普拉东诺夫作为"乌托邦作家"和"现实主义艺术家"的特征。学者格列尔把他的专著《寻找幸福的普拉东诺夫》中专门讨论小说《切文古尔镇》的章节称为"乌托邦的诱惑"②，这绝非巧合。在该作品中，普拉东诺夫全身心地渴望共产主义，寻找个体和整体存在的意义。从20年代中期开始，在创作小说《隐秘的人》《疑虑重重的马卡尔》和小说《切文古尔镇》期间，作家的精神社会主义思想越来越清晰，也即考虑到每个人，并使其充分参与社会主义建设，拥有怀疑和选择自己命运的权利，对幸福有自己的理解。

普拉东诺夫在普希金的作品中为解决两种不同乌托邦思想的冲突寻求支持。他在《普希金——我们的同志》（1937）一文中提出了自己对《青铜骑士》的阐释。根据他的解读，无论是体现自然和父权元素的尤金，还是"通过生活的灵感，急于走向历史的遥远尽头的野心勃勃"③ 的彼得，俄罗斯都需要。

---

① Васильев В. Андрей Платонов. Очерк жизни и творчества. М.：Сов. писатель, 1982.C.67.
② Геллер М.Андрей Платонов в поисках счастья.М.：МИК, 2000.C.180.
③ Платонов А.П.Пушкин — наш товарищ сс.74-75 // Платонов А.П.Фабрика литературы：литературная критика, публицистика.М.：Время, 2011.cc.69—84.

第三章

复归：普拉东诺夫战争小说中的乌托邦叙事

苏联解体以后，普拉东诺夫的创作研究取得了卓越的成果，但是对于作家第二次世界大战期间创作的战争小说的研究却稍显薄弱。普拉东诺夫的创作，植根于俄国文学和文化传统；与19世纪、20世纪俄国文学有着密不可分的联系，战争小说亦不例外。

本章我们主要从普拉东诺夫战争小说文本出发，将其放在俄国战争文学传统和作家整体创作的语境中进行探讨，尝试挖掘普拉东诺夫战争小说中所蕴含的乌托邦叙事脉络。在探讨战争与俄罗斯民族性格关系的基础上，将普拉东诺夫战争小说置于俄罗斯战争文学的大文本中，研究普拉东诺夫战争小说中的洗礼和救世母题；将普拉东诺夫战争小说置于作家整体创作的大文本中，剖析战争小说创作与前中期创作的互文之处。普拉东诺夫战争小说与俄罗斯文学战争传统一脉相承，战争造就和激发了俄罗斯人民性格中宗教性的一面，因此，普拉东诺夫战争小说在表现战争年代对人们精神洗礼的同时，还表现了永恒意义上的救赎母题；普拉东诺夫战争小说是对作家早中期创作的继承和创新。战争小说既为战死沙场的英雄的悲剧留出了空间，也为战后从前线返回家园，不得不重新学习如何生活、学会原谅的悲剧留出了空间。

第一节　战争、乌托邦与俄罗斯民族性格

> 你的金盔闪耀着，你跑向哪里，
> 那里就有波洛夫人的邪恶的头颅落地。①

不管出于何种目的，战争都是对人性最残酷的践踏。无论是正义战争还是非正义战争，都必然遭到全人类的共同唾弃。正如托尔斯泰在 1854 年 7 月 9 日写于高加索的日记中所说："战争是那么不公正、那么糟糕的一件事，它使得那些战斗着的人们扼杀了心中良心的声音。"② 如果说托尔斯泰通过文学来思考战争，那么别尔嘉耶夫则从哲学角度思考战争，后者指出："按照二元论的观点，战争仿佛特别沉溺于物质之中，与精神没有任何关系，但是内在地思考战争，只能从一元论而非二元论的观点切入，亦即从物质身上看到发生在精神现实中的事物的象征符号……杀戮构成的肉体暴力……是恶在精神现实中形成的精神暴力的标志。"③ 作为和平对立面的战争问题在俄罗斯由来已久，二者的博弈是集中体现俄罗斯民族性格的最佳方式之一。本节主要以伟大的卫国战争为例，探讨宿命论、热爱苦难和爱国主义作为东正教孕育下的俄罗斯民族性格的重要组成部分，如何影响俄罗斯人的战时表现，以及连年不断的战争反过来如何对民族性格发挥重塑作用。

一　俄罗斯的"战争与和平"问题

在全世界范围内，"战争与和平"问题似乎伴随着战争的出现而

---

① 《伊戈尔远征记》，魏荒弩译，人民文学出版社 1957 年版，第 9 页。
② 转引自赵桂莲《生命是爱：〈战争与和平〉》，云南人民出版社 2002 年版，第 126 页。
③ ［俄］别尔嘉耶夫：《俄罗斯的命运》，汪剑钊译，第 148—149 页。

出现。战争"从有私有财产和有阶级以来就开始"①了。尽管人们从人道主义出发,一直为和平事业大声疾呼,反战的声音与战争相伴相生。然而,时至今日,这个好战的世界似乎仍然对此无动于衷。

无论是以儒家和道家为代表的中国古代哲学思想,还是古希腊哲学思想,强调非暴力的印度教,甚至记录英雄行为的著名史诗中,无不充斥着对战争的谴责和对和平的渴望。悖论的是,中国历史上产生了世界上最伟大的兵书《孙子兵法》,印度直到20世纪中叶才出现有组织的反战运动,"明确提出废止战争的有组织的运动最早出现于19世纪下半叶"②,基督教历史上各派别之间的相互残杀亦屡见不鲜。可见,和平主义者的思想对实际政治和降低战争的频率和强度,似乎没有产生非常重大的影响,战争疯子们仍然发动了20世纪两场世界大战。战争与和平极端对立,战争永远被人唾弃,和平永远是全世界各国人民追求的目标。对此似乎无人持反对意见。然而,永远和平仿佛成为一种难以实现的乌托邦。

在俄罗斯历史上,战争更是成为这头横跨欧亚大陆的"双头鹰"的常客。美籍俄裔社会学家索罗金分析了世界历史上发生的、自古希腊时期开始直到他自己去世的967场战争(其中151场发生在俄国)。公元800年至1237年的四百多年里,俄罗斯经历了一百多场战争或战斗,1240年至1462年的两百多年间击退了200多次外来入侵,平均每年一次;1368年至1895年的五百多年间,俄罗斯人有三百多年是在战争中度过的,亦即三年中有两年战争和一年和平。③纵观整个俄罗斯历史,大大小小的战争持续不断,从最古老的为食物、牧场、狩猎场、渔场而战,到公国之间的争权夺利、

---

① 毛泽东:《毛泽东选集》第一卷,人民出版社1991年版,第171页。
② [以]马丁·范克勒维尔德:《战争的文化》,李阳译,生活·读书·新知三联书店2016年版,第255页。
③ [俄]罗·亚诺夫斯基:《皮基里姆·索罗金:战争与和平问题》,《皮·索罗金的回归:1999年纪念索罗金诞生110周年学术讨论会论文集》,莫斯科变容论坛2000年版,第420页。

各公国内部的争斗，以及为争取民族独立和自由而与异族之间的战争。俄罗斯民族的历史是一部防卫、侵略、战斗和牺牲的历史。俄罗斯民族是一个苦难深重、常遭外族入侵的民族，俄罗斯也是一个屡次侵略别国，主动发动战争的国家。那么，为何战争在俄罗斯会如此频发呢？从文化地理学角度视之，横跨欧亚大陆的特殊地理位置以及广袤的俄罗斯平原的地形特征，是俄罗斯面临多方入侵、战事频发的重要原因。俄罗斯人世世代代生活在其中的自然环境，在俄罗斯民族性格形成过程中打下了深深的烙印。自然环境对民族性格具有影响力是不争的事实。俄语的"自然本性"（природа）一词，既指与人相对的大自然世界，还指人的自发本性。这一方面说明俄罗斯民族自古以来就"与大自然心心相印"；另一方面，俄罗斯人世世代代生活其中的自然环境，在俄罗斯民族性格的形成过程中打下了深深的烙印。俄罗斯民族性格最终影响着俄罗斯的价值观和国家发展道路。从交战方的身份视之，战争可以分为内战、抵御外敌入侵和主动侵略别国三种，内讧和内战是对自己人的残酷镇压，侵略他国乃非正义之举，抵御外敌才体现了民族精神的正能量。我们仅讨论第三种战争形式。战争爆发时，两种不同的声音在俄罗斯人民中间响起。一种声音主张为了祖国和人民团结起来奋勇反抗外敌，另一种声音则一味抽象地反对残酷的战争。这两种态度是二律背反的关系，生动地反映在俄罗斯文学家和哲学家的论述中，也精彩地体现在电影、音乐、美术等艺术形式中，阐释着俄罗斯人独特的民族性格。

在战争中，人们的精神面临空前的考验，如同面临上帝考验的信徒一样。列昂诺夫在中篇小说《攻占维利科舒姆斯克》（1944）中指出："不能通过歌舞会演来研究各个民族，应该在其受到战争考验时研究它们。因为那时历史将审视每个民族，衡量它是否有实现自身崇高目标的实际能力。"① 荷马史诗把阿喀琉斯等英雄塑造成具有

---

① 转引自［苏］叶尔绍夫《苏联文学史》，北京师范大学苏联文学研究所译，北京师范大学出版社 1987 年版，第 361 页。

嗜血本能的苍蝇，赞美苍蝇的天然攻击精神，把苍蝇视为艺术审美对象，至少这在东方文明的艺术创作中极为罕见。① 因此，一个民族、一种文明对待战争的态度，从一个侧面反映其民族性格以及今天的表现与过去之间存在的必然继承性。似乎鲜有哪个民族比俄罗斯更重视库图佐夫和朱可夫这样的民族英雄，更看重胜利日这样的节日。在人们的印象中，"战斗种族"俨然成为俄罗斯民族的代名词。那么，这一独特称谓是怎么得来的呢？为何战争如此青睐俄罗斯？战争与俄罗斯民族性格有何内在联系？战争对俄罗斯民族性格的塑造发挥着何种独特作用？俄罗斯独特的民族性格又怎样在战争过程中淋漓尽致地体现出来，俄罗斯民族性格的某些方面是否会成为影响战争走向、决定战争胜负的重要因素，甚至充当爆发战争的引擎？俄罗斯艺术家为何如此钟情于战争题材？这些疑问时常横亘在笔者的脑海中，本书试图寻找这些问题的答案，从战争与俄罗斯民族性格的独特关系出发，探讨战争青睐俄罗斯民族有何文化心理上的深层原因。

二 战争与俄罗斯民族性格

"战争是判别文化优劣的试金石。"② 要彻底了解一种文明、一个民族和一个国家，须深入考察其中的战争行为，因为许多重要的特质和秘密只有在战争状态下才显现出来。东正教信仰孕育了俄罗斯民族悲天悯人的民族性格，恰恰是在这样的国度却战事频仍。那么，战争和宗教这两种看似水火不容的历史现象是如何在这样的国家的特殊历史时期发生相互作用，宗教和战争是如何影响俄罗斯人的民族性格的？东正教信仰孕育下的俄罗斯人与其他民族在战争中

---

① 《小雅·青蝇》："营营青蝇，止于樊。岂弟君子，无信谗言。"可以看出自古以来中国人就视苍蝇为令人厌恶的昆虫，在这里把专进谗言的人喻为苍蝇，十分贴切，这与荷马史诗形成了鲜明对比。

② 倪乐雄：《战争与文化传统——对历史的另一种观察》，上海书店出版社2000年版，第5页。

的表现有何不同？俄罗斯哲学家伊万·伊里因说："作战的民族可能是正确的和不正确的，战争仅仅在正确时才具有精神辩护（的作用）"①。因此"俄罗斯处于正义一方的战争"这一标准也成为对本书所探讨战争的基本限定。我们将从东正教孕育下的俄罗斯民族性格的几个典型层面，如宿命论、热爱苦难和爱国主义等，探寻俄罗斯民族性格与战争的复杂关系。

宿命论

关于俄罗斯人性格的独特性，俄国神学家赫克教授在《俄国革命前后的宗教》一书中曾不无幽默地概括道："英国人，或者美国人迟早会谈体育运动；法国人谈女人；而俄国人，特别是老百姓则会谈宗教和上帝的奥秘。"② 大文豪托尔斯泰在《战争与和平》中描述了自己如何认识俄罗斯人与其他欧洲国家的人之间区别的，展示了东西方文化和文明之间的差异及其不同的价值观和人生态度。他对比了法国、英国、意大利、俄罗斯和德国五个民族的性格。其中，关于俄罗斯和德国两个民族自信的原因，他写道："普富尔是那种不可救药、至死不变、百折不挠的自信的人之一，这种人只能是德国人，这是因为只有德国人的自信是立足于抽象概念——科学，即关于绝对真理的假学问。……俄国人自信，恰恰是因为他什么也不知道，也不想知道，因为他不相信，人能完全地认知事物。德国人的自信是最坏的一种，也是最顽固、最讨厌的一种。因为他以为他知道真理——他自己所杜撰的科学，但对他来说，这门科学就是绝对真理。"③ 托尔斯泰的这种论断与对两种民族性格的总体认识有关。

---

① Ильин И.А.Духовный смысл войны.//http：//www.odinblago.ru/duh_smisl_voyni C.23.
② ［俄］赫克：《俄罗斯革命前后的宗教》，高骅等译，学林出版社1999年版，第5页。
③ ［俄］托尔斯泰：《战争与和平》第3卷，娄自良译，第897—898页。

值得注意的是，直接引出这段议论的正是不同民族在面对即将开始的战役时所抱有的态度。俄罗斯文学史上另一位著名的托尔斯泰——苏联作家阿·托尔斯泰也曾有过著名的论断，他提出，在俄罗斯历史上最能体现俄罗斯民族性格的历史时期是"伊凡雷帝时代、彼得时代、1918年至1920年的国内战争时代和具有空前规模及意义的我们今天的时代（苏联反法西斯卫国战争的时代——引者注）。"①阿·托尔斯泰所说的四个历史时期中有两个都是战争年代。从这个角度讲，战争年代无疑是最能反映民族性格差异的特殊时期。

值得注意的是，在俄罗斯人眼里，精神的死亡比肉体的死亡更加恐怖。福音书的教诲是，应该害怕垂死的灵魂甚于垂死的肉体。因此，"宗教的视角要比实证—表层的视角能更深刻地看到死亡的悲剧。战争是恐怖的恶和深刻的悲剧，但恶和悲剧不仅仅是在外表上进行肉体的强暴和戕害"②，更是精神的暴力。伊里因则从精神层面分析了战争的积极意义，"战争教会人们以痛苦和死亡为代价来捍卫自己生活的事业，这种人类世世代代积累起来的道德智慧可以战胜死亡。因为这种智慧把死亡本身变成了精神生活真正的一幕。战争教会人们检视自己的生活，丢弃不值得为其赴死的东西，而追求精神的价值，使自己的生命可以在誓死捍卫的精神事业中获得永生"。③通过对战争与俄罗斯民族性格之关系的分析，伊里因试图证明：俄罗斯民族性格中浓厚的宗教色彩和悲天悯人的情怀，正是战争馈赠的神圣礼物。的确，常年的战争让俄罗斯人的生命和未来充满了不确定性，他们不得不更多地寄希望于命运。

因而，宿命论的根基是俄国人的宗教信仰。俄国思想家批评西方社会制度缺乏信仰的基础，果戈理和陀思妥耶夫斯基都曾撰文批

---

① 转引自李毓榛《反法西斯战争和苏联文学》，北京大学出版社2015年版，第2页。
② ［俄］别尔嘉耶夫：《俄罗斯的命运》，汪剑钊译，第150页。
③ Ильин И.А.Духовный смысл войны.//http://www.odinblago.ru/duh_smisl_voyni cc.17-19.

判过理性的骄傲,许多哲学家甚至普通俄国人都相信俄国肩负着特殊的历史使命。俄国人的信仰决定了他们在面对战争和回顾过往战争时的态度,而战争造就和加剧了俄罗斯民族性格中的宗教情怀。换言之,战争在很大程度上使得俄罗斯人更感性、更信宿命论、更相信上帝。

热爱苦难

对苦难的热爱是俄国人独特民族性格的体现之一。我们这里所说的首先是"对火灾、风暴、雷雨、洪水等一系列恐怖性毁灭性自然灾害的爱。这些自然现象吸引人的隐秘性在于:当这些灾害发生之后,人们可以期待自己的生活发生改变"①。历史上俄国几乎整个农民世界都参与了沿着伏尔加河及乌拉尔山脉、经过西伯利亚丛林、来到远东地区发现土地的运动,"当然受经济利益的驱使,但是人们内心关于行动的独特感觉和想象也与经济目标相适应。战争同样如此,既然发生了,俄国人就不害怕,而是对此心怀好奇的感觉,并且试图把这种灾难性力量转变成改变自己痛苦命运的创造性力量,借此与恶作斗争"。1921 年,在普拉东诺夫家乡沃罗涅日爆发了全省范围的大饥荒,作家对于这种天灾有着切身的体验,因此,他在《论同饥荒作斗争》一文中指出,"饥荒对于人来说真是一种灾难,无法抗拒的自然力导致了这种灾难"②。可以说,在普拉东诺夫眼里,自然是作为人的对立面的恶的力量的代表,是导致灾难和痛苦的始作俑者。这种恶在伟大的卫国战争期间即表现为法西斯带给全世界的伤害。"俄国人对待战争的态度就像对待创造性劳动,这来自

---

① Платонов А.П.Три солдата.//Собрание сочинений.в т.8.М.：Время.2010.Т.5.С.330.

② Платонов А.П.Возвращение.М.，Молодая гвардия.1989.сс.19-20.

俄国人天性和性格的所有独特性以及历史发展的特点。"① 无论是各种自然灾害，还是战争的经历，都具有仪式性的象征意义。在经历这些苦难之后，人们的心灵得到净化，生活发生变化，命运得以转变。

俄罗斯民族以其特有的悲天悯人的情怀描绘了波澜壮阔的战争史诗，塑造了难以磨灭的人物形象。以苏联卫国战争为例，"四年的战争成为俄罗斯人民几十年来难以抚慰的伤痛。但是……战争中苏联人民所展现的坚强不屈的俄罗斯民族性格"②，也使这次战争成为俄罗斯作家取之不尽的灵感源泉。这场战争因此成为展示俄罗斯人崇高精神和俄罗斯民族性格的舞台和检验人们行为的道德准则的标杆。

"具有崇高特性的对象，一般地总具有艰巨斗争的烙印，显示出真与假、善与恶、美与丑相对抗、相斗争的深刻过程。崇高以这种美丑斗争的景象剧烈地激发人们的战斗热情和伦理态度。"③ 战争与死亡、灾难、绝望、毁灭相伴，无疑应属"悲剧"范畴。"悲剧唤起悲悯与畏惧之情并使这类情感得以净化。"④ 战争悲剧和其他悲剧一样都能引起亚里士多德所言的"悲悯与畏惧"的心理活动，给人带来心灵上的冲击和震撼。战争摧毁人类的共同家园，毁灭人的生命。但是在精神层面上留下了记忆和文化。利哈乔夫院士在自己的回忆录中也提出过类似的观点：人们在饥饿时展现了自己，变得透明，褪去了一切光环。一些人表现出色，是一些无与伦比的英雄；另一些人则是混蛋、恶棍、凶手、食人恶魔——不好不坏的人是没

---

① Платонов А.П.Страх солдата.//Собрание сочинений.в т.8.М.：Время.2010.Т.5.С.332.
② 李毓榛：《反法西斯战争和苏联文学》，北京大学出版社2015年版，第3页。
③ 王朝闻主编：《美学概论》，人民出版社1981年版，第51页。
④ [古希腊] 亚里斯多德：《诗学》，罗念生译，人民文学出版社1962年版，第19页。

有的。① 这与亚里士多德的悲剧观主张写不好不坏的人是不同的。

战争中逝去的每一条生命，战士们流淌的每一滴鲜血，孩子们流下的每一滴眼泪，无不值得我们纪念。妻离子散是战争中再寻常不过的状态。因此战争中的家庭少有完美可言。但正是这样的悲剧环境，才更加激发了人们对于幸福家庭生活和对亲近者的爱。战争最大限度地集中了灾难、恶等负能量。然而，战争同样凝聚了爱国情怀、悲天悯人和善良等正能量。人的最好的和最差的品质在战争中相遇。战争中极端的"好"和极端的"坏"为塑造和发掘一个民族的性格提供了最好的材料。

这一切跟俄罗斯民族的性格、俄罗斯人对物质的轻视和对苦难的重视不无关系。俄罗斯多灾多难，长达千余年的历史上，有相当长的时间处于异族统治之下。仅鞑靼蒙古统治下的金帐汗国就延续了240年，将俄罗斯历史切断了两个多世纪，加之拿破仑大军的攻入，十月革命后帝国主义的武装干涉，第二次世界大战中德军的长驱直入……每一次惨剧不仅给俄罗斯人带来巨大的经济损失，更在其心灵上留下深刻创伤。这无疑造就了俄国人民族性格中奴性和忍辱负重的一面：他们生活得很沉重，同时他们又有浓厚的宗教苦难意识，认为苦难是一件好事，甚至认为自己不配承受苦难。长期的内忧外患给俄罗斯人带来死亡、伤残和眼泪的同时，也磨炼了人们的意志。

爱国主义

别尔嘉耶夫曾说："惟有战争激发了民族感和自发地迫使人们去

---

① 转引自［俄］丹尼洛夫等主编《俄罗斯历史（1900—1945）》，吴恩远等译，中国社会科学出版社2014年版，第338页。

培养民族意识。"① 的确，战争激发了俄罗斯人的民族意识、民族自豪感和爱国热情；在不断抵抗外族奴役的过程中，俄罗斯民族的凝聚力亦随之增强。战争年代使苏联人民的力量前所未有地团结一致。以第二次世界大战为例，战争初期，从装备的先进程度到人员接受训练的专业程度，优势都在敌方。但是，凭借着对敌人的巨大道义优势，苏联人相信自己事业的正义性，而决心付出史无前例的牺牲。

对于在连年不断的战争环境中成长起来的一代又一代俄罗斯人而言，战事一起就拿起枪上战场是再自然不过的事情。从俄罗斯的历史中我们知道，战争年代，真正是有钱出钱，有力出力，有钱有地位的贵族地主有义务把自己的农奴组织起来，形成民团，送他们上战场，或者直接参加战斗，或者从事后方救援工作。战争时期，个人的小"我"根本就不存在了，每个人都与祖国这个宏大概念紧密融合在一起。祖国没有了，就不可能有我的庄园、我的村庄。庄园和村庄没有了，就不可能有我生存的地方，我的祖先世代生息的地方就会沦丧。没有了祖先和我生存的地方，也就没有了生命持续下去的可能性。正是这样朴素而真实的感情，使得俄罗斯人在战争这样的非常时期完全忘我地、全身心地投入到整个民族共同的事业中去。普通的战士身上体现出来的正是这样一种朴素的情感，这样一种视现世生命为草芥的自觉自愿的自我牺牲精神。战争使社会的各种力量和价值得到了重新组合和评价。正是在战争时期，人发生了巨大的根本性的变化，人与人之间的新型关系得以产生，人们获得了崭新的自我认识。

伊万·伊里因在《战争的精神意义》② 一文中集中阐述了俄罗斯人的爱国主义。在面临德国入侵的战争年代他们与祖国同呼吸共

---

① ［俄］别尔嘉耶夫：《俄罗斯灵魂》，陆肇明等译，学林出版社 1999 年版，第 105 页。
② Ильин И. А. Духовный смысл войны.//http：//www.odinblago.ru/duh_smisl_voyni C.5-48.

命运，为祖国军事实力的强大而自豪。他指出：如今毫无疑问的是，俄罗斯人民体验到了，并且还正在体验着当今这场战争就是召唤的感受，回应这种召唤对于俄罗斯人民来说不仅是法律义务或者道德责任，而且是一种活生生的精神需求。我们仿佛睡醒了，明白了大难临头，因此，我们感到那种心系祖国的古老情感重新燃烧起来了。因此我们心甘情愿去做取得胜利需要做的一切；我们不需要别人的胁迫，我们也不强迫自己去为自己不喜欢的、僵死的事业效忠；我们唯有等待着指示：需要做什么就做什么；而精神高涨的力量赋予我们战斗的愿望和能量。战争使人们之间的相互理解和信任成为可能，使人们变得慷慨，甚至在人们心中唤起善心。这是因为，战争使得全民族的心灵中拥有了一个共同目标：赶走敌人，保护家园。在这样的时刻，人们之间的隔阂消失不见。① 针对1812年卫国战争所激发的人民群众和贵族精英的爱国热情，托尔斯泰曾经在一篇文章中指出："如果我们取得胜利的原因不是偶然的，而实质上是由于俄国人民和军队的性格，那么，这种性格在我们遭到挫折和失败的时候就应当表现得更为鲜明。"② 确如托尔斯泰所言，越是在艰难困苦之际，国家危亡之时，才越能彰显出一个民族爱国主义的最基本性格。

由于常年战事不断，俄罗斯男性习惯了"放下锄头拿起枪来"，随时随地开始战时生活，而俄罗斯的女性则真正地撑起了生活的半边天甚至大半边天。正如伊里因分析的那样，俄罗斯女性不仅承担了几乎全部的生产活动，而且在丈夫阵亡的情况下自然而然地成了家中的顶梁柱，在丈夫负伤之后成为他当然的精神支柱。如上所述，总是站在生与死门槛之上的俄罗斯男性，很容易看破红尘，置生死于度外，轻视尘世生活，而寄希望于彼世，渴望在动荡、苦难的此

---

① ［俄］鲍·瓦西里耶夫：《烧不毁的荆棘》，富澜译，《苏联文学》1987年第1期。
② ［俄］托尔斯泰：《列夫·托尔斯泰文集》第14卷，陈燊译，人民文学出版社1992年版，第13页。

生结束后获得宁静、永恒的生命。相对而言，女性似乎比男性更务实、更负责任。

俄国普通战士战场上的爱国主义具体体现为对小组的忠诚，对战友和兵团的忠诚。目不识丁的俄国战士被永远切断了与家人的联系，且一生都在兵团内服役。因而他们对兵团的忠诚格外强烈。一位与俄国和欧洲其他国家军队打过数十年交道的德国公爵在他的回忆录中颇有道理地写道："俄国军人对所在兵团独特的强烈忠诚是军队力量和反弹能力的唯一的最重要的关键所在。"①

面对战争和面对和平，人们往往会处于两种截然相反的状态。苏联作家瓦西里耶夫的描述让我们对这两种截然相反的心灵状态有了直观的认识："战场上的悲痛是许多人一起承受的，悲痛使人更亲近而不是疏远，使人越发感到战友的情谊决不是装样子的东西，而是支撑你的实在力量。战斗情谊是医治任何最可怕、最悖理的悲剧的有效灵药。"相反，"和平时期遇到的痛苦，首先是使她更加深切地感到了自己的孤独。这种痛苦无人可以诉说，成了纯属个人的事情……"②

由于接二连三地遭受战争威胁，死亡对于俄罗斯人变得如此不可预料，这样的境遇使得俄罗斯人不断思索生命存在的意义，并为处于生死门槛上的俄罗斯人提供源源不断的精神养料。正因为死亡成为人一生的伴侣，所以抛弃尘世的生命并且投向彼岸世界时的忘我和平静，成为俄罗斯民族的固有特性。虔诚的信徒把与死亡相遇的经历和体验看成是一种独特的跨越生命界限的过渡，他把生命托付给上帝，交到上帝手里，上帝因此成为俄罗斯灵魂的有力支柱，填充他的精神世界，使其坚强，并唤起他追求完善、绝对和终极目标的愿望。我们在研读普拉东诺夫卫国战争小说时可以深刻地体会

---

① ［美］里克·麦克皮克等编著：《托尔斯泰论战争》，马特译，经济科学出版社2013年版，第20页。
② ［俄］鲍·瓦西里耶夫：《烧不毁的荆棘》，富澜译，《苏联文学》1987年第1期。

到这一点。

反法西斯卫国战争一开始，许多作家纷纷参军，以手中的笔作武器，投入到保卫祖国的战斗中，不仅写了大量鼓舞人心的战地通讯，而且创作出许多动人心魄的艺术作品。

普拉东诺夫就是这些作家中的一员，从战争一爆发就开始创作战争短篇小说。作为作家，普拉东诺夫的命运转折点发生在1942年①，这一年他成为《红星报》的记者，撰写战地报道。关于这一消息，普拉东诺夫曾经兴奋地写信告知家人："我的文学事业开始形成欣欣向荣的局面。近日，全军最好的报纸《红星报》将刊登我的短篇小说《铠甲》和《上帝之树》。《十月》杂志将发表我的小说《农民亚加法尔》，《海军战士》杂志将发表短篇小说《我的爷爷是战士》。我将成为这三家杂志的固定员工。"② 因此普拉东诺夫的同时代人，从30年代始即与普拉东诺夫相识的作家古米廖夫斯基坚信："战争使得普拉东诺夫重拾了严重中断的艺术创作……"③ 普拉东诺夫当年在《红星报》的同事也曾称他为"我们身边的天才作家"④。毫无疑问，战争时期，普拉东诺夫的个人命运发生了重大变化。用俄罗斯普拉东诺夫研究专家玛雷金娜的话来说："1942—1947

---

① 作家1941年10月撤退到乌法，并于次年7月8日返回莫斯科。См.：Запечатленная победа：ключевые образы，концепты，идеологемы.СПб.2016.С.21.

② Запечатленная победа：ключевые образы，концепты，идеологемы. Материалы Международной конференции，посвящённой 70 - летию окончания Второй мировой войны.СПб.Воронеж.，2016.сс.21-31.另据此文章作者研究，后来作家在这家杂志发表作品也曾一度受阻，甚至因此引发了作家生命中的悲剧事件：1942年初他重病一场，1943年1月初独生子普拉东离开了人世，年仅20岁。发表作品最多的时期是1943年以及1944年上半年，这期间作家曾经连续数月在各个前线出差。1944年下半年，普拉东诺夫身患结核，以少校军衔退伍。不过直到1945年12月他才最终卸下《红星报》战地记者的头衔。

③ Запечатленная победа：ключевые образы，концепты，идеологемы. Материалы Международной конференции，посвящённой 70 - летию окончания Второй мировой войны.СПб.Воронеж.，2016.сс.21-31.

④ Запечатленная победа：ключевые образы，концепты，идеологемы. Материалы Международной конференции，посвящённой 70 - летию окончания Второй мировой войны.СПб.Воронеж.，2016.сс.21-31.

年是普拉东诺夫生命中最为丰富，最为幸福地进行创作的阶段。作家写的所有作品都得以成功发表或出版。"① 战前普拉东诺夫只出版了一部短篇小说集《波图丹河》，战争时期则出版了四部战争短篇小说集，这些短篇小说和同时代其他作家的作品一起发表在《旗》《新世界》和《十月》等重要杂志上。作家还曾在与家人的通信中讲述过他的作品在报社编辑部所引起的反响："当我应他们要求大声朗读完短篇小说《铠甲》时，大部分的听众都流下了眼泪，其中一个人号啕大哭。"② 《铠甲》是普拉东诺夫在《红星报》发表的第一部作品。

第二节 普拉东诺夫战争小说中的洗礼和救世母题

在俄罗斯文学史的每一阶段，都可以看到战争文学的佳作。从古罗斯文学中的《伊戈尔远征记》到19世纪普希金的《上尉的女儿》，果戈理的《塔拉斯·布尔巴》，莱蒙托夫的《波罗金诺》和列夫·托尔斯泰的《战争与和平》，再到20世纪帕斯捷尔纳克的《日瓦戈医生》，肖洛霍夫的《一个人的遭遇》和《静静的顿河》，等等。其中，《塔拉斯·布尔巴》是果戈理创作生涯中少有的描写哥萨克军旅生活的作品，屹立沙场、傲视群雄的塔拉斯是俄罗斯民族性格的化身。莱蒙托夫创作于1837年的《波罗金诺》，正值1812年卫国战争二十五周年之际，歌颂了普通俄国战士高昂的爱国主义精神。19世纪末20世纪初，库普林和安德烈耶夫也写过军旅题材的作品。前者的代表作《决斗》展现的是和平时期军队的日常生活，并非专门描写战争，而是通过军人生活来反映社会现实；后者的代表作

---

① Запечатленная победа: ключевые образы, концепты, идеологемы. Материалы Международной конференции, посвящённой 70 - летию окончания Второй мировой войны.СПб.Воронеж., 2016.cc.21-31.

② Платонов А. «…я прожил жизнь»: Письма.1920—1950гг.М., Астрель, 2013.С.515.

《红笑》是一部反战主题作品，描写的是日俄帝国为争夺势力范围而展开的不义之战。值得称道的是作家对战场上战士心理感受的描写。描写国内战争的作品在艺术上取得较大成功的是富尔曼诺夫的《恰巴耶夫》（又译《夏伯阳》）、绥拉菲莫维奇的《铁流》、法捷耶夫的《毁灭》和巴别尔的《骑兵军》。20世纪二三十年代，以第一次世界大战、十月革命的社会动荡和苏联国内战争为背景来描写个人对时代的感受的优秀作品当属阿·托尔斯泰的《苦难的历程》三部曲，该作品并不是以写军人生活为目的，而是借助这样一个历史环境，抒发主人公们对于这个社会转折时代的感受。从普希金、果戈理到托尔斯泰到富尔曼诺夫、法捷耶夫到阿·托尔斯泰、肖洛霍夫，他们涉及战争题材的成功作品，已经成为苏联文学处理军事题材的一种传统。苏联解体后至今，俄罗斯作家仍未放弃对伟大的卫国战争文学的描写，典型的例子有1995年俄语布克奖得主弗拉基莫夫的《将军和他的部队》①和2013年我国"21世纪年度最佳外国小说奖"得主格拉宁的《我的中尉》②。由此，俄罗斯文坛上业已形成的战争文学书写传统得以延续。

普拉东诺夫取材于伟大卫国战争期间的小说是作家创作的重要组成部分，也是俄罗斯战争文学画廊中浓墨重彩的一笔，是这一传统在第二次世界大战时期得以延续的重要一环。作为作家战争小说的重要母题，洗礼一方面是指战火中肉体的洗礼，即对基督教中受洗仪式和民间文化中的成年礼仪式的现实性置换；另一方面指的则是精神的洗礼，即人在战争的非常时期所经历的心灵的净化和灵魂的拷问。该母题不仅能在托尔斯泰等前辈作家的战争小说文本中，还能在圣经文本中寻找到源头。通过研究，我们梳理出了普拉东诺夫战争小说中两大典型的母题：洗礼母题和救世母题。两种不同的

---

① 该小说于1994年发表于《旗》杂志，次年获俄语布克奖。当年正值卫国战争胜利五十周年。

② ［俄］格拉宁：《我的中尉》，王立业、李春雨译，人民文学出版社2013年版。

声音在战争文学作品中时常响起,一种声音是为了祖国、为了俄国人民而反抗外敌,另一种声音是反对残酷的战争。对待战争的这两种态度是二律背反的,也恰恰是符合基督教对待战争的宿命论矛盾的。别尔嘉耶夫曾经这样论述战争:"战争是内在的惩罚和内在的救赎。……战争是存在之古老的矛盾的物质体现,是非理性生活的显露。和平主义是对生活之非理性—黑色的事物的理性主义否定。"① 由此可以看出,洗礼是在历史时间中对参与战争的人精神的净化作用,而通过宣扬和平主义来达到救世的目的则是人们追求的永恒目标。

一 普拉东诺夫战争小说中的洗礼母题

真正能够反映出战争中的真理的人一定是亲身经历过战争的作家。托尔斯泰是,普拉东诺夫也是这样的作家。托尔斯泰在高加索服兵役的经历,使他写出了俄国文学史上一部著名的战争小说《塞瓦斯托波尔故事》。托尔斯泰亲身经历过塞瓦斯托波尔之战的炮火洗礼,对于战争有着切身的体验。在伟大的卫国战争时期出现了一批作家,他们本身也经历过战争,要么曾经做过战地记者,要么战后拿起笔开始写作,普拉东诺夫显然属于前者。这些小说在不同程度上继承了托尔斯泰的传统。不仅托尔斯泰在《塞瓦斯托波尔故事》和《战争与和平》中塑造主人公形象时所使用的心理描写的方法,而且描写"战争中的人"的主题也贯穿他们的创作。托尔斯泰采用惊人的现实主义艺术所塑造的战争场景,在普拉东诺夫描写伟大的卫国战争的小说中得到辉映。

1854—1855 年的塞瓦斯托波尔保卫战证明了俄国人民是多么深爱自己的祖国,竭尽全力和排除万难保护自己的祖国不被敌人侵犯。1941—1942 年再次爆发了塞瓦斯托波尔保卫战,这一次发生在伟大

---

① [俄] 别尔嘉耶夫:《俄罗斯的命运》,汪剑钊译,第 153 页。

的卫国战争期间。托尔斯泰和普拉东诺夫分别以1812年卫国战争和伟大的卫国战争为对象进行创作,前者创作了《战争与和平》,后者创作了一系列短篇小说;而且他们分别创作有《塞瓦斯托波尔故事》,这不能说是偶然的。在他们的创作中,共同表现了俄国战士在战火的洗礼下,对祖国和人民,对生命意义的深刻思考。

洗礼既是死亡,即旧的生命的死亡,又是新生,新生命诞生的象征。圣经有言:"我们的祖宗从前都在云下,都从海中经过,都在云里海里受洗归了摩西。"(《哥林多前书》10:1—2)在圣经中,除了水以外,火也具有净化作用,只有经过地狱之火的磨砺和净化,人的灵魂才能得到拯救。"看哪,耶和华我们神将他的荣光和他的大能,显给我们看,我们又听见他的声音从火中出来……现在这大火将要烧灭我们,若再听见耶和华我们神的声音,就必死亡。"(《申命记》5:24—25)由此可见,我们可以在圣经文本中发现战争小说中洗礼母题的诸多源头。尽管我们所探讨的洗礼更多是指精神上的洗礼,但是在普拉东诺夫战争小说中战火的洗礼无疑带有仪式的象征意义,是对基督教中受洗仪式和民间文化中的成年礼仪式的现实性置换。

《战争与和平》中,无论是胖子传令官面带欢喜的天真微笑,巴格拉季昂将军脸上那专注和幸福的坚定表情,安德烈公爵感到有一种不可抗拒的力量拽着他向前而体验到的巨大的幸福,越来越快乐的军官图申,等等,他们的这些表现无不像经历了战火的洗礼从而获得了新生一般。① 换句话说,他们的乐趣并非来自杀敌的快感,而是来自在战火洗礼中所体验到的一种非理性的力量,他们仿佛经历了一次重生一样。在战争中,他们所做的不是侵犯别人,而是守护好自己的土地,保卫好自己的人民,因此,就可以理解这样的观点了:对于他们来说,战争就是工作,他们应该自觉自愿完成的工作。

---

① [俄]托尔斯泰:《战争与和平》第3卷,娄自良译,第246—250页。

普拉东诺夫在手稿中也表达了类似的思想：对于俄国战士来说，战争就像工作，前线就像生产胜利的作坊，杀死的敌人是这个作坊的产品。① 换句话说，战争之于战士，就像种粮之于农民，是一种职责，而非英雄主义的体现。三四十个孩子和老妇套在一个背带上，用一个犁耕地，这一场景是不可战胜的俄罗斯的象征。② 普拉东诺夫战争小说中不止一次把俄国战士的作战行为等同于劳作。"战争—劳动"的同一最为明显地体现在《在戈伦河上》中对战士劳作行为的描述：他（穆萨费罗夫）耕地，夯实桥的入口。他把大山移为平路……他的庞大的身躯快速移动，他的双手眼看着就把无序的大地变成了新的小世界。③ 而且普拉东诺夫曾经这样直截了当地在文中阐述战士在战场上所做的工作与农民耕种的联系："战士所做的所有工作就是对和平生活的怀念，因此战士努力并热爱劳动，仿佛在写家书一般。叶列梅耶夫大尉了解战士的这一特性，并且告诉他们：请你像在土地上播种一样工作，像爷爷在耕地时扶犁那样开心。"④
"战争是建立和创造新世界"，这样的思想还体现在作家的一系列其他战争小说中，比如短篇小说《军官和战士》（又名《在人民中间》）：阿尔杰莫夫因欣喜若狂而战栗，他亲眼看到并感受自己的伟大创造：消灭邪恶和邪恶的根源——敌人的身体……他并不为烧成灰烬的房屋感到惋惜，而他走过街道旁的废墟就像走过创造的小径，在敌人的尸体内充斥的是大地的瓦解的无生命的暴行，在这个世界上什么会比战士的铲除邪恶的事业更完美更富有成效呢？他们做这些正是为了在世界上重新产生善良和劳动。⑤ 短篇小说《军官和农

---

① 见：Колесникова Е.И.Мастерская победы Андрея Платонова // Вестник СПбГУТД.Серия 2.№ 4.2014.

② Платонов А.П.Труд есть совесть.//Собрание сочинений.Т.3.М.，«Советская Россия».1985.С.546.

③ Платонов А.П.Одухотворённые люди.Рассказы о войне.М.，1986.С.266.

④ Платонов А.П.Собрание сочинений.в т.8.М.，Время.2010.Т.5.С.296.

⑤ Платонов А.П.Одухотворённые люди.Рассказы о войне.М.，1986.С.242.

民》的主人公感受到战斗的最终结束，于是号召在村子里找到剩余的村民，即那些藏在挖的基坑中的得救的、瘦弱的、被恐吓的人们，这让玛霍宁心中萌生了类似于母爱的那种深深的安静的喜乐："他成功挽救他们于不死，在他看来是多么重要和困难，就像生下他们，赋予他们生命一般。"① 我们似乎不难理解为什么在作品中看到的俄国战士大多是一张喜乐平静的面孔了，因为他们不光把战争视为一项保家卫国的工作，从而在战火的洗礼中更加体会到了生命的意义，而且在这个过程中还通过拯救同胞的生命赋予后者以新生。

如同在诠释伊里因的话"战争带给人的是精神考验和精神审判"②，短篇小说《在戈伦河上》中，普拉东诺夫正是把战争视为一种考验，而战争的主角——俄国战士被比作圣徒，"当死亡接近他们的心或者恐怖的长期的劳动侵蚀他们的身体，一直深入到骨头时，他们正是在接受这样的考验过程中获得最高的知识"。而"这种伟大的容忍的知识，同时也是对生命价值的深刻理解，为了人民而牺牲自己的生命，这是平凡的真正的人的生命在最后阶段所完成的事业。这种知识以神秘的方式印刻在每一个顺从于人民的战士脸上"③。从这个意义上来讲，战争对他们来说毫无疑问是一场仪式化的洗礼，普拉东诺夫这样描述俄国军士扎戈卢伊科："他拥有战士的容貌，从他的结实的躯体和饱食的满足的面孔可以看出，战争对他是有益的。或许他感觉到了幸福的满足感，由于意识到他从战争开始的第一天起，便是不得已参与同全人类的敌人和施虐者战斗，他没有给自己的孩子们留下任何邪恶的力量作为遗产。"④

---

① Платонов А.П.Одухотворённые люди.Рассказы о войне.М.，1986.С.113.
② Ильин И.А.Духовный смысл войны.Собрание сочинений в 10 т.Т.6.Кн.1.М.，Русская книга.1996.С.15.
③ Платонов А.П.На Горынь-реке.//Собрание сочинений.в т.8.М.，Время.2010.Т.5.С.290.
④ Платонов А.П.На Горынь-реке.//Собрание сочинений.в т.8.М.，Время.2010.Т.5.С.291.

除此之外，短篇小说《关于死老头的故事》中也涉及洗礼的母题。该小说讲述了一个名叫季申卡的老头在德国人要来侵略他的村子，其他村民都迁走的情况下，一个人坚持留下来保卫自己的家乡，守护自己故去的被埋在地下的亲人的故事。瘦弱的小老头在德国人看来仿佛不堪一击，在把他击倒在地之后，德国战士就离开村子，以为杀死了最后一个村民，没想到第二天回来的时候竟然碰见了这个"死老头"。这里所说的"死老头"其实是"不死的老头"，他在整个故事中的角色与成年仪式直接有关，对俄国民间文学中的永恒的科舍伊①（Кощей）形象的阐释或许能帮助我们更加深刻地理解这一形象。在民间神话故事中，永恒的科舍伊形象被称为黑太阳的主导者，而黑太阳是其祖先的神圣象征，代表着整个种族和其成员的力量之大。民间文学家普罗普讲到一个诺夫哥罗德的故事②，一个小男孩被送到树林爷爷那里去学习，老爷爷把小男孩扔进炉子，如是三次，炉子烧得通红，最后小男孩告诉树林爷爷"我知道的事情比你还多"，并被爸爸领走。在这个典型的成年仪式中，小男孩是被授礼者。在《关于死老头的故事》中，两个游击队员来到老头面前，"他们需要这样的指导员，如此严肃、无畏的人"③，在这里，二人的角色与这个民间故事中小男孩的角色类似，不同的是他们经历的是战火的洗礼。"感觉到胸口插着敌人的刺刀，闷得喘不过气来。他并不害怕敌人的刺刀，只是感觉到过去他体内所习惯拥有的力量现在消失了"。但是没过多久，他又感觉到"身体内消失的力量重又回来了"，他开始"期待自己的老乡再次回来，特别想念他们"④。普

---

① 据赵晓彬《普罗普民俗学思想研究》，该词来源于突厥语，意为男孩、仆人、俘虏。
② 详见［俄］普罗普《神奇故事的历史根源》，贾放译，中华书局2006年版，第115页。
③ Платонов А. П. Рассказ о мёртвом старике.//Собрание сочинений. в т. 8. М., Время.2010.Т.5.С.73.
④ Платонов А. П. Рассказ о мёртвом старике.//Собрание сочинений. в т. 8. М., Время.2010.Т.5.С.71.

拉东诺夫所说的这种力量的消失和重又回来显然是一种重获新生的表现。可以说，经历过战争洗礼的他们即便没有战死，也像经历了一场死亡，从而获得了新的独有的样式，就像圣经中所言："我们借着洗礼归入死，和他一同埋葬，原是叫我们一举一动有新生的样式，像基督借着父的荣耀从死里复活一样。我们若在他死的形状上与他联合，也要在他复活的形状上与他联合。"（《罗马书》6：4—5）因此，对死亡和邪恶的胜利不仅是通过对外在敌人的胜利，还体现在自我净化方面。这所说的正是战争的净化和洗礼作用。

在战争中，生与死，善与恶的对立表现得更加集中，善恶更加分明。战争是考验一个人的绝佳时刻，正是在战争这样的非常时期人们开始分化，一些人变得更无私、更值得尊敬、更勇敢、更有良心，而另一些人变得更没有德行、更道德败坏。从普拉东诺夫战争小说中呈现出的类似认识中可以看出，该认识不仅与俄罗斯战争文学、比如列夫·托尔斯泰的战争小说构成文学互文，更是与我们在上一节中论述的战争之于民族性格的作用构成文化互文。这一点我们不仅可以从普拉东诺夫的前辈托尔斯泰的《战争与和平》的主要人物安德烈公爵和皮埃尔身上找到生动的证明，还能从普拉东诺夫在战争小说中对俄国战士和德国战士分别进行的描写中发现，当然本书主要研究的是前者，有关后者的表现放在这里是为了对比和衬托俄国战士。

首先是《在俄国战士的坟墓上》一文。人生之路可能被带刺的金属丝和横亘在面前的障碍——问讯和用刑室，禁闭室和坟墓——缩短。正是这条狭窄的被密林围起来的小道成为受虐的、垂死的苏联战士和施虐的德国战士的分割线。无论是在被俘时，还是濒死时，临死的前一晚，苏联的战士都在坚持抗击敌人，他们手无寸铁，却是真正的不可战胜的勇士。而相比而言，战场上的德国人对杀人这件事情毫不手软。他们的科学任务即是研究什么是对人体有害的、致命的。法西斯分子发现足够多的跳蚤可以把人的身体折磨到骨头里、折磨到疯狂，使人无力，让人在跟弱小但是不计其数的动物和跳蚤斗争中被击垮。他们所采取的残忍手段，从饥饿到煤气到火烧再到被跳蚤咬，都是为了使苏联人遭受大规模的死亡。① 在该小说中，俄国战士和德国战士被塑造成迥异的两幅面孔，尽管他们都是经历了战场上的打杀的人，但是由于在这场战争中，二者的身份不同，前者为家国捍卫者，后者为侵略他国者，所以他们在战场上的表现当然不同。我们所说的战火的洗礼作用针对的是俄国战士，而法西斯德国发动战争的行为本身就带有非正义性，他们做出侵犯别国领土的这一举动，其初衷就是反人类的。

普拉东诺夫于卫国战争期间创作的短篇小说《关于死老头的故事》也凸显了俄国战士和德国战士的差别。俄国老人说："德国人如果没有坦克，不要流氓就没法作战，而我没有这些一样可以作战。"② 他把德国人比作蚊子群。一个德国战士看着这个瘦小的俄国老头，觉得他是这里重要的人物，因为他的说话方式像首领一样，尽管他身材矮小。对此，普拉东诺夫指出："德国人擅长胡作非为和贪婪，却没有真正的力量。他们去哪寻找真正的力量？无处可寻！没有一颗鲜活的心灵会眷顾他们的事业，他们的事业不能满足心灵所需的营养。"③

如果说通过《在俄国战士的坟墓上》一文，普拉东诺夫从总体上刻画了俄国人和德国人在战争中表现的典型差异，《关于死老头的故事》中塑造了一个外表弱小内心强大的俄国老人的代表的话，那么，在另外一部战争小说《在德国人内部》中，普拉东诺夫则将对两个民族性格的挖掘上升到哲学的高度。普拉东诺夫在作品中通过

---

① Платонов А. Собрание сочинений, т. 3. Рассказы1941—1951. М., Советская Россия，1985.cc.133-134.

② Платонов А.Рассказ о мёртвом старике.//Собрание сочинений.в т.8.М.，Время. 2010.Т.5.С.72.

③ Платонов А.Рассказ о мёртвом старике.//Собрание сочинений.в т.8.М.，Время. 2010.Т.5.С.72.

引用德国人的通信和文件，然后进行穿插评论的方式对德国式的哲学进行批判。普拉东诺夫将德国法西斯的哲学说成是"充满绝望，充满了德国掌权者的疯狂的希望，最后的幻想"①。法西斯的逻辑在于"当今这个时代的伟大的军械士可以成为命运的主宰者……发明一个能够瞬间歼灭德国所有敌人的武器，显得既好又有必要"②。这本身就证明了德国掌权者的愚蠢和盲目自信，同时他们把德国人民视为傻瓜。"人类几代人所直接或者间接参与的科学事业，开辟了通往真理的唯一道路"，而在文中普拉东诺夫指出，这条道路"是以苏联为先驱的"③。然而，对于德国法西斯来说，"全世界人类历史发展的经验无足轻重。他们急于要发明一种全能的武器，否则就没法获胜"。普拉东诺夫指出："这种类似于发明炼丹术和长生不老药般的幻想是愚蠢的，但是从中可以得出一个理性的有益的结论，那就是：不久的将来在我们的敌人身上将爆发一场精神灾难。"④ 也就是说，普拉东诺夫对于德意志这个民族当时所奉行的侵略和霸权政策非常不以为然，因此对其未来做出了悲观的预言。

费多罗夫在《共同事业的哲学》中指出："人们理论上承认理性的人具有对非理性力量的优势，而实际上却容忍对非理性力量的依赖，实际上不仅丝毫没有表现出对非理性力量的优势，相反完全屈服于它。……惟有调节自然过程或调节盲目的自然力量，才是有理性的人对待非理性力量的正确态度。"⑤ 如我国学者淡修安所分析

---

① Платонов А. Внутри немца.// Собрание сочинений. в т.8. М.，Время. 2010. Т.5. С. 366.

② Платонов А. Внутри немца.// Собрание сочинений. в т.8. М.，Время. 2010. Т.5. С. 366.

③ Платонов А. Внутри немца.// Собрание сочинений. в т.8. М.，Время. 2010. Т.5. С. 367.

④ Платонов А. Внутри немца.// Собрание сочинений. в т.8. М.，Время. 2010. Т.5. С. 367.

⑤ ［俄］费奥多罗夫：《共同事业的哲学》，范一译，辽宁教育出版社2001年版，第397页。

的那样，费奥多罗夫的思想在普拉东诺夫的艺术世界中得到印证和阐发①。这种思想不仅体现在人与自然的相互关系中，而且在作家创作于伟大卫国战争时期的短篇小说中得到了进一步发展。如果说早中期作品中的非理性力量指的是大自然，那么在战争时期作家对敌我双方的描述中，非理性力量则指的是俄国人。换言之，普拉东诺夫所秉持的人与自然和谐的思想在后期发展成为理性和非理性力量的较量。法西斯的理性意志在非理性力量俄罗斯人面前，遭遇了失败和挫折，最终不得不沦为俄国人的俘虏。

前面我们已经探讨了战争对俄罗斯民族性格的影响在于，战争造就了俄罗斯民族性格中悲天悯人的宗教情怀，换句话说，战争在很大程度上使得俄罗斯人更加感性、更加宿命论、更加相信上帝。"如果设想人类生活可以用理性来支配，那么，生活的可能性就被消灭了。"② 普拉东诺夫创作于卫国战争时期的短篇小说《精神崇高的人们》（《塞瓦斯托波尔之战的故事》）③ 中这种宗教情怀则体现在主人公科拉斯诺谢里斯基在战场上面对战友的尸体时由恐惧转向轻松的心理变化，在这样的生死关头他比任何时候都更深切地感到："仿佛他承担了为死去的朋友活着的责任，于是牺牲者的力量融入到了他的内心"④。而政治指导员费里琴科的内心独白更是直截了当地表明了这一点。在殊死战斗的前夜，战友们"在最后的梦里舒展开四肢，他们每个人的脸都是那么坦荡"⑤。与此形成鲜明对比的是，德国人犯了一个很严重的错误，那就是他们在墓地上插上十字架，

---

① 淡修安：《普拉东诺夫的世界：个体和整体存在意义的求索》，第 124 页。

② 转引自吴泽林《〈战争与和平〉中天道的显现——试谈托尔斯泰东方走向的精神探索》，《北京师范大学学报》（社会科学版）1998 年第 5 期。

③ 该短篇小说最初以《精神崇高的人们——塞瓦斯托波尔之战的故事》为名，发表于《旗》1942 年第 11 期。

④ Платонов А. Одухотворённые люди.//Избранные произведения. М. Экономика. 1983.С.696.

⑤ Платонов А. Одухотворённые люди.//Избранные произведения. М. Экономика. 1983.С.705.

由一个褐色的廉价金属丝制成的十字架。耶稣的脚下是用俄语写的铭文:"俄国无名战士的坟墓",他们"想借助十字架和碑文来欺骗我们,把我们带到上帝面前,仿佛说,看,这些人是该死的!"① 在《苏联战士的故事》(又名《三个战士》)中,普拉东诺夫特别探讨了俄罗斯人的性格和天性。他首先指出:"俄罗斯的丰富性表现在人,但并非指人的数量之众,因为中国和印度无疑比俄罗斯人口和家庭更多,而是指每个俄罗斯人的独特性,俄罗斯人理智和心灵的独特性。……俄国人对待战争的态度就像对待创造性的劳动,这来自俄国人天性和性格的所有独特性以及俄国历史发展的特点。"② 普拉东诺夫所说的无论是各种自然灾害,还是战争的经历,都具有仪式性的象征意义,在经历这些之后,人的心灵得到净化,生活发生变化,命运得以转变。

可以说,人们在战争时期比任何时候都更加接近死亡,难怪萨缪尔·海因斯这样提醒我们,"战争是另一个世界","在那里人们的感觉和行为都变得不一样了"③。如果经历过战争的人侥幸活下来,那么他最珍惜的会是什么呢?生活,活着,而且这样的经历应该使人超然豁达地看待生活。我们认为,普拉东诺夫的创作在后期,也就是伟大的卫国战争期间最为接近上帝。

俄罗斯的战争文学多以表现普通战士或下级军官见长,换句话说,表现更多的是普通人。托尔斯泰在小说中要表达的正是"全体的、普通的老百姓",表现这些普通的老百姓在祖国母亲大难临头的时候那种自发的、自愿的爱国热情,普拉东诺夫在小说中所要表达的是全体俄国百姓在战争中所表现出来的与德国人迥然不同的态度:"德国人把战士培养成了杀人狂,而真正的战士应该是用来防御敌人

---

① Платонов А. На могилах русских солдат.//Собрание сочинений, т. 3. Рассказы1941—1951.М., «Советская Россия», 1985.С.136.

② Платонов А.Страх солдата.//Собрание сочинений.в т.8.М., Время.2010.Т.5.С.332.

③ [美]里克·麦克皮克等编著:《托尔斯泰论战争》,马特译,第79页。

的：他们的意义与母亲类似。如果说德国人想要更加准确地了解这一点，他们可以去问俄国战士。"①

俄国军队的每个团都配备有牧师，而东正教则是日常军旅生活和仪式的必备部分。毫无疑问，牧师关于保卫东正教故土及其守护者沙皇的号召是极为奏效的。② 在帝俄时期，东正教的统治地位是由国家正式立法确定的。但是自从1917年改天换地的十月革命开始，苏维埃政权开始实施新的宗教政策。20世纪苏联历史上最惨痛的事件莫过于伟大的卫国战争，在某种程度上，是战争拯救了东正教会，为教会复苏提供了转机。面对法西斯的入侵，在国家和民族生死存亡的时候，东正教会在战争爆发的第一天就表明了自己的爱国立场，并号召广大教徒亲自投身战争。③ 不过，无论教会和政权的关系如何，普通民众和宗教的关系始终剪不断理还乱。弥赛亚意识已经融化在苏联人民的骨子里。正如研究者所指出的那样："在反宗教的苏联时期，弥赛亚意识已经变成一种集体潜意识。"④ 对此，别尔嘉耶夫曾一针见血地指出："俄罗斯宗教是由东正教形成的，它获得了纯粹的宗教形式，这种宗教形式一直保持到当代，直到俄罗斯的虚无主义者和共产主义者。"⑤ 也就是说，实际上，苏联文学仍旧是植根于传统文化的土壤上的文学。

不同于他的前辈作家托尔斯泰，普拉东诺夫所处的是无神论时期，军人对兵团的忠诚与沙皇时期相比不可同日而语，也没有随军神父这样的精神导师。因此可以说，战士的自我牺牲精神更多地体现在为国家为民族，而不是为了某个小的组织和团体。但是相同的是，无论是在托尔斯泰的《战争与和平》，还是在普拉东诺夫战争小

---

① Платонов А. На могилах русских солдат.//Собрание сочинений, т. 3. Рассказы1941—1951.М., Советская Россия, 1985.С.138.
② [美] 里克·麦克皮克等编著：《托尔斯泰论战争》，马特译，第19页。
③ 张雅平：《东正教与俄罗斯社会》，社会科学文献出版社2013年版，第74页。
④ 郭小丽：《俄罗斯的弥赛亚意识》，人民出版社2009年版，第6页。
⑤ Бердяев Н.А.Истоки и смысл русского коммунизма.М., Наука.1990.С.8.

说中，我们都不难发现，两位作家在描述官兵们的心理状态时使用频率非常高的词汇有快乐、幸福、欢喜等，这些在我们看来似乎不合情理的表现与那些我们认为合乎情理的表现——恐惧、张皇失措、疑惑等——是那么紧密地融汇在一起，很难分得清楚究竟是哪一种情绪更占上风。但不管是前者还是后者，经历它们在很大程度上都可谓是精神洗礼。

二 普拉东诺夫战争小说中的救世母题

如果说战争对人心灵和精神的洗礼，是由于历史原因人们不得不接受战争而实现的短期目标，而这种作用主要是针对正义的一方的话，那么救赎母题则是在全世界范围内针对全人类而设立的永恒理想了；如果说在历史的时间框架内，人们更多是去谴责侵略者和同情被侵略者的话，那么在永恒的未来，世界上的全体人类，就都需要一起努力，向着和平的理想而努力。关于战争的真理构成了战争小说的基础。这一真理意味着，人们自身对自己的罪行是应该承担错误的，无论是正义一方，还是非正义一方，他们本身都在违背天性，在大大小小的或自私或崇高的动机的驱使下违背"不要杀人"的天条。不要杀人是诸多宗教的戒律，在许多战争小说中体现为反战母题。可以说，所有的战争文学作品无一例外地都在反对战争这一不正常的、反自然的、违背人类天性的事件。

战争与和平显然是对立的。和平的内容在于劳动和幸福，是对人性的自然的乐观表现；战争的内容则在于毁灭、死亡和痛苦。因此在描述战争残酷性的过程中，作家表达的是对各种形式的战争的反对。在托尔斯泰《战争与和平》中，我们看到"双方饥饿、疲惫、受尽折磨的人们同样地开始怀疑，他们还应该互相残杀吗，人人的脸上都明显地有了动摇的迹象"[①]，在普拉东诺夫《上帝之树》

---

① [俄] 托尔斯泰：《战争与和平》第3卷，娄自良译，第1143页。

《怜悯逝者》等作品中随处可见作家视战场为地狱,并隐含着对充满人性的天堂的无限向往的场景。文中主人公把取自这棵"上帝之树"的叶子揣在怀里的举动,恰恰体现了他对这片叶子的珍视。主人公"把这片树叶取出来放到高处",这一举动类似于对圣像的处理方式,足见这片树叶对于小说主人公斯捷潘来说非常重要,就像一种信仰。与树叶处在同一语义场的有老树、母亲、黑麦地等,甚至还包括祖国,这些都是对斯捷潘最为重要的东西,是战士们在临行时所肩负的责任和重托。除了表现爱国主义之外,在这里作家更多是要借这片叶子表达自己的反战思想。

反法西斯战争胜利以后,许多作家敏锐地捕捉到了战争给人们带来的精神创伤的严重性。如果说战争造成的物质生活的困难还能够忍受,那么战争给人们带来的心灵的、精神的创伤,那种丧夫、失子之痛就难以得到慰藉了。不管是出于何种目的,正义也好,非正义也罢,战争的残酷性是不争的事实。普拉东诺夫作品中战争的残酷性主要是通过战争给生活带来的灾难、对家庭生活的破坏、对孩子童年和生命的剥夺等来展现的,而这些都是贯穿作家创作始终的重要主题,只是在战争小说中战争成为带来诸多灾难的元凶,于是这一主题在《精神崇高的人们》《小战士》等战争短篇中再次出现。其中,在《精神崇高的人们》中红军费里琴科看到了在战争中玩耍的孩子们,他的内心因此充满了负罪感和对复仇的渴望。但是吸引普拉东诺夫更多的是在战争中人的精神世界。《精神崇高的人们》的主人公了解对敌人的恨,但是恨之后即是爱,并且后者比前者更加强烈,因为"相比对希特勒的恨他们对自己孩子的爱更加强烈"。[①] 孩子们代表未来,他们的性命却被夺走,这一情节中充满悲剧意识,正是这种悲剧意识连通了主人公和作家。悲剧是把有价值的东西破坏给人们看,普拉东诺夫所描写的战争悲剧破坏的更是单

---

① Корниенко Н.История текста и биография А.П.Платонова//Здесь и теперь.1993. No1.

纯美好的童年。在战争中,孩子们不再天真无邪地玩耍,而是和大人一样作战和懂得丧失亲人的痛楚,甚至亲自夺取敌人的生命,在短篇小说《小战士》中刻画的正是这样一群孩子的命运。从肖像特点就可以看出谢廖沙·罗布科夫在多大程度上属于战争:这位久经沙场的斗士的眼睛,是他"内心在表面的活生生的反映"。[①] 对于普拉东诺夫塑造的人物形象来说,这是尤为重要的特点。可以说,男孩的内心已经学会憎恨。谢廖沙成为战士是因为内心接受了战争和父亲的事业,并且已经开始真正懂得为何需要战争。小男孩从悲剧性的处境中找到了出路:他扮演起成年战士的角色,成为祖国的保卫者。期待小战士战胜法西斯,取得战争胜利的希望出现在作家的思维中。普拉东诺夫在《创作笔记》中的一段话或许可以说明作家对小战士的态度:"孩子在被保护中长大,随后也成为战士。"[②] 我们再举《战士的恐惧》作为对比,该短篇小说描述的是战士在从法西斯手中解放的村子与10岁的小男孩彼特鲁什卡之间的故事。作品一开头作家首先以一个与死亡两次交手的战士的口吻讲述了死亡与生命的关系:"在战场上战士是如何的,死亡的那一刻他的感觉又是怎样的,这一点我是清楚的,在进攻的过程中我死过两次,只是死里逃生躲过一劫。我了解那种命垂一线的感觉,并且知道,没有死亡,生命是不完整的不真实的:死神一定会迎面走来,也许会擦肩而过,然而却是切切实实与死神交手过。那个时候,人真正感觉到活在这个世上,在这之后他的生命才是完整的。人之生于父母之身为小事,跟牲畜的降生无甚区别。被死亡看顾,体验死亡,从死亡中自我救赎,对一个人(的成长)才是有益的。体验死亡和自我救赎哪怕是困难的,但是还是可以经受住的,而经历之后就可以成为

---

① Платонов А.Маленький солдат.//Собрание сочинений.в т.8.М., Время.2010.Т.5. С.178.

② Платонов А.Записные книжки.Материалы к биографии.М., ИМЛИ РАН.2006, С.281.

完整的人。"① 也就是说，战士是不害怕与敌人作斗争的，在战场上，战士经历自我救赎，战胜死亡。这些并不可怕，在后方的人们的状况却是令人担忧的。比如他们所经过的一个村子，只剩下特别少的人，两座木屋，而其余人都被敌人的炮火烧死了，屋子里聚集的不是一家人，而是来自不同家庭的火灾幸存者。很难辨认每个人之间的角色，但是一个不到十岁却对所有大人和孩子发号施令的男孩彼特鲁什卡却非常惹人注目。这个男孩的肖像描写很有特色，如果说《小战士》中的主人公"小战士"谢廖沙眼睛中闪烁的是鲜活的内心的话，那么关于彼特鲁什卡，作家是这样描述的："他的小小的黑褐色的眼睛，充满黑暗和不满地望着白色的世界，仿佛只看到了这个世界的混乱并因此而对全人类进行谴责一般。在他的眼里，天上乌烟瘴气，地上毫无秩序可言。"② 小说结尾展现的是彼特鲁什卡睡着的场景，眼睛是心灵的窗口，透过他的小小的黑褐色的眼睛我们所看到的是他那颗小小的胆怯的心。小男孩在战争的摧残下已经变得与他的年龄完全不符，格外的成熟，甚至已经比成年人更精通世道。通过对比，我们发现如果说作家通过谢廖沙来表现战胜法西斯的希望的话，那么通过彼特鲁什卡作家已经更多地在对战争本身进行思考，更多地在表现对战争的反抗和对和平的期望。

  不同于前面我们所研究的普拉东诺夫战争小说中的洗礼母题，这一部分所涉及的救世母题针对的还有德国战士，作家正是通过柏林后方的普通德国人的处境来展现战争给德国普通百姓所带来的伤害的。这一点最为典型地体现在短篇小说《在德国人内部》中。柏林后方的未婚妻在写信给自己的上尉未婚夫时提出这样的问题："亲爱的，你能想象战争给我们带来了多少灾难和痛苦吗？所有美好的

---

① Платонов А. Страх солдата.// Собрание сочинений. в т.8.М., Время.2010.Т.5.С.369.

② Платонов А. Страх солдата.// Собрание сочинений. в т.8.М., Время.2010.Т.5.С.370.

东西都离我们而去。"① 连直接参与战争的人都很难想象后方的人所经历的恐怖遭遇，在后方的危险性和致命性已经不亚于前线的战士。这种情况导致了德国平民的生存比战士还危险。普拉东诺夫进一步分析道："这种危险不止来自于炮弹和战火，其原因在于征服世界者的身体和道德的力量均已逐渐耗尽，这导致整个民族和人民进入一种麻木的状态，尽管表面上臣服，听命于首领的残暴统治，但是实际上已经造成了大规模的牺牲。可以用某些小病或者神经质来揭示表面的原因，但是问题是真正的深层原因已经在目前起作用了。"② 对于这个未婚妻的措辞，普拉东诺夫予以纠正："所有美好的东西早就远离德国人了，没有远离的也被消灭掉了。"③ 写作该小说时，德国已经战败，普拉东诺夫用理智去思考德国法西斯主义的劣根之处，指出了德国全国上下，从战士到平民已经被这一政策摧残得筋疲力尽，希特勒发动这样一场企图征服全世界的战争，其本质是非正义的，不仅未能得逞，而且连本国人都遭殃了。这一点非常容易理解，作为战地记者的普拉东诺夫，随着战争进入尾声，对待战争的态度也在逐渐发生变化：从战争开始时的更多希望俄国取得战争的胜利，到战争后期的开始思考战争本身的非正义，更多地反对战争；从战争开始时的思考如何保卫祖国，反抗敌人，到战争后期的开始从全人类的视角去呼吁和平。

在战争文学这条线上，普拉东诺夫无疑是继往开来，承前启后的作家，他的作品上承托尔斯泰的《战争与和平》，下启阿斯塔菲耶夫的《陨星雨》《牧童和牧女》和《被诅咒的和被杀死的》。他们的共同点在于，在战争题材的描写中可以感受到一颗跳动着的

---

① Платонов А. Внутри немца.//Собрание сочинений. в т.8. М.，Время. 2010. Т.5. С. 365.

② Платонов А. Внутри немца.//Собрание сочинений. в т.8. М.，Время. 2010. Т.5. С. 365.

③ Платонов А. Внутри немца.//Собрание сочинений. в т.8. М.，Время. 2010. Т.5. С. 366.

俄罗斯的心，以及那颗俄罗斯的心灵对和平的渴望和呼喊。阿斯塔菲耶夫的《陨星雨》和《牧童和牧女》都是描写战争中爱情故事的佳作。作家通过爱情来阐发其对战争的感受。战争与爱情多么不相容，但是战争造成的死伤和痛苦却无法遏制人内心的美好爱情，不幸的是，无情的现实还是把战争中相爱的年轻人分开了。相比来说，战争中所受身体之伤仿佛微不足道，精神上的创伤才是置人于死地的无法愈合的伤口。"胜利是我们用可怕的代价换来的，敌人是我们用自己的鲜血淹死的"①，也就是说战争的胜利以千千万万普通战士的生命为代价，胜利的结果丝毫不能弥合人们内心的伤口。

  普拉东诺夫把孩子比作柔弱的树枝，希望孩子战胜一切困难，取得战争的胜利，这一胜利带来的是和平的结果。这一隐喻出现在作家的《创作笔记》②中并被他使用在另一部战争短篇小说《空虚的心灵》中："我开始思索被我抛弃在沃罗涅日的孩子的命运。敌人的致命的力量使得他的生命像是生长③在悬崖上的柔弱的树枝，与空荡荡的黑暗的海水遥相呼应。它被海风刮，被海浪打。但是树枝应该战胜死亡，并且依靠自己的长得还不结实的根部来吸收营养，生长壮大。除此之外，别无出路。柔弱的枝条应该经受得住并且战胜风和浪，石头；它是唯一有生命的，它的茂密的叶子将会用喧闹布满空荡的空气，其中的风暴也将变成歌曲。"④作家把孩子所说的话视为"未实现的真理"，他认为"孩子的世界中没有遗忘，他的心

---

① 余一中：《阿斯塔菲耶夫访谈录》，《当代外国文学》1993年第3期。
② Платонов А. Записные книжки. Материалы к биографии. М., ИМЛИ РАН. 2006, С.282.
③ зачать，这里使用了和《上帝之树》第一段话里边一样的词，该词本义是"开始、孕育"。
④ Платонов А. Пустодушие. Рассказ капитана В.К.Теслина.// Собрание сочинений：в 8 т.М., Время.2010.Т.5.С.256.

并不能承受永久的分别"①。该小说中把孩子形象比作柔弱的枝条，是对未来的隐喻，与此相对的是需要战胜眼前的困难，后者借用风、浪和石头等来隐喻。这种类似的隐喻在作家之前的创作中即曾出现，比如《隐秘的人》和《垃圾风》中"风"的形象，《切文古尔镇》和《初生海》中"水"的形象，《基坑》中"石头"的形象，这些形象无一例外都是对历史悲剧的象征，作家借此表达的是悲剧不再重演的期望。

普拉东诺夫对于战争的反对不止通过谴责战争对人们精神上造成的创伤来表现，还通过短篇小说《三宝磨》与古老的芬兰民族史诗《卡勒瓦拉》②的互文，直接表现自己对和平生活的热爱。因为在《卡勒瓦拉》中："关于战争的描写，在《卡勒瓦拉》全诗中只占极小的部分，几乎只视为一种不可避免的灾祸。它也着重描写法术，咒语和祈祷发出了超自然的力量……语言的力量胜过武器的力量，用剑的英雄成了用口的英雄。这和平的民族没有好战的史实，他们大都过着农村生活，因此就热爱自然、歌颂自然。"③

普拉东诺夫试图表达的除了反战的主题以外，还有对信仰的呼唤。普拉东诺夫通过对主人公隐秘的内心世界的挖掘揭示了战争对人内心的损伤。以战争小说《第七个人》为例，该小说展现了奥西普·格尔尚诺维奇的命运，法西斯杀害了他的家人，而家人是他活着的意义所在。他在家人死于法西斯刽子手之后产生了"自焚"的想法，他想一起结束敌人和自己的生命。可以说，主人公是历史的牺牲者。这使他不同于《切文古尔镇》中的渔夫，后者是个人自愿

---

① Платонов А. Записные книжки. Материалы к биографии. М., ИМЛИ РАН. 2006, C.282.

② 芬兰民族史诗。一译《英雄国》。包括50首古代民歌，长达23000余行，由19世纪诗人伦罗特（1801—1884）润色汇编而成，1835年初版，1849年出版了史诗定本。卡勒瓦拉，意即卡勒瓦人定居的地方，也就是今芬兰。《卡勒瓦拉》，孙用译，人民文学出版社1981年版，"译本序"第1—3页。

③ 《卡勒瓦拉》，孙用译，人民文学出版社1981年版，"译本序"第7页。

选择了死。出于对死亡的好奇，渔夫把儿子抛弃，是人为的原因导致了儿子成为孤儿。格尔尚诺维奇则以孤儿的身份去杀戮法西斯，然后自己自杀。还有一个细节："地下的蜡烛熄灭了，另一根也不再燃烧……主人公关于死亡的想法和熄灭的蜡烛的形象彼此相互联系，相互印证。""熄灭的蜡烛"的形象是"灾难"和"不幸"的象征，是人对生命之神圣意义的信仰的被迫丧失。但是将人的生命隐喻为蜡烛，除了旧约的意义（惩罚），还有新约的含义（怜悯）。关于受难者格尔尚诺维奇的故事毫无疑问引起的是读者的怜悯之情。讲述这一人物悲剧命运的故事，预示的是作家关于现代历史的思索，人被迫活着，然后自焚、消灭自己和别人。

从永恒的意义上来讲，普拉东诺夫战争小说在反对战争的基础上想要表达的是救世的主题。"战争中精神崇高的人的艰苦工作为内心的团结提供条件，并且给未来带来希望，未来人类将苏醒，所有人都会有粮食吃，人们将变得简单朴素，人们的内心将变得充实……"① 也就是说，普拉东诺夫设想了一个和平的未来社会的样子，那时候将不再有战争。在实现未来和平的道路上，所有人都应该"变成小孩子的样式"，因为"孩子们还没忘记爱，他们不懂得遗忘，他们的心不能接受永远的分别。他们的话通常是未被实现的真理，他们还保留着祖祖辈辈传承下来的纯净。"② 如圣经所言："你们若不回转变成小孩子的样式，断不得进天国；凡自己谦卑像这小孩子的，他在天国里就是最大的。"（《马太福音》18：3—4）

关于普拉东诺夫早期作品中体现出的典型矛盾性，俄罗斯学者瓦西里耶夫曾指出："早期普拉东诺夫漫无目的地追寻，自相矛盾。

---

① Платонов А.Одухотворённые люди.//Собрание сочинений.Т.3.М.，«Советская Россия».1985.C.15.

② Платонов А.Записные книжки.Материалы к биографии.М.，ИМЛИ РАН.2006，C.282.

把大自然和人看作彼此敌对的力量的同时,又寻找二者的亲缘性;将机器和金属绝对化的同时,又俯身大地和小草;向科学贡献自己的天才的同时,又怀疑科学的无所不能。"① 总体而言,作家的创作就是借助于主人公形象表现如何将人从冷漠中解救出来,使他看见看不见的东西,看见真理中的人和自然,用心和信仰的力量与之相连。揭示普拉东诺夫认为是上帝的那个力量,应该是研究该作家创作的重要任务。为了揭示这个力量,他在早期和中期创作中均使用了令人费解的语言,并最终在晚期的战争小说中用正常的语言在基督教框架内实现了和谐。普拉东诺夫作为作家的任务即在于使世界充满灵性。正如俄罗斯当代学者所言,普拉东诺夫"为了在现代条件下认识上帝做了大量的工作,不听从传统,不听从于教会的权威"②。普拉东诺夫借助文学创作号召现代人认识上帝,不是让人们接受某种固定的宗教学说,更不是笃信宗教的某个派别,而是作为具体力量之来源的"上帝",这种力量可以改变个人的和全体人民的生活。普拉东诺夫的宗教信仰探索之路、其战争文学与俄罗斯宗教传统的关系在这里只是略有提及,我们将在接下来的部分展开论述。

  战争几乎伴随着人类历史的开始而开始。人类对战争的思考和对和平的呼吁从未停止,战争文学的书写也从未停止。战争究竟是正义还是非正义?战场上英勇作战的究竟是供在神龛里的英雄还是落入凡世的普通人?俄罗斯民族以其特有的悲天悯人的情怀描绘了波澜壮阔的战争史诗,塑造了难以磨灭的人物形象。"四年的战争成为俄罗斯人民几十年来难以抚慰的伤痛,但是战争中苏联人民所展现的坚强不屈的俄罗斯民族性格"③,也使这次战争成为俄罗斯作家们取之不尽的灵感源泉,这场战争因此成为展示俄罗斯人崇高精神

---

① Васильев В. Андрей Платонов: очерк жизни и творчества. М., Современник. 1982, C.45.

② Киселев А. Одухотворение мира: Федоров и Платонов. См.: http://platonov-ap.ru/materials/litera/kiselev-oduhotvorenie-mira.

③ 李毓榛:《反法西斯战争和苏联文学》,北京大学出版社2015年版,第2页。

和俄罗斯民族性格的舞台和检验人行为的道德准则的标杆。战争一开始,许多作家纷纷以手中的笔作武器,投入了保家卫国的战斗。战后,许多从前线归来的年轻军官放下枪支走上文坛。他们以自己的亲身经历,书写前线战士面对敌人坦克和炮火时的感受和体验。

普拉东诺夫在《创作笔记》中曾经指出:"伟大的卫国战争时期文学的使命在于记录英勇抵抗法西斯和消灭人类敌人的一代代人民的永恒记忆。如果我们这个时代的人民形象被印刻在这些作品中,这些作品将充满现实的真理,是作家凭借高尚的精神和鲜活的技艺创作而出。在这个意义上,'永恒'一词的意义并未被夸大。"① 除了描写战争在现世和历史范畴内对参战的俄罗斯战士仪式般的洗礼以外,普拉东诺夫创作的卫国战争文学还传承了俄罗斯文学中一以贯之的救世主题。这一点要追溯到俄罗斯民族所特有的弥赛亚意识,这也成为俄罗斯作家在文学作品中塑造本国与其他民族关系时所遵循的基本原则。可以说,洗礼只是战争的历史性作用,救世才是俄罗斯文学中亘古不变的永恒话题。这场战争因此成为展示俄罗斯人崇高精神和俄罗斯民族性格的一个舞台。

优秀的俄罗斯战争文学从来都不以单纯书写战争本身为目的,而是通过战争题材的书写来展现生存和死亡等永恒主题。战争摧毁人类的共同家园,毁灭人的生命,但是在精神上留下了烙印。战争文学中不可避免地有对英雄主义的渲染,而更加重要的则是对永恒的书写。如果说我们在之前的部分更多地在梳理普拉东诺夫的战争小说在俄罗斯战争文学传统中所承继的对当下主题的体现的话,那么在接下来的部分我们将重点探讨的则是作家对永恒的书写。

20世纪40年代是普拉东诺夫生命和创作的晚期,也是作家寻找精神生活中主要问题的答案的阶段。这一时期创作的战争短篇小说

---

① Андрей Платонов: собрание сочинений. Т. 3. М., Советская Россия. 1985. сс. 542–550.

最为集中地反映了作家的思想,占据整个战争时期创作的语义中心。然而,这些短篇小说的语言体系并非孤立存在。也就是说,要想准确理解和揭示这些小说所蕴含的作家思想,单凭这些解码元素并不够。我们的研究应该同时兼顾卫国战争时期的单个文本和作家的整体创作,至少也应该是相对广泛的文本。

第三节　死亡是最大的恶

> 你本是尘土,仍要归于尘土。
> ——《创世纪》3:19
> 我实实在在地告诉你们:
> 一粒麦子不落在地里死了,
> 仍旧是一粒;
> 若是死了,
> 就结出许多子粒来。
> ——《约翰福音》12:24

　　关于复活节的宗教意义,一位东正教神学家施梅曼神父写道:"在复活节庆祝基督复活的时候,我们把基督复活当作发生在我们身上的事情。因为我们每个人都得到了新生命的礼物,使我们获得接受新生命的能力。这种礼物根本改变了我们对待世间一切的态度,包括对待死的态度。这个礼物使我们有可能高兴地确信:'死亡不存在'。尽管我们在世间还要直接面对死亡,它终有一天会来把我们抓走。但我们相信,基督以自己的死改变了死的本质,使死成为一种超越(逾越)的节日。逾越——就是越向天国,它把最大的悲剧变成了最后的胜利。"[①] 费多罗夫则指出:"复活节是与人一起诞生的,

---

① См.: Колесникова В.С. Русские православные праздники. М., Крон-Пресс. 1996. C.115.

永远也不会抛弃人,也永远不可能被人抛弃,因为它是人子的本质。"① 在俄罗斯东正教的大型节日中,复活节当仁不让地属于最重要的节日,不同于西方基督教更加注重耶稣的诞生(圣诞节),相应地在俄罗斯文学中复活这一母题自然就更加受到重视,这也就涉及"俄罗斯文学的复活性"问题。

在托波罗夫看来,俄罗斯文学脱胎于都主教伊拉里昂的《法与恩惠说》。② 叶萨乌洛夫也说过,《法与恩惠说》要么在复活节早祷仪式之前,要么在复活节第一天进行吟唱。③ 因此,除了作为俄罗斯文学的起源以外,它还作为复活节的一种训诲。对于都主教伊拉里昂来说,法与恩惠的对立首先就体现在复活节的第一次事奉圣礼上。因为在复活节夜晚诵读福音书是以《约翰福音》开头,并以第 17 首赞美诗作为结束。该赞美诗恰恰把摩西律法和耶稣的恩惠对立起来。对于大多数俄罗斯人来说,阅读圣经的行为大多是在教堂完成的,而非在家阅读。通常,《约翰福音》④ 通常是作为圣经四大福音书第四位出现的,但是在斯拉夫东正教传统中却对此格外重视,把它放在第一而不是第四的位置。而且福音书在译成俄文版时,也是从《约翰福音》开始。值得一提的是,19 世纪俄罗斯作家陀思妥耶夫斯基非常重视《约翰福音》,而《约翰福音》在俄罗斯备受欢迎并非偶然。不光在复活节一周诵读,而且一直会延续到接下来的五旬节⑤。帕斯捷尔纳克借自己的主人公日瓦戈之口道出"真正伟大的

---

① Фёдоров Н.Ф.Сочинения.М., Мысль.1982.С.493.

② Топоров В.Н.Святые и святость в русской духовной культуре.М., Школа "Языки русской культуры" В 2 т.1995.Т.1.С.359.

③ Есаулов И.А.Пасхальность русской словесности.М., Круг.2004.С.8.

④ 《马可福音》在四福音书中成书最早,《马太福音》晚出,主要以《马可福音》为底本。参见高峰枫《风浪中沉睡的基督:早期拉丁教父对福音书一段故事的解释》,《欧美文学论丛》第五辑,人民文学出版社 2007 年版,第 186 页。

⑤ 五旬节(Пятидесятница),是来自犹太教节日的称谓,东正教会称五旬节,民间则称圣三一节(День Святой Троицы),日期不固定,为每年复活节后第 50 天,升天节后第 10 天。这是纪念圣灵降临的节日。

艺术是约翰《启示录》"①的观点。众所周知，在约翰福音中是不谈耶稣诞生（Рождество）的。每年的礼拜仪式主要围绕耶稣生命中的重要事件而进行，主要就是庆祝圣诞节和复活节。如果说基督教西方传统重视圣诞节的话，那么基督教东方传统则更加重视复活节，这不仅体现在忏悔祷告等仪式方面，而且还体现在总体的文化方面。礼拜不仅包含着回忆，而且包含着所回忆事件的现实性。因此可以说，复活原型②对于俄罗斯文学至关重要。

普拉东诺夫同他的前辈陀思妥耶夫斯基一样重视复活主题。但是，普拉东诺夫以实际行动去对抗"人的生命不复存在"。假如说陀思妥耶夫斯基仅仅相信"存在未来的天堂生命"③，那么普拉东诺夫不光相信存在天堂的生命，他还要在现世复活人的生命，或者说他认同的是这样的观点："最高道德主义要求实现的不是彼岸的天堂，而是此岸的神国，要求改造此世的现实。"④陀思妥耶夫斯基认为，毁灭和死亡不是人的全部。因为生育孩子的人不仅把个体的一部分传给了孩子，也把道德内容和记忆留给了与自己类同的人。也就是说，他从前的，在尘世存在过的部分个性构成了人类未来发展的一个环节。可以清楚地看到，人类伟大的启蒙者的记忆鲜活地留存在人们之中。对于人来说，能够与这些伟大的启蒙者相似甚至成了最大的幸福和期待。这也就意味着，这些人的一部分不仅在肉体上而且在精神上进入另一些人中。从最高意义上讲，基督全部进入到人类之中。因此，人追求的终极目标是变成作为自己最高标准的基督之"我"。在尘世间达到这一目标的所有人皆构成终极本性，即基督

---

① ［俄］帕斯捷尔纳克：《日瓦戈医生》，白春仁等译，上海译文出版社2012年版，第105页。

② 这里的原型与荣格所指的原型并不完全相同，是一种文化的无意识，指一种因某种宗教传统而形成的思维类型。

③ 转引自赵桂莲《漂泊的灵魂——陀思妥耶夫斯基与俄罗斯传统文化》，北京大学出版社2002年版，第263页。

④ 徐凤林：《复活事业的哲学：费奥多罗夫哲学思想研究》，黑龙江大学出版社2010年版，第104页。

的组成部分,这种本性是上帝的本性,基督就是上帝在尘世的反映。陀思妥耶夫斯基《白痴》中梅什金公爵与纳斯塔霞·菲利波芙娜的"似曾相识"即是这种认识的典型体现。陀思妥耶夫斯基认为,虽然,每一个"我"将如何在共同的综合中复活是难以想象的,但是人在历史时间中的历程就是不懈地追求理想,追求与自己本性相对立的最高标准的过程。因此,当人没有履行追求最高标准的法则即没有牺牲自我而把爱奉献给人们或者另一个个体时,他就会感受到痛苦并把这种痛苦的状态称为罪孽。然而,普拉东诺夫仿佛把陀氏认为难以想象的事情付诸实践了。

  普拉东诺夫是能够透视俄罗斯人民内心奥秘的人。他将人民内心在血液、肌肉、细胞、心脏中的形而上,与费多罗夫的哲学学说相联系。普拉东诺夫本人从未在任何场合公开表达自己对费多罗夫学说的态度。然而,费多罗夫的学说对于揭示普拉东诺夫创作的思想体系发挥着极为重要的作用。对普拉东诺夫和费多罗夫思想进行对比的源头来自他的妻子马利亚·普拉东诺娃。她曾表示,在普拉东诺夫的家庭图书馆里保存着费多罗夫的《共同事业的哲学》一书,而且这本书被自己的丈夫做了许多处标注。此外,以格列尔为代表的不少学者亦指出了费多罗夫《共同事业的哲学》对普拉东诺夫思想的影响。格列尔认为:普拉东诺夫在《切文古尔镇》中做了一个实验,他想知道:人们需要什么?什么是幸福?实验证明,切文古尔镇的共产主义先天不足。这样的共产主义不能满足人们自己想要的和正在寻找的东西。"这样的社会主义是一场骗局;把彼此陌生的人们之间的同志关系称为亲缘关系和兄弟情谊。这种同志关系只能靠外在利益相互联系,而真正的亲缘关系,则是靠内在的感情联系在一起。"① 该学者还一针见血地指出:《基坑》是对《切文古尔镇》的继续。如果说《切文古尔镇》讲述的是在一个小镇建立共产主义,

---

① Геллер М.Андрей Платонов в поисках счастья.М., МИК, 1999.С.231.

那么《基坑》则谈的是在整个国家建立社会主义。①

费多罗夫认为，复活思想不只是自己学说的始和末，而且是其学说的全部。② 他甚至认为：历史的对象不是活人，而是死者，为了审判，需要首先复活他们。③ 对于费多罗夫来说，死亡完全不是某种必需的或者不可克服的阶段。他对死亡的绝对性持怀疑态度，号召人们铭记逝者，并试图寻找复活先人的途径。可以说，几乎整个费多罗夫学说都在强调子辈对父辈的责任。亲缘关系的思想是费多罗夫学说的重中之重。现代世界的状态，用费多罗夫的话说就是远远地脱离了兄弟式和亲人般的关系，代之以敌对状态。而战争，毫无疑问是脱离亲属关系的最为典型和最为极端的一种表现形式。

费多罗夫哲学中最为吸引作家的是在解决这一问题的过程中积极的计划性以及整个学说对人的信心。从这个意义上讲，普拉东诺夫与费多罗夫思想的互文性是不容争辩的。俄罗斯文学中的复活母题加上俄国哲学家对复活思想的阐释形成一个丰厚的传统。在与前辈文本的反射和交织中，普拉东诺夫文本实现了对这一传统的充分继承。

费多罗夫把斯拉夫人论推向了极点，他坚决批判资本主义文明中对个人自由享乐舒适的崇拜，而直言"个性解放就是对共同事业的背弃"。在他看来，个人幸福只有在和全人类共同生活中④才能达到。为此，不仅要实现现有的全人类（生者）的普遍联合，而且要克服死亡和复活逝去的祖先。在这一点上，普拉东诺夫是费多罗夫的继承者。接下来，我们就从两个方面展开论述。

死亡，毫无疑问是任何宗教都要面临的问题。"俄罗斯哲学从来

---

① Геллер М.Андрей Платонов в поисках счастья.М., МИК, 1999.С.253.

② Федоров Н.Приговор и несколько слов в оправдание // Федоров Н.Собрание сочинений: В 4 т.Т.2.М., 1995.С.72.

③ Федоров Н.Ф.Сочинения.М., Мысль.1982.С.196.

④ 不仅是空间上的，而且是时间方面：创造未来之途，不仅包容现在，还要找回过去——这就是使人类祖先普遍复活。详见徐凤林《复活事业的哲学》，第134页。

就是善于用宗教来解决哲学问题。从这个意义上来讲，死亡和永生问题也是俄国哲学的中心问题。"① 俄罗斯文学中心主义的说法大概无须辩驳，如俄国宗教哲学家弗兰克所言："最深刻最重要的思想在俄国不是在系统的学术著作中表达出来的，而是在完全另外的形式——在文学作品中表达出来的。"② 俄国白银时代宗教哲学家别尔嘉耶夫也曾论述过死亡的悖论性："死亡不仅是最大的恶，在死亡中也存在着光明……唯有在死亡之中，才能出现极端强烈的爱。"③

因此死亡成为俄国文学最为重要的主题之一也就顺理成章了。在圣经启示录中，我们可以找到：神要擦去他们一切的眼泪，不再有死亡，也不再有悲哀、哭号、疼痛（《启示录》21：4）。"死亡对于基督教来说意味着个性的分裂，对存在元素和等级的唯一结合的破坏，而存在是个性化的原则，因此死亡是悲剧，要求完美的人是永远不可能和死亡达成和解的。"④ "所以你们要完全，像你们的天父要完全一样"（《马太福音》5：48），因为"神不是死人的神，乃是活人的神"（《马太福音》22：32）。由此，复活就是"对被破坏的统一的恢复，以及对死亡根源的完全根除"⑤。各种元素是永生的，"我本身"也是永生的，而"我"指的就是"由这些元素创造自己的音和匀称的艺术家，但是里拉（一种弦乐器——引者注）被打碎，不再有旋律，那就让它在上帝和人们的'永恒的记忆'中永生，在理想的永生状态，就像艺术家在自己的生平中永生一样。但是生平不是生命，这就产生了对完整存在的要求，这一点是每一个作为个性的人永远都在追求的。"所以，"如果说生比死更完美的话，

---

① Вышеславцев.Б.П.Этика преображенного эроса.М.Республика.1994.С.324.

② ［俄］弗兰克：《俄国知识人与精神偶像》，徐凤林译，学林出版社1999年版，第4页。

③ ［俄］别尔嘉耶夫：《自我认知——哲学自传的体验》，汪剑钊译，云南人民出版社1998年版，第296页。

④ Вышеславцев.Б.П.Этика преображенного эроса.М.Республика.1994.С.324.

⑤ Вышеславцев.Б.П.Этика преображенного эроса.М.Республика.1994.С.324.

死应该被战胜"。这也正是人们内心无法根除的追求。"死亡应该从各个方面被战胜：肉体上，灵魂上和精神上。"① 19世纪下半叶，著名俄国思想家费多罗夫将这一科学实证论和基督教信仰结合起来，提出了复活人的肉体的假设。关于战胜死亡的实证论，麦奇尼科夫后来也进行过阐述。麦奇尼科夫指出："真正的自然死亡应该极为少见。"② 也就是说，人可以不断与死亡进行斗争。死亡在很多情况下完全可以避免。19世纪农民诗人科里措夫把相信永生看作是对尘世苦难的缓解，"苦难之时我感到甜美/有时在永生的灵魂寂静中/想起天国的存在"（《墓地》，1852）。他还曾探讨过灵魂的永生："我愉悦地思索/我的永生的灵魂/是天国的永恒的继承者"（《永恒》，1854）。白银时代诗人勃留索夫把永生视为人生的四大乐事③之一。毫无疑问，死亡和永生同样是普拉东诺夫作品中备受关注的问题。从20世纪20年代初初登文坛时发表的作品开始，死亡和同死亡的斗争，即是普拉东诺夫创作中常见的母题。普拉东诺夫在文章《论科学》《修整土地》《愿你的名字神圣闪光》《新福音书》中表达了"人对敌人——大自然和死亡的最终胜利""关于永生"的思想。

在普拉东诺夫创作于战争时期的短篇小说中，我们看到对作家二三十年代创作母题明显的继承和发展。因此我们认为，要想准确地阐释这一时期的作品，必须将其放在普拉东诺夫创作的大背景下，需要找到作品中关键母题的来源。显而易见，战争为作家提供了最直接地探讨死亡和与死亡抗争的问题的具体的历史环境。

我们将重点以短篇小说《无灵魂的敌人》为例进行分析，并穿插分析该作品与普拉东诺夫创作于战争时期以及作家之前创作的互

---

① Вышеславцев.Б.П.Этика преображенного эроса.М.Республика.1994.C.324.
② Вышеславцев.Б.П.Этика преображенного эроса.М.Республика.1994.C.350.
③ 另外三件乐事是生的意识、创作诗歌和被爱。См.：Н.П.Саблина. Жизнь жительствует: тема смерти и бессмертия у русских поэтов.// Проблемы исторической поэтики. 2005.№ 7.cc.111-124.

文性。该作品创作于 1943 年，在作家生前未能面世，而是在 20 余年后才得以发表，并被加上"关于苏联战士和法西斯战士的哲学思考"的副标题。《无灵魂的敌人》是这样开头的："一个人哪怕才走过不到二十年的人生道路，也一定会有许多次接近死亡甚或跨过死亡这道坎儿的可能。……死亡之灾绝非一次性降临到人身上。在我们的生命中，我们也曾不止一次与死亡相遇，就像亲密的伴侣。只不过，只有最后一次才与人形影不离，并最终将人控制。……死亡是可被战胜的。无论何种情况，它总会忍受多次失败，惟有一次取胜的机会。……当生命和死亡结合到一起时，这便是生命的最高瞬间。"① 从这段话便可看出，普拉东诺夫认为，死亡是可以战胜的，人生除了最终的死亡以外，之前会经历许多次与死亡的交战，并且获得胜利，只有最后一次才被死亡控制，生命和死亡最终融为一体。复活成为人之存在的注定的显著特征。人们无时无刻不在与死亡进行着斗争，而且这种斗争是很自然的、不可避免的行为。正是因为死亡的日常存在性和重复性，死亡之时便是生命和死亡相结合之时。当为了战胜死亡而与死亡相结合时，人生命的最高瞬间往往神秘莫测。

与之相近的母题曾经在作家此前几年写的短篇小说《夜半苍穹》中出现过，后者的主人公如是思考："有的人从未死过，从未接近过死亡，你无法理解这样的人，也无法将自己的生命浪费在他身上。"② 也就是说，没有与死亡交锋过，没有体验过生命的最高瞬间，没有领悟过生命真谛的人，不算真正活过。对于此类人普拉东诺夫显然不赞赏。在《无灵魂的敌人》中，主人公的死亡和复活，是通过对埋葬和离开棺材的真实隐喻来展现的："在斗争中，我们用

---

① Платонов А.П.Собрание：в 8 т./Андрей Платонов.М.，2009—2011.Т 5.，С.25. 此处的年龄并非偶然，而是对普拉东诺夫本人的人生经历带有潜在的暗指，这一时期被作家本人视为根本的精神转折时期。

② Платонов А.П.Собрание：в 8 т./Андрей Платонов.М.，2009—2011.Т 4，С.546.

潮湿的泥土捏成洞，这个洞不大却方便，既像住处，又像坟墓；我们不知不觉地在斗争中经过了颗粒状泥土，并在点点星光的照耀下掉落下来。"① 主人公在地下王国中的经历及其与瓦尔茨的对话，就像彼岸世界之旅。

在这个过程中，普拉东诺夫作品中的形象与大地母亲和从尘土造人的传统神话形象（《创世纪》3∶19）构成互文。正如弗兰克所说，在旧约中保留着关于人诞生于大地深处（就像在娘胎里）的说法的痕迹；关于坟墓和娘胎相互联系的说法也是典型的。② 19世纪俄罗斯历史学家、考古学家和民俗学家舍平格在其《信仰、仪式和童话中的俄罗斯民族性》一书中的结论值得我们关注：抱持二元世界观的"俄罗斯人并没有把自己的死亡看成是彻底的消亡，而是相反，他在死亡中发现的是同一个尘世生命的延续，只不过以普通人肉眼看不到的另一种形式"。与此相关，"坟墓被认为是死者常住的居所，因此，回家（идти домой）才有了死亡之义，而以'家'（дом）为词根构成的词'老房'（домовище）和'寿枋'（домовина）意指棺材"③。也就是说，即使不考虑基督教对俄罗斯人死亡观的影响，俄罗斯先民在多神教时期也已积累了对死亡双重性的丰富认识：死是生的继续，死是回家，是回到大地母亲的怀抱。从这个意义上说，如果进一步深入考察，则费多罗夫和普拉东诺夫的复活哲学，其根基同样深深地扎在俄罗斯民间文化的丰厚土壤中。

另一方面，在普拉东诺夫作品中，与大地和土壤的接触时常让人联想到两性之间的关系。与父母和儿女之间的感觉不同，大地引

---

① Платонов А.П.Собраниесочинений：в 8 т.М.，Время.2009—2011.Т 5.，С.30.

② Франк-Каменский И.Г.Отголоски представлений о матери-земле в библейской поэзии/И.Г.Франк-Каменский//Язык и литература.Л.，1932.Т.8.сс.128-130.

③ Шеппинг Д.О.Русская народность в ее поверьях，обрядах и сказках.М.，Либроком，2012.сс.23-24.

起的往往是性爱方面的联想①。在作家 30 年代的作品《隐秘的人》中：普霍夫②迈着坚定的步子，大踏步地前进。但是透过皮肤，他终究用赤裸的双脚感觉到大地，每一步都与它紧紧地交合在一起。这种所有漂泊者都熟悉的唾手可得的满足感，普霍夫同样不是第一次感受到。因此，沿着大地的移动总能给他带来肉体上的享受，他几乎是以十分满足的心情到处漂泊的。每一次都喜欢把脚下的土壤踩成密实的小洞。这种完整的未损坏的夫妻式的爱引起普霍夫主人般的感觉。③ 想从火车上一跃而下，用双腿触摸大地，在大地那可靠的身体上躺一会儿。④ 由此可见，普霍夫在与大地母亲的交合中体验到性爱的感觉。此外，战争短篇小说《归来》中，玛莎把自己视为伊万诺夫的女儿，与此同时也是他的情人。当伊万诺夫提出要"同志式地亲吻一下她的脸颊"的请求时，她并没有拒绝，而是回应说"我已经把您当成我的爸爸……父亲亲吻女儿是不需要征得同意的"，当两人分别时，玛莎放声大哭，因为"无论是女友还是萍水相逢的同志，她都无法忘怀"⑤。类似的母题我们还可以从《切文古尔镇》中找到：切普尔内伊索性躺在地上，忘了夜……他想起从来不曾想过的问题——老婆。但是在他的身底下是草原，而不是老婆。于是切普尔内伊又站起来。⑥ 与大地的性爱式接触甚至不是以隐喻的形式体现的，比如亚历山大·德瓦诺夫受伤以及西蒙·谢尔比诺夫与索菲亚·亚历山大罗夫娜接近的片段。在墓地上，主人公们几乎就像完成与大地母亲的性行为一样。这一主题在小说《幸福的莫斯科娃》中得以继续，在后者的文本中，莫斯科娃和萨尔托里乌斯在土地测

---

① «Мать сыра земля»的表达方式意味着大地是靠雨水的滋润而结果的，因此而成为母亲。(См.: Афанасьев А.Н.Поэтические воззрения славян на природу: в 3т.М., 1994. c.129)

② 从主人公的姓可以推测，这里的隐喻"让大地变成绒毛"发生了转义。

③ Платонов А.П.Собрание: в 8 т..М., Время.2009—2011.Т 2., С.199.

④ Платонов А.П.Собрание: в 8 т..М., Время.2009—2011.Т 2., С.209.

⑤ [俄] 普拉东诺夫：《美好而狂暴的世界》，徐振亚译，第 101—103 页。

⑥ [俄] 普拉东诺夫：《切文古尔镇》，古扬译，第 258 页。

量坑中完成了身体的结合。

　　身居地下和在洞穴里的行为，是人在出生以后再次回到母亲身边的隐喻。这是普拉东诺夫创作中的常见母题。因此，战争小说中主人公"地下复活"的母题与作家前期创作以及与陀思妥耶夫斯基等前辈作家形成互文。从神话学角度讲，洞穴是神圣的掩蔽所，是大地的子宫和阴道，是生殖器官，还是坟墓。① 由此，在《切文古尔镇》中，萨沙·德瓦诺夫为了克服孤独感和与父母结合，想在墓地上建起窑洞式的洞穴。观察者普罗什卡则一语中的："孤儿亲手给自己挖墓掘坟。"② 不墨守成规者帕申采夫存在于地下室般的洞穴中，按照他的话说这里"远离整个战火而单独燃烧"，"以完整的英雄主义的范畴保存着革命"，专门收养贫困孤儿。③ 复活的隐喻与大地母亲的形象相关，这一点在中篇小说《基坑》中体现明显，因为，"未来的一代人将在这座坚固的大厦里安居乐业"④，这座大厦是对母亲的子宫和坟墓的隐喻。

　　普拉东诺夫战争年代的作品中，除了《无灵魂的敌人》，还需要提到《在人民中间》（«Среди народа»）的主人公玛霍宁少校，在攻占乡村之后，他沿着所有的战壕寻找和安慰生还的居民，呼唤光明的到来：那时候他感到一种特别的意识，类似生下自己孩子的父母亲的意识。短篇小说《死亡不存在！》的片段也具有象征性：红军战士坐在地下的掩蔽所，受伤的指挥员阿格耶夫在此牺牲，一位叫西朝夫的来客正是因此痛哭，战士们说："这是诞生于（来源于）准尉的心灵。"⑤ 这些小说的典型特点在于，在地下完成心灵从死者到复活者的转移。在短篇小说《铁婆婆》中，主人公叶戈尔在山洞里

---

① Мифы народов мира：энциклопедия：в 2 т.Ред.Токарев.С.А.М.，Советская Энциклопедия.1991—1992.С.311.
② Платонов А.П.Чевенгур.：Роман и повести.М.，Советский писатель.1989.С.44.
③ Платонов А.П.Чевенгур.：Роман и повести.М.，Советский писатель.1989.С.156.
④ ［俄］普拉东诺夫：《美好而狂暴的世界》，徐振亚译，第145页。
⑤ Платонов А.П.Собрание сочинений：в 8 т.М.，Время.2010.Т.5.сс.89—90.

过夜，在梦里和象征死亡的铁婆婆会面，经受住她的考验；叶戈尔重见光明，是通过母亲在山洞里发现他并将他从山洞带回家，并将其唤醒①来表现的。其中唤醒这一行为便是对获得新生的隐喻。需要指出的是，死神作为神话形象经常出现在童话、传说、宗教诗和勇士歌中。在斯拉夫民间传说中，死神是以瘦骨嶙峋、扎辫子的丑陋老太太形象出现，而死神的对手往往是以战士的形象出现。②

《无灵魂的敌人》中，主人公来到大地表面的状态以及他们所经历的内心和身体的深刻震荡，完全可以和人的出生进行对比。我们两个都躺着，就像从大山上坠落一样，悄无声息且无意识地飞过位于高处的令人心生恐惧的空间。主人公的诞生，当然是另一种状态的生——复活之生，"在星光照耀下出现的两个人"③，现在同时出生于大地深处所象征的同一个娘胎，而且相拥在一起。因此，如果不是孪生子的话，我们也有充分理由将二者称作双重人。主人公肉体上的分离造成了这样一种印象，那就是这一"生在远方，但是因为战争才来到我身边的奇怪物质"④ 是敌人，不是从外部，而是从内部来到主人公身边，不是某种物质的东西，而是意识的现象：在地下的黑暗中，"我"没看到鲁道夫·瓦尔茨的脸，"我"以为他可能不存在，"我"只是感觉他存在，而实际上他是最不真实的臆想出来的人之一，是童年时代"我们"用自己的生命来控制的玩偶。⑤

在《无灵魂的敌人》的艺术世界中，生与死之间的界限绝不等同于地上和地下的世界之间的界限；生与死之间的冲突每时每刻都在发生。瓦尔茨以他地下的形式跟地上的世界相比，对于地下的世界他就像是异类，应该从地下和地表将其赶出去。大量有

---

① Платонов А.П.Собрание сочинений：в 8 т.М.，Время.2009—2011.Т.6.С.102.
② http://slavyans.myfhology.info/herous/smert.html.
③ Платонов А.П.Собрание сочинений：в 8 т./Андрей Платонов.М.，2009—2011.Т 5.，С.34.
④ Платонов А.П.Собрание сочинений：в 8 т.М.，Время.2009—2011.Т 5.，С.28.
⑤ Платонов А.П.Собрание сочинений：в 8 т.М.，Время.2009—2011.Т 5.，С.31.

生命的生物，甚至整个大自然都是他的盟友："我知道，相比刚才还活在这世上的瓦尔茨，包括蚊子、蠕虫以及任何一根草是更加有灵性、更加善良的生物。"① 在普拉东诺夫20年代的作品中，将人比作蠕虫②在更大程度上带有负面意义。接下来的作品中，蠕虫并没有负面意义，而且在《无灵魂的敌人》中，还作为所有有生命物质的巨大统一体的一部分，联合起来共同对抗死亡：让这些生物把法西斯嚼碎、吞噬和捣碎。它们是通过自己温和的生命赋予整个世界生命的……为了借助有生命的大自然的力量将法西斯的身体磨成粉末，为了使生物的腐蚀性的脓浸透在大地，在那里得到净化，变得明亮，成为普通的液体来灌溉小草。③ 世界的"有机性"应该战胜"机械性"；其结果应该是恶转变成善。如果说瓦尔茨遵循理性实用主义逻辑，所讲述的是将死者尸体化为灰烬，通过有效的工业利用过渡到非生物的状态，那么他自己的身体则将为促进存在而服务。

　　此外，从人物的名字也可以证明这一点。在普拉东诺夫文本中相互对立的两个词通常具有固定的象征意义：名字/无名（имя/безымянность）。普拉东诺夫作品中有名字和无名字，就像在神话和仪式中一样，是"生"和"死"的对立。然而，在《无灵魂的敌人》一文中却是特例。主人公是无名的，他称自己为"俄国普通的射击手"。相反，他的对手却拥有完整的名字：鲁道夫·奥斯卡·瓦尔茨。在这里，这一人物形式上的重要意义却与个人的人格化成反比：无生命性排斥真正的个性。在作品上下文中，"无灵魂的"（неодушевленный）一词意味着行尸走肉，灵魂的丧失。

　　"空虚"这一形象在普拉东诺夫的语言世界图景中经历了真正的

---

① Платонов А.П.Собрание сочинений：в 8 т.М.，Время.2009—2011.Т 5.，С.34.
② 然而在战争小说《铠甲》（«Броня»）中，女人给死去的孩子唱的摇篮曲中，人和蠕虫在死亡面前都是无能为力的，二者在自己身后可以留下的都仅仅是"黏土"；然而文中充满对复活的希望。（См.：Платонов А.П.Собрание сочинений：в 8 т.М.，Время.2009—2011.Т 5.，сс.60-61）
③ Платонов А.П.Собрание сочинений：в 8 т.М.，Время.2009—2011.Т 5.，С.34.

进化。在20世纪20年代的作品中，"空虚"更多地和正面的联想意义相关。让我们回想一下《切文古尔镇》中扎哈尔·巴甫洛维奇的话："布尔什维克应该拥有空虚的内心，这样才可以容纳所有。"① 但是，不同于"空虚的内心"（пустое сердце）的形象，"虚妄的灵魂"（пустая душа）则因带有更加极端的理性主义而缺乏正面意义。比如在战争短篇小说《尼哥底姆·马克西莫夫》中，主人公杀敌之时感觉到德国人面对军刀时的柔软，仿佛他刺穿的恰是对方最为空虚的心灵。②

短篇小说《罗莎姑娘》借助主人公的名字和无名分别对应生和死、善良和邪恶。罗莎和谢苗诺夫与两个无名的人物相对立：未在墙上留下自己名字的诗人，因为丧失了生命，永远失去知觉。某个兹洛夫（Злов），后者的姓加上限定词 некий 等同于匿名。对于未来兹洛夫的描述也能证实这一点：他的骨灰"了无痕迹地和土混合在一起，消失在无名的土壤和灰烬中"。兹洛夫的命运已经被他的"无名性"提前决定，或者说是被他名字的不准确不确切性决定："我们不能找到兹洛夫存在的痕迹。"③ "某个兹洛夫"这个姓当然也应该在神话学语境中理解：善良和邪恶在神话世界图景中，与光明和黑暗、天堂和地狱、生和死的对立相对应。④《罗莎姑娘》中，愚蠢—疯狂的对立在展现主题的过程中发挥着关键的隐喻作用。从一开始罗莎就是智慧的：罗莎有一双巧手。根据弗赖登堡的说法："智慧，索菲亚的最初含义与知识和具体能力接近；'智慧

---

① Платонов А.П.Чевенгур.М.，1988.С.77.海德格尔晚期的一篇文章中曾有过类似的论断：空虚和空间的物质本身是同源的，因此空虚并不是缺位，而是创作。动词"放下"的首要意思就是将集中收集的东西放进去。因此空虚并非一无所有。См.：Хайдеггер М. Время и бытие/Мартин Хайдеггер.М.，1993.С.315.

② Платонов А.П.Никодим Максимов.//Собрание：в 8 т.М.，Время.2009—2011.Т 5.，С.202.

③ Платонов А.П.Девушка Роза.//Собрание：в 8 т.М.，Время.2009—2011.Т 5.，сс. 342-343.

④ Мифологический словарь.Ред.Е.М.Мелетинский.СПб.，М.，1991.С.662.

的人'有能力做需要做的事情。"① 快手冈斯企图把罗莎变成"半傻子",让她半死不活。"我把她置于暗处,用手蹂躏她的子宫口,而我将根据所需选择工具。""半傻子"意味着"不死不活"的状态,"半生半死,就是为了让人由丧失智慧,变得愚蠢……"② 德国人希望永远将罗莎置于"半生半死"的状态:她不需要活着,但是杀死她也毫无益处;因为将会损失劳动力,并且对剩下的人来说教训变小③,侦查员这样解释自己的决定。有一个片段,三个隐喻同时出现,生、死和复活。

富有讽刺意味的是,饮料、食物和衣服在没有相对应的隐喻出现的情况下也能表达生和死的对立。作家在作品中这样描述道:罗莎在侦查员那里喝了慕尼黑啤酒,吃了热香肠,穿上新大衣。侦查员望着自己手上被犯人称为"彼岸世界的大师"的工具,他也同样看待自己"款待"罗莎的方式。给罗莎上了一瓶充满沙子的啤酒,并用啤酒瓶撞击罗莎的胸部和肚子,目的就是让她永远丧失生育能力;然后罗莎的身体被柔韧的铁条缝住,从身体到骨头全被烧焦。当她呼吸困难时,意识模糊。这时,罗莎被人换上新大衣。还用黑电线紧紧裹住,她的肌肉被加热。因此血液和濒死的冷气从她的体内渗到体表……④

对《无灵魂的敌人》和《罗莎姑娘》等战争小说中"战胜死亡"母题进行的分析表明,灵魂的死亡和复生主题体现在个人存在层面。无灵魂的敌人代表的是与精神性相对立的机械理智,通向的是野蛮和毫无人性,理性乌托邦。普拉东诺夫短篇小说带有自传色彩,而且从作家前后不同时期作品之间的互文性可以推断,这不只

---

① Фрейденберг О.М. Поэтика сюжета и жанра. М.: Лабиринт, 1997. С.130.
② Платонов А.П. Девушка Роза.//Собрание: в 8 т. М., Время. 2009—2011. Т 5., С. 334.
③ Платонов А.П. Девушка Роза.//Собрание: в 8 т. М., Время. 2009—2011. Т 5., С. 333.
④ Платонов А.П. Собрание: в 8 т. М., Время. 2009—2011. Т 5., сс.332-333.

与作家本人的参战经历有关,而且与作家对早年遭遇的回忆同样有关。战争小说描写的内容是具体的历史事件,作家是亲历者和见证者。因此作品难免有"德国侵略者必死"的口号式倾向,这种倾向尤其体现在作家生前所发表的作品版本中。但是我们可以看到,作家在作品中把"真理"(истина, правда)和"祖国"(Родина)、"人民"(народ)、"大地"(земля)等概念放在一起,使得这些概念的意识形态色彩得以削弱,不再单纯代表诸如社会主义祖国和苏维埃的人民等:"他们明白,生在这个世上不是为了在空虚的享受中消磨和枉费自己的生命,而是为了反过来把生命献给真理、大地和人民,而且贡献的比降生时得到的要多,以此来提高人们生存的意义。"①"法西斯是为了贪图自我享受而工作,我们接受的则是严肃的教育,我们的真理清楚地写在书上,哪怕我们全部死去,真理将会留下来……"②

　　普拉东诺夫在自己的作品中所表达的当然不是纯粹的号召人们团结起来保卫祖国的感情,参加战争的首要目的是与死亡进行斗争。在《铁婆婆》中体现为与象征死亡的"铁婆婆"之间的斗争,在其他小说中则表现为与法西斯之间的斗争。他的主人公不只要反法西斯,而且要反对死亡,并最终战胜死亡,虽死犹生。他们不光"从战争的第一天开始就同敌人同人类的摧残者进行斗争,不把邪恶的力量留给自己的子孙后代"③,而且他们还要"每天跟死亡作斗争,使自己的人民远离死亡"④。

---

　　① Платонов А.П. Одухотворённые люди.//Собрание: в 8 т. М., Время.2010.Т 5., С.84.
　　② Платонов А.П. Одухотворённые люди.//Собрание: в 8 т. М., Время.2010.Т 5., С.84.
　　③ Платонов А.П. На Горынь-реке.//Собрание: в 8 т. М., Время.2010.Т 5., С.291.
　　④ Платонов А.П. Одухотворённые люди.//Собрание: в 8 т. М., Время.2010.Т 5., С.87.

第四节 "一粒麦子"的复活哲学

"我实实在在地告诉你们:一粒麦子不落在地里死了,仍旧是一粒;若是死了,就结出许多子粒来。"(《约翰福音》12:24)这是《约翰福音》中的话。陀思妥耶夫斯基不仅把这句话用作集大成之作《卡拉马佐夫兄弟》的题记,还在该作品的《宗教大法官的传说》中集中探讨了关于"粮食"和"自由"的问题。在《宗教大法官的传说》中,魔鬼以换取人们的自由为代价,向人们展示了奇迹、神秘和权威三种原本属于上帝后又被上帝之子基督放弃的"法宝",这三样法宝所带来的是放弃追逐永恒的可能性,并以世俗生活的安宁向人们承诺幸福的存在。前文提到过的普拉东诺夫在自己的文章《普希金和高尔基》中关于面包与粮食之争的思想,在《无灵魂的敌人》中有了回响,这里的希特勒仿佛陀思妥耶夫斯基作品《卡拉马佐夫兄弟》中大法官的替身。"'希特勒!'瓦尔茨喊道,'他没有抛弃我的家族:他为我的妻儿提供粮食,哪怕每人100克呢!''那你为了每人100克粮食就同意牺牲?''100克也可以安静地节俭地生活。'躺着的德国人说道。"①

"敌基督代替基督"这一母题在《无灵魂的敌人》中体现为"粮食代替自由"。但值得思考的是,以"粮食"为诱惑培养出来的人却没有粮食味、人味。在法西斯手里,粮食被用作建设乌托邦的物质材料,他们借助这样的虚假手段,使人丧失了灵魂和生命力,甚至包括生命的味道:"瓦尔茨身上的味道不同于俄国战士。他衣服上散发出某种消毒水的味道,这种化学物质味道干净,但是缺乏生

---

① Платонов А.П.Неодушевлённый враг.//Собрание: в 8 т.М., Время.20010.Т 5., С.33.

命气息。相反，俄国战士的外套散发出的是普通的粮食和熟羊皮的味道。"① 当然，普拉东诺夫小说中真正的"新亚当"所指涉的"苏维埃俄国战士"②，不仅散发出天然的、非化学的味道，而且这在很大程度上是对粮食的指涉。主人公从地下到地表的行动，都是对"种子之路"的隐喻式再现，是对福音书母题的模仿。

战斗行动与劳动同一，农民的劳动以较大的篇幅出现在许多战争小说中。最为典型的要数短篇小说《风——种粮者》。在作品中，风是农民在推磨和播种时的得力助手。此外，普拉东诺夫喜欢选择"风"这一意象，或许是因为"风"所代表的圣灵在东正教中的特殊性，圣经《约翰福音》第三章中有这样的表述："风随着意思吹"……作品一开始，"我"在路上看到了风磨。风磨只有三个翅膀是完整的，剩下的都已残缺不全。磨坊不远处即是一个大的村庄。战士需要尽快前进，因为他的离开对于人民来说意味着迎接和平和劳动生活的到来。"我"在路上停了下来，好奇地观看农民如何进行播种，仿佛进入了忘我的状态："我"喜欢他们在土地上进行的耕作和劳动。手部残疾的种粮者解释道："风帮助我们，不然的话，套一个犁就要十到十五个人，上哪去弄那么多人啊？"③ 文中的叙述者"我"不舍得与他分开，因为"感觉到我们的人民之间的兄弟情谊：他是种粮者，而我是战士。他为全世界提供食物，而我保护这个世界免受德国法西斯的伤害。我和种粮者为了共同的事业而活着。"④ 由此看来，不管是战士的作战还是农民的种粮行为，在普拉东诺夫创作中均被描述成一种对新生命诞生过程的象征。从这个角

---

① Платонов А.П.Неодушевлённый враг.//Собрание：в 8 т.М.，Время.2010.Т 5.，С.28.

② Платонов А.П.Неодушевлённый враг.//Собрание：в 8 т.М.，Время.2009—2010.Т 5.，С.34.

③ Платонов А.П.Ветер-хлебопащец.//Собрание сочинений.в т.8.М.，Время.2010.Т.5.С.266.

④ Платонов А.П.Ветер-хлебопащец.//Собрание сочинений.в т.8.М.，Время.2010.Т.5.С.266.

度来说，作品中黑暗的色调已经逐渐被明亮的色调代替，阴郁的情绪代之以欢快的情绪，"我欣喜地看到人们把谷粒磨成面，战争远离他们而去"①。

　　作家在一些作品中，还借助主人公的名字实现了战争与耕作两种行为的同一。这些主人公要么名字为谢苗，要么父称为谢苗诺维奇，要么姓是谢苗诺夫。俄语词"Семён"来自古犹太语，另称西缅（Симеон）、西蒙（Симон）。旧约中几次提到名叫西缅的人，其中最为有名的当属利亚和雅各的儿子西缅。"他又怀孕生子，就说：耶和华因为听见我失宠，所以又赐给我这个儿子，于是给他起名叫西缅（就是听见的意思）。"（《创世纪》29：33）据《达里详解词典》对"Семён-День"词条的解释，9月1日为谢苗节（Семён-день），在这一天人们送别夏天和迎接秋天，也是播种黑麦的最后时刻。② 由此，谢苗一名与种子的语义联系起来。在短篇小说《苏联战士的故事》（又名《三个战士》）中，我们可以发现揭示这一语义的钥匙。战争行为在这里被理解成"播种生命"（сеяние жизни），而战士则被称为"庄稼人"和"播种者"。战士阿列耶夫正是作者心目中的智慧之人，是所有人的楷模："我保护这样一些人，他们是由我这位父亲所播种，生育和抚养成人的……让他们所有人都成为像战士阿列耶夫那样的人。战士死去，未来的人们在埋葬他的这片土地之上继续成长，这样发挥的作用甚至比粮食还大。"③《日落那方》的主人公伊万·谢苗诺维奇因为建议修建土木堡垒而引起指挥官的愤怒。他希望"位于两个峡谷之间的分水岭处的庄稼人能够全部安全留在后方"。"指挥官愤怒地说道：'你想怎样，伊万！我们难道是到这里来放牧牲畜的吗？我们难道是农民吗？'伊万顺从道：'我们虽然不是农

---

① Платонов А.Собрание сочинений.в т.8.М.，Время.2010.Т.5.С.264.

② Даль В.И..Толковый словарь живого великорусского языка.в 4 т.М.Русский язык.2000.Т.4.С.173.

③ Платонов А.Одухотворённые люди.Рассказы о войне.М.，1986.С.254.

民，我们是战士，但是我们其实既是农民又是战士……'"① 具有植物象征意义的名字还包括《罗莎姑娘》中一位主人公的姓谢苗诺夫，而且不只是这个姓本身带有种子相关的语义，还包括名字。小说一开始就列举罗斯拉夫监狱墙上死刑犯的留言。第一个留言者是谢苗诺夫："8月17日是我的命名日。我孤独地坐在那里，被饥饿包围，200克面包和一升汤，已经是丰盛的晚宴了。——1927年生人谢苗诺夫。"② 谢苗诺夫把自己的命名日记录在墙上。有意思的是，8月17日这一天，其实是狄奥尼西-杰尼斯（Дионисий-Денис）的命名日。后者是来自掌管地上果实丰收、植物生长、葡萄栽培和酿酒等的古希腊神。③ 此外，"种子"语义被两次出现的数字"7"加强了：1927年8月17日。原因在于，"7"这个数字在基督教文化中的特殊意义。在圣经中，"7"这个数字不仅跟上帝创造世间万物有关，"上帝用六天的时间造齐了天地万物，到第七日歇了他一切的工，安息了，并将第七日定为圣日"（《创世纪》2:1—3)，另外，还跟大洪水时上帝和挪亚的立约有关，耶和华对挪亚说："凡洁净的畜类，你要带七公七母，空中的飞鸟也要带七公七母，可以留种，活在全地上。"（《创世纪》7:2—3）毫无疑问，"种子"的语义与新生命的诞生有关。因此，我们说，种子和"7"均暗含新生的意义。此外，俄语词"семя"（种子）和"семь"（7）在发音上也非常接近，在神话故事中常使用发音相近的词营造一种神秘的氛围。

我们再来举一个例子。《理智的遗忘》中，作家以战争为背景，把叙述重心放在了士兵主人公与耕作者的语义关联上。主人公上尉谢梅金（Семыкин）的姓同样来自"种子"（семя）一词。名字的语义通过地点和数字等方式得到加强。谢梅金在谢苗诺夫卡（Семё-

---

① Платонов А.Собрание сочинений.Т 3., М.Советская Россия, 1985, cc.81-82.
② Платонов А.П.Избранные произведения.М., Экономика.1983.С.781.
③ Кретинин А.А.Мифологический знаковый комплекс в военных рассказах Андрея Платонова // Творчество Андрея Платонова: Исследования и материалы.СПб.: Наука, 2000.Кн.2; cc.49-50.

новка）之战中获胜，这次共牺牲了 7 个战士。① 战争结束后，谢梅金提出迎娶将军妻妹的请求，后者的年龄正好 27 岁。作品中反复出现的数字"7"让我们在进行文本细读的过程中不得不注意到这一独特现象。这已经不能仅仅用巧合和偶然来解释。上尉嗜酒如命，以至于村子里的战斗并未完全取胜，造成了人员的牺牲和上尉的降级。然而，这些情节只是表面现象，其中蕴含怎样的深层含义呢？普拉东诺夫指出，他（上尉）对酒的激情与狄奥尼西相近：他的脸上有对丰收和耕种的崇敬。将军在自己对谢梅金的批评中诉诸古希腊传统并非偶然："上尉您说，您对红酒的热爱意义何在？您感觉到什么？古典的机体？还是欣喜若狂的状态？"② 这里说的是红酒，而实际上谢梅金喝的是伏特加。作家借此实现了语义替换。谢梅金在谢苗诺夫卡之战中感受到这种狄奥尼西式的心醉神怡。战场上，他感觉到自己是最为完整的存在。作家还把主人公在生活中逐渐完满的感觉以植物生长的形式描述出来，这使得他更加接近狄奥尼西："他身体里所有平常的东西，突然一下长大并且完满起来。仿佛在他的内心，在褐色的土地上生长起了明亮的植物。"③ 值得一提的是，普拉东诺夫在作品中提供了关于主人公职业的信息：他（谢梅金）在做军官以前曾是萨拉托夫区的水工，喜欢这种安静的工作。水工的职业毫无疑问把谢梅金和水联系起来，而水又是种子生长不可或缺的重要保障。通过谢梅金的名字，水工的职业再加上作品中反复出现的数字"7"，以及村子名谢苗诺夫卡等信息，我们认为把谢梅金和种子的语义关联起来并非牵强之举。

  从以上这些例子可以看出，普拉东诺夫如此频繁为主人公使用这些名字的逻辑在于：军人战死沙场就等于把自己种进土地，目的是为后人继续成长提供养料；更为重要的是，牺牲并非彻底消亡，

---

① Платонов А.Вся жизнь.М.：Патриот，1991.C.279.
② Платонов А.Вся жизнь.М.：Патриот，1991.C.280.
③ Платонов А.Вся жизнь.М.：Патриот，1991.C.279.

落到土里还会结出更多的籽实。需要指出的是，谢苗一名并非普拉东诺夫战争小说的主人公专属。在战前普拉东诺夫即创作了同名短篇小说《谢苗》(《古时候的故事》)，主人公谢苗是一个 7 岁的男孩，他的父母善良多子，母亲死于多产，父亲则忙于生计。小小年纪的谢苗不得不承担起所有家务。

除了与"种子"有关的名字以外，普拉东诺夫在自己的作品中不止一次使用了"世界之树"的神话寓意，植物亦被赋予复活生命的使命。这一点首先体现在作家的一系列以树或者花等植物概念命名的作品中，比如《上帝之树/祖国之树》《一朵无名小花》《地上的一朵小花》和《罗莎姑娘》等。

在短篇小说《上帝之树》中，作家用遥远的黑麦来隐喻渐渐消失在远方的斯杰潘的母亲。作品开头即已提到：村口的小路始于黑麦林，通向世界。此处的黑麦，是母亲的象征。因为母亲和黑麦的共同之处在于为人们提供食物。作家想说的是一切都始于母亲，一切始于粮食。无独有偶，短篇小说《在人民中间》(《军官和农民》)的结尾处出现了"未收割的垂死的黑麦"的形象，它"把麦穗的种子重又返回土地"。望着黑麦，农民们痛苦不堪："仿佛在它身上看到了自己悲惨的命运：就像种子与麦穗分离，并且跌落在冰冷的土地上死去一样，他们的身心分离，人民毫无音讯地，毫无益处地在被敌人的永恒遗忘中沉默，是敌人将俄罗斯大地冷却。"忍受不住了无人烟的大地的景象，老农民谢苗"拿起镰刀，冲向庄稼地收割雪地里贫瘠的粮食"[①]；呈现在我们面前的是福音书播种者形象的反面投射：被地雷炸死，谢苗牺牲。然而，在短篇小说的潜文本中建立起"人—种子"的隐喻，"玛霍宁在解放后的乡村将农民真的从地窖中挖出来，这一举动让他感到满足，认为这才是战斗的结

---

① Платонов А. Среди народа.//Избранные произведения. М.，Экономика. 1983. С. 736.

束。此刻感受到一种类似生下孩子的父母般的特殊意识"①。主人公谢苗就像种子一样死去，玛霍宁望着他的眼睛，"在其中看到的只有满足的安宁，仿佛死亡就像生命一样，对于他来说是应得的财富和应做的善事"②。

将人比作植物，是普拉东诺夫作品的重要母题。这一母题可以在圣经中找到源头。在旧约中不只是人，整个民族都不止一次地被拿来跟植物作比较：人的牺牲被描绘成"肥田变荒地"（《耶米利书》4：26），而期许的拯救就像荒地变肥田。

大自然的复活力量尤其明显地体现在小花形象中。最具典型意义的是，《切文古尔镇》的女主人公最喜欢的花是"蜡菊"，俄语中"бессмертник"一词的字面意思正是永恒之花。人与植物相联系的母题，贯穿《切文古尔镇》始末。植物对于作家和主人公来说，都是小说中与人感同身受的平等形象："罗莎！"科片金一边寻找自我安慰，一边怀疑地审视着前方一丛叶子落光了的灌木林：看它是否也这么思念罗莎。③ 普拉东诺夫曾经在其《创作笔记》中有关《幸福的莫斯科娃》部分，写道：莫斯科娃就像某种植物一样活着，靠着体内的温度活着，经历风暴雨雪。还有一些在《创作笔记》中多次重复的隐喻：植物第一次是由父母的种子生成，第二次是由父母的灰烬组成的土壤生成。父母的灰烬，是孩子生命的基础。我们诞生于父辈的灰烬。④ 这些隐喻可以帮助我们理解文本。普拉东诺夫将人的出生成长与植物的生命进行对比并非偶然，我们可以在圣经中找到隐喻的源头：也必知道你的后裔将来发达，你的子孙像地上的青

---

① Платонов А. Среди народа.//Избранные произведения. М., Экономика. 1983. C. 729.

② Платонов А. Среди народа.//Избранные произведения. М., Экономика. 1983. C. 737.

③ ［俄］普拉东诺夫：《切文古尔镇》，古扬译，第59页，引用时有改动。

④ Платонов А. Счастливая Москва// «Страна философов» Андрея Платонова: Проблемы творчества. Вып. 3. М., 1999.

草（《约伯记》5：25）。在普拉东诺夫笔下，想要在共产主义小镇切文古尔生存下去的外来人来自草原，他们的生活跟草的存在相似。从出生之日起，便不被这个世界所需：就像无根的浮萍，比草还贫穷，草至少还有自己的根，有自己的地方，还可以在共有的土壤中吸收养分。《切文古尔镇》中出现了这一母题的变体：帕申采夫，望着切文古尔镇被打死的资本家的未碾实的坟墓，想道：最好把土压实，靠人力把老果园移到这里，那样的话，果树就会从地里吸干资本主义的遗骸，并且像主人翁那样再把它们变成社会主义的绿荫。①

这一母题在普拉东诺夫的战争短篇小说《地上的一朵小花》中得到继承和发展。小说中，植物是复活生命的"工具"。圣经中有这样的隐喻：人为妇人所生，日子短少，多有患难。出来如花，又被割下，飞去如影，不能存留（《约伯记》14：1—2）。这一隐喻成为作品中"地上的花"形象的主要母题来源。在《地上的一朵小花》这部小说中，主人公阿方尼亚"被爷爷当作生长在地上的花来看待"。小花的奥秘成为小男孩的命运写照。小男孩让爷爷给他讲述这个世界上最重要的东西，爷爷带他去看生长在路边沙子中的蓝色花朵：这就是对你最重要的东西……沙子其实就是石头粉末，是无生命的灰烬。石头没有生命，也不呼吸。而花虽可怜，却有生命。身体来源于无生命的灰烬。从这个意义上来讲，这朵小花是将死亡转变成生命的最神圣的劳动者②。小花，看起来如此渺小，却是有生命之物。它把无生命的散粒状泥土变成有生命的身体，并且散发出最为纯洁和清新的味道。这就是世上最重要的事业，是一切之源。这部短篇小说中，植物概念体现在生命循环中，"小花发挥着从无生命创造出有生命物质的作用"③。关于小花的生命的故事，普拉东诺夫

---

① ［俄］普拉东诺夫：《切文古尔镇》，古扬译，第202页。
② Платонов А. П. Цветок на земле.//Избранные произведения. М., Экономика. 1983.cc.789-790.
③ Куликова И.С.Мир русской природы в мире русской литературы.Слова-название растений в русской художественной картине мира.СПб., 2006.C.342.

引用了圣经中关于植物来自灰烬的描述：他的根盘绕石堆，扎入石地（《约伯记》8：17）。爷爷把自己终生未解之谜传给了孙子：花儿没有告诉你，他们为什么生活在无生命的沙子里吗？① 从某种意义上讲，小男孩不只从爷爷那里继承了小花的奥秘，也从普拉东诺夫早期作品主人公那里继承了前辈生活的奥秘。《以太通道》的主人公希望在花身上发现生命的醇香，因此想要揭开玫瑰花的奥秘。从虚无中创造生命的能力使得作家可以看到母亲和小花的相似性。《章族人》的主人公纳扎尔把母亲比喻成山间的小花。回到童年的故乡，他把灌木丛当作自己的亲人：野生的灌木，就像小老头一样……他们没有忘记纳扎尔。普拉东诺夫把主人公比作植物的母题还体现在《基坑》中，男人不会保护棺木，说道："我躺在大树下，死去，我的血液就会像树的体液一样顺着树干，爬很高。"② 在战争小说《在戈伦河上》，有一个名叫路加·谢苗内奇的俄国战士，他"喜欢树，能感受到树木那明亮的与人有亲缘关系的身体。把树加工成产品，在他看来这些产品便是借由树来到这个世界。无论是桥，还是房子，还是所有的家具"③。这种比喻的源头来自圣经《约伯记》和《创世纪》。将人和树进行对比，在《约伯记》中可以找到源头：人能不能像树那样，在死后复活？树若被砍下，还可指望发芽，嫩枝生长不息（《约伯记》14：7）。但人死亡而消灭，他气绝，竟在何处呢？（《约伯记》14：10）在《创世纪》中，约瑟是多结果子的树枝，是泉旁多结果的枝子，他的枝条探出墙外（《创世纪》49：22）。

接下来我们把目光转向短篇小说《罗莎姑娘》。小说第一句话就交代了故事的发生地——罗斯拉夫尔监狱。"监狱"在普拉东诺夫战争小说中，蕴含有神话学意义"死亡，广泛接待新来者的地方"，是

---

① Платонов А. П. Цветок на земле.//Избранные произведения. М., Экономика. 1983. С.790.

② Платонов А.П.Записные книжки.М., ИМЛИ РАН.2000.С.23.

③ Платонов А.П.На Горынь-реке.//Собрание сочинений. в т.8.М., Время.2010.Т.5.С.296.

"宾馆"的相似物。① 又比如在短篇小说《空虚的心灵》中提到："监狱、坟墓和奴役之间区别很小……"② 主人公的名字和她的命运一样存在相互联系。正如弗赖登堡所言：有植物属性并且在古代圣传中起作用的人物，即以花和绿色植物形象命名的主人公，往往是年轻而美丽的神，为了将来的复活他们被迫死亡。③ 对比《罗莎姑娘》中对罗莎的描述：见过罗莎的人都夸赞她的容貌漂亮，仿佛是苦恼和烦闷的人为了让自己开心、为了让自己获得安慰而专门将她虚构出来的一样。④ 在小说中，作家正是把罗莎比作神，并把她塑造成"人为虚构出"的角色。罗莎的死在语义上与短篇小说开头枪毙谢苗诺夫/狄奥尼西的情节并无二致。两者均意味着生和死在大自然循环的中断——大地和生长在其上的植物丧失了结果的能力。主人公罗莎丧失生育能力的状态被作家描述成生与死之间的间隔状态。罗莎从此开启了寻找自我之旅："'罗莎在哪里呢？'罗莎问道。"⑤ 神话学的观点或许可以帮助我们理解短篇小说的逻辑："在原始社会的意识中，死即是生。因此大地母亲可以诞下的不止有植物，还有动物和人。因此'死'这一形象既能转化为生，也能产生各种果实，由此就有了'种子'和'播种'的双重语义。"⑥ 罗莎姑娘不止对应植物的生长，而且还对应水：她是罗莎。她的名字被用蓝黑颜料写在墙上；因为潮湿和时间长久，在颜料上出现了隐秘的国度和海洋的轮廓。⑦ 这一点与弗赖登堡所指出的拥有植物属性的主人公的特点完全一致，那就是：水的本性在于其与大自然的植物存

---

① Фрейденберг О.М.Поэтика сюжета и жанра.М.，1997.С.227.
② Платонов А.П.Пустодушие.//Собрание：в 8 т.М.，Время.2010.Т.5.С.213.
③ Фрейденберг О.М.Поэтика сюжета и жанра.М.，Лабиринг.1997.сс.207–208.
④ Платонов А.П.Девушка Роза.//Избранные проиведения.М.Экономика.1983.С.782.
⑤ Платонов А.Избранные произведения.М.，Экономика.1983.С.785.
⑥ Фрейденберг О.М.Поэтика сюжета и жанра.М.，Лабиринг.1997.С63.
⑦ Платонов А.Избранные произведения.М.，Экономика.1983.С.782.

在直接联系。①

第五节 复活逝者的手段——普拉东诺夫创作中的记忆母题

众多俄罗斯哲学家和理论家都在自己的著述中谈及艺术作品和现实的关系问题。白银时代著名哲学家索洛维约夫在《艺术的一般意义》一文中指出完善的艺术的终极任务"应当是在现实事业中而非在单纯的想象中实现绝对理想——应当把我们的现实生活精神化"②。著名符号学家洛特曼则把"艺术的记忆称作创造的记忆",认为艺术不仅为将来保存过去的经验,而且本身即连接过去,使文本现实化,从而变成文化的自觉联系。③普拉东诺夫则把艺术作品的范围缩小到伟大的卫国战争文学,并指出这一文学类型"是关于我们世世代代人民的永恒记忆,从而使世界免于法西斯和人类敌人的侵害"。④ 正如"《卡勒瓦拉》的歌声鼓舞着芬兰人民,在为独立和自由的祖国的斗争中,使他们有足够的勇气和力量",卫国战争期间遭遇法西斯蹂躏的俄国大地上,同样要像建立最高意义上的公平一样,创作出令人难忘的艺术作品。《三宝磨》的故事叙事即是通过与遥远的芬兰史诗经典的互文,使当下的卫国战争现实同历史发生勾连,借助人民的记忆重建和平生活,由此实现两种文化之间的自觉联系,寻找到人类道德的共同之根——那便是善与恶的永恒对立。

---

① Фрейденберг О.М.Поэтика сюжета и жанра.М., Лабиринг.1997.С.208.
② Соловьёв Вл.С.Сочинения.Т.2.М., Мысль.1988.сс.351,404.
③ Лотман Ю. М. Память культуры// Семиосфера. СПБ., Искусство – СПб. 2000. сс. 614–621.
④ Платонов А.П. Труд есть совесть.//Собрание сочинений.: в 3 т. Т. 3: Рассказы 1941—1951: М.Советская Россия,1985.Т.3,С.543..

一 三宝磨：借力于史诗经典的战争创伤叙事

三宝磨形象是理解《卡勒瓦拉》和《三宝磨》互文关系的重要桥梁。在《卡勒瓦拉》中，三宝磨指的是一座能自动制造谷物、盐和金币的神磨[①]，20世纪中叶以前的俄罗斯和苏联研究者大多认为，该形象是磨坊，是和平时期劳动的工具。[②] 三宝磨象征那段历史时期教育和文化所达到的水平，象征繁荣，体现社会在农业——文化领域发展的各个阶段，文化财富的特性。[③] 但是事实上，对三宝磨的阐释不可能是单义的。[④] 不只是《卡勒瓦拉》中的形象和事件，更主要的是它独特的精神和氛围，整个世界观渗透着古语性和神话性，体现在生活的安排、咒语、形象的架构和计数的方式等方方面面。这一点是理解普拉东诺夫短篇小说《三宝磨》的文化背景和精神底色。正是《卡勒瓦拉》的这一特点在很大程度上决定了对普拉东诺夫短篇小说时空体的理解。借力于芬兰史诗经典《卡勒瓦拉》，普拉东诺夫创作于卫国战争时期的短篇小说《三宝磨》的时间跨度从过去和现在一直延续到将来。三宝磨所代表的关于过去的记忆都与现在和将来存在深刻的亲缘性，过去以神话史诗《卡勒瓦拉》及其中心形象"三宝磨"形式存在，指战前的生活以及主人公对此展开的回忆，现在是指战时的卡累利阿所发生的事情，将来则是主人公所设想的生活前景。《三宝磨》故事的发生地描述得很具体，故事发生在坐落于卡累利阿的博日瓦河上的小村庄。需要注意的是，卡累利阿共和

[①] ［芬］隆洛德编：《卡勒瓦拉》，孙用译，人民文学出版社1981年版，第165页。

[②] Шагинян М.С. «Калевала»//Собр.соч.：В 9 т.Т.8：Монографии.Этюды о русских классиках.М.，1989.С.611.

[③] Мелетинский Е.Л.Происхождение героического эпоса：Ранние формы и архаические памятники.М.，1963.С.122.

[④] 19世纪中叶，芬兰民俗学家艾利阿斯搜集了关于三宝磨形象的六种阐释（乐器、水磨、偶像或者神堂、商船、吉祥物和整个地球）。См.：ЛукьяноваЛ.В.Картина мира в рассказе Платонова "Сампо"//Творчество Андрея Платонова：исследования и материалы.Кн.4.СПб.，Наука，2008.С.209.

国位于俄罗斯西北部，毗邻北方邻国芬兰。作品中事件发生的地点，由浴血奋战的沙场拉回到象征和平的日常生活劳作空间。空间、时间以及主人公的特点在这里获得了象征意义，这一点集中体现在村子名字上：善良的生活，善良的博日瓦。① 空间被处理得松散，时间则被高度紧缩。这样的时空处理方式对于理解小说人物的心理时间非常重要。用普拉东诺夫的话说便是："战争以极快的速度塑造着新的个性，并加快着生命的进程。"②

在史诗《卡勒瓦拉》中，"关于战争的描写只占全诗的极小部分。战争几乎被视为一种不可避免的灾祸。史诗着重描写的是法术、咒语和祈祷所发出的超自然力量。在《卡勒瓦拉》中，语言的力量胜过武器的力量，用剑的英雄成了用口的英雄。这是一个爱好和平的民族，人们大都过着农村生活，因此热爱自然，歌颂自然"③。《卡勒瓦拉》的叙事重点并非对战斗功勋的歌颂，而是对和平时期伟大劳动事业的讲述。由是，普拉东诺夫通过短篇小说《三宝磨》与古老的芬兰民族史诗《卡勒瓦拉》④ 的互文，谴责战争对人们精神上造成的创伤，从而表明自己的反战立场，直接表现自己对和平生活的热爱。

作为一个劳动工具，"三宝磨"在芬兰史诗《卡勒瓦拉》和普拉东诺夫短篇小说《三宝磨》中使命有差别。前者有实际使用价值："铁匠伊尔玛利宁，你伟大的原始的工人，他巧妙地打造了神奇的三宝磨：这面的磨是麦磨，那面的磨是盐磨，第三面的磨是钱

---

① Кретинин А. Мифологический знаковый комплекс в военных рассказах Андрея Платонова // Творчество Андрея Платонова: Исследования и материалы. СПб., Наука. 2000. Кн. 2. С. 48.

② Платонов А. П. Труд есть совесть. // Собрание сочинений. Т. 3 рассказы 1941—1951. М., Советская Россия. 1985. С. 544.

③ ［芬］隆洛德编：《卡勒瓦拉》，孙用译，第7页。

④ 芬兰民族史诗。一译《英雄国》。包括50首古代民歌，长达23000余行，由19世纪诗人隆洛德（1801—1884）润色汇编而成，1835年初版，1849年出版了史诗定本。卡勒瓦拉，意即卡勒瓦人定居的地方，也就是今芬兰。见［芬］隆洛德编《卡勒瓦拉》，第1—3页。

磨。……只要你打造了三宝，再配上彩色的盖子，你就得到了那姑娘，那美人就成了你的妻。"① 《卡勒瓦拉》中，三宝磨不仅有磨东西的实际功用，还被视为迎娶波赫尤拉公主的条件。进一步讲，《卡勒瓦拉》中的三宝磨是一个可以给人带来幸福的物件，因为打造三宝磨是一项远非任何人都能做到的高难度工作。《卡勒瓦拉》中的主人公之一伊尔玛利宁在普拉东诺夫短篇小说中以一个永恒造物主的形象出现。正是他，创造了神奇的三宝磨，也是他成为普拉东诺夫小说主人公基列伊与妻子之间感情转变的催化剂。

如果说伊尔马列宁在《卡勒瓦拉》中的斗争是现实行动的话，那么，在普拉东诺夫短篇小说《三宝磨》中，这种斗争更多是在思想上帮助基列伊明确接下来要做的事情："基列伊本人一无所求，因为他的心已经处于思念故去妻儿的永远痛苦中。但是，良心给了他生的力量。偿还不了在生者面前所犯下的罪恶，基列伊不想就此离开这里，去寻找自己死去的至亲。哪怕生者不是他的孩子，而是别人。他们的心永远也不该被敌人的铁刃刺痛，不该被永别的痛苦打倒。"②

当卡累利阿人铁匠尼佳赖在震伤后回到出生的村子——"善良的博日瓦"时，整个村子已面目全非。他在这片土地上，既没找到自己家房屋，也未发现任何一个自己曾经熟悉的村民。曾经发生过的残酷战争，导致"善良的博日瓦"被战火烧毁。在描写这一毫无生命迹象的画面时，不停转动的水轮这一形象，成为理解《三宝磨》和《卡勒瓦拉》互文关系的桥梁。小说一开始，标题中的神话形象三宝磨和题记中引自《卡勒瓦拉》的诗行即提前预示了水轮形象的出现。普拉东诺夫在题记中引用了伊尔玛利宁的话："在我的一生中，只要黄金的月亮闪烁，我决不去波赫尤拉，不住萨辽拉的黑屋

---

① ［芬］隆洛德编：《卡勒瓦拉》，孙用译，第 153、165 页。
② Платонов А. Избранные произведения. М., Экономика. 1983. С.763.

子，那是人吃人的地方，还要把英雄们淹死。"① 战争带来的创伤如何体现在普拉东诺夫创作中的？作者开篇即点明战争前后两个截然不同的世界。文中的片段则是这样描述的：以前的东西全部被大火烧成煤，煤接下来又发生自燃，最终变成灰烬，被风刮散。……如今只剩下水轮；只有水轮一个东西完整保存下来，只有水轮一个东西不停地徒然劳作；只有水轮在"善良的博日瓦"村里由于年久失修而吱吱作响，徒劳地工作着。②

在史诗的艺术世界中，"水轮"这一形象让人联想到宏观宇宙和微观宇宙中的永恒循环，大自然和人类生活中永恒的回归自我。在那里，死亡和混沌是新运动和新生活的开端。

二　记忆母题：战争文学中和平生活的修复和重建

史诗的收集者隆洛德曾经说过："如果年轻的姑娘离开家，她就会因担心家中的一切忘记她而伤心；她知道，等到她回来的时候，至少还有柳枝和篱笆一定认识她。"③ 如果说，史诗中年轻姑娘的记忆是借助柳枝和篱笆这样的生活物件来承载的话，那么，普拉东诺夫小说中和平生活的修复和村子的重建，则是通过水轮这一事物对记忆的传承来实现的。事物拥有承载记忆的功能并非战争小说所独有，而是普拉东诺夫创作的传统，在普拉东诺夫最著名的《切文古尔镇》中，一双小时候穿过的已经开绽的矮靿鞋子承载着继父扎哈尔·帕夫洛维奇对亚历山大童年的记忆。

不停旋转的轮子形象与主人公外在和内在运动的逻辑相通之处便是不断循环。外在运动体现为主人公从"善良的博日瓦"出发上战场，后又回到这里。回来的路上，他去了"善良的博日瓦"村那

---

① Платонов А.П.Сампо.//Собрание сочинений.Т.3.Рассказы 1941—1951.М.：Советская Россия.1985.C.69.此处我们采用的是孙用的译文，见［芬］隆洛德编《卡勒瓦拉》，孙用译，第154页。

② Платонов А.П.Сампо.//Избранные произведения.М.，Экономика.1983.C.758.

③ ［芬］隆洛德编：《卡勒瓦拉》，孙用译，第7页。

些不幸被大火燃烧殆尽的地方。他不知道现在该怎么办,"开始着手制作过去存在的东西,希望博日瓦村里被烧尽的那些东西全部回来"①。内在运动则体现为主人公对过去的回忆。他回忆起过去,坐在"吱吱作响的枯燥的不停工作的水轮旁,人也变得苦闷"②。外在和内在的双重运动,体现了主人公对复活的信心和希望。值得注意的是,修饰语"苦闷的"是来自动词 груствовать 的方言意义:心脏疼,心灵受折磨。③ 在经历这些考验的过程中,主人公成为"人":"人变得苦闷。"④ 人是家庭属性的代表,作为生活中的重要家庭成员而存在,⑤ 普拉东诺夫的人物正是首先在短篇小说中将这一功能现实化,开始在村子里复活生命。

不只新生始于村子的消亡,而且主人公生命中的新一循环也从经历死亡,回到原初状态开始。此时,作为一个种类的生命存在的价值才是最原始的。无论是人,还是大自然的其他生命,都处于一种周而复始的循环中:"周围生长着被烧毁的树枝,它们在颤抖,大地母亲静悄悄地躺在树枝下面。一切由它诞生,而它自己却岿然不动。然而,曾经在这片土地上诞生的一切,都不可能离开这片褐色的冰冷的土地。包括铁匠尼佳赖本人,也不可能离开自己习惯的这片土地。他回到这个空空如也的村子——善良的博日瓦。战争爆发以前,他生于斯,长于斯的地方。"⑥

人物名字的变化对于理解主人公的性格和主人公在短篇小说中的意义至关重要,可谓和平生活恢复的标志和象征。战争前,铁匠名为尼佳赖。然而,在前线时,别人叫他基列伊(Кирей)。这个新

---

① Платонов А.П.Сампо.//Избранные произведения.М.,Экономика.1983.С.761.
② Платонов А.П.Сампо.//Избранные произведения.М.,Экономика.1983.С.760.
③ Даль В.И.Толковый словарь живого великорусского языка.в 4 т.М.,1989.Т.1.С.401.
④ Платонов А.П.Сампо.//Избранные произведения.М.,Экономика.1983.С.759.
⑤ Колесов В. В. Древняя Русь:Наследие в слове:Мир человека.СПб.,2000. сс.153-154.
⑥ Платонов А.П.Сампо.//Избранные произведения.М.,Экономика.1983.С.759.

名字取代之前的名字，并成为该角色唯一一个常用名字固定下来。即便是在谈论主人公之前的故事时，叙述者亦使用这一新名字。由此，卡累利阿人尼佳赖的名字改为新名字基列伊。这一新名字的口语形式是基尔（Кир），意思是权力、力量，常用来形容神。① 奥林匹斯神宙斯谴责屠杀和战争的灾害，他的最大特点就是：拯救者，奠基者，战士的助手，人类共同亲缘关系的庇护者。② 宙斯的这些特点正和《三宝磨》主人公基列伊的生活方式相吻合。从战场归来，基列伊拿起斧头，开始建房子。普拉东诺夫的主人公基列伊手里的斧头就像宙斯的双刃斧，只不过斧子对于基列伊来说是和平时期的劳动工具。为了帮助战士们，他决定把小木屋改造成一个用来修理游击武器的锻造车间。基列伊不仅牢记当下的使命，投身战斗，而且深知将来的目标，那就是参加和平劳动，在博日瓦复活生命，最重要的是用自己的双手创造善良的力量，而这种力量把各种恶毁灭为灰烬。③ 如果说，战争时期，基列伊的主要任务是消灭敌人，那么，和平时期，他所承担的角色就是与混沌斗争，为人们创造文化福祉。

《三宝磨》中人物的更名还可被理解为对主人公与世界之间建立新联系的一种象征。作为主要事实，这一点指向人生在某个阶段的转折。这让人联想到圣徒传的叙事模式。众所周知，圣徒封圣之时，常被赋予一个神圣的名字，代替以前的俗名。比如，伊万（Иван）被封圣后，名字变成约翰（Иоанн）。按照俄罗斯著名哲学家弗罗连斯基的观点，在改名之后，先前的名字所发挥的作用仿佛人的父称。该人就诞生于之前的自己。④ 也就是说，在优先级方面，之前的名字象征的是"出生"时的自己，改名后则是获得新生命

---

① Суперанская А.В.Словарь русских личных имен.М.，Аст-Пресс.1998.С.209.
② Мифы народа мира：Энциклопедия：В 2 т./ Гл.Ред.С.А.Токарев.М.，1987.Т.1.С.465.
③ Платонов А.П.Сампо.//Избранные произведения.М.，Экономика.1983.С.762.
④ Флоренский П.А.Имена.Харьков：Фолио；М.，Астрель.2000.С.74.

的人。

在普拉东诺夫创作于同时期的另一部短篇小说《日落那方》中，法西斯"想要置伊万于死地，并使人们永远忘记伊万，就像这个人从来没有生活在这个世上一样"，而主人公伊万则跟炊事员说："我会常在的，请永远为我留饭"①。如果说，法西斯的举止是对一个人乃至一个民族记忆的残忍剥夺，那么，伊万所代表的众多俄国士兵以及《三宝磨》主人公基列伊的所作所为，则是借由记忆复活生命。当基列伊回到博日瓦村时，"没有发现任何居民，妻儿均已逝去，在和平时期推动水轮转动的电车，如今只剩栽在土里的铁架子"②，于是他决定"先恢复博日瓦死去的生命和被烧毁的东西。因为在他看来，只要还有最后一个人在，就可以借助这个人的记忆恢复村子原来的样貌，接下来便是慢慢繁衍新人"③。

在战场上，保存战士对以家园、家庭和亲人为标志的和平生活的记忆，对作者和主人公颇为珍贵。这种记忆鼓舞战士作战，与此同时，拯救战士远离战争之恶和战争的有害影响，保全其生命。战争越是残酷，战士的记忆就越是深刻。短篇小说《沙德林军士》（《当代俄罗斯年轻人的故事》）的主人公沙德林"经历了如此多与朋友永别的痛苦，当看到朋友临死前的面孔时，他的内心曾无数次地震颤。他想不通，一个战士的内心如何装得下这么多感觉和记忆"④。"如果我们想要世界变得神圣而有生命力，希望战争中死在敌人刀枪下的战士的心不要沦为被遗忘的灰烬，那么，在战争结束和取得胜利以后，这世上还有很多工作要做。"⑤ 普拉东诺夫的主人

---

① Платонов А.П.В сторону заката солнца.//Собрание сочинений.в 3 т.М., Советская Россия, 1985.Т.3，С.82.

② Платонов А.П.Сампо.//Избранные произведения.М.，Экономика.1983.С.760.

③ Платонов А.П.Сампо.//Избранные произведения.М.，Экономика.1983.С.761.

④ Платонов А.П.Сержант Шадрин.//Собрание сочинений в 3 т.М., Советская Россия.1985.Т.3.С.405.

⑤ Платонов А.П.Одухотворённые люди.//Избранные произведения.М.Экономика.1983.С.704.

公想要通过自己的骁勇善战去接近胜利的时刻,从而开启充满爱的和平生活。他们用一种奇特的方式思考逝去亲人的命运:"我不想把他埋在地下了。这不合适!在胜利之前,暂且把他藏起来吧。"① 他们提出了一个问题,那就是和平生活的荣耀在于什么?可以说,几乎在每一部战争小说中,普拉东诺夫都在思考关于存在的意义问题,小说中自觉不自觉地涉及复活母题,从而对费多罗夫的思想有所指涉,同时与俄罗斯民间文化大背景构成互文。

三 善恶的永恒对立:人类的共同之根

善与恶的对立问题是世界各国文学,尤其是民间文学中的普遍主题。不同国家和民族对于善恶问题的看法不尽相同,并不同程度地体现在其文学作品中。战争文学作品似乎提供了最为集中的展示善与恶之交锋的舞台。通过《三宝磨》和《卡勒瓦拉》的对比,我们发现《卡勒瓦拉》中的善良与邪恶、光明和黑暗世界,在普拉东诺夫战争短篇小说《三宝磨》中集中体现为交战双方俄德两国的对立。由此反映的是《三宝磨》与芬兰史诗《卡勒瓦拉》中相近的世界观。从《卡勒瓦拉》出版到普拉东诺夫短篇小说问世,相隔近百年。尽管时过境迁,但是史诗的后世生命依旧延续,神话的世界观在现代社会中仍然需要,史诗中的形象和母题,在现代作家的作品中依然发挥着重要作用。三宝磨所代表的善和恶的永恒对立,关于幸福的永恒价值和永恒梦想,在这两部相隔一个世纪之久的作品中一以贯之。《卡勒瓦拉》中的善恶问题所揭示的是人类的共同之根。在对《卡勒瓦拉》超越时间超越阶级的理解中,普拉东诺夫基本的人道主义思想在其短篇小说中亦得以体现。在普拉东诺夫看来,"战争文学在生者身上发挥作用并帮助他们生存。与此同时,为未来的

---

① Платонов А.П.Одухотворённые люди.//Избранные произведения.М.Экономика.1983.С.703.

人、个体的人以及大多数人保存记忆"。① 最主要的是，战争文学能够对幸福和自由生活的建立起到推动作用。因为，改变生活的愿望，拥有光明和美好未来的梦想，过去有，现在仍然有。这或许就是普拉东诺夫想要通过《三宝磨》这部小说带给我们的重要启示。

《卡勒瓦拉》所描述的两个世界——卡勒瓦拉（自己的世界）和波赫尤拉（别人的世界）存在不可调和的对立。《三宝磨》中敌我双方的对立与《卡勒瓦拉》中两个相互对立的世界构成呼应。同样，小说中围绕善恶两种力量亦存在两个不同的世界。对此，作家抛出如下疑问："为什么我们的善良不能迅速战胜邪恶？这是充满力量的善，是我们生命的力量所在。"这里强调的正是主人公的新状态，他希望用整个生命来积极对抗异己的邪恶世界，"直至最终死亡"②。

《三宝磨》中，三宝磨象征着某种用自己双手创造的事物，这种事物可以经由战胜邪恶继而战胜死亡。因此，基列伊梦想拥有的是可以创造善良的力量："电做不到，谁也不会做，但是在我们经历了一番考验之后，却可以做到"，"我们不仅需要粮食，更需要战胜死亡和邪恶，战胜敌人"③。普拉东诺夫的主人公基列伊发现了三宝磨故事中的"可疑之处"："书中写的是不对的，人们为什么要不劳而获？如果不操心，人就没法活下去。因为这样的话，他们的心会被一层油脂覆盖，大脑会变得愚蠢不堪。"④ 也就是说，在他看来，人们仿佛并不关心温饱以外的其他问题。由此，基列伊开始对理性有所警觉，这也意味着基列伊从妻子感受的对立面逐渐转向与妻子感同身受。

在基列伊的记忆中，妻子"虽已身为人母，脸庞却稚如孩童"。

---

① Платонов А.Собрание сочинений：в 3 т.М.Советская Россия，1985.Т.3，С543.
② Платонов А.П.Сампо.//Избранные произведения.М.，Экономика.1983.С.762.
③ Платонов А.П.Сампо.//Избранные произведения.М.，Экономика.1983.С.762.
④ Платонов А.П.Сампо.//Избранные произведения.М.，Экономика.1983.С.761.

因为孩子往往是真理的象征，这一记忆在一定程度上暗示了妻子才是真理的掌握者。当基列伊回想起妻子为他阅读古书《卡勒瓦拉》的场景时，过去的回忆随之而来。如今他开始察觉，妻子所需除了粮食和好生活之外，还有很多与梦想相关的东西未来得及表达出来。在他看来，或许这些才是人们的真正所需。主人公过去所持的观点站不住脚。也就是说，磨种子，照亮黑暗，给水加压，转动脚蹬式纺车……所有这些劳动不过是善的一种。除此之外，还应通过战胜邪恶和敌人来战胜死亡。后者在如今的基列伊看来甚至更加必要，这才是真理之所在。普拉东诺夫借小说主人公基列伊对真理展开了一番思考："死去的妻子嗅到了真理，造成她死亡的原因即在于我们没能掌握真理。"①

普拉东诺夫创作于20年代的短篇小说《记忆》（«Память»）以"记忆"命名，试图在记忆中保留即将逝去的最好事物。作家认为："艺术的任务在于从过去被遗忘的东西中创造出不朽……我们应该珍惜每个人单独的记忆，这样才能保留下大部分的记忆，将来借助记忆继续在生者中发挥作用，帮助他们存活。"②《老三》《地上的一朵小花》《铁婆婆》《罗莎姑娘》等30、40年代的作品中"记忆"（память）和"记住"（помнить）成为经常重复出现的两个词。在短篇小说《罗莎姑娘》中，记忆母题更是贯穿作品始终。整部作品中罗莎都在拼命回忆起以前的自己，最终罗莎"找到了从城市通往干净的田野的道路"，这意味着她和自己，那个她艰难又苦恼地回想起来的那个罗莎的融合。罗莎正是找到了自己或者回归自己，回想起，认出了那个自己，在小说结尾处，"一个小男孩带领罗莎去往公路和田野"③，而小男孩代表的是罗莎，作家曾经写道：罗莎"并不大，然而却很结实，像个小男孩"，"外表看起来她并不显大，因为

---

① Платонов А.Сампо.//Избранные произведения.М., Экономика.1983.С.762.
② Платонов А.П.Записные книжки.М., ИМЛИ РАН, 2006.С.279.
③ Платонов А.Избранные произведения.М., Экономика, 1983.С.786.

她可以战胜苦难,她不想老去"①。此外她的"天真的眼睛"也说明了"罗莎"和"孩子"的同一性。因此在小说结尾,出现了"一瞬间的闪烁,半傻子罗莎的死亡之光"②,也就是所谓的"死亡和自身的新生"③。在《卡拉马佐夫兄弟》最后一章,在伊柳莎的葬礼上,阿廖沙在巨石旁对孩子们做了演讲:"我们"一辈子都要记住他(伊柳莎),那个善良可爱的男孩,我们将在心中对他保留美好的怀念和永恒的记忆,从现在一直到永远。"我们一定能复活,一定能彼此相见。"④ 在普拉东诺夫眼中,战士们在战场上流下的每一滴鲜血,孩子们流下的每一滴眼泪,逝去的每一条生命,无不值得纪念。

短篇小说《怜悯逝者》中,主人公马利亚之所以迟迟不肯死去,正是因为担心自己对孩子的记忆无处安放;孩子们死得艰难,她被死亡累得筋疲力尽却不能死去,是因为孩子们的灵魂未得安息,其原因同样在于无人传承他们的记忆。《怜悯逝者》中的送葬场面与前文提到的《卡拉马佐夫兄弟》最后一章伊柳莎的葬礼上阿廖沙在巨石旁对孩子们所做的演讲以及《日瓦戈医生》中对葬礼的描述有互文之处。《日瓦戈医生》的独特性在于以葬礼开始,又以葬礼结束。一开始是日瓦戈母亲的葬礼,最后则是日瓦戈的葬礼。无论是在普拉东诺夫的这部与圣母像同名的短篇小说,还是在帕斯捷尔纳克的长篇小说中,葬礼都非常重要。主人公死了,但是他们的灵魂留在他人的记忆之中,因此生命得以延续。从这个意义上来讲,他们把自己作为人的本质纳入人们的意识中,新生命重新开始,预示着复活。值得一提的是,日瓦戈正是母亲死后开始接受基督教信仰,也是从那时起走上受难之路。日瓦戈曾说:"复活,那种通常用于安慰弱者的最简陋的形态对我是格格不入的。就连基督关于生者和死者

---

① Платонов А.Избранные произведения.М., Экономика, 1983.С.782.
② Платонов А.Избранные произведения.М., Экономика, 1983.С.786.
③ Фрейденберг О.М.Поэтика сюжета и жанра.М., Лабиринг.1997.С228.
④ [俄] 陀思妥耶夫斯基:《卡拉马佐夫兄弟》,荣如德译,上海译文出版社 2006 年版,第 847—848 页。

所说的话，我一向也有另外的理解。千百年来积累起来的一大群复活者往哪儿安置？整个世界都容纳不下……"① 小说中又指出："在别人心中存在的人，就是这个人的灵魂。这才是您本身，才是您的意识在一生当中赖以呼吸、营养以致陶醉的东西。这也就是您的灵魂、您的不朽和存在于他人身上的您的生命。……这意味着您曾经存在于他人身上，还要在他人身上存在下去。至于日后将把这叫作怀念……"②

　　普拉东诺夫指出死者的求告通过激起生者对他的记忆而实现，也即是"记忆"将生者和死者联系起来。普拉东诺夫借《怜悯逝者》中的女儿娜塔莎之口表达了自己对死者肉体复活的信心。死者的求告寄托着希望，如果生者能够做到时常回忆起逝去的先人，那么死者的复活将会指日可待：马利亚再次听到从寂静的远方传来女儿的声音，如此缥缈，但是思想却清晰可见，是在诉说希望和喜悦，一切没有实现的都会实现，而死者将会重获新生，分别的人们将会相互拥抱，永不分离。……母亲听到女儿欢快的嗓音，知道这意味着她的女儿对复活的希望和信心，了解到死者期待着获得来自生者的帮助，他们并不想死。③ 值得注意的是，在普拉东诺夫生前发表的《母亲》版本中，这段话被删减掉，也就是如学者维·尤金所言："普拉东诺夫生前得以发表的文本中，所有跟（费多罗夫的）'共同事业'有关的片段均被删除。"④ 因为这些片段所表现的"记忆"主题，带有基督教或者多神教的色彩。彼时普拉东诺夫正随部队一起到达解放的沃罗涅日。自己童年所在的城市一片废墟，父亲生死未卜，儿子普拉东则于同年1月死于集中营。因此，作家在创作这部

---

① ［俄］帕斯捷尔纳克：《日瓦戈医生》，蓝英年等译，漓江出版社1997年版，第78页。

② ［俄］帕斯捷尔纳克：《日瓦戈医生》，蓝英年等译，第79页。

③ Платонов А.П.Взыскание погибших.//Избранные произведения.М.，Экономика.1983.С.774.

④ Вьюгин В.Ю.Андрей Платонов：поэтика загадки.СПБ.，2004.С.412.

短篇小说时，对失去亲人的痛苦感同身受。然而，普拉东诺夫对复活的共同事业抱有极大的信心。不仅在作品中有这样的表述："或许一个世纪以后，人们将学会复活逝者，那时候母亲孤独的内心将会得以告慰"①，而且在 1943 年 5 月的《创作笔记》中普拉东诺夫曾经这样说："死者将会像漂亮的无声的植物和花一样复活。而且需要他们真的按照他们曾经的样子复活。"②

在普拉东诺夫看来，依靠记忆而实现的代际传承，是逝者未来复活的必要条件。因此，在《怜悯逝者》中，当红军战士出现在母亲面前，母亲和死去的孩子们的记忆终于有人继承时，作品中的矛盾才得以和解。因此，红军战士这一形象非常关键。从现世的角度来理解，普拉东诺夫显然可以借这一形象来号召人们铭记战争中为国捐躯的逝者；号召人们记住先人，团结起来，为祖国而战。但是，这远非作家的全部用心。从永恒的角度来讲，红军的身份其实并不重要，他代表的是传承和记忆。因为，无论是《基坑》中的真理探求者沃谢夫为了将来的复活大行动准备好死人的东西以及石头、叶子等"大自然中所有琐碎的东西"，并收集"娜斯佳掏出来的那些破烂——装进自己的口袋"专门挑选一口袋废物送给娜斯佳，作为对被忘记的人的永恒的记忆③，还是认为"离开（别人的）母亲自己也将变成孤儿"④ 的红军战士，都在以自己的行动传承着记忆，维持着人与人之间的亲缘关系，为复活做准备。

他（红军战士）曾感到没有这些死者以后的生活是枯燥的。然而，如今他觉得自己更加有必要活着了。不光要通过奋勇杀敌来让他们偿还人们的生命，而且需要在取得胜利之后活出最高意义上的

---

① Платонов А.П.Взыскание погибших.//Избранные произведения.М.，Экономика.1983.С.775.
② Платонов А.П.Записные книжки.М.，ИРЛИ РАН.2006.С.246.
③ ［俄］普拉东诺夫：《美好而狂暴的世界》，徐振亚译，第 256—263 页。
④ Платонов А.П.Взыскание погибших.//Избранные произведения.М.，Экономика.1983.С.776.

生活，这种生活是死者以无言的方式留给我们的临终遗言。那时候，为了他们的永恒记忆，为了使他们停止跳动的心脏不被欺骗。死者没人可以信任，除了生者，我们如今应该用他们的死来换取我们民族的幸福和自由的命运，只有这样才能无愧于他们的牺牲。……安息吧，——红军战士（与这位母亲）道别，——无论你是谁的母亲，没有你，我也将变成孤儿。[1] 然而，普拉东诺夫的主人公不仅希望人复活，而且希望将生命赋予无生命的物体。这一点体现在我们上一节所研究的那些以植物概念为标题的普拉东诺夫的一系列作品[2]中，战争时期的创作最为典型的例子就是《地上的一朵小花》中所描写的能将无生命之物转化为有生命之物的小花。由此可以看到普拉东诺夫与费多罗夫思想的真正分歧，或者说其对费多罗夫复活先人思想的补充。如果说费多罗夫将复活死者当作任务，复活那些曾经活过，而后死去的先人的话，那么普拉东诺夫则提出了更加巨大的任务——将无生命的事物转化成有生命之物。

西方思想史上曾产生过柏拉图的灵魂不死观念[3]和基督教的肉体复活观念。如果说柏拉图主义把人看作是一个暂附于必死肉体的永恒灵魂，《圣经》则把人看成有限的、身心合一的生命。……在生死复活观上，基督教思想与柏拉图主义的差别在于它从人的完整生命出发，宣告了人可以战胜死亡，人在未来将通过肉体复活而得到完整生命。[4] 在这一点上，费多罗夫是赞同基督教观点的，但是他把基督教理解为现实的事业，反对基督教的所谓"超验复活"，而主张一

---

[1] Платонов А.П.Взыскание погибших.//Избранные произведения.М., Экономика. 1983.С.777.

[2] 此外，普拉东诺夫创作于30年代的中篇小说《章族人》中也有体现，主人公纳扎尔相信，"周围的无生命的事物自己或者在人的帮助下，在将来某天也会变得有生命。"См.：Платонов А.П.Чжан.//Собрание сочинений：В 3 т.Т.2.М., Советская Россия.1985. С.7.

[3] 柏拉图哲学认为肉体在死后化为灰尘，而灵魂却可进入永恒天国，这种哲学深深影响了西方文化，导致了早期基督教关于灵魂高尚而肉体罪恶的禁欲主义，到近代则被重新解释为身心二元论。参见徐凤林《复活事业的哲学》，第134页。

[4] 徐凤林：《复活事业的哲学》，第135页。

种"内在复活",因此他说的复活不是无人积极参与的超验复活,不是靠耶稣基督一人赎罪,不是"只靠叫死人复活的上帝",靠上帝的恩典而得救,而是全人类以实际行动参与同死亡斗争的共同事业。也就是说,复活之路不是只有在拯救者的赎罪之后才向人类展开,不是我们凭借神人基督之恩泽便可坐享其成;复活事业是人类自己的义务,耶稣基督的行为只给人类做出了榜样。基督教的"复活"(воскресение)和费多罗夫的"共同事业"中的"复活"(воскрешение)亦不完全相同,而在普拉东诺夫小说中更加接近后者。

这里我们首先要区分一下"воскресение"和"воскрешение"。尽管两个俄文词翻译成中文都叫"复活",但是二者在俄文中是有区别的,据《达里详解词典》①,前者对应的动词是"воскресать/воскреснуть",后者对应的动词是"воскрешать/воскресить" 前者指的是一种自主的行动,比如耶稣的复活,比如世界末日来临之时全体一起得救,或者可以称作"超验复活";后者指的是费多罗夫共同事业中所谓的"复活",是"内在复活"②;前者是不及物动词,后者是及物动词。费多罗夫所说的复活不是个人为延续自己生命而希望的个人死后复活,不是自我复活,而是使他人也就是先辈复活,这种复活是灵魂和肉体的共同复活,而且是此世的。从这个意义上讲,复活成为人类必须履行的道德义务和责无旁贷的事业。生者对死者的记忆是实现内在复活的必要条件。因此,在费多罗夫看来,生者不仅需要在上帝面前进行祷告和忏悔,从而获得上帝的"永恒的记忆"③,而且要将对死者的记忆世代相传。同费多罗夫一样,普拉东诺夫不满足于依靠上帝的怜悯而得救,他认为死亡并非不可克服的

---

① Даль В.И.Толковый словарь живого великорусского языка: В 4 т.М., Русский язык.2000.С.248.
② 费多罗夫还反对19世纪俄国哲学家赫尔岑对现代科学复活力量的认识,认为其是对"虚假复活的描绘",参见徐凤林《复活事业的哲学》,第148页。
③ 这个术语指代对永恒的上帝的生命的参与,在基督教中指的是在天国的生活,人的精神和肉体完全参与到上帝的存在中。参见 http://www.pravenc.ru/text/158316.html.

阶段，希望避免精神与身体的暂时分离，因此普拉东诺夫的主人公的梦想是获得地上的永生，而记忆则是实现复活的手段。从这个角度来讲，普拉东诺夫对他的前辈费多罗夫的思想有指涉，二者均强调亲缘关系的重要性。此外，在小说《怜悯逝者》中，这位无名战士在别人的母亲去世时感觉自己像个孤儿，在这一点上他是《基坑》中的真理探求者沃谢夫的继承人，后者"对自己的生命产生了怀疑，觉得离开真理浑身就没有力气，不了解整个世界的确切构造和今后努力的方向，就无法长时间走路"①，沃谢夫的形象对费多罗夫思想有较多的指涉，前面所说的"口袋"的形象证明了这一点，二者以自己的行动维持着人与人之间的亲属关系。

　　作家身临其境地感受到战争的残酷，认识到一个人的力量太过微薄，因此借马利亚之口，为俄罗斯指明了一条正确的真理之路，即全体俄罗斯人民团结一致才能为这个民族找到出路："我一个将死的人无法帮你。如果整个民族都爱你的话，那么他们会改变在这个世上做下的所有不义之举的，那时候，不光你，包括所有为了正义而牺牲的人们都会复活的：要知道死亡首先就不是正义。"② 普拉东诺夫试图"在记忆和形象中单独地保存每一个人，那样就可以一起保存所有人"③，这里没有次要的人物，不是单独的人物代表生命的思想，而是一系列人物的总和，对作家来说重要的是每一个人物和历史的相互作用；因此，如果说20年代，费多罗夫的哲学吸引普拉东诺夫的更多的是实践方面，那么战争小说中，普拉东诺夫则更加接近于费多罗夫关于某种统一的家庭，俄国人的聚合性本质的思考。学者斯皮里东诺娃指出，"如果说普拉东诺夫早期作品中，认为孤儿

---

①　［俄］普拉东诺夫：《美好而狂暴的世界》，徐振亚译，第137页，引用时略有改动。

②　Платонов А. Взыскание погибших.//Избранные произведения. М., Экономика. 1983. C.775.

③　Платонов А. П. Труд есть совесть.//Собрание сочинений: в 3 т. М., Советская Россия.1985.Т.3.С.543.

主人公渴望团结和聚合，而这种聚合是国内战争要实现的目标，那么在后期的战争小说中，法西斯主义对死亡的威胁表现了俄罗斯民族意识的聚合性。"① 爱近人作为人生活的最高意义，这样的思想是从《隐秘的人》《切文古尔镇》开始，在战争小说中表现得最为强烈。同世界的亲缘关系，这正是普拉东诺夫的新主人公们所要寻找的生命真理。

东正教学说体系中爱的主题在普拉东诺夫战争小说中得到发展。最为显著的就是《死亡不存在!》的结尾："红军战士已经习惯了忍受战争，甚至可以忍受死亡，但是他们的心却不能忍受与所爱的东西永远分别。"② 小说结构中有两个相互对立的人物形象，体现内心情感的阿格耶夫，他总是感受到失去自己的战士所带来的痛苦，和代表理智的西朝夫，看中的只有事业，而不是心灵。后者认为这样的伤亡比例是正常的：两个德国人对一个俄国人。没有来自心灵的爱，不可能实现人们的真正团结。在普拉东诺夫看来，真正的齐心协力对于战胜敌人来说是必需的。前线的战士在心灵上的联系是整个民族心灵统一的表现之一。保存关于每一个人的记忆，这对作者和主人公都是很珍贵的思想。

普拉东诺夫创作的卫国战争文学，是通过将现实生活艺术化，并借力于史诗经典，谴责战争对人类精神的摧残和肉体的戕害，或曰恶凌驾于善之上等异化现象。在普拉东诺夫战争小说的艺术世界中，"心"确保了代际以及人与人之间的联系：心脏跳动之时，战士生命存在。即便停止跳动，他的生命仍然在别人心中得以延续。在这个过程中，人内心的记忆恰恰就是对那些饱受戕害的战士的一种救赎。为了在死亡之时不忘却和不分手，走向死亡之时，战士努力

---

① Спиридонова И.А.Мотив сиротства в «Чевенгуре» А.Платонова в свете христианской традиции.// Евангельский текст в русской литературе XVIII—XX века.Цитата, реминисценция, мотив, сюжет, жанр.Петрозаводск.1998.С.527.

② Платонов А.П.Смерти нет! //Собрание сочинений.в 8.т.М.，Время.2010.Т.5.С.177.

用心记住彼此，把彼此的心贴近。"红军战士对于战争已经麻木，甚至可以习惯和忍受死亡。但是他们的心却不能忍受与所爱的东西永远分别。"① 这是《死亡不存在!》一文的结尾，最为显著地体现了学者维·尤金的观点："死亡和复活问题是普拉东诺夫战争小说中最主要的问题，这一时期的作品中，作家的主要任务便是对死亡的不可战胜性提出质疑。"② 对待死亡的态度是衡量一个民族和一个人的精神状态的标志。死亡是俄国文学最为重要的主题之一。这个主题比任何一个其他主题都更能凸显这个民族对复活的信心和乐观态度，也是这个民族受洗以来最为主要的精神状态：对灵魂永生和上帝怜悯罪人的坚定信心，对彼世生活的期许。的确，复活母题在普拉东诺夫卫国战争时期的创作中非常重要。在普拉东诺夫研究专家玛雷金娜看来，普拉东诺夫从象征主义者那里继承了关于世界不完善的认识，与象征主义者一样，他对人从物质世界的统治中解脱出来抱有启示录式的期待，相信永生问题的超自然解决办法。③ 作家选择这样一种叙述的组织方式，使得"复活""永生"等词的直义和隐喻义交织在一起并成为不可分割的整体。普拉东诺夫的战争文学对强调亲缘关系的前辈费多罗夫的思想有指涉。战争既是亲缘关系撕裂的最为典型的一种表现形式，又最为集中地凝聚整个民族的心灵之爱；既为恶提供了大展身手的舞台，与此同时善也得到最大限度的激发。爱的主题在普拉东诺夫战争小说中得到一以贯之的发展。在普拉东诺夫看来，真正的齐心协力对于战胜敌人乃至战后和平生活的重建，都是必需的，是整个民族心灵统一的重要表现。

尽管 20 世纪的俄国发生的十月革命、国内战争、第二次世界大战等一系列革命和战争，毫无疑问造成了社会的动荡不安，也引起

---

① Платонов А.П.Смерти нет! //Собрание сочинений.в 8.т.М., Время.2010.Т.5.С.177.

② Вьюгин В. Ю. Андрей Платонов: поэтика загадки (Очерк становления и эволюции стиля), СПб: ИРХГИ, 2004.поэтика загадки.С.429.

③ Малыгина Н.Поэтика "возвращения" Андрея Платонова.М., ТЕИС.2005.С.230.

了许多同时代知识分子的恐慌,但是他们依旧对得起"俄罗斯的良心"这样的称谓,纷纷思考国家和民族的命运和走向,备受折磨的人民仍然坚定地寻找俄罗斯乃至整个人类的救赎之路。这一点在普拉东诺夫作品中体现无遗:人民未曾忘记追寻真理,仰望上帝。在普拉东诺夫的创作中,可以听到福音书、赞美诗等的各种回音,这种回音或隐秘,或直接。

在这一章里,我们所做的工作主要是:在俄国传统文化的大背景下,从俄罗斯文学中传统的两大宗教母题——漂泊母题和复活母题着手,对普拉东诺夫战争小说中所表现的这两大母题进行了研析,并对其在战争小说和作家整体创作中的表现进行了对比和深入挖掘。别尔嘉耶夫曾经指出:"俄罗斯是一个精神无限自由的国家,是一个流浪着寻找上帝之真的国家。……漫游者是大地上最自由的人。……漫游者——独立于'世界'之外,整个尘世与尘世生活都被压缩成为肩膀上的一个小小的背包。俄罗斯民族的伟大和它对最高生活的使命都集中于漫游者的形象上。"① 通过以上的分析,我们有理由说,普拉东诺夫的创作以现实为背景表现的是超脱现实的永恒主题,而非仅仅停留在对某种社会现实的批判和讽刺上。如同作家在一篇名为《痛苦中的平等》的文章中所言:"人类是共同的呼吸,是同一个活生生的、温暖的物质。一个人痛苦,则所有人都痛苦;一个人死亡,则大家都死亡。"② 因此,普拉东诺夫的创作除了反映苦涩的现实以外,其内在的深刻意义应该在于:让故去的"父亲"安息,让活着的孩子精神有所依托,在相互爱护的人们中间找到温暖的家园,找到"以父亲的方式"体现出来的博大的爱;而这也是普拉东诺夫主人公们孜孜不倦地流浪探索的生命真谛。《卡拉马佐夫兄弟》的主人公之一老大米佳说过这样一句著名的话:"上帝与

---

① [俄]别尔嘉耶夫:《俄罗斯的命运》,汪剑钊译,第11—12页。
② См.: Учебник: Русская-литература XX века под редакцией С. И. Тиминой. М., Академия.2011.C.55.

魔鬼在那里搏斗,战场在人们心中。"① 与陀思妥耶夫斯基把主人公置于绝对条件下接受精神考验一样,普拉东诺夫感兴趣的同样不是人的外部存在,而是人的内在世界;也因此他塑造了一批"隐秘"的人,他们一直在痛苦地寻找精神归宿和灵魂家园,坚信只有在那里个体生命的价值才能真正实现。这一类型的主人公在战争时期的小说中较为集中。

普拉东诺夫受俄罗斯19世纪现实主义作家,尤其是果戈理和陀思妥耶夫斯基影响明显。作家继承前辈的衣钵,丰富了俄罗斯文学漂泊者的形象画廊,从而更加深入地刻画了俄罗斯民族性格。复活母题在普拉东诺夫卫国战争时期的创作中非常重要,这一母题的体现形式以对前期创作的回溯为基础。作家选择这样一种方式组织叙述,使得"复活""永生"等词的直义和隐喻义交织在一起,成为不可分割的整体。

---

① [俄]陀思妥耶夫斯基:《卡拉马佐夫兄弟》,荣如德译,第117页。

第四章

另一种乌托邦：普拉东诺夫创作与俄国圣像文化

　　信徒面对圣母像所做的临终祷告，是通过忏悔自己一生中所犯下的罪，希望在上帝那里留下永恒的记忆。日常祈祷则是一种培养、一种教育，为所有死去的人祈祷。尽管你们互相不知道对方，但上帝会因为你的祈祷、你对他的爱而宽恕他。正如列斯科夫所言："圣像是书""圣像对于普通百姓就像书籍对于识字的人一样具有同等重要的意义"①。通过祷告，人们一方面希望获得上帝的怜悯，从而在上升的道路上获得神的指引；另一方面则是对自己在地上的时间中的所作所为所想进行回顾，并在上帝面前进行忏悔，从而在上帝那里获得"永恒的记忆"。

　　本章将普拉东诺夫小说与东正教圣像画文本并置，探讨普拉东诺夫作品中的圣母和圣乔治母题，将看似不相关的两种艺术形式有机结合到一起。文学作品与东正教圣像画尽管是两种不同的艺术表现形式，但是在互文性理论的视域下，二者均可视为广义的文本，普拉东诺夫战争小说中的众多女性和男性形象分别对应《怜悯逝者》和《乔治斗恶龙的神迹》两幅圣像画中的圣母马利亚和圣徒乔治母题。

---

① Лесков Н.С.Собрание сочинений в 11 т.М., Гос.изд.худ.лит., 1957.Т.10: Воспоминания, статьи, очерки.http://az.lib.ru/l/leskow_n_s/text_01158.shtml.

第一节　俄罗斯的圣母和圣乔治崇敬传统

东正教会认为马利亚是"神之母",因为童贞女马利亚给予神以人性的生命;又是"最高天使",是全部受造物中第一个越过了时间和永恒界限的人。神学家谢尔盖·布尔加科夫在巴黎期间发表的神学小三部曲之一《烧不毁的荆棘》(1927),是有关东正教圣母崇拜教义的权威解释。他在《东正教——教会学说概要》中,也集中讨论了东正教圣母崇拜问题。他指出:东正教会把童贞女马利亚尊为高于一切受造物的、"最贞洁的司智天使和荣耀无比的天使",是"开在全人类之树上的天堂之花"①。这在一定程度上解释了东正教圣母像受欢迎的原因。

俄罗斯的圣母崇敬传统很大程度上体现为对圣母像的敬拜。东正教圣母像上,马利亚总是和永恒的幼小圣子画在一起。正如东正教会在呼唤最神圣的耶稣之名的同时,也呼唤最甜蜜的马利亚之名。布尔加科夫指出:"对圣母的爱和崇拜是东正教笃信精神的灵魂。……谁不崇拜圣母,他就不知道耶稣,对基督的信仰若不包含对圣母的崇拜,就不是真正的教会基督教信仰。""教会从来不把作为道成肉身者的圣子和使圣子得以道成肉身的圣母分开,教会在崇敬基督的人性时,是通过圣母来崇拜的,因为基督是从圣母那里接受人性的。"② 东正教中圣母与圣子的联系不仅限于圣子的出生,而且在于圣子身上神性和人性不可分的结合。相比而言,新教则对圣母无知无觉,忘却圣母,甚至有时直接亵渎圣母③;天主教则认为圣母生来就脱离了原罪,后者使圣母脱离了人类,使其无法接受主的人性的一面。圣母论和圣母崇敬在东正教会的神学和实践、历史和

---

① [俄]布尔加科夫:《东正教——教会学说概要》,徐凤林译,第144—145页。
② [俄]布尔加科夫:《东正教——教会学说概要》,徐凤林译,第144—145页。
③ 比如认为圣母和约瑟还有别的孩子等。

现代生活中都占有重要地位。东正教圣母崇敬传统的外部表现形式主要是对圣母像的崇敬。不但在教堂的圣像屏风上，而且在教堂的各处，在礼拜仪式上，在信徒的家里，圣母像都和救主基督像相并列。最主要的东正教节日中，将近三分之一专门纪念圣母①，每次礼拜中对圣母的无数次祷告，这些都说明了圣母马利亚在东正教中的受崇敬程度之深。

圣母马利亚的名字众人皆知，但是在《新约》中提及圣母或直呼其名，或称"耶稣的母亲"或"他母亲"，对其着墨不多。可以说，后世对圣母的崇敬多来源于伪经。自从东正教开始传播以来，人们在祷告中对圣母的请求也获得了无边的力量。在俄罗斯民间，人们根据不同需要，面向不同的圣母像吟诵不同的祈祷词和赞美诗。普通农民把圣母马利亚视为能使人免遭一切恶、不幸、鬼怪、灾难和痛苦的慈悲庇护者。在多神教时代，土地对于俄罗斯人意义重大。女神莫科什是多神教中不多的女性神祇，被认为是润泽的大地母亲的化身。基督教引入俄罗斯以后，俄罗斯人将圣母与大地母亲联系起来，与大地母亲相关的仪式转化为东正教中的圣母崇拜仪式。对圣母的崇敬在民间传统中与对大地母亲的崇敬相互融合。许多与春播、秋收，以及分娩、妊娠、丰收等相关的仪典都与圣母崇敬有关。俄罗斯特有的圣母"万神殿"即体现了其对圣母的多神教崇敬色彩。换言之，俄罗斯的民间基督教是融合了多神教的基督教。

在早期政论文《论爱》中，普拉东诺夫即曾表达过俄罗斯民间基督教的多神教色彩："永远不要嘲笑人民，即便他是按照多神教的方式在信仰圣母。这样的意识在人民心里根深蒂固，他们相信高天之上有仁慈的圣母，至爱的母亲，她给农夫们的心灵注入了爱情和

---

① 最主要的东正教节日包括复活节和十二大节，十二大节中有八个是纪念耶稣基督的：圣诞节，主进堂节，神显现节，主进圣城节，主变容节，十字架节，主升天节和圣三一节。另外四个是纪念圣母的：圣母圣诞节，圣母领报节，圣母进殿节，圣母安息节。详见徐凤林《东正教圣像史》，北京大学出版社 2012 年版，第 154—174 页。

力量，让他们能够世世代代辛勤劳动和工作，并老老实实过着自己受难者的生活。"① 这也为作家在后来的创作中处理女性形象与圣母的渊源问题埋下了思想的种子。

一 俄罗斯的圣徒崇敬传统

圣徒的特殊角色决定了圣徒崇拜在东正教信仰中的重要地位。"圣徒是这样一些人，他们依靠自己的有效信仰和有效的爱的修行，在自身中实现了似神性，也依靠这种修行，他们就有权显现神的形象，并得到神的更多恩典。"② 每一个以基督为生的人的得救之路，就在于以灵魂和肉体的修行来净化自己的心灵。在这条得救之路上，不同人之间有量的差别，这些量的差别转化为质的差别，成为人的永恒命运的决定因素。先知、使徒、苦修者和圣徒等都属于得救者的不同精神类型。圣徒被认为是天上的祈祷者和庇护者，也是地上教会的活的成员，是神成就自己事业之手。当人们在教堂祈祷的时候，圣徒在圣像和干尸中体现他们的在场。圣徒在教会中的存在不仅是可能的，而且是必需的。"如果我们意识到圣徒在和我们一起并为我们而祈祷基督，那么，这种意识就会唤起我们在祈祷基督的同时，也祈求圣徒的帮助，在祈求圣徒的时候，我们的灵魂宽阔起来。"③ 在向基督祈祷时，人们难免会体验到审判者和主的神圣威严，并因此而产生恐惧和战栗，因此，需要躲到圣母和圣徒的庇护之下。圣徒既是天使，也是人。信徒可用人的无力的和爱的语言和他们讲话，在威严的主位前与他们在精神上是平等的。当然，布尔加科夫也指出，由于人们宗教上的无知和迷信的存在，会导致多神论和多神教的混合主义，多神教残余和基督教的和平共处。但是，多神教并非圣徒崇拜的本质。相反，否认圣徒崇拜注定走向精神上

---

① Платонов А.П.Размышления читателя.М.，Современник，1980，С.247.
② ［俄］布尔加科夫：《东正教——教会学说概要》，徐凤林译，第149页。
③ ［俄］布尔加科夫：《东正教——教会学说概要》，徐凤林译，第151页。

的无亲无故，缺少精神家族，没有在基督中的父亲和兄弟。他们注定孤独，每个人只为自己，只走自己的拯救之路。

对圣徒的崇拜最为集中地体现为对圣徒像和对圣尸的崇拜。干尸崇拜在教义上以对圣灵与圣徒尸体的特殊联系为依据，这种联系没有被死亡所破坏。死亡对于圣徒来说力量有限，圣徒并未完全抛弃自己的身体，而是在自己的干尸中，甚至在其最小部分中保持着自己特殊的精神存在。干尸是提前得到荣耀的将普遍复活的肉体，虽然还在等待着复活。它就像坟墓中主的尸体一样，虽然已死，被灵魂所抛弃，但没有被他的神性灵魂所抛弃，而是期待着复活。

在罗斯对圣乔治的崇拜体现为两种形式：对神圣的受难者和伟大的勇士的崇拜，这也正是罗斯文化对基督教（教会的）和多神教（民间的）传统的独特融合的一种典型体现。常胜将军圣乔治，常被称作"伟大的受难者""神圣的战士"，在古代俄罗斯最受尊敬的圣徒之一[①]，因在迫害中殉教而深受基督徒的崇敬，圣乔治属于殉教圣徒。圣乔治形象从古至今一直是俄国乃至整个欧洲文化的广泛出现的母题。这一母题涉及包括神话传说、圣像、雕塑、圣徒传和仪式文本、世俗文学、官方的教会崇敬等在内的整个文化体系。圣乔治作为祖国保卫者的形象，成为任何时代的艺术家青睐的对象。直到今天，圣乔治仍然使用在俄罗斯联邦的国徽和硬币上。此外，圣乔治勋章还是俄罗斯最重要的勋章之一。

有关圣乔治的圣徒传，是从拜占庭翻译过来的重要文献，在所有的斯拉夫国家广为流传。圣乔治是罗马皇帝戴克里先（284—305）的同时代人。乔治是忘我的勇士，拥有关于战争的最高知识，但是当罗马开始迫害基督徒时，自愿卸任高位，放弃了自己的贵族

---

① 圣乔治和圣尼古拉均不属于本土圣徒，但是在俄罗斯备受崇敬，尤其是圣尼古拉像，一直是俄罗斯人最钟爱最亲近的圣徒，在每个东正教徒家中，在救主基督和圣母像旁，一定有圣尼古拉像。最受尊敬和爱戴的俄罗斯本土圣徒有拉多涅日的圣谢尔基像，萨罗夫的圣色拉芬等。详见徐凤林《东正教圣像史》，第141—153页。

称号和财产，成为基督教的传教士，在经历了八天残酷的受难后他被斩首，遭受了痛苦的死亡。圣乔治用自己信仰的力量使皇后亚历山德拉皈依了基督教，但皇帝把圣乔治关进了监狱；正是因此，他被奉为"为信仰殉道的受难者和神圣的战士"。

最早的圣乔治传记出现于5世纪，俄罗斯主要根据的是形成于11世纪的圣乔治传记版本①。根据这个传记，圣乔治是一个贵族青年，在民间版本的圣乔治传记中，乔治不只是作为一个为基督教信仰殉道的斗士，还是伟大的屠龙者。他战胜了企图伤害人们的蛇，并且解救了大公的女儿。这一题材流行甚广，尤其被广泛使用在俄罗斯的圣像画中。这一题材圣像画的名字叫《乔治斗恶龙的神迹》。乔治被描绘成一个骑在白马上的勇士，手持长矛刺杀恶龙。

在人民的意识中，圣乔治是为基督教信仰而殉道的勇士和受难者，同时还是屠龙者。屠龙者的角色正是他勇士原型的来源。除此之外，在斯拉夫土壤中，关于圣乔治作为屠龙者还有另外一个融合了基督教和多神教传统的说法。为了揭示这一点，我们先来简单讲述一下屠龙神话的基本内容，其核心是雷神和对手（蛇、龙、狗、狼等）的斗争。现阶段，以伊万诺夫和托波罗夫为代表的学者将这一神话视为印欧神话。二者认为关于雷神和蛇的神话的基本情节是他们之间的争斗。雷神（佩伦）位于顶端，是世界之树三部分的最高部分。蛇则藏在洞穴里，在树的根部，披着黑色的皮毛，住在山崖上，是有角的牲畜。雷神则负责拯救牲畜或者人类。雷神骑着马或战车，用自己的武器（锤子、闪电、石头）袭击大树，用火烧，或者用石头劈开大树。战胜蛇以后开始下雨，蛇则藏在地下的水里。②

在基督教时代维列斯被基督教的牲畜保护神同化或者代替。维

---

① 徐凤林：《东正教圣像史》，第145页。
② Иванов В.В., Топоров В.Н. Исследования в области славянских древностей. М.: Наука, 1974. С.5.

列斯是斯拉夫多神教中牲畜的庇护神、财神、说唱诗人的保护神以及冥界的统治者。这位神常以蛇和熊的形象出现。公元988年罗斯受洗以后，这位神祇的诸多特征被转移到了基督教圣弗拉西、圣尼古拉等身上。维列斯和雷神佩伦之间的对立，是斯拉夫多神教神话体系的中心内容。佩伦是雷神，战争之神，是大公和其侍从的保卫者①。

  斯拉夫神话中，上帝，伊里亚先知，神奇故事的主人公，火神，智者伊里亚，基督教圣人乔治等均可代替雷神的地位。②先知伊里亚首先继承了雷神佩伦作为掌管闪电（火）、雷和水（雨）的神，圣乔治承担屠龙者的作用。同时伊里亚和乔治的功能也统一于一身。在俄罗斯，伊利亚节（6月20日）的隆重庆祝带有所有的古代多神教崇拜的特点。③对我们来说，最重要的一点是乔治（叶戈里）承担雷神佩伦替代者的角色。圣徒崇敬具有深远的民间传统，人们把乔治称为叶戈里（Егорий）、叶戈尔（Егор）、亚戈里（Ягорий）、尤里（Юрий）、尤拉（Юра）等④。圣乔治的民间崇敬与农事活动和农历有关。东正教会5月6日（旧历4月23日）为圣乔治纪念日。伊万诺夫和托波罗夫指出，东斯拉夫人将雅力拉⑤和雅罗维特等一些多神教神祇的特点赋予了乔治，从而将雅力拉崇拜和乔治崇拜的关系拉近。这一点从他名字的许多民间版本（俄语的Юрий，乌克兰语的Юр，白俄罗斯语的Еры）即可看出⑥。雷巴科夫指出，在谈及雷神时，不能不提到其他一些多神教神祇，如斯瓦洛格（Сварог）、罗德（Род）、维列斯（Велес）等，并指出伊万诺夫和托波罗

---

① Борис Рыбаков：Язычество древних славян.М.：Культура.2015.С.97.

② Афанасьев А.Н.Поэтические воззрения славян на природу：В 3 т.М.：Индрик，1994.Т.1.сс.699-704.

③ Рыбаков Б.А.Язычество древних славян.М.：Культура，2015.сс.438-439.

④ Суперанская А.В.Словарь личных имён.М.：АСТ-ПРЕСС.С.55.

⑤ 雅里拉为春天之神，多神教5月22日纪念该神。

⑥ Иванов В.В.，Топоров В.Н.Исследования в области славянских древностей.М.：Наука，1974.С.18

夫在书中只字未提斯瓦洛格和罗德，两位作者更主要的错误在于完全将维列斯和蛇视为雷神的对手，以及将维列斯和蛇等同，将牲畜神维列斯视为雷神佩伦不可调和的对手是错误的。①

乔治形象被认为是农事活动的保护神。乔治的名字来自希腊语，意为"耕作者"。尤里节那天大自然的状态，天气条件等提醒农民如何开展农事活动。在农民看来，春天始于尤里节。俄罗斯乡村有这样的说法："尤里开始田间劳作（4月23日），这一劳动也由尤里结束（11月26日）。"② 雷神与对手的争斗多源自对牲畜的所有权。在基督教时代，沃罗斯/维列斯被基督教的牲畜保护者圣弗拉西（Власий）同化和替代。③

在俄罗斯历史上，对常胜将军圣乔治的崇敬既有官方性，又有民间性。这一形象融合了基督教和多神教的元素，而这种融合是斯拉夫民族传统文化总体特点。由于人们对圣乔治/叶戈里的崇敬④，乔治题材在俄罗斯文学中的大量出现也就不足为奇了。

二　东正教圣像美学

在俄罗斯任何一种艺术现象都没有圣像这样拥有包罗万象的意义，没有任何一种形式的艺术可以像圣像这样为社会和文化生活带来独特的贡献。"圣像"（икона，icon）一词来自希腊语，在希腊语中该词有很多意义，最主要的意思包括描绘、形象、思想的形象、相似等，这些意义可以归结为两种，那就是描绘（изображение）和思想形象（мысленный образ），也就是说圣像代表的是物质和精神

---

① Рыбаков Б.А.Язычество древних славян.М.：Культура，2015.cc.441-442.
② Афанасьев А.Н.Поэтические воззрения славян на природу：В 3 т.М.：Индрик，1994.Т.1.С.705.
③ Рыбаков Б.А.Язычество древних славян.М.：Культура，2015.cc.421-431.
④ 对圣乔治的崇拜是俄罗斯文化的一部分，圣乔治战胜恶龙的形象起初是莫斯科城的城徽，后来作为强大精神力量的军人形象而成为俄罗斯国徽的一部分。参见徐凤林《东正教圣像史》，第147页。

上的有机统一。① 圣像是基督教会中对耶稣基督、圣母和圣徒画像的称呼。它们具有神圣性，被用作宗教活动的对象，它们作为形象能够"使祈祷者的思想和情感得到提升，使其朝向所画的人物"②。从这个意义上可以说，圣像是另一种形式的乌托邦，信徒在面向圣像时所发生的回忆往昔的行为代表的是对其过往不足的批判和对未来更美好精神世界的梦想。每一次的祷告行为便是对精神世界的一种涤荡，以此获得精神的提升。以耶稣基督、圣母和圣徒像为主的东正教圣像，似乎是常人永远难以企及的高度，于是人们永远以他们为精神理想来指导自己的日常生活。也就是说，圣像所表现的是另一个维度的世界，相对于世俗世界那个世界是更高级的真实存在，是透过物质形式看见精神世界和不可见世界的交流媒介。

如果说，《圣经》是受神默示的人以文字形式记录在书里传给教会的，而"圣传"是耶稣和使徒口头传给教会的，那么"圣像是一种特殊的教会传统，只不过它不是口头的和文字的，而是以色彩和形象体现的"③。圣像画大师把圣像中的宗教直觉体现为形象、色彩和轮廓。这是在艺术形象中表达的启示，不是抽象思想，而是具体形式。所以在圣像画中色调的象征性、线条的协调性和构图的连续性均具有重要意义。圣像中的一切，不仅所画的内容，而且形式和色彩，在原则上都具有象征性。④ 圣像要求它的创作者集艺术家和宗教神学家于一身。圣像画是对彼岸世界及其形象的见证。在圣像中，艺术被赋予的最高功能是传达上帝的荣耀。圣像不容许画面上有肉感，因此，圣像画只具有形式性、抽象性和轮廓性。圣像所要表现的不是脸面，而是面容。没有三维、没有深度而是只满足于带有背景的平面图，因此圣像以象征性的形式和色彩为主。这就使圣像画

---

① Лепахин В. В. Икона и иконичность. СПб., Успенское подворье Оптиной Пустыни, 2002.C.340.
② 徐凤林：《东正教圣像史》，第 23 页。
③ [俄] 布尔加科夫：《东正教——教会学说概要》，徐凤林译，第 175 页。
④ [俄] 布尔加科夫：《东正教——教会学说概要》，徐凤林译，第 176 页。

艺术本身具有严格的和高度的禁欲风格，提早杜绝了通往肉感和肉欲之路。俄国圣像的脸和眼睛通常安静而温顺，富有洞察力，有时暗藏悲伤。

东正教堂内布满壁画，无论是圣像壁，还是墙上，都以圣像作装饰。圣像使人产生神的真实在场感。① 这一点甚至为天主教所不解，新教则更是只保留了十字架。

圣像崇拜的根据不仅在于所画的人物和事件内容本身，而且在于相信神灵的在场，这是教会对圣像的祝圣所赋予的。祝圣作为一种宗教仪式，确立了形象与原型之间、绘画与所画之物之间的联系。② 通过祝圣，在圣像中就发生了祈祷者和圣人之间的神秘相遇。基督、圣母和圣徒等仿佛是在自己的圣像中继续着自己的世间生活。

20世纪俄国宗教哲学家洛谢夫和伊里因均"提出了对艺术形式的圣像式理解，也即直观，而非解释"③；当代著名俄裔匈牙利籍圣像学家列巴辛把圣像看作是"看不见的世界在看得见的世界中的显现"④，还把圣像的聚合性视为圣像神学的本质方面，这一观点是对弗罗连斯基和特鲁别茨科伊的继承和发展⑤，列巴辛指出圣像是天上的原型的形象，圣像和原型是统一的，是对原型的显现。对圣像的崇敬，并非对圣像的物质形式，而是对以看得见的形象来显现的看不见的天上的原型的崇敬。考姆科夫把圣像理解为"上帝的本质在

---

① ［俄］布尔加科夫：《东正教——教会学说概要》，徐凤林译，第172页。
② ［俄］布尔加科夫：《东正教——教会学说概要》，徐凤林译，第175页。
③ Комков О.А. Традиции православного иконологического мышления в русской литературе XIX-начала XX веков, А.С.Пушкин, Н.В.Гоголь, Н.С.Лесков, И.С.Шмелёв. Дис.канд.культурол.наук.М., 2001.С.113.
④ Комков О.А. Традиции православного иконологического мышления в русской литературе XIX-начала XX веков, А.С.Пушкин, Н.В.Гоголь, Н.С.Лесков, И.С.Шмелёв. Дис.канд.культурол.наук.М., 2001.С.109.
⑤ Комков О.А. Традиции православного иконологического мышления в русской литературе XIX-начала XX веков, А.С.Пушкин, Н.В.Гоголь, Н.С.Лесков, И.С.Шмелёв. Дис.канд.культурол.наук.М., 2001.С.108.

地上的形象",并指出升越和记忆是圣像美学的两个最为重要的概念①。其中,记忆尤指对前世生活的记忆。可以说,在宗教生活中,圣像作为上帝在地上的形象的显现,是连通上帝和信徒的载体。关于圣像在20世纪俄罗斯民族文化中举足轻重的地位,著名的圣像研究专家乌斯宾斯基曾指出:"无论是从艺术层面,还是精神层面来讲,东正教圣像都是20世纪最伟大的发现之一。如果说精神世界的急剧衰落造成了人们对圣像画的遗忘,那么,灾难和动荡对人们精神的唤醒则促使圣像画的复归。它不仅是等待发现的过去,更是充满活力的当下。它不仅具有艺术或文化价值,而且是对精神世界的艺术发现,是混乱和灾难时期出现的色彩的思辨。正是在这些悲伤的时刻,人们开始用圣像的精神力量来理解和思考现代社会的震荡。"② 毫无疑问,生活在那个时代的普拉东诺夫深受圣像文化的熏陶。在普拉东诺夫整个创作过程中,圣像形象发生了变化。对普拉东诺夫某些作品中圣像画题材使用情况的分析,有助于确切地阐释某些人物形象,帮助读者理解作品的一些片段甚至主旨。

第二节 普拉东诺夫创作与俄罗斯东正教圣母像

圣像画既是上帝的象征,又述说着单独的故事。圣像画在普拉东诺夫的艺术世界中有时发生变形和歪曲,有时则是画中的具体细节发生变化。《隐秘的人》(1928) 中讲到,主人公福马·普霍夫沿着火车站走,出于烦闷欣赏和阅读着悬挂在那里的宣传画:"宣传画各种各样。一幅是在一张大圣像画基础上重新涂画而成,上面画着总督乔治杀伤地狱中蛇的场景。圣乔治的位置被画上特洛茨基的头,而蛇的位

---

① Комков О.А.Традиции православного иконологического мышления в русской литературе XIX-начала XX веков, А.С.Пушкин, Н.В.Гоголь, Н.С.Лесков, И.С.Шмелёв. Дис.канд.культурол.наук.М., 2001.С.4.

② Успенский Л.А.Богословие иконы православной церкви.: Изд-во западно-европейского экзархата.Московский патриархат, 1989.С.402.

置被画上资本家的头,屠龙乔治法衣上的十字架被替换成星星,但是颜料质量很差,透过星星还可以看到十字架的痕迹。"① 普霍夫所看到的宣传画,可以称作"代圣像"②,宣传画在本质上用于发挥意识形态上的宣传作用,并以此来代替基督教形象和象征符号。借助宣传画,可以使得革命行动和目标接近人民的意识,使之更加易懂和直观。然而,为使新的思想更容易为人们所接受,不得不借助大家习惯的圣像形式和结构,以此来弥补自身象征符号的不足。"антиикона"应该理解为"代圣像",因为这一前缀的第一个意思和主要意思就是代替,而非反对。宣传画不只是想用自己来掩盖圣像,将它从世界中消除,而且还要代替圣像画发挥精神上的引领作用。当然也有"反对"的意思。这里的"反对"在于,圣像画宣传基督对人的爱。正是因为这种爱,才出现了如此多自觉自愿的受难者。宣传画宣扬憎恨,使人杀戮,让人相信恶和人民所有不幸的根源在于资本家。圣像让人联想的是永恒和彼世,宣传画则试图让人接受时间和现世,甚至是当下这一刻。这一主题还突出地体现在长篇小说《切文古尔镇》中。

在以上这些作品中,圣像画题材是显性的存在,尽管有时以被歪曲了的"代圣像"形式存在。在普拉东诺夫早期作品中,基督教信仰的象征十字架发生了形象转换:木制的十字架在《切文古尔镇》的艺术世界中变成了死树的形式。不同于这些作品,作家创作于伟大的卫国战争期间的作品中鲜有显性元素存在,最为典型的例子就体现在圣母像和圣乔治屠龙像的变迁。圣母像从《电的祖国》中的"头顶没有光环只有苍白而虚弱的天空的圣母像"到战争短篇小说

---

① 这一片段出现在1966年版的普拉东诺夫选集中,之后的《隐秘的人》中没有出现过这一段落。开始在这个位置出现的是省略号,后来连省略号都省略了。细心的读者可以从普霍夫的话语中看出某些不符的地方,原因即在于这段删节。См.:Лепахин В.В.Икона в творечестве Платонова.//Творчество Андрея Платонова:исследования и материалы.Кн.3,2004.сс.68-69.

② 代圣像的方法在果戈理、马雅可夫斯基、克柳耶夫、叶赛宁作品中都有出现,只是描述方式各异。См.:Лепахин В.В.Икона в творчестве Платонова.// Творчество Андрея Платонова:Исследования и материалы.Кн.3.С.69.

《怜悯逝者》中除了作品以同名圣母像为标题以外并未再次提到圣母像，后者是以展开故事情节的线索而隐在于作品中；圣乔治屠龙像题材则从《隐秘的人》和《切文古尔镇》中被歪曲了的用作宣传画的代圣像过渡到仅以主人公名字存在或者以故事情节线索的形式隐在于一系列战争短篇小说中。由此可见，普拉东诺夫创作中的圣像画题材经历了从显性到隐性的变迁。接下来我们将着重挖掘普拉东诺夫小说与圣母像、圣乔治像的互文之处。

一 普拉东诺夫创作中女性形象的圣母原型

"索菲亚是上帝和物质的会集"，亦即上天和尘世的会集，这由圣母来实现，"圣母把尘世与上天联结起来，也使万物的来源'润泽的大地母亲'具有神性"[①]。许多俄罗斯哲学家都有自己完整的索菲亚学说，他们将索菲亚和圣母结合在一起，索菲亚作为世界灵魂和永恒女性的神话基原在19、20世纪之交的宗教哲学（索洛维约夫、弗罗连斯基、梅列日科夫斯基等）以及文学创作（勃洛克、别雷等）中得以发展，其中最为典型的是索洛维约夫把索菲亚视为"永恒女性"，勃洛克把索菲亚视为"世界灵魂"。他们均力图将神从天上降落到地上，让其具有更多的现实性和可感性，在现实层面指导人的生活。"普拉东诺夫和象征主义"的关系问题早已引起许多学者，比如 E.托尔斯塔娅[②]、维·尤金[③]等的关注。托尔斯塔娅注意到年轻一代象征主义者的巫术原则和聚合原则与费多罗夫哲学思想的内在亲缘关系，以及这些思想对普拉东诺夫世界观的重要影响；维·尤金将普拉东诺夫的隐秘诗学放在与象征主义的对比中进行研

---

① 金亚娜：《高尔基作品中的宗教意识》，《俄语语言文学研究（文学卷）》第一辑，人民文学出版社2002年版，第184页。

② Толстая-Сегал Е.Идеологические контексты Платонова//Андрей Платонов：мир творчества.М.，1994.cc.60-61，65-66.

③ Вьюгин В. Ю. Андрей Платонов：поэтика загадки（Очерк становления и эволюции стиля），СПб：ИРХГИ，2004.cc.345-420.

究，尤其对比了以勃洛克为代表的象征主义诗人和普拉东诺夫的关系；学者格·克鲁日科夫①则指出普拉东诺夫创作中的整个体系，包括火、心脏、太阳和世界心灵等概念都直接与融合了多神教和基督教的维·伊万诺夫的诗学神话相联系。普拉东诺夫创作和象征主义传统之间的联系是毫无疑问的。其中非常重要的一点是普拉东诺夫女性形象类型的"索菲亚"本质。

普拉东诺夫在塑造女性形象时，一方面强调其形而上性，即非肉体性；另一方面是肉体性，由于缺乏来自传统意义上的家庭的引力，导致女主人公成为所有男人的公共妻子或情人。对比30年代中期前后普拉东诺夫的创作，不难发现女性的肉体性逐渐削弱，代之以非肉体性的强化。普拉东诺夫在早期政论文《世界灵魂》（1920）中表达了关于女人的索菲亚本性的鲜明立场：身体的激情，使人靠近女人的身体的激情，不是人们所想的那样。这不只是欣赏，而是为了希望和重生，为了降临到被钉在十字架上的痛苦的生命的光明，为了人的生命而进行的祷告和隐秘的真理的生命活动。②

在同一篇文章中，普拉东诺夫还指出"世界上除了孩子，无人可以超越女性"，而孩子在普拉东诺夫看来是"女人温柔的、充满创造力的心灵的飞跃，通往永恒的路，女人握在温柔的手中的温暖和希望"③，在普拉东诺夫看来，女性是智慧和永恒的象征，作家创作中的主要女性形象都处在索菲亚传统的轴上，尤其是战争时期作品中的女主人公基本以虔信东正教的圣徒式女性形象为主，比如《罗莎姑娘》中的罗莎、《怜悯逝者》中的马利亚等。

正如托尔斯塔娅所指出的，在普拉东诺夫创作中，借助名字实现了最低水平的文本与高水平的文本的最有效联系。不同于只能通

---

① http://kruzhkov.net/essays/nostalgia-obeliskov/solnze-serdze/#identifier_11_608.
② Платонов А.Государственный житель.Москва.Советский Писатель.1988.С.534.
③ Платонов А. Государственный житель. Москва. Советский Писатель. 1988. cc. 534-535.

过聚合获得意义的其他词汇材料，甚至从上下文中抽出来的单个名字都能得出相关的高水平的意义。① 因此从名字着手研究普拉东诺夫的战争小说是合理的。普拉东诺夫创作中有一系列名字蕴含着固定的神话诗学含义，我们的分析将从女性形象的名字入手，其中一个重要的名字就是罗莎。"Роза"既是人名罗莎，也是对事物（花）的指称，因为该词在俄文中既指女人的名字"罗莎"，又指花的名字"玫瑰花"。玫瑰花和马利亚相关，玫瑰的五个花瓣还有额外象征意义：拉丁文书写的马利亚名字的五个字母，以及马利亚一生中的五次乐事。②

玫瑰的形象有着丰富的文化内涵。在欧洲文化传统中，玫瑰是完善和完美的象征。③ 在古希腊传统中，玫瑰是生命的象征，是"春天的使者，是希望和爱的时刻；春天的象征成为爱情的象征，阿芙洛狄忒和卡里忒斯的象征"。与此同时，玫瑰也是"死亡的象征，常被使用在葬礼上，人们经常把玫瑰献给家神和祖先的画像"。④ 除此之外，野玫瑰象征着春天，自古以来就被阐释为自然界对战争中牺牲的烈士的体现：红色象征流血的伤口，刺象征武器——长剑。在东正教及民间传统中圣母—玫瑰作为一个固定形象而存在，⑤ 普希金在《叶甫盖尼·奥涅金》中描述位于决斗处的连斯基的墓时，便使用了野玫瑰形象：在那儿，夜莺，春天的情郎／整夜歌唱：野玫瑰

---

① Толстая-Сегал Е.О связи низших уровней текста с высшим：（Проза Андрея Платонова）//Slavica Hierosolimitana.Jerusalim，1978.Vol.2.C.196.

② В.Н.Топоров：Мифология：статьи для мифологических энциклопедий. М.，ЯСК，2014.С.263.这五次乐事指的是：天使告知圣母将怀孕生产基督报喜，圣灵的降临，耶稣诞生，主进堂，献耶稣于圣殿，在圣殿中寻回走失的耶稣。从"奥秘的玫瑰"而来的"玫瑰经"一词，在罗马天主教会指的是基督和马利亚生平的祈祷，以及诵经用的念珠。中世纪白玫瑰成为《新约》中的哀伤事件（十字架受难、受难之路、耶稣被钉十字架等）的象征，黄色和金色的玫瑰、荣耀之事（复活、圣母升天、圣灵向使徒显现、圣母安息、圣母加冕）。

③ Керлот Х.Э.Словарь символов.М.，1994.С.440.

④ Веселовский А.Женщины и старинные теории любви.М.，1990.сс.86-88.

⑤ Веселовский А.Женщины и старинные теории любви.М.，1990.С.95.

在怒放/听得见清泉的细语淙淙……①

可以说，无论是教会的宗教传统，民间的宗教文化（比如异教文本），还是民间文学和作家的文学创作等，莫不是普拉东诺夫了解这些文化内涵的途径和滋养其创作的养料。和玫瑰有关的母题最初出现在作家 20 年代上半叶的创作中，以《民族的奠基者》为例，伊万·科普契科夫所说的玫瑰油，不仅指物质富裕的源泉，而且指救命的良药。值得一提的是，在陀思妥耶夫斯基小说中，美国代表的不仅仅是新世界，还与彼岸世界有关②。与自己的前辈一样，普拉东诺夫作品中的主人公在出发前往美国之时，仿佛去往童话般的彼岸世界，主人公计划把这个药的秘方带到那里：我们的土地是为玫瑰而生！在我们的黑土地上只有玫瑰可以生长！你看一下，福马，多么芬芳，一切疾病都可以治愈！③ 在《初生海》中，韦尔莫去美国的目的是为了"检验火苗的超深涡动的思想"④。这些形象表明，玫瑰对于普拉东诺夫来说从一开始就是光明的体现。这种类型的人物形象的发展体现在普拉东诺夫创作的转折时期（1926—1927），正是在这一时期，作家的超现实主义风格全面形成。中篇小说《叶皮凡水闸》的主人公，远离现实中投身全球技术计划的梅丽（马利亚），套用塞万提斯小说中的话，成为"理想形象的骑士"。这一计划蕴含有神秘的意义，运河的建设本来是对空间的克服，但是若通过连接时代而思考，就转变成了对时间的战胜。然而，最后别尔特兰本人变成了"未婚妻"，死在同性恋刽子手的怀抱里，而且刽子手以"火天使"的形象体现，名字叫伊格纳基。普拉东诺夫给主人公设定

---

① ［俄］普希金：《叶甫盖尼·奥涅金》，智量译，华东师范大学出版社 2013 年版，第 181 页。

② Ветловская В.Е.Анализ эпического произведения：проблемы поэтики/В.Е.Ветловская.СПБ.：Наука，2002. cc. 144 - 145；См. также：Чинкова А.И. Мотивы Вавилонской башни и Америки в романах Достоевского/А.И.Чинкова//Актуальные проблемы литературоведения.М.，1997.Вып.2.С.41.

③ Платонов А.П.Сочинения/Андрей Платонов.М.，2004.Т.1，кн.1，2.кн.1，С.84.

④ Платонов А.П.Собрание：в 8 Т./Андрей Платонов.М.，2009-2011.т.2，С.432.

这种结局颇有深意，"骑士"完全被"天上的爱情"烧成灰烬。另外一个典型例子是喜剧《外省的傻瓜》，在别列乌切茨克市真的达到了"大一统"：共产主义的口号（全世界无产者联合起来！）在普遍的姘居形式中得以实现：整个城市就像一个家庭在生活，所有的亲戚都与性别和职位无关。实际上这是古希腊哲学家柏拉图在《理想国》中所谓"理想"的体现。女主人公马利亚·伊万诺夫娜是"丰收"的女性，她是所有人物的情人。

"索菲亚"主题在《切文古尔镇》中得到了彻底的发展。首先要讨论的是索尼娅·曼德洛娃和罗莎·卢森堡，需要指出的是后者作为一个历史人物从小说一开始肉体上就是死的，因此并不真正参与作品情节的发展，只在主人公精神成长之路上发挥作用。从这两个形象可以看到《切文古尔镇》与勃洛克《陌生女郎》，以及别雷《彼得堡》和《莫斯科》等作品的典型互文。切文古尔的地名在语音上是对彼得堡地名的戏仿，曼德洛娃的姓是对别雷的长篇小说《莫斯科》中的恶魔形象曼德罗的指涉。索菲亚的名字指涉的则是丰富的宗教哲学思想和艺术传统，普拉东诺夫作品中名叫索尼娅的女主人公引发的联想和气味有关，仿佛是非物质性的。罗莎·卢森堡的形象与索菲亚的联系亦很明显。苏联官方宣称罗莎为"共产主义的圣人""革命的处女"，由此罗莎形象被神圣化。科片金形象是对堂吉诃德的戏仿，是"罗莎的骑士"。科片金深知他的"公主"已死，但仍愿意为这一神化的形象服务，像有信仰的中世纪骑士那样去作为。由此可见女性形象借助于丰富的文化内涵而存在。

需要指出的是，在《切文古尔镇》中，索尼娅移居到莫斯科，将名字改为索菲亚·亚历山大罗夫娜。在这个意义上，她跟剧本《外省的傻瓜》中的马利亚·伊万诺夫娜一样，也是《幸福的莫斯科娃》中主人公莫斯科娃的前辈。莫斯科娃是一个姑娘的名字，与首都"莫斯科"写法和发音一样，实际上是这个城市的同貌人，展现在我们面前的是"女人—城市"这样的形象，这一点是对古老文化传统的继承（在福音书中，巴别塔被称为"伟大的妓女"），也是对俄罗斯文学传统中莫斯科文本的延续。如我国学者郑永旺所言，作家根据对未来的理解来重塑莫斯科城，女主人公莫斯科娃和城市名莫斯科构成一个巨大隐喻，以象征女主人公获得的乌托邦的幸福。① 女主人公体现的是人精神本质的多样性和普遍性（"我喜欢空气中的风和各种各样的东西"）。她的身体庞大，这既是直义，也是转义：所有的男性形象都和莫斯科娃进行身体上的结合，与此同时试图达到精神上的一致。

二　普拉东诺夫战争小说中的女性形象与圣母像

普拉东诺夫战争小说中首先引起我们注意的就是《罗莎姑娘》，题目本身便代表着女主人公的神圣性。她的名字被用蓝颜料写在灰暗的墙上，这种颜色与"和水相关的"母题相结合："因为潮湿和破旧，颜料上呈现出烟雾弥漫的自由而隐秘的国家和海洋的痕迹，望着监狱墙上的昏暗，囚徒们通过自己的想象洞察到这一点。"② 总体而言，普拉东诺夫作品中的罗莎形象丰富多彩。罗莎是蓝色的，她象征着天空和宇宙的和谐，体现为水和天空在镜中的同一；罗莎是红色的，象征着神秘的身体之爱，同时被政治寓言复杂化；罗莎更是白色的，象征着身体和精神的双重纯洁，人民和世界心灵的不朽。不同的颜色在普拉东诺夫的创作意识中和罗莎形象的不同方面联系在一起。逝世前几周作家创作的作品《一朵无名小花》可以证明这一点。作品的主人公无名小花是玫瑰之子，这并非偶然。达莎姑娘望着这朵小花，回想起妈妈很久以前给她讲的一个故事。故事内容是一朵小花一直思念自己的母

---

① 郑永旺：《点亮洞穴的微光——俄罗斯反乌托邦文学研究》，社会科学文献出版社2020年版，第106—107页。

② Платонов А.П.Девушка Роза.//Избранные произведения.М.Экономика，1983.С.782.

亲——玫瑰。但是，它不会哭，只能借助芬芳来传递自己的苦恼。作家并未指出花瓣的具体颜色，然而小花的亮度却被现实化："边缘由普通的亮色花瓣组成，明显而有力，就像星星。它闪烁着鲜活的火花，在昏暗的深夜里亦清晰可见。"然而，不光是花瓣，特别之处还体现在它颜色各异的叶子，因为只有吸收全部营养才能变成绿色："有的叶脉是蓝色的，有的是红色的，还有的是深蓝的或者金色的。小花没有足够的营养供给，通过叶子的各种颜色体现出它所遭受的折磨。"① 罗莎的圣母形象与小花形象，如星星一般的受难者，一起体现了玫瑰的全部特点。尽管死了，在它原先生长的地方取而代之生长起来"像极了原先小花的变身，只是变得更加美好，更加漂亮了"②。普拉东诺夫生前的最后创作中，"小花"这一形象成为生命力和希望的永恒象征。

　　在普拉东诺夫战争年代的作品中，悲剧形象逝去的女性大量出现。最为明显的例子便是短篇小说《鸽子和斑鸠》③（1943）。作品中有一个细节：鸽子用富有人性的嗓音为被杀的"天上的女主人"哭泣。鸽子的基督教意义和"天上的女主人"形象将这一情景带入隐喻层面。短篇小说的4个主人公（"我"，小男孩，爷爷，以及痛苦而死的鸽子）都是男性。这从一个侧面说明：战争首先就排斥女性，女性虽然通常不直接参与战争，但是战争带给她们无论是肉体上还是精神上的伤害都不容忽视。小说中的关键场景是，结尾处男孩用面包刀把鸽子的胸部打开，分成若干个小部分，试图找到"心灵"。但是它的心已经在"女主人"那里了，而"女主人"则被德

---

① Платонов А.П.Цветок на земле.//Избранные произведения.М.Экономика.1983. С.838.

② Платонов А.П.Цветок на земле.//Избранные произведения.М.Экономика，1983. С.840.

③ 鸟本身就代表心灵。鸟通常是在天堂中，鸟的哭声是对现实的反抗。除了该短篇小说，普拉东诺夫在《切文古尔镇》《家乡之爱，或曰麻雀的旅行》等创作中曾多处使用麻雀的比喻，参见郑永旺《点亮洞穴的微光》，第191—192页。

军打死。短篇小说描写广大女性，即正在不断逝去的"世界灵魂"的命运，同时也借鸟儿来表达作家的心境。

普拉东诺夫作品中基本的女性形象类型象征着总体的存在，体现的是大一统的思想。他笔下的主人公用心感受，试图认识"世界的奥秘"。他们不仅采用精神的方式，还采用身体（物理）的方式参透这一奥秘，改造世界。尽管情节虚幻，但是作家从来不允许自己的主人公越过彼岸世界的界限：他们总是停留在现实的此岸世界；奥秘不可认知，不可能与物质世界相分离。这种融合体现在普拉东诺夫语言本身，这种语言被许多批评者认为有失规范。但也正是凭借这种语言，作家深刻而多面的思想才得以现实化。

俄罗斯宗教哲学家梅列日科夫斯基曾经指出："圣母拯救俄罗斯"，"圣父没有拯救人类，圣子也没有拯救人类，只有圣母才能拯救人类。"① 无论是东正教中的圣母崇敬传统，还是俄罗斯文学中典型的圣徒式女性形象，都说明圣母式女性在俄罗斯文化中的重要性。普希金笔下的塔尼亚，陀思妥耶夫斯基的索尼娅，托尔斯泰笔下的娜塔莎，帕斯捷尔纳克笔下的拉拉，无不是遵循这一规则塑造出来的优秀女性。从这个意义上来看，普拉东诺夫作品中的女性形象，是对这一俄罗斯文学传统的继承。

我们以普拉东诺夫的代表作——短篇小说《怜悯逝者》② 和《罗莎姑娘》为例，立足于俄罗斯传统文化，借助互文性理论，分别从怜悯和受难两个母题切入，剖析普拉东诺夫小说文本与圣像画文本的相互指涉关系。作为对比，在这一节中，我们还会涉及普拉东诺夫战争年代的其他短篇小说《上帝之树》《铠甲》和《精神崇高

---

① 转引自张百春《当代东正教神学思想》，上海三联书店 2000 年版，第 131、141 页。
② 俄文为 «Взыскание погибших»，中国人民大学出版社《20 世纪俄罗斯文学》普拉东诺夫专章中将其译成《处罚死者》，除此之外未见有其他中文翻译，此处为笔者译。如果要表达"处罚"的意思，根据"处罚"一义的接格关系，应该是 «взыскание с погибших»，何况小说从头至尾也没有体现出要"处罚"死者的意思。

的人们》等。

根据我们所掌握的材料，目前国内还没有出现短篇小说《怜悯逝者》的中文译本，也未见以此为对象的研究。因此，有必要交代一下作品标题的翻译问题。据《详解百科词典》和《圣经成语百科辞典》，«взыскание»一词指的是"请求"一义，在圣母像前请求的应是圣母的怜悯。按照汉语的表达习惯，我们认为将《Взыскание погибших»翻译成"怜悯逝者"较为妥帖。在作品标题的下面，作家以"我从深渊求告——死者的话"①作为题记，与《圣经》文本"耶和华啊，我从深处向你求告"构成互文。普拉东诺夫把"深处"（глубина）改为"深渊"（бездна），语气无疑更加强烈，是对战争中死者处境的形象表达。

短篇小说讲述了这样一个故事：苏联卫国战争期间，年迈的母亲马利亚失去三个亲生孩子。在她的寻子之路上，遇到的是被战争摧毁的村庄和惨遭法西斯杀戮的俄罗斯战士的躯体。马利亚最终来到路的尽头——孩子们的坟墓。母亲奄奄一息，却因担心自己对孩子的记忆无处安放，迟迟不能接受死亡，直到红军战士出现在她面前，她才最终平静地死在了孩子们的坟墓上。这部短篇小说是作家少有的与东正教圣母圣像画同名的战争小说，我们的研究即从这部短篇小说与同名圣母像的互文性着手。

传说，圣母像《怜悯逝者》在6世纪就闻名于小亚细亚城市阿达纳，小说《费奥费尔的忏悔》讲述了因为圣母最高的精神完善和教会的荣耀，修士费奥费尔死里逃生的故事。俄罗斯最早的名为《怜悯逝者》的圣母像根据1707年的传说绘制而成，存于奥廖尔省博尔霍夫市的圣乔治教堂。稍后的18世纪中叶，虔诚的农民费奥多

---

① См.：Псалтирь 129：1.Из глубины взываю к Тебе, Господи. ["耶和华啊，我从深处向你求告。"《圣经》（和合本），《诗篇》130：1] 法国诗人波德莱尔的诗歌《我从深处求告》正是以这句经文作为自己诗作的标题，该诗收录于波德莱尔诗集《恶之花》（1857）。

特·奥普霍夫因为这幅圣母像显灵而奇迹般地死而复生,这幅圣像才得以出名。俄罗斯基督教会在2月18日(旧历2月5日)为该圣像画举行节庆。圣母像《怜悯逝者》,属于"怜悯"类圣母像①,从外观上看,圣子耶稣站在圣母膝盖上,呈现向前迈步的动作以及裸露至膝盖的双腿,象征着上帝的显现以及天上的世界和地上世界的结合。借此表现的是上帝对世界的关照,为了拯救罪人来到这个世界,而这种拯救也借助于圣母。②此外,在圣像画中,我们还可以看到圣子圣母面颊相贴,圣子的右手轻放于圣母的颈部,圣母则十指扣拢,抱住面前的圣子。二者均眼神平静。人们通常向该圣母像祈求婚姻美满,希望改掉陋习,此外还可以进行一些代祷,诸如母亲为自己死去的孩子代祷,祈祷孩子健康平安,祈求医好眼疾和失明、牙痛、热病、酗酒、头痛;为信仰迷失的人代祷,并劝导他们回归东正教信仰。③人们祈求的是圣母对处于精神和肉体死亡边缘的人的怜悯和宽恕。现存的《怜悯逝者》圣母像有许多版本,最为有名的几幅分别位于莫斯科克里姆林宫内的圣母升天大教堂,圣彼得堡帡幪教堂,萨马拉帡幪大教堂。在作家的故乡沃罗涅日,也存放有一幅同名显灵圣母像,因此作家对此应该非常熟悉。

普拉东诺夫短篇小说《怜悯逝者》与同名圣母像的互文关系首先体现在互文性标题④的使用。互文性标题是典型的互文现象,并非普拉东诺夫首创。毫无疑问,标题就像理解文学作品的题眼。普拉

---

① 具有神奇作用的"显灵"圣母像可以归纳为四种类型:"征兆"类,"指路者"类,"怜悯"类和"弗坐词"类。前三种是最基本、最主要的圣母肖像类型。其中,怜悯圣母像是最受喜爱的圣母像类型之一。参见徐凤林《东正教圣像史》,北京大学出版社2012年版,第95—102页。

② Чудотворные иконы Пресвятой Богородины. Москва-Санкт-Петербург, 2014. C. 45.

③ Чудотворные иконы Пресвятой Богородины. Москва-Санкт-Петербург, 2014. C. 44.

④ 互文性标题是一种颇为典型和颇值得研究的互文性现象。最为有名的例子是:福克纳小说《喧哗与骚动》和纳博科夫小说《微暗的火》标题分别取自莎士比亚戏剧《麦克白》《雅典的泰门》。普拉东诺夫作品中,互文性标题也是常见的现象。

东诺夫有不少作品拥有不止一个标题，在不同标题的背后隐藏着作家思想的微妙变化。正如俄罗斯学者 E.科列斯尼科娃所指出的那样："标题作为普拉东诺夫独特的微型文本，具有独立的思想和形象层面的意义。"① 短篇小说《怜悯逝者》，最初于 1943 年 10 月 28 日以《母亲》为题发表在《红星》杂志上。实际上，作家 1941 年 8 月的手稿曾以《怜悯逝者》② 为名，遗憾未通过审查。如果仅以《母亲》为名，就是一个单纯讲述战争故事的普通小说；但若以《怜悯逝者》为名，则容易引发读者对同名圣母像的联想，对这幅圣母像的指涉显而易见。③

普拉东诺夫作品中的名字通常有特殊的含义，这部小说亦不例外。通过主人公名字和圣母马利亚的指涉关系，实现与圣母像的互文。母亲来到孩子们的坟墓前。她的痛苦无法消解，但是，母亲在这种痛苦中保留了信仰、希望和爱。女主人公的名字马利亚·瓦西里耶夫娜，名马利亚取自圣母，父称则来源于圣瓦西里。同时，这一姓名具有自传性，名字和父称跟作家母亲一致。小说的同名圣母圣像在俄国很流行。作品主人公马利亚形象的原型④融圣母马利亚和俄罗斯民间文化中的大地母亲，以及作家的母亲三者于一身。作家几乎从一开始就向我们暗示了这位母亲的不寻常性。令人匪夷所思的是：小说自始至终没有对马利亚外貌的直接描写，只是着力表现这位失去三个孩子的母亲内心的悲伤和痛苦。但也正是在这悲伤中，

---

① Колесникова Е.И.Малая проза Андрея Платонова.Санкт-Петербург.2013.С.22.
② 据我们目前所掌握的材料，大部分普拉东诺夫作品集中都以《怜悯逝者》为名收录这一短篇小说，只有 1985 年出版的《普拉东诺夫中短篇小说集》，以《母亲》为题，且删节较多。См.：Платонов А.П.Повести и рассказы А.Платонова，Лениздат，1985.сс.571-574.
③ 事实上，不光是作品标题发生变动，在作家生前发表的《母亲》中，作品内容更是被大幅度删减。本书引用来自作家死后以《怜悯逝者》为题发表的完整版。
④ 弗莱将"原型"这一概念引入文学研究，指"一种典型的或反复出现的形象"。原型的使用可以赋予文学形象更深的思想和文化内涵，借助"原型"这一工具进行文学批评，有助于加深读者对作品的理解。详见［加拿大］弗莱《批评的解剖》，陈慧等译，百花文艺出版社 2006 年版。

这位伟大的俄罗斯母亲脸上显现出神圣之光。他们（敌人）被她脸上的表情吓到了。生活中，有一种人脸上有一种模糊的光，可以令野兽和敌人心生畏惧，这种人无人敢杀。无论是人，还是野兽，都更乐意与自己力量相当的对象作战，对力量悬殊者则敬而远之，因为担心被他们吓到和被未知的力量战胜。① 敌人之所以对她心生畏惧，野兽之所以都没敢动她一根毫毛，皆因"这个女人不属于这个世界"。虽然身体上她属于俗世，但是她"就像来自另一个世界"，"世上的一切事物和所发生的一切事情对她来说都无所谓"，"世上没有任何事情能令她不安或高兴，因为她的痛苦是永恒的，哀伤是无法消解的。"②

据《圣经》记载：摩西在米甸地方牧羊。他赶羊走上何烈山，山上荆棘烧起火光，荆棘却一点没有烧焦的痕迹。上帝从荆棘丛中发出声音，命摩西去见法老，带领以色列人走出埃及。耶和华的使者从荆棘里的火焰中向摩西显现。摩西观看，不料，荆棘被火烧着，却没有烧毁（《出埃及记》3：2）。在这部小说中，丝毫未遭受肉体损伤的母亲马利亚就仿佛是"烧不毁的荆棘"。

如果说小说文本和圣像文本在标题和名字方面的互文是显在的，那么互文性的其他表现则较为隐晦。值得注意的是，虽然小说与圣母像同名，但是从头至尾并没有任何关于这幅圣母像的描写，甚至未出现任何描绘人们在圣母像前祈祷的场景。短篇小说和圣母像的互文关系更多体现在母题上，"圣母像的名称或多或少表示着其精神实质"，因此，我们认为文本涉及的圣母像最为核心的母题恰恰在于"怜悯"。

在论述普拉东诺夫的创作时，苏联文学评论家亚·古尔维奇说过这样的话："不管一个孤独的、被遗忘的人流浪到哪里，普拉东诺

---

① Платонов А.Избранные произведения.М., Экономика.1983.cc.770-771
② 圣母像《请缓解我的忧伤》弗坐祠第一章的祈祷文中的原文是：请把我们从万恶中解救出来，并缓解我的忧伤吧。参见 http://www.utolipechali.ru/akafist

夫都如同一个挥之不去的影子一样跟随着他，仿佛是害怕沉默的痛苦在没有引起别人哀伤之情的时候就在未知中逝去……要为他人的痛苦一掬同情之泪的愿望在普拉东诺夫的心中是那样强烈、那样浓厚，以至于他在自己的想象中不知疲倦地、尖锐地唤起最阴沉的画面、最怜悯的心态……他以浓墨重彩夸大其词，为的就是在读者中引起唯一的一种快感——怜悯感。"① 该评论家以否定的态度批判普拉东诺夫的怜悯感。但我们知道，相对于闭目塞听、一味歌功颂德的作家来说，普拉东诺夫对当时苏联的现状乃至世界文明状态之洞察要敏锐得多，也深邃得多，对人类命运表露了更为深切的关怀。

无论是圣母像，还是小说，其核心都是圣母或以圣母为原型的主人公，其余人物形象则围绕怜悯主题这一核心展开。表面上看，短篇小说中，怜悯的对象具体到以马利亚及其三个孩子为代表的牺牲在伟大的卫国战争战场上的俄国人；借助与圣像的互文，祈求怜悯的人扩展到所有在宗教生活中濒临死亡、病入膏肓的上帝的子民。

为了说明作品中怜悯主题与圣母像的互文性，我们有必要在这里引用一段母亲马利亚跟孩子们交谈的片段："我一个人的心血太少了，太少了……他们是我的孩子，并不是他们自己要求活在这个世上的。是我把他们生下的，是我把他们生下的。……是我们把孩子生了下来。……我不能没有孩子一个人活着，不能没有这些死去的人而一个人活着。"② 尽管马利亚在坟墓上的一系列话语不能算是严格的祷告，因为她不仅从头到尾都没有对上帝的称呼，而且是向着大地，而非面对圣母。但是这一片段无疑与面对圣母像的祷告具有相互指涉关系。首先，母亲的话多采用祈祷文常用的重复句式，其次，正如人们面对圣母像所祈求的是上帝对逝去的孩子的怜悯一样，小说中马利亚在坟墓上与孩子的对话同样充满怜悯。只是这一次，

---

① Учебник: Русская литература XX века. С. 45.
② Платонов А. П. Взыскание погибших. // Избранные произведения. М., Экономика. 1983. С. 774.

同样需要怜悯的还有濒临死亡的母亲马利亚。需要指出的是《怜悯逝者》中的母亲形象与早期创作《电的祖国》中的圣母形象形成鲜明对比。后者的故事发生在1921年,作品以第一人称口吻描述了年轻的电工在寻找维尔朝夫卡村的过程中偶遇干旱时节的圣十字架游行的场景。"我等到人们走近我,看见神父和助祭,三个拿着圣像的女人,以及20个正在祷告的人。""人们手里所举的一幅圣像画中,圣母头上并没有光环,只看到了苍白而虚弱的天空。"因此,那里圣像画中的圣母类似于"无信仰的劳动妇女,靠自己,而不是靠着上帝的怜悯活着"①。尽管表面上看来该作品中显在地出现了圣像元素,可是这里与东正教圣像的非常明显的差别在于圣母头上没有光环,而在东正教圣像中,光环恰恰是神圣的象征。也就是说,在这里普拉东诺夫把圣母形象世俗化了。该作品中所描述的有一点与《怜悯逝者》相同,那就是游行队伍中的人们不是面对圣像画,也不是对着天空画十字,而是对着空旷的地方。不是向上帝俯首,而是向着大地。正如费多托夫所言,尽管太阳,月亮和星星离上帝更近,但是人们的心并不向着他们,而是向着大地母亲,只是在祈祷的时候面对圣母。俄国民间文化无疑混合了多神教文化和基督教文化的诸多元素。不止东正教融合了多神教的许多元素,在俄国人民的日常生活中,至今尚未完全丢弃多神教的传统。按照古老的宗教习俗,有罪的时候可以向大地忏悔。② 在人与大地的关系中,作家强调人的身体与大地在基因上相互联系。生活对主人公来说,就是孤独的身体与大地的分离,而按照圣经的说法,人恰恰是从大地受造的,即耶和华神是用地上的尘土造人的。在普拉东诺夫看来,大地代表生育和埋葬。作家早在1920年的文章中即有这样的描述:大地是整个世界,有塔,有花,

---

① Платонов А.П.Родина электричества //Собрание сочинений.В 3 т.М., Советская Россия.1985.Т.1.сс.62-63.

② Федотов Г.П. "Мать-земля" (К религиозной космологии русского народа) // Судьба и грехи России: В 2 т.СПб., 1991.Т.2.С.74.

有人，有河，有云。我们来自大地，也将回归大地，那是我们生长，欢乐和战斗的地方。人们这样认为，而且这也是正确的。① 普拉东诺夫还加入了大地形象的多神教意义。大地自古以来就被认为是母亲的怀抱，作家在《基坑》中强调这一点，并把基坑称为"孕育未来生活的子宫"。不过，在无神的世界普拉东诺夫塑造的主人公无法面向上帝，也只能面对不说话的自然。但是，血液里渗透着传统文化的俄国人，读罢这一片段，不难理解作家的用心。

以战争为背景的作品不同于以往创作之处在于，战争除了造成人与大地的分离以外，还直接将"大地"这一孕育和埋葬人生命的地方摧毁。遭遇大火灾的树林和被炸弹炸出凹痕的大地无不是深受战争之害。最为典型的例子就是战争前后米特罗凡大道两边风景的对比：米特罗凡大道两旁以前长满鲜花和树木，如今却荒草丛生，少有人问津，俨然一副接近末日的样子。② 值得注意的是，从词源学上讲，"米特罗凡大道"③ 意即母亲之道。描写战争前后的景色对比并非普拉东诺夫首创，19世纪作家托尔斯泰在《战争与和平》描写波罗金诺战役前后田野上景色对比的画面，早已成为人们耳熟能详的经典片段：原来在早晨的阳光下刺刀闪烁，硝烟弥漫的田野那么美丽悦目，现在空中却笼罩着潮湿的阴霾，散发着火硝和鲜血的奇怪的腥臭味。出现了片片乌云，飘起了细雨，向死者和伤者洒落，向惊慌失措、疲惫不堪和满腹怀疑的人们洒落。细雨仿佛在说："人们哪，够了，够了。快停下来……醒醒吧，你们这是在干什么啊？"尽管人们"很愿意住手"，但是"一种不可理解的神秘力量还是在继续支配着他们"④。这个神秘的力量也就是上帝的力量。而在非理

---

① Платонов А.П.Ремонт земли // Платонов А.П.Чутье правды.М.，1990.C.49.

② Платонов А.П.Взыскание погибших.//Избранные произведения.М.，Экономика.1983.C.773.

③ "митрофан"一词的希腊语词根是由"母亲"和"出现"两个词素组成。Словарь русских личных имен.М.，Школа-пресс.1995，с.245.

④ ［俄］托尔斯泰：《战争与和平》第3卷，娄自良译，第1143页。

性的力量面前、在历史的长河中人是如此渺小，如此无能为力，被命运玩弄于股掌之间，除了听命于上帝没有别的出路。

在普拉东诺夫这一时期的创作中，同样描写战争给这个世界以及世界上的人们带来损伤的还有《上帝之树》。文中多处采用象征手法，"母亲消失在了黑麦田中，整个世界都变得悲伤"①，这里从母亲到整个世界，是从具体到抽象的转化，意在渲染战争所造成的悲剧气氛。除了象征，作家还运用对比手法突出战争前后的变化，当描写战前的村庄时，路两边是密密麻麻的黑麦，而战争爆发时，变成了空荡荡的冰冷的道路；战前树上有鸟儿在唱歌，仿佛天堂一般，战时则是安静的，悄无声息。在战场上有一些坑，也许是用来埋葬死者，也许是由于炸弹的爆炸所导致，这些都是地狱的形象象征。战前有高大的树木，战时则只有特别低矮的树，战前长着黑麦，战时则只剩熊熊燃烧的战火。

离家时，主人公斯杰潘就随身携带了一片取自"神圣的祖国之树"的叶子，作为安慰、力量和保护的源泉。不像其他树，这棵树从未被闪电击毁，尽管有些患病，却又很快重新焕发生机，甚至比之前都茂密，而且鸟儿也都很喜欢它，在那里唱歌和筑巢。即便在干旱的夏日，这棵树也从未将自己的孩子——多余的凋零的叶子——弃之不管。而是整个儿地静止在那里，不牺牲身体的任何部分，树上的任何东西也不被分开，在这棵树上长大的东西仍旧安然无恙。显然此非普通之树，而是对天堂的暗示。斯杰潘从这棵上帝之树上摘了一片叶子，把它放在怀里，奔赴战场。无论是《上帝之树》中母亲目送儿子斯捷潘上战场，斯捷潘则不断地回望母亲直至母亲消失在黑麦丛中，还是《怜悯逝者》中母亲离开家到达埋葬孩子们的战场废墟所走的路，都可称为"母亲之道"。正是这条路将生者和逝者联系在一起。在某种程度上说，这条路就像信徒们前往教

---

① Платонов А. П. Божье дерево.//Собрание сочинений. в т. 8 М., Время. 2010. Т. 5. С. 9.

堂做礼拜时所走的路。

除此之外，坟墓上用悲伤的枝条做成的十字架也是对宗教仪式的隐喻。众所周知，在东正教中，象征耶稣被钉死的十字架和画有圣母与圣子的圣母像是完成宗教礼仪以及大大小小的祈祷仪式最重要的两个元素。十字架和圣像画在作品的艺术世界中几乎不可辩驳地代表着人民的信仰。马利亚坐在十字架旁，孩子们尸骨未寒。不难想象，作家仿佛把宗教仪式搬到了孩子们的坟墓上。母亲把脸贴在大地上的画面更是像极了教堂中信徒亲吻圣像的场景。斯捷潘把树叶放在胸前，又把树叶放在高处（类似信徒家中的红角）。这些举动都像是信徒面对圣像的方式。尽管《上帝之树》中并未出现圣像，更没有指出具体哪幅圣像，但是那片从"上帝之树"摘下的叶子毫无疑问是对圣母像的象征，是对孩子的庇护。

善良而天真的孩子们惨遭杀害，战争年代的孩子们从一出生就注定了可怜的命运。他们"并非自己要求活在这个世上"，因而生得被动。"这个世界还不适合生存，没有为孩子们做好任何准备"，因此他们不得不早早地离开这个世界，但是他们又"死得艰难，累得筋疲力尽"①。战争年代惨遭杀戮的孩子们可以让读者联想到陀思妥耶夫斯基《卡拉马佐夫兄弟》中孩子的眼泪以及《基坑》结尾处小女孩娜斯佳的死。孩子的死，无论是对于作家的前辈陀思妥耶夫斯基，还是对于作家本人，都难以容忍。他们对孩子的死无疑充满怜悯。而在祈祷传统上，母亲在圣母像《怜悯逝者》前恰恰也是为死去的孩子代祷，祈求上帝和圣母的宽恕。毫不夸张地说，作品仿佛具备了完成一次宗教仪式所需要的全部元素。这一仪式举行的目的恰恰就在于请求上帝和圣母怜悯战争中的牺牲者以及他们的亲人。不同的是，如果说，信徒面对圣像请求上帝怜悯的行为是向上的，那么作品中的主人公在向大地忏悔时，又多了一层向下的意思。从

---

① Платонов А.П.Взыскание погибших.//Избранные произведения.М.，Экономика.1983.С.774.

这个角度讲，马利亚形象的原型融合了圣母和大地母亲的双重角色。

其实不光上面我们所提到的母亲形象，普拉东诺夫主人公内心所具有的悲天悯人的情怀，也造就了男主人公们温顺的性格。在短篇小说《铠甲》中，性情温顺是老海军萨文典型的个性特征；俄罗斯人的典型特点在于"俄罗斯海军很多都是这样的人"①。在主人公们的意识中，温顺是"与生俱来的美德"，这种美德诱使敌人将其毁灭。因此，无论是叙述者，还是萨文都希望摆脱这一美德，把自己对祖国的温顺的容忍之爱转变成对敌人的狂暴之恨："但是可以忍受多少……是否因为正在忍受我们的痛苦和饶恕施虐者，我们做出牺牲？这样的忍耐是否意味着我们对自己物质的爱，我们期待依靠某些手段活着，忘却逝者，爱众人，宽恕杀人者，克制自己那颗想要反抗敌人的心，只是如果哪怕可以稍稍喘过气来和食嗟来之食，只是如果我们哪怕可以生活在永远的痛苦中？我思索了一下：仿佛我想要看到这样听从自己理智和内心的瞬间解决办法，以及不依附于折磨人的依恋生命之人！"萨文仿佛听到同路人的折磨人的想法，并且用"瞬间的理智和内心的解决方法"来回答它们。他拒绝纯理性主义的拯救祖国的原始计划，那就是寻找在未来建设坚不可摧的铠甲的古老设计思路，由此来拯救俄罗斯。他的内心需要刻不容缓地参与到祖国命运中去。他奔赴法西斯分子所在的乡村，用刀刃宰杀"七个人（灵魂）"。临终，萨文给自己的同志留下了"像恶一样坚固的爱"，"开始失去知觉，嘟哝自己的名字，丧失了对生命的记忆，闭上眼睛死去……但是最为坚固的保护俄罗斯免于死亡并使俄罗斯民族永垂不朽的则是这个人停止跳动的心脏"②。《铠甲》是作家痛苦的内心对战争中所发生的悲剧事件的回应。

母亲形象有助于揭示向往和平的思想，这正是俄国战士在卫国战争中一直遵循的思想。这一形象在普拉东诺夫作品中成为人民的

---

① Плтаонов А.П.Броня.//Собрание сочинений：в 8 т.М.，Время.2010.Т.5.С.53.
② Плтаонов А.П.Броня.//Собрание сочинений：в 8 т.М.，Время.2010.Т.5.С.64.

功勋在诗学和道德方面的证明。人民被迫与法西斯进行殊死搏斗。同时，普拉东诺夫作品中每一个战士内心中都有一个母亲形象。普拉东诺夫在短篇小说中展示了人们的精神和内心世界，以此保障人民借由战争通往胜利与和平。作家将这种内心和精神的现实变得可视。战争的主要面孔是男人（战士），和平生活的主要面孔则是女人（母亲）。在普拉东诺夫战争小说中，二者却是接近的，甚至达到同一和功能互换。这一点在作家的《创作笔记》中得到了体现："孩子的降生是一次性行为。但是，保护他们免遭敌人和死亡侵犯，则是经常性的工作。因此，在我们的人民中间，母亲和战士的概念很相近：战士承担着母亲的职责，保护她的孩子免于牺牲。"① 在普拉东诺夫战争小说中，战士和母亲形象最为明显且界限最为模糊的联合体现在《军官和农民》（《在人民中间》）中。俄罗斯女人（母亲）的形象以农民阿格拉菲娜的面孔展现在读者面前。就像严厉的军官一样，她掌管着家庭，维持着整个家庭的秩序。不同于阿格拉菲娜的战斗性格，少校玛霍宁温柔而忍耐，就像母亲，这一点是俄国军官的"母性本质"。他通过赢得战争的胜利拯救瘦弱的、受惊吓的人们免于死亡。对他来说，这个过程如此重要又如此困难，就像母亲生下自己的孩子一样，他也体验到了"深刻的安静的喜乐，或许这种喜乐类似于母爱"②。

普拉东诺夫作品中祖国保卫者的共同特点都跟母亲有关——温顺，忍耐，善良，羞愧，苦难和爱。普拉东诺夫对战士功勋的理解建立在和平和神圣的母爱基础之上。母亲作为爱、和平以及祖国的象征，在战争短篇小说的形象体系中占据着重要位置。

---

① Платонов А.П.Записные книжки.Материалы к биографии.М.，ИМЛИ РАН.2006. С.281.
② Плтаонов А.П.Среди народа.//Собрание сочинений：в 8 т.М.，Время.2010.Т.5. С.232.

三 受难者中的受难者罗莎

> 凡为我丧掉生命的，必得着生命。
> ——《马太福音》16：25

　　基督徒把受难看作是赎去此生罪孽、走向天国的必经途径。普拉东诺夫创作于伟大的卫国战争年代的作品中，有一部非常引人注目的短篇小说《罗莎姑娘》。作品女主人公罗莎，一方面拥有现实中人的特点，另一方面被明显神圣化："罗莎是受难者中的受难者。"① 罗莎没被火烧坏，最初对她的暴力是徒劳的：罗莎忍受了全部的暴力，包括侦查员，也包括"彼岸世界的大师"，充满活力的俄国姑娘并不屈服于德国人。对罗莎的折磨首先来自侦查员，在侦查员和快手冈斯的对话中可以看到对法庭场景的模拟；考验和奇迹同样出现在短篇小说中：这个俄国的罗莎用自己的生和死，经受住了来自战争、权力和全人类的"新组织"的怀疑和批评。这样的神迹不可能被忍受，难道德国战士尸横遍野是毫无目的和枉然的吗？② 因此等待罗莎的还有一系列来自德方的考验。这个女主人公在受到大规模射击和火烧之后奇迹般地活下来，因此获得了特殊的地位："德国人，在一名俄国人的帮助下懂得了，如果将一个人杀死一次，那么对他再也束手无策，已经再也无法控制他。"③ 因此他们决定给罗莎"一半的生命"④。刽子手把她折磨成"半傻子"，使罗莎丧失了记忆，进入生与死之间的第三种状态。从那时起，她唯一的愿望就

---

① Платонов А.П.Девушка Роза.// Избранные произведения.М.：Экономика，1983. C.782.
② Платонов А.П.Девушка Роза.//Избранные произведения.М.：Экономика，1983. C.783.
③ Платонов А.П.Девушка Роза.//Избранные произведения.М.：Экономика，1983. C.783.
④ Платонов А.П.Девушка Роза.//Избранные произведения.М.：Экономика，1983. C.784.

第四章　另一种乌托邦：普拉东诺夫创作与俄国圣像文化　　275

是恢复到从前的完整状态，"找回自我"，同自己"努力和苦苦回忆起来的那个罗莎"① 相结合。罗莎遭受了射击而且获得了新生，她试图进入镜子般和谐的空间，即"向下"和"向上"运动的矢量相等。最终女主人公恢复到"完整"状态，但是已经不在地上的世界了。这就与《切文古尔镇》中湖和天空，《基坑》中基坑和塔的相互反映②形成了互文性。她去往罗斯拉夫尔城的出口，却没能找到它的尽头。那里（城外）整洁而宽敞，可以看得很远，她困难而苦恼地回想起来的罗莎清晰可见，那个被她驱赶到角落、抱在怀里的罗莎。那个罗莎把她从这里带到从前的那个地方去，在那里她从未头痛过，从未因为跟世上的人分开而心情郁闷，那个罗莎她现在忘记了，认不出来了。"她想逃离城市去远方，去往天空深处，天空正像她所看见的那样，开始于离城市不远的地方"，罗莎寻找从城市出来的路：罗莎请求过路人将她带到田野，她不记得去路，但是行人把她带回自己家……她"请求每一个人与她握手惜别，送她去往清澈的田野，那里就像在天上一般，宽阔而一望无际"。最终罗莎在布满地雷的田野里"瞬间成光"③。此外这里的"闪烁"（地雷的爆炸）从远处传来，因此可以说，作家给读者留下一个悬念：我们并不清楚女主人公罗莎是否去到彼岸的光明世界，牺牲了还是幸存下来。

德国人既不让罗莎死，也不让罗莎复活，不让她做自己，还使她丧失了作为女人的生育本能。从这个意义上讲，两种行为——剥夺罗莎的生育能力和她的重获自由——在语义上是完全同一的。在神话学的世界图景中，死亡并不是作为某种不可逆的东西，所有死去的东西都能以新的形式复活，比如嫩芽、仔畜、孩子等形式。

---

　　① Платонов А.П.Девушка Роза.// Избранные произведения.М.：Экономика，1983.С.786.

　　② Яблоков.Е.А.Хор солистов-проблемы и герои русской литературы первой половины XX века.Санкт-Петербург，2014.С.427.

　　③ Платонов А.П.Избранные произведения.М.：Экономика，1983.С.786.

死—生—再死，这三个概念对于原始意识来说是统一的相互渗透的形象。因此"死"用古代隐喻的语言来讲就是"生"和"复活"，而"复活"就是"死"和"生"。①

接下来的题材是由"遗忘""失去""分手""回想""寻找""联合"等母题组织在一起的。比如：罗莎希望看到自己充满活力的健康的样子，如今不记得自己的样子了②。死亡被细化为各个不同的阶段进行描述：需要经过死亡之国，在那里漫游，走遍每一个地方（罗莎的出城），"死人"在这里是旅行者，漫游者——普拉东诺夫短篇小说中，罗莎被称为"乞讨者"（"побирушка"，该词源于动词"побираться"，意思是"在尘世漫游、乞讨"③）。死亡被比喻成广泛接待客人的宾馆和庇护所。文中的叙述者把女主人公称为"俄国的罗莎"④，与此同时，法西斯审问和拷问她，试图探听出某种消息：审问者相信，她知道关于罗斯拉夫尔城以及整个俄国生活的全部，仿佛罗莎曾代表整个苏联政权。在接下来的片段中，圣母的语义和"罗莎"一词相结合：这样，她闯入了别人的家，老妇人正向圣母像祈祷。女主人公问（不知道问谁）：罗莎在哪里？老妇人"可怜罗莎，给她穿上新衣（обрядить），就像对待一个新娘一般"⑤。"обрядить"一词不仅让人联想到婚礼，还让人联想到葬礼。身穿白裙的女主人公象征着未被破坏的纯洁，另外从标题中作家所使用的"姑娘"⑥一词也能看出这一点。对比一下小说的标题，罗莎姑娘（Девушка Роза）和童贞女马利亚（Дева Мария）无论是结

---

① Фрейденберг О.М.Поэтика сюжета и жанра.М.，Лабиринг.1997.С63.
② Платонов А.П.Избранные произведения.М.：Экономика.1983.С.786.
③ Даль В.Толковый словарь живого великорусского языка.в 4 т.М.，Русский язык.2000.Т.3.С.135.
④ Платонов А.П.Избранные произведения.М.：Экономика，1983.С.783.
⑤ Платонов А.П.Девушка Роза.//Избранные произведения.М.：Экономика，1983.С.785.
⑥ 在《切文古尔镇》中，科片金也把罗莎称为"漂亮的姑娘"（Платонов А.П.Чевенгур.：Роман и повести.М.，1988.С.112），而在历史上罗莎·卢森堡死于47岁。

构，还是语义，都体现出罗莎与圣母形象的互文之处，作家把罗莎称为"姑娘"的原因正在于此。

村民从罗莎身上看到的是俄罗斯人民的忠诚和生活的奥秘所在，这一点通过罗莎这样一个虚弱的，缺乏理性的和孤独的人的形象体现出来。罗莎姑娘就像一个真理，将所有极端贫困的丧失信心的心灵吸引到自己身边①。由此可以说，《罗莎姑娘》中圣母圣像的出现并非偶然。丧失了做母亲能力的罗莎，不得不像圣母马利亚那样以奇迹的方式，不靠任何客观力量和固定法则，而是借助超自然的意志力量复活生命。罗莎跟老妇人的对话提前暗示了罗莎的独特性：罗莎是有生命力的，她去往田野，不久就会回来。罗莎希望去到田野的愿望还可以解释为要想获得新生必须经历死亡阶段。罗莎在布满地雷的田野里死去，但是这次的死预示着新生。由此，在描述罗莎的死时，"光"是对"生命"的隐喻：瞬间的闪烁，半傻子罗莎的死亡之光。② 短篇小说题材的中心是破坏生和死的永恒循环：掌管大自然中收获和结果一事的神本身被耗尽，同时作为植物和女人名字的罗莎被剥夺了生产的能力。生命自然进程的恢复借助奇迹而实现。在这部短篇小说中，罗莎的裙子和鞋子数次失而复得，更准确地说，一系列换装构成了其受难的全过程，也即在"生"与"死"之间不断寻得平衡的过程。

《罗莎姑娘》中的同名主人公，是普拉东诺夫笔下的典型受难者形象。普拉东诺夫创作于卫国战争时期的作品并不乏类似的主人公，比如《死亡不存在！》中献身精神的体现者阿格耶夫。考虑到自己的军官身份，他认为自己理应承担比普通战士更为繁重的工作："目前

---

① Платонов А.П.Девушка Роза.//Избранные произведения.М.，Экономика，1983.сс.785-786.

② Платонов А.П.Девушка Роза.//Избранные произведения.М.，Экономика.1983.С.786.

我国人民处境艰难……在这种情况下，让我比大家更艰苦一些吧。"① 可以说，苏联军队甚至整个苏联人民就像由无数个受难者组成的队伍，他们自觉自愿地承担起苦难，肩负起拯救整个世界的使命。正如"每一个彼得和伊凡——都是世界性存在，在自己的深处与整个历史和超个性的东西联系在一起"②，这种思想恰恰是在东正教精神领地上孕育出来的。如果说，在作家之前的创作《幸福的莫斯科娃》中，奇迹或者人的神化是用于破坏和克服永恒的世界秩序，在这种秩序中首先产生的是共有的生活，在这一过程中个人生活丧失的话，那么在《罗莎姑娘》等一系列战争小说中，这种永恒的世界秩序和奇迹处于危险之中，并且需要保护或者恢复。换句话说，在普拉东诺夫战前的创作中，古老的世界图景主要考虑的不是个人对永生的追求和生死循环的存在。而在战争小说中，死亡企图在世界上取得绝对的胜利，因此作家的目的在于保护永恒的世界秩序，而个人就应该成为恢复这一古老存在法则的武器，有意识地为全体人的生活做出自我牺牲。

圣经中共有7位妇女在耶稣受难前后分别用香膏为其净身，俄语中"拿香膏的女人"也因此成为"温顺善良的妇女"的代名词。这些跟随基督、勇于献身的妇女成为俄罗斯女性的道德理想。相比男圣徒，尽管俄罗斯的女圣徒数量并不算多，但是在现实生活中，那些"恪守家庭责任、忠于丈夫及事业的妻子，为信仰和国家自我牺牲的女教徒，禁欲苦修和殉难的修女"③ 都成为俄罗斯人民敬重的对象。普拉东诺夫战争小说中以马利亚和罗莎为代表的女性形象无不具有神圣性和自我牺牲精神，是"苦难的化身和拯救的力量"，是怜悯之爱的化身，她们在尘世间的生活是"不同于凡人的非人间

---

① Платонов А. П. Оборона Семидворья.//Собрание сочинений. в т. 8. М., Время. 2010.Т.5.С.149.

② ［俄］别尔嘉耶夫：《俄罗斯的命运》，汪剑钊译，第171页。

③ 谢春艳：《美拯救世界》，人民文学出版社2008年版，第52—53页。

的另一种存在"①，肉体存在于尘世，灵魂已经升入了天国。

第三节　普拉东诺夫创作与俄罗斯东正教圣乔治像

拉扎列夫②在其著作《俄国中世纪绘画：文章和研究》中，专门研究了拜占庭和古罗斯各种类型的圣乔治圣像。普希金《青铜骑士》③和《鲍里斯·戈都诺夫》等作品，契诃夫短篇小说，20世纪俄罗斯诗歌中的圣乔治形象均进入了该学者的研究视野。20世纪，在俄罗斯人的意识中，圣乔治形象象征着伟大的力量。正是这种力量帮助俄罗斯人无论面对任何敌人都能团结起来。这一特殊时期，《圣乔治斗恶龙》这一题材中涉及的蛇（恶龙）不仅象征着敌人，而且还象征着战争的毁灭性力量本身。整个20世纪俄国文学史是对整个民族精神发展史的准确追踪，战争的影响不仅反映在国家的经济状况上，而且反映在灾难时期人们的崇高精神追求方面。20世纪俄国文学中的典型题材是复活死者的母题，而圣乔治在这个过程中哪怕没有复活死者的能力，至少也有帮助痊愈的作用。

一　普拉东诺夫创作中的主人公乔治

普拉东诺夫从20世纪20年代即开始在作品中使用与乔治有关的名字，包括作品《以太通道》中的叶戈尔·基尔皮奇尼科夫，《贫农纪事》中的格里高利。如果说在20年代末到30年代初，普拉东诺夫通过使用乔治的名字，用艺术的方式来阐述自己的社会历史

---

① 谢春艳：《美拯救世界》，第72页。
② Лазарев В.Н.Русская средневековая живопись：Статьи и исследования. М. Наука，1970.
③ 从普希金到勃洛克再到别雷，都描写过青铜骑士这一元素。

观点,那么在伟大的卫国战争时期作家的创作中,则是对屠龙故事题材的直接借用或者变形。屠龙神话以独特的方式广泛出现在普拉东诺夫战争小说中,其中包括:《井里的新鲜水》《伟大的人》《精神崇高的人们》《无灵魂的敌人》《死亡不存在!》《铁婆婆》《在德国人内部》《突破西方》和《理智的遗忘》等8部战争小说,涉及乔治名字的变体包括叶戈尔、尤里、尤拉等。

　　《铁婆婆》的主人公是小男孩叶戈尔。通过孩子的认知更容易接近神话,作家为读者揭示了一个令男孩惊奇的世界。在这则短篇小说中,叶戈尔的名字是屠龙神话的核心,这里的屠龙母题体现明显。故事从描绘一棵代表屠龙神话典型元素的树开始。树下坐着小小年纪的叶戈尔,潮湿而瘦弱的白色蠕虫正朝叶子爬来,从它身上可以嗅到河水,新鲜泥土和草的味道。蠕虫是一种生活在土里的软体动物,外形和移动方式都和蛇接近。屠龙神话中的两个主人公都在这里出现了——屠龙者小男孩叶戈尔和蛇(小蠕虫)。叶戈尔对蠕虫格外友好。他试图了解蠕虫是什么,并且和蠕虫交谈,但是蠕虫对他不理睬,只是在那里打盹。"它小小的,很干净,很柔软,或许还是个小孩子,也或许已经接近瘦削的小老头了。"① "叶戈尔还提出要跟蠕虫换换角色:来让我做你,你来做我。"② 小男孩叶戈尔在文中不是跟蠕虫相关,而是和"战胜死亡"的母题有关,而这一母题也有着深刻的神话潜文本并和屠龙神话有关。深夜,叶戈尔潜入象征地下世界的谷底。那里有一个小洞,叶戈尔在洞里睡着了。在神话传说中,睡觉和死亡紧密相关,神话的主人公正是以这种方式进入死亡的国度③。按照斯拉夫神话学说,梦境被看作接近死亡(永恒

---

① Платонов А.Избранные произведения.М.: Экономика,1983,С.689.
② Платонов А.Избранные произведения.М.: Экономика,1983,С690.
③ Успенский Б.А.Филологические разыскания в области славянских древно-стей:Реликты язычества в восточнославянском культе Николая Мирликийского. М.: Изд-во МГУ,1982.C.89

的梦）的一种状态①。在民间传说中，梦使得人们有机会完成彼岸世界之旅。在梦中，人的灵魂可以暂时离开肉体，可以有机会了解生之外的世界。这一场景与作家创作于 30 年代的短篇小说《波图丹河》主人公尼基塔从战场回来在小河旁边睡觉的场景形成互文。梦就是暂时的死亡，睡觉即死亡，死亡也即睡觉。② 而铁婆婆的角色本身代表的即是死亡：老婆婆浑身颤抖，沙沙作响的铁片响起熟悉而沮丧的声音抑或干骨头的断裂声。通常扎着铁辫子的干瘪的老婆婆形象代表着死亡，而屠龙神话中雷神的对手则是土地世界的主人。叶戈尔和老婆婆进行了斗争，他准备削弱老婆婆的气焰，用黏土弄瞎她的眼睛（而雷神对手的典型特征就是眼睛）：他把一小撮黏土撒向老婆婆，自己趴在地上不动。叶戈尔以自己的方式进入彼岸世界（地下的国度），后又从那里出来。"他感觉到一阵熟悉的来自妈妈的温暖，醒来告诉妈妈，他刚才跟着铁婆婆潜到谷底了。"母亲望着叶戈尔，就像看着一个"外人"一样。③ 这也补充说明了叶戈尔夜晚的神奇经历。小说结尾，叶戈尔又看到熟悉的蠕虫，它正爬"回家"，回到土里呢。④ 关于屠龙者和蛇的斗争在该小说中发生了变形：土里的蛇在小说中以柔软的蠕虫的形象体现，然而它和蛇的联系很明显。蛇由土里的铁婆婆来代替，也被小男孩战胜。这部战争中期创作的短篇小说，属于普拉东诺夫传统的儿童小说，作家在此表达的是自己对战争胜利的内在期望，与此同时试图摆脱因为担忧战争结局而产生的内心不安。作家没有公开使用屠龙神话，要知道此时表达俄国对德国的胜利还为时尚早。因此，作家有意选择让小男孩叶戈尔做主人公，代表死亡的神话人物铁婆婆做他的对手，以

---

① Гура А.В. Сон. Славянская мифология：Словарь-справочник. М.：Международные отношения，2002，С.445.
② Карасёв Л.В Знаки покинутого детства（постоянное у А. Платонова）. Вопросы философии.1990.№2 С.30
③ Платонов А. Избранные произведения. М.：Экономика，1983，С.693.
④ Платонов А. Избранные произведения. М.：Экономика，1983，С.694.

童话式的方式展开叙述。

　　短篇小说《突破西方》(1944)中也使用了乔治的名字。小说以描述炮兵行动开始："爆炸产生的红黑火焰冲破土地上的灰尘,攻克了藏在地下的敌人。"① 这里敌人被火消灭,而战争行动总体上被描述成善与恶的斗争。"这里又开始了善与恶的斗争。善的武装更强,恶必死无疑!"② 在该小说中,爆炸之后开始了苏军炮兵的行动,在他们的掩护下工兵建立起跨越第一个水界线——普罗尼亚河的渡口。小说第二部分主要解释各种不同武器的相互作用,表达苏军胜利的信心。尽管突破西方实现了,但是并没有取得最终的胜利。军士的手部受伤给出了暗示,尽管没有直说他的哪只手受伤,但是可以确定是右手,也就是圣乔治持矛战龙的那只手。军士的名字乔治·谢苗内奇和《基坑》中的农民叶戈尔·谢苗内奇名字一致。但是,如果说《基坑》中表达的是圣乔治在现代行动中没有地位的话,那么在《突破西方》中乔治这一形象毫无疑问被写成主人公的聚合体,尽管他的功勋也没有描述。这一形象是对整个俄国战士的象征。父称谢苗内奇加强了战争和农事活动的潜在联系,普拉东诺夫在战争短篇小说中不止一次强调过这一点。③ 关于这一点我们在第三章已经探讨过,此处不再赘述。

　　《精神崇高的人们》(1942)描述了一群英勇的战士,最终苏军获胜。其中包括海军战士尤里·帕尔申,这是普拉东诺夫战争小说中罕见的以尤里命名的人物。作家这样概括主人公的特点："帕尔申受伤四次,其中两次重伤,但是没有牺牲。并非力大无比,但是开朗乐观,可以承受任何苦难,他假设自己在世界上最后一只蠕虫以

---

　　① Платонов А.Избранные произведения:Рассказы, повести.М.:Мысль, 1984.С.292.

　　② Платонов А.П.Избранные произведения:Рассказы, повести.М.:Мысль, 1984.С.292.

　　③ Дмитровская М.Архаичная семантика зерна (семени) у А.Платонова.// «Страна философов»Андрея Платонова:проблемы творчества.М., 2000.Вып.4.С.364.

后才会死去"①。在这里"гад"② 一词采用的是直义,而非转义,因为在作战前,政委把对手比喻成土里的蠕虫:敌人,就像有毛的蠕虫,潜伏到我们的地盘。丧失了这片土地,我们就丧失了生命,让我们向敌人开火吧。③ 这里"消失在土地里的有毛的蠕虫"是对维列斯—雷神对手的隐喻,动词"劈开"(рассечь)使人联想到雷神手中的武器——剑。在一次进攻过程中,德国人藏在绵羊群中。这一场景无疑是对德国人(也就是雷神的对手)和牲畜联系的隐喻。作家把德国人称作"蠕虫"。费里琴科命令向牲畜群中的蠕虫开枪,然后出现了敌人的坦克。帕尔申决定直接俘获对手,拿着手榴弹躺在坦克下面,消灭敌人,自己也同归于尽。"你想干什么?尤拉。"费里琴科问帕尔申。"没什么,"帕尔申说道,"让我们攻下他们所有人。没什么恐怖的,我目睹过死亡,已经习惯了。"五辆新坦克出现在大路上,缓慢地沿着斜坡下来,绕过炸毁的汽车。两个海军仿佛心贴心一般,为了不忘记彼此,为了在死亡的时刻都不分开。"这是永恒的记忆。"帕尔申安慰道。④ 这一场景和《基坑》中农民分别的场景相吻合,《基坑》中的农民是叶戈尔·谢苗内奇,这里则是尤里·帕尔申。他们之间差别在于叶戈尔是消极被动的死亡,帕尔申则是胜者,尽管也牺牲了。

除此之外,普拉东诺夫还为自己的主人公使用了民俗学家阿法纳西耶夫的姓,比如《突破西方》一文主人公的姓(Георгий Семё-

---

① Платонов А. П. Одухотворённые люди.//Избранные произведения. М. Экономика., 1983. C.707.

② "гад" 一词在俄文中有 "蠕虫" 和 "恶棍" 两个意思,我们认为在这里采用的是前一个意思,对应的是屠龙题材中的 "蛇" 的不同形态。

③ Платонов А. П. Одухотворённые люди.//Избранные произведения:Рассказы,повести. М.:Мысль,1984. C.710.

④ Платонов А. П. Одухотворённые люди.//Избранные произведения:Рассказы,повести. М.:Мысль,1984. cc.723-725.

нович Афанасьев)。阿法纳西耶夫所著《斯拉夫人看待自然的诗学观点》①一书为普拉东诺夫所熟知，书中有大量篇幅有关乔治屠龙的神话以及罗斯的圣叶戈里崇敬；另外一个民俗学家的姓基尔皮奇尼科夫②，普拉东诺夫则将之赋予了《以太通道》的主人公（Егор Кирпичников）。

二 普拉东诺夫战争小说中的屠龙母题

普拉东诺夫还创作了一系列战争小说，其中的圣乔治母题发生现实性置换，人物的名字跟乔治并无关系，题材仍然为屠龙题材。无论是在战争时期，还是在战后创作的作品中，普拉东诺夫都非常积极地为主人公使用以希腊语"胜利"为词源的名字。比如尼哥底姆、尼基塔、尼基夫尔等③。其中，尼哥底姆出现在两部短篇小说《老尼哥底姆》（1942）和《尼哥底姆·马克西莫夫》（1943）标题中。这两部短篇小说都讲述尼哥底姆所建立的功勋。名字尼基夫尔出现在《军官和战士》（1944）中。在战斗开始前，"1895年出生在顿河的哥萨克人西林和自己的朋友尼基夫尔交谈，后者于1916年被德军打死"④。尽管常胜将军尼基夫尔死于德军之手，但是这并不意味着人民的最终失败，在下一次与德军的激战中，俄国军队在阿尔杰莫夫大尉的领导下获胜。

名字尼基塔在战争期间创作的作品中大约出现三次，分别是《伟大的伊万》（1943）中的尼基塔·维亚西列夫，《日常事务》（1946）中的农庄主任尼基塔·巴甫洛维奇以及《尼基塔》

---

① Афанасьев А. Н. Поэтические возрения славян на природу: В 3 т. М.: Индрик, 1994.

② 基尔皮奇尼科夫（1845—1903），俄国文学史家和民俗学家，曾对俄罗斯文学中的圣像问题进行过深刻的研究，博士学位论文为《圣乔治和勇敢的叶戈里》。

③ Петровский Н. А. Словарь русских личных имен. М., Русские словари. 1996. сс. 207-208.

④ Платонов А. Избранные произведения: Рассказы, повести. М.: Мысль, 1984. С. 239.

(1945)中的同名主人公五岁的男孩尼基塔。在童话中,尼基塔充当的是胜利者甚至屠龙者的角色,尼基塔战胜了蛇并解救了美丽的叶莲娜。通过使用尼基塔的名字,作家亦实现了战争时期创作与以《波图丹河》为代表的30年代创作的互文。

《在德国人内部》(1944)中圣乔治母题的处理方式比较独特。作品一开头即引用了德国两兄弟通信中所谈到的"为何我们的战士撤退了?在我们德国人内部到底发生了什么?"① 这个问题不只是两兄弟之一残疾人卡尔·济慈一个人的疑问,许多德国人都会提出这样的问题。卡尔的残疾所彰显的也不只是他一个人身体的残疾,而是所有德国战士在肉体和精神上的双重残疾。普拉东诺夫在一位新娘从柏林后方给自己的上尉未婚夫写的信中找到了支撑,这封信记录的时间非常具体。然而这封信实际上是虚构的,这一点从收件人的名字乔治·维内克(Георг Винек)就可以看出来,"维内克"一姓与英语的"win"发音类似,而乔治·维内克应该是作家对于俄语中常胜将军乔治(Георгий Победоносец)的模仿。无疑,把失败的德国人称为常胜将军圣乔治带有讽刺意味。在接下来的叙述中普拉东诺夫借用了乔治题材。普拉东诺夫对德国人的科技观进行了批判:"任何大型的科学发现或者技术发明都不可能通过原始的魔法手段来实现。科学技术在本质上是集体的、全世界的,科学能够完成奇迹,但是也只有在与整个世界的合作中,而不是不顾合作,不是一意孤行。"② 一份德国文件暴露了德国人更加愚蠢的地方:技术服从于意志是近来最大的任务,这也是西方文化的任务。这意味着如果希特勒需要神奇的武器,那么科学立马就应该服从于他的意志制造出这样的致命武器。这种武器将使地球上所有自由的民族毁于一旦。德国人现如今充满了恐惧和疯狂,在伟大的军械士那里寻找救赎,希

---

① Платонов А.Собрание сочинений.в т.8.М.,Время.2010.Т.5.С.364.
② Платонов А.П.Внутри немца.//Собрание сочинений.в т.8.М.,Время.2010.Т.5.С.367.

望科学能够赋予他们全能的权柄。事实上，"这把全能之剑只有用自己的劳动来净化世界和战胜暴君的人才能掌控。带来全能的胜利之剑的或许不是德国人，而是由德国人想要征服的民族制造，后者才是真正的胜者"①。普拉东诺夫正是从这个角度把德国人比喻成"没有孩子的妇女梦见自己的孩子"②，从而暴露了他们目前只剩下无力的意识。

再比如《战士爷爷》（1942）是通过水灾表现屠龙题材。在短篇小说中，水灾对于被隐喻为蟒蛇的敌人有致命伤害。爷爷跟自己的孙子说："他是什么敌人？他是法西斯希特勒！他们曾经到过克里米亚，参加过土耳其战争……简直就是一群混蛋！"③ 接下来的情节中，圣乔治战恶龙的题材通过另一种形式表现出来。孙子按着爷爷的指示，破坏了水坝，导致了洪水淹没敌人的坦克。在《军官和农民》中，作家也把敌人称作"蟒蛇，心肠狠毒的人"。普拉东诺夫作品中的农民深知人生命的重要意义：从法西斯手里解放祖国和全世界。农民谢苗向军官玛霍宁说道："我们和其他民族一起完成了何种事业，我们将这条全世界的蟒蛇俘获。"④ 作家用蛇来隐喻法西斯的思想显然来源于民间文学。蛇，在神话中就是恶的象征，在基督教中拥有魔鬼的面目。普拉东诺夫通过短篇小说的整个结构来强调，"人类的脆弱心灵在抗恶过程中的伟大力量"⑤。

普拉东诺夫为了艺术表达的需要，借用神话传统把战争行为描述成雷雨中敌我双方的激战。在短篇小说《军官的沉思》中，有这

---

① Платонов А.П.Внутри немца.//Собрание сочинений.в т.8.М.，Время.2010.Т.5.С.368.

② Платонов А.П.Внутри немца.//Собрание сочинений.в т.8.М.，Время.2010.Т.5.С.368.

③ Платонов А.П.Дед-солдат.//Собрание сочинений.в т.8.М.，Время.2010.Т.5.С.21.

④ Платонов А.Избранные произведения.М.：Экономика.1983.С.734.

⑤ Спиридонова И. Оправдание подвига：Военные рассказы А. Платонова в контексте времени// «Страна философов»Андрея Платонова.Вып.4.С.726.

样的话:"寂静中,在我们对面升腾起了雷雨,为了应对敌人我们也准备好了闪电予以反击。"① 作家借助于雷和火描述炮兵行动,最为明显的例子是短篇小说《雷雨之战》(1943)。这部小说中,普拉东诺夫把战事比作雷雨。在描述炮兵的准备活动中,最为重要的要属对"闪电"一词的隐喻用法了:"我们的数千枚大炮以闪电般的速度向敌人开火……少校在周围观察炮兵的活动,他从来没见过如此规模的战火,虽然已经作战第三年了。"② 对战斗的期待就像期待一场雷雨的到来一样:"甚至连汽车都迫不及待地期待着战斗和天空中积攒的雷雨。"③ 普拉东诺夫把炮兵团称为"战神"。这一流传甚广的用法还和雷神相关,后者在民间文学中亦可以代替上帝的角色。

　　普拉东诺夫在自己的作品中多次使用圣乔治有关的名字并非偶然。借助名字,实现的不仅是与圣乔治圣像文本的互文,也对俄国民间文化有所指涉。毫无疑问,对我方战士进行理想主义和英雄主义的描述,而把敌军描述成怯懦无耻之人,这是战争文学常见的模式。前面我们已经探讨过,托尔斯泰在《战争与和平》中塑造的外国人或多或少地有这样那样的毛病。同前辈托尔斯泰一样,普拉东诺夫的战争小说也充满了对德国人的贬损。但是这种思想倾向并非狭隘的民族主义,而是有更加深刻的民族性格的原因。这种对待西方人的态度,并非偶然,而是由于长期以来宗教信仰、思维方式、民族性格等诸多方面的不同导致了俄罗斯和西方的冲突。如果说普拉东诺夫创作于战前的以《垃圾风》和《夜半苍穹》等为代表的有关法西斯德国悲剧的小说,着力表现的是个人和纳粹国家的致命对立,其中心人物,与法西斯主义对立的利赫滕堡和祖米尔具备普拉

---

① Платонов А. Избранные произведения: Рассказы, повести. М.: Мысль, 1984. C.185.

② Платонов А. Избранные произведения: Рассказы, повести. М.: Мысль, 1984. cc. 202-203.

③ Платонов А. Избранные произведения: Рассказы, повести. М.: Мысль, 1984. C.203.

东诺夫作品中"隐秘的人"的道德和美学特点的话,那么普拉东诺夫的大部分战争小说中,德国人和法西斯分子并无区别。在战争小说中几乎所有德国人都是"刽子手""人类的敌人""心灵空虚的人"和"无灵魂的人"等的代名词。

可以说,普拉东诺夫战争小说与圣乔治屠龙圣像画母题的互文性通过一系列的二元对立来体现。也就是说,在普拉东诺夫战争小说的上下文语境中,"俄国性"和"德国性"不单纯指代两个国家的对立,而是象征两个民族精神类型的对立。这种对立在战争小说中主要体现为:生与死、宇宙与混沌、善与恶、感性与理性等的二元对立。我们认为,普拉东诺夫战争小说的基本理念恰恰建立在俄罗斯传统文化,更准确地说是东正教文化所固有的法与恩惠永恒冲突的基础之上。这种理念在战争小说中借助屠龙神话题材展开。

梅列金斯基认为:"神话逻辑广泛运用感性特质的二元(二分)对立,诸如此类对立……成为表达诸如生/死等基本的二律背反的种种手段。"① 可见,在各种二元对立中,"生—死"的对立是最具代表性的一组。《精神崇高的人们》和《无灵魂的敌人》两部短篇小说的标题本身就把法西斯视为生命之外的东西。也就是说,按照普拉东诺夫的艺术哲学,一切有生命之物皆富有灵魂。让我们从俄国性和德国性两种民族精神类型的对立来看苏联战士与德国人的对话。在短篇小说《无灵魂的敌人》中,主人公"我"命令德国人:说一说你为什么不像人,为什么你是非俄国的。② 非常明显,鲁道夫·瓦尔茨在短篇小说中是死亡的象征。小说主题通过叙述者的话语展开:不久前死亡在战争中向"我"袭来……③ 苏联战士和鲁

---

① [俄]梅列金斯基:《神话的诗学》,魏庆征译,商务印书馆 2009 年版,第 179 页。

② Платонов А. П. Неодушевлённый враг.//Избранные произведения. М., Экономика.1983.С.753.

③ Платонов А. П. Неодушевлённый враг.//Избранные произведения. М., Экономика.1983.С.748.

道夫·瓦尔茨被埋在地下，彼此非常靠近（他几乎和"我"躺在一起）①。短篇小说的最后一段指出了"俄国性"和"德国性"的对立，所表达的恰恰就是"生"和"死"的对立：但是"我"是俄国战士，是让死亡在这个世界上停止蔓延的首要和决定性力量②。"俄国性"的意义也解释了作家为何倾向于让作品的主人公使用俄国人最普通的姓，而这些姓通常由被广泛使用的俄国人的名字构成。在阅读和分析普拉东诺夫卫国战争时期的创作时，不难发现其作品中人物名字语义的单一性。大部分名字都由谢苗或者伊万及其变体或者二者一起组成。需要指出的是，俄罗斯人的姓名由名字、父称和姓三部分构成，我们在这里探讨的当然包括这三个部分。其中，伊万这个名字在普拉东诺夫战争短篇小说中使用频率极高，这也是俄罗斯最为流行的名字。最为典型的是《伟大的伊万》中的片段：德国人把所有红军都称为"伊万"，对于他们来说，整个红军就是"伟大的伊万"③。

　　短篇小说《迷宫突击》中，敌人被描绘成"童话中的多头龙形象"④，在空间上敌人归属地下世界。在地下迷宫中发生了决定性的战斗，而且这一形象的一系列特征也毫无疑问说明，"混沌"和"死亡"在神话原型方面也与敌人相关。在这部小说中，作战行为体现为地上—地下的垂直层面。在《龙之颌》一文中，敌人也被称作"龙"，德国人使得我们切断与后方的联系，开始在"龙之颌"前的土地上歼灭苏军力量。该小说的题记最大程度上集中了神话元素：

---

① Платонов А. П. Неодушевлённый враг.//Избранные произведения. М., Экономика.1983.С.749.

② Платонов А. П. Неодушевлённый враг.//Избранные произведения. М., Экономика.1983.С.757.

③ Платонов А.П.Великий Иван.//Собрание сочинений.в 8 т.М., Время.2010.Т.5.С.256.

④ Платонов А.П. Штурм лабиринта.//Собрание сочинений.в 8 т.М., Время.Т.5.2010.сс.387-403.

数千名一夜未眠的人们注视着的寂静的战争之夜，缓慢地在大地上流淌①。"寂静""夜""迟缓""水"等都是"混沌"和"个体死亡"的典型特征。在混沌中，个体的存在是不可能的。由此我们可以得出结论，"战争"的意义就在于生与死的对立和对混沌的克服。"法西斯分子是一群恶棍。战争爆发，战争中总是有混沌。"② 用"愚蠢的死亡"来隐喻德国人的用法在普拉东诺夫作品中较为普遍。"我看着德国人：愚蠢的民族。"③ 这种表达不只是对敌人的蔑视，"德国人"甚至已经被等同于"死亡"："死亡在战争中正常地活着""德国人乃愚蠢之辈"④。最为明显的从题材上表达"智慧"和"愚蠢"两个词对立意义的是短篇小说《第七个人》。该小说的主人公是奥西普·格尔尚诺维奇。子弹几乎瞄准他的头部，但未击中，因为他提前预测到了子弹的走向。⑤ 他在思索一个问题：谁会是第八个被射击的人；这第八个人一定能获救，如果第八个不是胆小鬼或者愚蠢之辈的话。⑥ 用弗赖登堡⑦的话讲："愚蠢在最古老的过去被理解为经历死亡。之后产生了一个神圣的形象。该形象以狂妄的形式出现，变成一个魔鬼，经历死亡的所有阶段。"⑧

在普拉东诺夫的一系列作品中，人物的名字和命运是同一的。在短篇小说《老尼哥底姆》中，老人所养的母牛，"一开始并没有

---

① Платонов.А.П.Челюсть дракона.//Собрание сочинений.в 8 т.М.，Время.2010.Т.5.С.372.

② Платонов.А.П.Одухотворённые люди.Рассказы о войне.М.，1986.С.342.

③ Платонов.А.П.Челюсть дракона.//Собрание сочинений.в 8 т.М.，Время.2010.Т.5.С.237.

④ Платонов.А.П.Челюсть дракона.//Собрание сочинений.в 8 т.М.，Время.2010.Т.5.С.239.

⑤ Платонов.А.П.Седьмой человек.//Собрание сочинений.в 8 т.М.，Время.2010.Т.5.С.123.

⑥ Платонов.А.П.Седьмой человек.//Собрание сочинений.в 8 т.М.，Время.2010.Т.5.С.122.

⑦ 该学者的姓本书采用的是魏庆征的译法，参见［俄］梅列金斯基《神话的诗学》，第178页。

⑧ Фрейденберг О.М.Поэтика сюжета и жанра.М.，Лабиринг.1997.С210.

名字","后来在村子里被称作'战友'（Боевая подруга），主人也叫它这个名字"①。母牛在战争年代证实了自己，并且在反抗敌人的后方行动中成为主人尼哥底姆的好帮手。在普拉东诺夫战争小说中有一个较为常见的名字叶菲姆（Ефим）。这个名字在普拉东诺夫作品中使用的是其古希腊语词源意义，即善意的和好心的。《苏联战士的故事》的主人公伊万·叶菲莫维奇·米纳科夫几乎直接代表的是拥有一颗善良内心的人。"如果在战争中受伤和长久受难都没能使他疲惫不堪的话，说明这个战士拥有一颗丰盈和坚定的心。"② 其次，"好心"是普拉东诺夫战争小说的主人公，亦即一系列俄国战士和军官的特点。比如短篇小说《在人民中间》的主人公少校玛霍宁所特有的"好心"。德国人的典型特点"空虚"与俄国人的"好心"相对立。例如《空虚的心》中"空虚"指的就是德国人。《三宝磨》的故事发生在以"善良的生活"（Добрая жизнь）为名的农庄里③。短篇小说《在善良的土地上》（《战士的故事》）可以确定"善"和"生命"，"善"和"宇宙"的联系："林后村（Замощье）坐落在善良的土地上，农舍在高处，但并不陡峭，而是有慢坡的，从此处人们可以看到他们所生活的整个世界的样子。"④ 短篇小说《在戈伦河上》结尾处，当被问到为何俄国会取胜时，俄国大尉回答道："因为我们的人民中间起作用的是善良的力量，在敌人身上则是相反的邪恶的力量。"在作家的思想体系中，战争不单纯是两个民族之间的战争，而是以上帝和魔鬼为代表的善恶之间的战争。普拉东诺夫作品中显然善的一方是以众多苏联战士为代表的俄国人，恶的一方则是德国法西斯分子。在作家笔下，后者拥有一副阴险狡诈的嘴脸，形象龌龊，与俄军的善良和英勇豪迈形成鲜明对比。

---

① Плтаонов Андрей.Собрание：в 8 т.М.，Время.2009—2011.Т.5，С.93.
② Плтаонов Андрей.Собрание：в 8 т.М.，Время.2009—2011.Т.5，С.252.
③ Платонов Андрей.Избранные произведения.М.，Экономика.1983.С.758.
④ Плтаонов Андрей.Собрание：в 8 т.М.，2009—2011.Т.5.С.231.

三 精神崇高的人们 vs 无灵魂的敌人

  德意志和俄罗斯两个民族的民族性对立，在存在主义层面体现为：机械的理性主义和感性主义的对立。相比俄国人的感性，在别尔嘉耶夫看来，"哪里有日耳曼人的手指触及过的生活，那里就是理性的和有组织的"。"德国人从来不把其他民族看成是上帝面前平等的兄弟民族，不接纳他们的灵魂……日耳曼民族是优秀的民族，强大的民族，但却是一个丧失了各种魅力的民族"①。他还指出："日耳曼人把启示整个儿看成是他们所鄙视的俄罗斯式的混乱，我们也同样鄙视这种恒久的德国式秩序"，而"在俄罗斯精神中，蕴含着博大的基督教世界主义，对世间一切人和一切物的普遍承认"②。关于"俄国人性格的隐秘性"这一点我们已经在第二章进行了较为详细的阐述，在这里将对照普拉东诺夫在战争小说中塑造的德国战士形象，来研究感性与理性的二元对立。

  普拉东诺夫最为典型的体现非理性与理性之对立的战争小说是《无灵魂的敌人》。而唯理主义在很大程度上等同于冰冷、冷漠，与蛇的形象联系在一起。在普拉东诺夫的一系列战争小说中，战争中的敌人被赋予特定的名字和特征，这些名字和特征与神话中生命和宇宙的敌人的名字和属性相吻合。通常敌人是没有名字的，只有好人才有名字，比如《上帝之树》中的敌人是无名的。但是我们前面提过，有一部短篇小说例外，那就是在《无灵魂的敌人》中，主人公俄国战士是无名的，他将自己称为"俄国普通的射击手"，他的对手，相反却有完整的名字，但是有完整的名字却并非代表他有真正的个性。事实上，瓦尔茨本人也否定自己的存在："我不是我自己，我整个人都是为了遵从法西斯头目的意志……希特勒是人而我不

---

① ［俄］别尔嘉耶夫：《俄罗斯的命运》，汪剑钊译，第142、143页。
② ［俄］别尔嘉耶夫：《俄罗斯的命运》，汪剑钊译，第145、147页。

是"，这与主人公所指的"破抹布"①完全一致。该词的文学背景可以追溯到陀思妥耶夫斯基第一部作品《穷人》，二者形成互文。"破抹布"这一形象已成为关于人的存在的重要象征。

普拉东诺夫短篇小说中，"地下的"哲学对话，或许可以用"精神地下室"的现实隐喻来阐释。借助于这种隐喻，在《俄国战士的坟墓上》中，不仅实现了外部意识形态的冲突，而且还包括内部的精神性和唯理主义之间的冲突。德国人的科学任务就在于研究"什么对人体有害且致命"，他们"仔细地观察大自然中那些可以消灭敌对力量的各种现象"，并把这些应用到实践中——用蚂蚁咬，用水淋等方式对俄国俘虏用刑。除此之外，法西斯发现"足够多的跳蚤可以把人的身体折磨到骨头里，使人无力，在跟弱小但是不计其数的动物和跳蚤斗争中被击垮"。从德国一方看，"跳蚤，就像虱子，好处在于繁殖力强。但是跳蚤不能区分俄国人和德国人。所以，负责管理集中营的德国人不得不采取额外措施保护自己免受跳蚤侵犯。这就给德国人增加了麻烦，他们的主要任务原本是大规模地快速地不留痕迹地消灭人类。问题在于得发明一种不吃德国人的跳蚤啊！"②从饥饿到煤气到火烧，这些手段无一例外都为使苏联人民遭受大规模死亡。除此之外，他们还将燃烧的尸体灰烬用于滋养土地，土地里生长出的果实供德国人享用。通过普拉东诺夫的描述，我们看到的仿佛是一个个丧尽天良的德国人的面孔。他们冷酷无情，缺乏对生命的敬畏。作家在《创作笔记》中曾经讲到一个自己亲眼看到的故事：小男孩问妈妈"德国人是怎样的人"时，妈妈回答说是"空虚的人"③。在《垃圾风》中，极权主义作为理性乌托邦的最高等级出现。小说主人公利希滕别尔格面对希特勒纪念碑说道："你第

---

① Платонов Андрей.Избранные произведения.М.，Экономика.1983.С.754.
② Платонов А. Собрание сочинений, т. 3. Рассказы1941—1951. М., Советская Россия，1985.сс.133-134.
③ Платонов А.Собрание сочинений.Т.3.М.，Советская Россия.1985.С.545.

一个明白,在机器的脊梁上,在精准科学的阴郁可怜的脊背上,应该建立的不是自由,而是坚强的独裁统治……你是不会灭亡的,因为你的卫队将由机械,由巨大的、过剩的生产力来供养"①,由此披露了法西斯主义的本质。"身体和智力发育水平不符合德国种族主义理论和国家的思辨水平,枪毙他是为了预防非良种生物引起种族污染。"② 正如别尔嘉耶夫在探讨德意志民族的灵魂时所论述的那样:"德国人仿佛能够创造的只是前所未有的技术、工业、军国主义的武器,而不是美。"③ 就像《无灵魂的敌人》一样,短篇小说《空虚的心灵》标题意味深远,法西斯不仅是一种灌输的意识形态,更以认识论和存在论为前提条件。主人公和被俘的德国中尉库尔特·福斯之间的争论从政治层面升级到哲学层面。对他来说一切都是已知和清楚的,包括他所在的阴暗世界,也仅仅需要德国式的理智和精确。他恐怕不懂得别的事物,他接受这样的科学教育。他自己也倾向于这样的科学——不去理解,而是通过毁灭不理解的东西来完成任务。我无法向他解释,在自己的外围还有什么,在"清晰的和理解的内容"之外才是重要的东西。有意思的是,德国中尉福斯的特征在很大程度上与普拉东诺夫早期发表的政论文中所表现的理性乌托邦论断类似。例如,作家在文章《无产阶级的文化》④ 结尾处这样写道:人类未来的生活,是为了占有真理这一最后的人类福祉的伟大源泉,向隐秘进发。我们将永远停在真理附近。因为人类想要的不是无限,而是这一进程的结果。动物不理解,尚且能够深刻和正确地感受大自然的多样性、深邃性和重要性。除了自己和自己的同类,剩余的一切在这个人看来都是多余和有害的、粗鲁和敌对的。福斯告诉我:"我们是被火武装起来的纯理性批评

---

① [俄] 普拉东诺夫:《垃圾风》,吴泽霖译,第360页。
② [俄] 普拉东诺夫:《垃圾风》,吴泽霖译,第365页。
③ [俄] 别尔嘉耶夫:《俄罗斯的命运》,汪剑钊译,第141页。
④ Платонов А. П. Сочинения/Андрей Платонов. М., ИМЛИ РАН.2004.Т.1, кн.1, 2.Кн.2, С.100.

家。""纯粹理性是荒谬和愚蠢的。""我"打断他,"它(纯粹的理性)经受不起实践的检验,因此,它在这个意义上也可以说是'纯粹的',是纯粹的谎言和空虚的心灵"①。因为作品中,福斯引用的是康德著作《纯粹理性批判》的名字,或许普拉东诺夫视该形象为"纯粹理性"的辩护者。普拉东诺夫的反法西斯激情同时也反对理性乌托邦。相应地,他所触及的现实不单单是法西斯德国。

在《无灵魂的敌人》中,作家勾勒了无灵魂的道德体系的轮廓:这是理智的宗教,后者是信仰的替代品。在理智的法西斯王国中,希特勒被尊为(小写的)"上帝之子"②(божий сын),用瓦尔茨的话来说,是"唯一的人"③,这是对福音书明显的歪曲和转用。在福音书中,耶稣被认为是"(大写的)人"(Человек),是"人子"(Человеческий сын)。作为为人类赎原罪的耶稣的对立面,希特勒"理论上生来就是罪人和恶棍"④。在"理智的王国"里,除了领袖,任何人充当的都是"破抹布"的位置,"破抹布 vs 希特勒"戏仿式地复制着"旧约的亚当"和"新约的亚当"的对立;而由元首(希特勒)建立的"千年新世界"⑤,"千年帝国(德意志)"可以联系起启示录中的"千年王国"。在这个过程中,希特勒扮演的是耶稣的戏仿双重人的角色,他由此获得的是"敌基督"(反对基督者)的地位,是瓦尔茨的"先驱"。"敌人"⑥一词,据《达里详解辞典》,

---

① Андрей Плтаонов.Пустодушие.//Собрание сочинений.в 8 т.М.,Время.2010.Т.5.С.255.

② Платонов А. П. Неодушевлённый враг.//Избранные произведения. М.,Экономика.1983.С.751.

③ Платонов А. П. Неодушевлённый враг.//Избранные произведения. М.,Экономика.1983.С.754.

④ Платонов А. П. Неодушевлённый враг.//Избранные произведения. М.,Экономика.1983.С.754.

⑤ Платонов А. П. Неодушевлённый враг.//Избранные произведения. М.,Экономика.1983.С.756.

⑥ Даль В.И.Толковый словарь живого велико-русского языка:в 4 т.М.,Русский язык.2000.Т.1.С.258.

是"人类的共同对手","魔鬼"和"撒旦"的意思。因此,瓦尔茨形象的关键特点"空虚"获得了恶魔的含义,这是从果戈理开始的俄罗斯文学的传统母题。

鲍·雷巴科夫在其著作《古斯拉夫人的多神教》中指出:"在已经受洗多年的弗拉基米尔·莫诺马赫时代,人们依然继续崇拜多神教诸神,这一结论是原则性的认识宗教思想演变的基础,也就是说,这一演变不是新信仰对旧的信仰的完全替代,而是通过前者对后者的搭接和补充而实现。"① 在研究普拉东诺夫战争小说中的圣母和圣乔治母题过程中,我们把圣像文本与普拉东诺夫小说文本放在互文的大文本中,所发现的也正是基督教文本与多神教文本的显性与隐形的补充与融合。

圣母像文本和小说文本在标题、人物名字以及母题等方面存在多重互文关系。战争时期普拉东诺夫的语言摆脱了之前创作所特有的模糊性和奇特性,代之以准确性,尤其体现在主人公名字的使用上,透过名字的深刻含义揭示主人公的特点成为揭开普拉东诺夫创作奥秘的一个重要线索。本部分所涉及的人名所蕴含的民族文化特点,集中体现了各种概念、象征意义、概念定型等,在此基础上形成了普拉东诺夫不同时期创作的独特语言世界图景。名字的选择还体现了作家的创作目的、主题的选择、思想的体现方式等,也就是作家的语用策略。名字成为一系列作品主题构成的因素和理解这些作品的关键词。主人公名字的选择是作家创作中重要的修辞手段。同一个主人公名字有时会出现在同一时期甚至不同时期的创作中,通过列举和对比不同的名字,我们挖掘出作家文本横向和纵向的相互指涉关系。

普拉东诺夫晚期小说中的故事背景为战争年代,由于与圣像画在宗教母题上的互文关系,祈求怜悯者从以马利亚及其三个孩子扩

---

① Рыбаков Б.А.Язычество древних славян.М.：Культура.2015.С.97.

大到所有牺牲在卫国战争战场上的俄国人，受难者则从罗莎一个人扩展到所有参与到卫国战争中的俄国人，甚至濒临死亡、病入膏肓或者正在遭受苦难的人们，应该说，小说的时空体从现实和现世扩大到了永恒和彼世。表面上看，小说讲述的是卫国战争中再普通不过的故事，然而通过分析与圣像文本的互文性，我们发现，以马利亚和罗莎为代表的牺牲在卫国战争时期的俄国人，是濒临死亡和病入膏肓的祈求怜悯和受难的上帝子民的代表。

普拉东诺夫战争小说与圣乔治像的互文则体现在主人公名字与乔治的互文，二元对立母题的互文等。通过研究我们发现，对普拉东诺夫战争小说的理解需要站在俄国传统文化的大背景下，更准确地说是东正教文化所固有的法与恩惠对立的基础之上。通过圣像文本和小说文本的互文性研究，我们发现，如果说以母亲马利亚和罗莎，以及精神崇高的战士为代表的俄国人在作家的战争小说中是"圣母"和"圣乔治"在俄国的形象的话，那么代表非正义的法西斯分子可以说是"反圣像"。

结　　语

作为出生在 19 世纪与 20 世纪之交的俄苏经典作家，普拉东诺夫经历了 20 世纪上半叶几乎全部的波谲云诡和风云变幻，以其对人类自身和社会现实的高度观照，史诗般地将笔触延伸到十月革命、国内战争和伟大的卫国战争等大事件，对人类生存和文明发展的道路提出了严肃的反思，走过了一条艰辛的寻找真理之路。他仿佛找到了社会悲剧的出路，那就是爱，忍耐，为人民牺牲和不断地自我完善。

19 世纪末 20 世纪初不仅被称为俄罗斯文学的白银时代，还被誉为俄罗斯哲学发展的空前高峰。这一时期俄罗斯经历了诗歌和哲学的繁荣，经历了紧张的宗教探索，还出现了以索洛维约夫、别尔嘉耶夫、罗赞诺夫、布尔加科夫、梅列日科夫斯基等为代表的一大批宗教哲学家。可以说，从出生到以第一部诗集《蔚蓝色的深处》（1922）发表初登文坛，普拉东诺夫都受到了这一宗教哲学浪潮的影响。再加上童年成长环境所带给他的宗教氛围，这些都带领普拉东诺夫走上一条寻神的道路。如别尔嘉耶夫所言："出身于平民和劳动阶层的俄罗斯人甚至在他们脱离了东正教的时候也在继续寻求上帝和上帝的真理，探索生命的意义。"在普拉东诺夫那里，所谓寻神并非狭义的基督教意义上的寻找上帝，而是泛指对美好和理想之地的寻找。

年轻的普拉东诺夫受到十月革命的影响,在自己的创作中表现出浓郁的革命豪情和浪漫理想。这一时期作品的主要内容是革命。革命不仅是社会政治运动,更是对人们生活和行为的改造。这一时期普拉东诺夫信奉无产阶级唯物主义无神论,认为革命是通往未来幸福的必经阶段,大自然是人们斗争和征服的对象。在普拉东诺夫的作品中,人们通过劳动和科技,实现对世界的改造和对宇宙的征服,沉醉在狂热的浪漫主义激情和对革命胜利的憧憬中。

当普拉东诺夫目睹现实生活中的野蛮和狂热,亲身经历了坎坷和挫折,他从虚幻的云端跌落到真实的人间。作家创作进入成熟期,作品以塑造乌托邦理想国度的方式对这个时代进行了哲理式思考,对当时盛行的大跃进式革命方式提出了质疑和批判。作家的世界观受到了极大的冲击,对自己原来的乌托邦理想产生了怀疑,并对俄罗斯的命运和前途进行了紧张探索,从而否定了建立地上天国的可能性。

普拉东诺夫作品的中心主题是希望创造一个更美好、更公正的理想世界。1927年,普拉东诺夫第一部短篇小说集《叶皮凡水闸》的出版受到高尔基的赞扬。然而,20世纪20年代末和30年代初,普拉东诺夫则被迫请求高尔基帮助他出版作品。1934年初,高尔基帮助普拉东诺夫加入派往中亚的作家代表团,该代表团的初衷是集体创作庆祝苏维埃土库曼斯坦成立十周年的作品。普拉东诺夫于1934年首次访问中亚,1935年再次返回这里并进行了更长时间的逗留。《章族人》便是他此行的主要成果。这部小说主题丰富,涉及哲学、宗教、生态学、民间传统的意义和爱情等问题。《动植物之间的故事》(1936)揭示了普拉东诺夫对自然界命运和那些被压迫或迫害的人的焦虑,那些为了某种乌托邦式的未来而牺牲的人,他们的生活故事将永远不会被讲述。普拉东诺夫在以《归来》(1946)为代表的战争短篇小说中讲述的故事表明,他最终接受了日常生活,包括其中的不完美。战争小说既为战死沙场英雄的悲剧留出了空间,也为战后从前线返回时不得不重新学习如何生活和学会原谅的悲剧留出了空间。

如果说在20世纪20年代，普拉东诺夫创作是对赞同国家乌托邦理想的认同与实践，那么，从30年代中期开始，普拉东诺夫转向以家庭生活为主题的短篇小说创作。根据龚特尔多年的研究和观察，普拉东诺夫30年代的创作重心"从苏联社会主义大家庭转移到自然小家庭"①。在后期创作中，作家着重表达的是俄罗斯人视家园为精神基础和万物大一统的思想。如果说普拉东诺夫早期创作的乌托邦是征服宇宙并建设人间天国的技术乌托邦，中期是空想社会主义神话的逐渐幻灭，后期则反对理性乌托邦，追求充满爱与和谐的乌托邦。我们可以由此得出结论，普拉东诺夫整个创作道路上乌托邦的所指在不断变化。在每个创作阶段，普拉东诺夫的艺术世界中都存在着美好与狂暴的对立，不变的是作家对美好的追求和对狂暴的反对。因此，普拉东诺夫从20世纪10年代到40年代的作品可被视为乌托邦的试验舞台。作家的创作历程可以被理解为一条从信仰到顿悟的道路。普拉东诺夫作品中对苏联社会主义现实的描写，夹杂着对空想社会主义乌托邦思想的反映和批判。这导致了他作品中乌托邦和反乌托邦计划复杂地交织和互动。反乌托邦其实也是对另一种乌托邦的追求，它获得了乌托邦的主要特征：对现在的批判和对更加美好的未来的梦想。

俄国人的民族性格富有宗教性，俄国文学历来也与宗教息息相关，不从宗教的视角研究俄国文学，很难说能把握这一民族文学的精神内核。因此宗教性是俄罗斯文学的传统，这种宗教性在普拉东诺夫的作品中集中体现为：漂泊性和复活性。这两点并非普拉东诺夫独创，也并非普拉东诺夫战争时期文学独有。因为，追根究底起

---

① Гюнтер Х.Любовь к дальнему и любовь к ближнему：постутопические рассказы А.Платонова второй половины 1930-х годов C.305// «Страна философов» Андрея Платонова：проблемы творчества.М.：ИМЛИ РАН；Наследие，2000.Вып.4.cc.304—312.

来，所有的文本都摆脱不了其他文本的启迪，不论作家有没有意识到这一点[①]。通过研究我们发现：作家创作于卫国战争期间的短篇小说较为集中地体现了这两个母题，且与之前的创作相比有所变化。由于战争这一创作背景的独特性，俄罗斯文学中的漂泊者形象在普拉东诺夫战争小说中体现为一系列奔走在家园和战场之间的主人公。继承俄罗斯文学和作家前期创作中的传统，道路主题依旧是普拉东诺夫战争小说中的重要母题，不同的是这里的漂泊之路更为集中。俄罗斯民间文学中的固有模式"上路—暂死—新生"，在普拉东诺夫战争小说中以主人公在战场上的牺牲结束，他们不是在暂死之时寻到真理，而是在死亡的一瞬间悟到生命的真谛，抑或可以说是寻到了真理。只有在战争小说中才能做到如此集中地展现死亡，作为战地记者亲自上战场的普拉东诺夫更是目睹了无数的死亡，因此"死亡"成为他思考的对象丝毫不奇怪，更何况他在之前的创作中就一直对"死亡"感兴趣。

死亡被普拉东诺夫视为最大的恶，这种恶在战争小说中频繁出现。战胜死亡，走向复活的主题贯穿着普拉东诺夫的整体创作，尤其集中地体现在战争小说中。在这一点上，他当然是不同意柏拉图的灵魂不死观，而是同意《圣经》中把人看作一个有限的身心合一的生命的生死复活观。然而，他在基督教"人可以战胜死亡，在未来通过肉体复活得到完整生命"的思想基础上反对彼世的"靠上帝的恩典得救的超验复活"，主张此世的"以实际行动战胜死亡的内在复活"，在这一点上他与费多罗夫的复活先人的共同事业的主张一致，然而他比费多罗夫走得更远，他还寄希望于将生命赋予无生命的物体。

费多罗夫的思想在普拉东诺夫的艺术世界中得到印证和阐发。这不仅体现在早期作品中人与自然的相互关系中，而且在作家创作

---

① [英]戴维·洛奇：《小说的艺术》，卢丽安译，上海译文出版社2010年版，第115页。

于伟大卫国战争时期的短篇小说中又得到了进一步发展。如果说早中期作品中的非理性力量指的是大自然，那么在战争时期作家对敌我双方的描述中，非理性力量则是指俄国人。换言之，普拉东诺夫所秉持的人与自然和谐的思想在后期发展成为理性和非理性力量的较量。法西斯的理性意志在非理性的俄罗斯人面前，遭遇了失败和挫折，不得不沦为俄国人的俘虏。

通过对普拉东诺夫战争小说文本中的圣母和圣乔治母题进行研究，我们发现以圣母为原型的女主人公和以圣乔治为原型的男主人公是普拉东诺夫这一时期创作中的人物形象画廊的主角。通过名字和母题两个方面的互文性研究，我们把战争小说不仅放在作家创作的历时的纵轴上，还放在了此世和彼世、时间和永恒的交界点，从而扩大了小说的时空体。从这个意义上来讲，作品的意义远非局限于战争本身，而是指向永恒。关于时间和永恒的问题，是东正教人学的核心问题之一。把普拉东诺夫战争小说文本放到与圣像文本的对比中所进行的互文分析，向我们展示了：脱离永恒的历史时间，只能使人的存在封闭在短暂的世界的水平维度上。

东正教教义神学和宗教实践的许多特点都是出自精神自觉，而精神自觉是一种非知识性的内在体验，不是经验上可证实的中介形式。因此，东正教信仰在神与人之间的张力更大，东正教灵魂在"天"与"地"之间更难于安身，其表现是，一方面直接把人生提升到神境，融入"天国"，这就是东正教理想的"神圣性"和苦修精神，这一点在普拉东诺夫的创作中体现为主人公寻找真理的漂泊之旅。另一方面又直接使神境贴近"大地"，加入人世，这就是东正教礼拜的宗教现实主义和对圣母、圣徒及圣像的崇拜。这一点在普拉东诺夫创作中体现为圣像崇敬传统和普拉东诺夫战争小说与圣像文本的互文之处。正如东正教教堂圆顶的柔和亲切不同于天主教堂的直冲云霄一样，东正教心灵没有"天""地"距离的不可克服之感，而是善于在"大地"上直接洞见神灵境界。在东正教礼拜的华丽形式背后，是一种"敬神如神在"的"宗教现实主义"："全部礼拜活动都获得了神的生活的意义，而教堂就是神的生活之地。"① 东正教徒在为神的威严感到恐惧的时候，可以躲到圣母和圣徒的庇护之下，因为他们是人的同类，他们能在审判者面前为人求情。"如果教堂中没有了这些表示圣徒在场的圣徒像，那么，在这样的教堂中是多么令人空虚和孤独！我们的灵魂也和这些裸露的墙壁一起变得苍白和贫乏。"② 普拉东诺夫几乎所有的作品在形而上层面上都是一种模式，那就是寻找幸福之旅③，他们寻找的目标是幸福，认为这就是对死亡奥秘的揭示，是对父辈传统的回归。在这其中充满着丰富的宗教象征，基督教的根本问题在于寻求人与神，世界与天国之间的道路。西方基督教在同古希腊哲学和近代思想的长期互动中，已习惯于给这条道路赋予知识的形式。东正教则拒绝这种知识的中介，重视东方的直觉之路。我们可以看到，无论是早期的征服宇宙，中期的共产主义理想，还是后期的"爱近人"，普拉东诺夫一以贯之的思想是俄罗斯人特有的弥赛亚使命的体现。从16世纪的"莫斯科—第三罗马"的观念到19世纪三四十年代的斯拉夫主义，从陀思妥耶夫斯基的根基主义到20世纪新宗教意识，从"世界上第一个社会主义国家"到欧亚主义，都有民族救世论意识的直接或潜在作用④。从这个意义上可以说，普拉东诺夫的创作继承了俄罗斯文学的启示录传统。

俄罗斯之所以接受东方基督教，很大程度上是因为东正教与俄国在接受基督教之前便存在，之后仍然融合在民间文化中的多神教崇拜，找到了最好的结合点。无论是俄国民间文化中的女神莫科什，还是雷神佩伦都在基督教中找到了最佳的代替，也就是圣母和圣乔

---

① ［俄］布尔加科夫：《东正教——教会学说概要》，徐凤林译，第162页。
② ［俄］布尔加科夫：《东正教——教会学说概要》，徐凤林译，第151页。
③ Геллер М.Андрей Платонов в поисках счастья.М., МИК, 1999.С.399.
④ 徐凤林：《复活事业的哲学》，第123—124页。

治，因此俄国的圣母崇拜和圣乔治崇拜所带有的民间色彩也就不足为奇。甚至可以说，俄国的东正教是最正统的，也是最民间的。梅列日科夫斯基在《陀思妥耶夫斯基和托尔斯泰》中指出，俄罗斯后世知识分子的思想动机大多源自普希金，因为普希金就是善于通过"异教和基督教的结合"来解决矛盾。普拉东诺夫似乎在这两个方面都走到了极致。

  布罗茨基称俄罗斯散文给 20 世纪留下了空白，且空白愈变愈大，并把 20 世纪俄罗斯散文的创作生态比作"空中灾难"。这种论断未必合理，但是他对普拉东诺夫的评价还算中肯，他称普拉东诺夫是一位伟大的作家，这样的作家能够延长人类感受力之视角，能够在一个人智穷计尽之时指出一个好机会和一个可以追随的模式①。美国著名文学批评家和理论家詹姆逊曾把普拉东诺夫视为"非凡的美学权威和道德精神权威，完全可以和卡夫卡在西方的地位相提并论"②。希望我们的研究能够为普拉东诺夫伟大而浩瀚的创作思想揭开冰山一角，借研究普拉东诺夫的作品做他生前认为最重要的事情——在人间播撒灵魂。以上是笔者运用母题、互文性、原型批评、词源学、文化学等理论，将文学研究和文化研究结合，借此深入考察普拉东诺夫创作思想的一次尝试。若能抛砖引玉，为俄罗斯文学的跨学科研究提供一点可资借鉴的东西，将是笔者莫大的荣幸。

---

  ① ［美］约瑟夫·布罗茨基：《小于一》，黄灿然译，第 258 页。
  ② ［俄］普拉东诺夫：《以太通道》（文前介绍），淡修安译，《译林》2017 年第 1 期。

参考文献

中文专著

［俄］阿格诺索夫主编：《20 世纪俄罗斯文学》，凌建侯等译，中国人民大学出版社 2001 年版。

［俄］巴赫金：《文本、对话与人文》，白春仁、晓河等译，河北教育出版社 1998 年版。

［俄］别尔嘉耶夫：《自我认知——哲学自传的体验》，汪剑钊译，云南人民出版社 1998 年版。

［俄］别尔嘉耶夫：《俄罗斯的命运》，汪剑钊译，云南人民出版社 1999 年版。

［俄］别尔嘉耶夫：《陀思妥耶夫斯基的世界观》，耿海英译，广西师范大学出版社 2008 年版。

［俄］别尔嘉耶夫：《俄罗斯思想的宗教阐释》，邱运华等译，东方出版社 1998 年版。

［俄］布尔加科夫：《东正教——教会学说概要》，徐凤林译，商务印书馆 2001 年版。

曹旭：《诗品研究》，上海古籍出版社 1998 年版。

曹靖华主编：《俄苏文学史》，河南教育出版社 1992、1993 年版。

淡修安:《普拉东诺夫的世界——个体和整体存在意义的求索》,世界知识出版社2009年版。

[法]蒂费纳·萨莫瓦约:《互文性研究》,邵炜译,天津人民出版社2003年版。

董晓:《乌托邦与反乌托邦:苏联文学发展历程论》,花城出版社2010年版。

范子烨:《春蚕与止酒——互文性视域下的陶渊明诗》,社会科学文献出版社2012年版。

[俄]弗兰克:《俄国知识人与精神偶像》,徐凤林译,学林出版社1999年版。

傅仲侠等:《中国军事史·历代战争年表》,解放军出版社1985年版。

[俄]弗洛罗夫斯基:《俄罗斯宗教哲学之路》,吴安迪等译,上海人民出版社2006年版。

耿海英:《别尔嘉耶夫与俄罗斯文学》,上海世纪出版集团2009年版。

郭小丽:《俄罗斯的弥赛亚意识》,人民出版社2009年版。

[俄]赫克:《俄国革命前后的宗教》,高骅、杨缤译,学林出版社1999年版。

[德]海德格尔:《存在与时间》,陈嘉映、王庆节译,上海三联书店1999年版。

江文琦:《苏联二十年代文学概论》,上海外语教育出版社1990年版。

金亚娜等:《充盈的虚无——俄罗斯文学中的宗教意识》,人民文学出版社2003年版。

[俄]津科夫斯基:《俄国哲学史》,张冰译,北京:人民出版社2013年版。

[德]克劳塞维茨:《战争论》,解放军出版社1985年版。

［奥］雷立柏：《古希腊罗马与基督宗教》，社会科学文献出版社2002年版。

［俄］利哈乔夫：《解读俄罗斯》，吴晓都等译，北京大学出版社2003年版。

［俄］李福清：《神话与鬼话——台湾原住民神话故事比较研究》，社会科学文献出版社2001年版。

［俄］李福清：《〈三国演义〉与民间文学传统》，上海古籍出版社1997年版。

［俄］李福清：《三国故事与民间叙事诗》，台北：洪叶文化事业有限公司1997年版。

李辉凡、张捷：《20世纪俄罗斯文学史》，青岛出版社2004年版。

李明滨：《俄罗斯二十世纪非主潮文学》，北岳文艺出版社1998年版。

李玉平：《互文性——文学理论研究的新视野》，商务印书馆2014年版。

［美］里克·麦克皮克等编著：《托尔斯泰论战争》，马特译，经济科学出版社2013年版。

李锡胤译：《伊戈尔远征记》，商务印书馆2003年版。

李毓榛主编：《20世纪俄罗斯文学史》，北京大学出版社2000年版。

梁坤：《末世与救赎——20世纪俄罗斯文学主题的宗教文化阐释》，中国人民大学出版社2007年版。

刘锟：《圣灵之约：梅列日科夫斯基的宗教乌托邦思想》，黑龙江人民出版社2009年版。

刘清平、杨澄莲编译：《上帝没有激情——托马斯·阿奎那论宗教与人生》，湖北人民出版社2001年版。

刘小枫：《拯救与逍遥》，上海三联书店2007年版。

［俄］洛斯基：《东正教神学导论》，杨德友译，河北教育出版社 2002 年版。

［俄］洛斯基：《俄国哲学史》，贾泽林译，浙江人民出版社 1999 年版。

毛泽东：《毛泽东选集》，人民出版社 1991 年版。

［美］马克·斯洛宁：《苏维埃俄罗斯文学》，浦立民等译，上海译文出版社 1983 年版。

［俄］梅列金斯基：《神话的诗学》，魏庆征译，商务印书馆 2009 年版。

倪乐雄：《战争与文化传统——对历史的另一种观察》，上海书店出版社 2000 年版。

［德］诺伊曼：《大母神原型分析》，李以洪译，东方出版社 1998 年版。

《欧美文学论丛第二辑：欧美文学与宗教》，人民文学出版社 2002 年版。

《欧美文学论丛第五辑：圣经、神话传说与文学》，人民文学出版社 2007 年版。

彭克巽主编：《苏联文艺学学派》，北京大学出版社 1996 年版。

［俄］普列汉诺夫：《俄国社会思想史》，孙静工译，商务印书馆 2009 年版。

［俄］普罗普：《神奇故事的历史根源》，贾放译，中华书局 1996 年版。

任光宣等：《俄罗斯文学的神性传统——20 世纪俄罗斯文学与基督教》，北京大学出版社 2010 年版。

任光宣主编：《俄罗斯文学简史》，北京大学出版社 2006 年版。

［俄］沙罗夫：《像孩子一样》，赵桂莲译，北京大学出版社 2015 年版。

宋秀梅：《乌托邦时代个体命运的艺术备忘录——1920—1930

年代普拉东诺夫小说创作研究》,东南大学出版社 2016 年版。

［俄］索洛维约夫:《俄罗斯与欧洲》,徐凤林译,河北教育出版社 2002 年版。

［英］汤因比:《人类与大地母亲》,上海人民出版社 1992 年版。

谭得伶、吴泽霖:《解冻文学和回归文学》,北京师范大学出版社 2001 年版。

［英］托马斯·莫尔:《乌托邦》,戴镏龄译,商务印书馆 1982 年版。

万建中:《民间文学引论》,北京大学出版社 2006 年版。

王晓朝:《神秘与理性的交融》,杭州大学出版社 1998 年版。

王晓朝:《信仰与理性——古代基督教教父思想家评传》,东方出版社 2001 年版。

王新生:《〈圣经〉精读》,复旦大学出版社 2010 年版。

王志耕:《圣愚之维:俄罗斯文学经典的一种文化阐释》,北京大学出版社 2013 年版。

吴光正:《中国古代小说的原型与母题》,社会科学文献出版社 2002 年版。

萧潇:《爱的成就——圣母玛丽亚传》,中国社会科学出版社 1997 年版。

谢春艳:《美拯救世界》,人民文学出版社 2008 年版。

徐凤林:《复活事业的哲学——费奥多罗夫哲学思想研究》,黑龙江大学出版社 2010 年版。

徐凤林:《东正教圣像史》,北京大学出版社 2012 年版。

徐凤林:《俄罗斯宗教哲学》,北京大学出版社 2006 年版。

徐凤林:《费奥多洛夫》,台北东大图书公司 1998 年版。

徐龙飞:《循美之路——基督宗教本体形上美学研究》,香港中华书局 2013 年版。

薛君智：《回归——苏联开禁作家五论》，社会科学文献出版社1989年版。

［古希腊］亚理斯多德：《诗学》，罗念生译，人民文学出版社1962年版。

［俄］叶夫多基莫夫：《俄罗斯思想中的基督》，杨德友译，学林出版社1999年版。

［英］伊格尔顿：《二十世纪西方文学理论》，伍晓明译，北京大学出版社2007年版。

乐峰主编：《俄国宗教史》，社会科学文献出版社2008年版。

乐峰：《东正教史》，中国社会科学出版社1999年版。

［美］约纳斯：《诺斯替宗教——异乡神的信息与基督教的开端》，张新樟译，上海三联书店2006年版。

［美］詹姆逊：《时间的种子》，王逢振译，江苏教育出版社2006年版。

章安祺等：《西方文艺理论史——从柏拉图到尼采》，中国人民大学出版社2007年版。

张百春：《当代东正教神学思想》，上海三联书店2000年版。

张冬梅：《俄罗斯民族世界图景中的文化观念"家园"和"道路"》，黑龙江人民出版社2009年版。

张杰：《结构文艺符号学》，外语教学与研究出版社2004年版。

张杰、汪介之：《20世纪俄罗斯文学批评史》，译林出版社2000年版。

张雅平：《东正教与俄罗斯社会》，社会科学文献出版社2013年版。

赵桂莲：《漂泊的灵魂——陀思妥耶夫斯基与俄罗斯传统文化》，北京大学出版社2002年版。

赵桂莲：《生命是爱——〈战争与和平〉》，云南人民出版社2002年版。

郑永旺：《点亮洞穴的微光——俄罗斯反乌托邦文学研究》，社会科学文献出版社 2020 年版。

期刊文章和博士学位论文

陈永国：《互文性》，《外国文学研究》2003 年第 1 期。

程锡麟：《互文性理论综述》，《外国文学》1996 年第 1 期。

崔艺苧、赵桂莲：《列斯科夫的小说〈士官生修道院〉与鲁勃辽夫的圣像画》，《欧美文学论丛》第八辑，人民文学出版社 2013 年版。

淡修安：《主题与叙事——评普拉东诺夫小说〈回归〉》，《中国俄语教学》2005 年第 4 期。

淡修安：《狂热、困惑与沉思——安德烈·普拉东诺夫的知识分子视角辨析》，《俄罗斯文艺》2008 年第 4 期。

淡修安：《整体存在的虚妄与个体存在的盲目——对长篇小说〈切文古尔〉的深度解读》，《西安外国语大学学报》2009 年第 1 期。

淡修安：《"自然"的价值——安德烈·普拉东诺夫自然哲学思想的艺术演绎》，《外国语文》2009 年第 2 期。

淡修安：《复活的"种子"——评普拉东诺夫的两部工业化主题小说》，《解放军外国语学院学报》2009 年第 5 期。

淡修安：《批判与礼赞——普拉东诺夫笔下生态文学之墨迹》，《俄罗斯文艺》2009 年第 4 期。

淡修安：《普拉东诺夫创作的现代性问题——兼论詹姆逊的阐释局限》，《俄罗斯文艺》2020 年第 2 期。

邓鹏飞：《论普拉东诺夫〈切文古尔镇〉中的宗教意识》，《西南民族大学学报》（人文社科版）2009 年第 2 期。

邓蜀平：《普拉东诺夫的"重生"》，《外国文学》1997 年第 3 期。

冯小庆：《普拉东诺夫反乌托邦三部曲的思想和诗学研究》，博士学位论文，黑龙江大学，2012 年。

卢群：《普拉东诺夫和陀思妥耶夫斯基作品中的互文性形象及主题》，《解放军外国语学院学报》2015 年第 4 期。

卢群：《二元对立而共生的世界——普拉东诺夫长篇小说〈切文古尔〉主题结构论析》，解放军外国语学院博士论文，2012 年。

秦海鹰：《互文性理论的缘起与流变》，《外国文学评论》2004 年第 3 期。

谭得伶译：《高尔基给普拉东诺夫的四封信》，《苏联文学》1988 年第 2 期。

汪涓：《普拉东诺夫》，《当代苏联文学》1987 年第 3 期。

王宗琥：《普拉东诺夫与陀思妥耶夫斯基的对话》，《俄罗斯文艺》2001 年第 4 期。

吴芬：《玛利亚的神化和人化》，《外国文学评论》1998 年第 4 期。

吴嘉佑：《普拉东诺夫的道德探索》，《贵州社会科学》2001 年第 6 期。

吴泽霖：《普拉东诺夫艺术风格初探》，《苏联文学》1990 年第 5 期。

吴泽霖：《苏联回归文学的世纪末反思》，《国外文学》2002 年第 1 期。

吴泽霖：《地槽——理想与现实断裂的象征》，《苏联文学》1988 年第 4 期。

吴泽霖：《未被理解的才思和未被接纳的忠诚——读普拉东诺夫致高尔基信有感》，《苏联文学》1989 年第 6 期。

吴泽霖：《普拉东诺夫艺术风格初探》，《苏联文学》1990 年第 5 期。

杨玉波：《高尔基笔下的圣像画师及其宗教信仰的矛盾性》，《俄罗斯文艺》2014 年第 1 期。

尹霖：《20世纪二三十年代俄罗斯反乌托邦小说探析》，博士学位论文，中国社科院，2005年。

张敬铭：《普拉东诺夫在今天——圆桌会议内容介绍》，《苏联文学》1988年第2期。

赵荣贵：《狂热时代的当下领悟——论普拉东诺夫被搁置多年的四部杰作》，《国外文学》1996年第1期。

祖淑珍：《普拉东诺夫〈地槽〉中的俄罗斯灵魂解读》，《外语教学》2003年第5期。

普拉东诺夫作品中文译本：

［俄］普拉东诺夫：《芙萝》，郭奇格译，《苏联短篇小说选集》上册，北京出版社1986年版。

［俄］普拉东诺夫：《初生海》，何逸译，《当代苏联文学》1987年第3期。

［俄］普拉东诺夫：《归来》，娄自良译，《苏联60年短篇佳作选》第3卷，上海译文出版社1987年版。

［俄］普拉东诺夫：《切文古尔镇》，古扬译，漓江出版社1997年版。

［俄］普拉东诺夫：《美好而狂暴的世界》，徐振亚译，浙江文艺出版社2003年版。

［俄］普拉东诺夫：《戈拉多夫城》，张广安译，《苏联文学》1988年第4期。

［俄］普拉东诺夫：《垃圾风》，吴泽霖译，李政文选编《二十世纪外国短篇小说编年·俄苏卷》，人民文学出版社2002年版。

［俄］普拉东诺夫：《困惑不解的马卡尔》《老三》，柳鸣九主编、钱善行编选《世界短篇小说精品文库·俄罗斯卷（下）》，海峡文艺出版社1996年版。

［俄］普拉东诺夫：《心生疑惑的马卡尔》，马振寰译，收录在

吕同六主编《20世纪世界小说经典》第2卷，华夏出版社。

[俄]普拉东诺夫：《龟裂土》，淡修安译，《湖南文学》2008年2月刊。

[俄]普拉东诺夫：《以太通道》，淡修安译，《译林》2017年第1期。

[俄]普拉东诺夫：《菲尼斯特——光明之鹰》，淡修安译，《湖南文学》2019年4月刊。

[俄]普拉东诺夫：《叶皮凡水闸》，淡修安译，《世界文学》2019年第3期。

[俄]普拉东诺夫：《普希金和高尔基》，王晓宇译，《世界文学》2019年第4期。

俄文文献

Алейников．О．Ю．Андрей Платонов и его роман«Чевенгур»，Воронеж：наука-юнипресс，2013.

Алейников О.Ю.Агиографические мотивы в прозе Платонова о Великой Отечественной войне // «Страна философов» Андрея Платонова：проблемы творчества. М., 2003. Вып. 5. С.142-147.

Алейников О. Иносказательные образы животных в прозе А. Платонова 1920-30-х гг. // Осуществленная возможность ：А. Платонов и XX век：материалы III Междунар. Платоновских чтений. Воронеж，2001. С. 186-194.

Анинский Л. А. Восток и Запад в творчестве Андрея Платонова//Простор.Алма-Ата，1968.№1.

Аннинский Л.А.Откровенное и сокровенное：Горький и Платонова//Литературное обозрение，М.，1989.№9.

Арутюнова Н.Д.Язык и мир человека.М.：Языки русской культуры，1999.

Афанасьев А. Н. Зооморфические божества у славян: птица, конь, бык, корова, змея, волк//Происхождение мифа. Статьи по фольклору, этнографии и мифологии.М.: Индрик, 1996.

Афанасьев А. Н. Поэтические воззрения славян на природу. Т1. М.: Современный писатель, 1995.

Бальбуров Э. А. Платонов и М. Пришвин: две грани русского космизма // Роль традиции в литературной жизни эпохи. Сюжеты и мотивы. Новосибирск, Институт филологии СО РАН, 1994.

Баршт К.А. Поэтика прозы Андрея Платонова.СПБ., 2005.

Бахтин М. М. Эстетика словесного творчества.М.: Искусство, 1979.

Биллингтон Д. Х. Икона и топор. Опыт истолкования истории русской культуры. Рудомино, М., 2001.

Варламов А.Н.Андрей Платонов.М.: Молодая Гвардия, 2011.

Васильев В.Андрей Платонов. М.: Современник, 1990.

Васильева М. О. Религия и вера в творчестве А. П. Платонова: Дисс...канд. Философ. Наук.М., 1997.

Вышеславцев Б. П.Достоевский о любви и бессмертии.Русский эрос или философия любви в России.М.: Прогресс.1991.

Вышеславцев. Б.П.Этика преображенного эроса.М.: Республика. 1994.

Вьюгин В. Ю. Андрей Платонов: поэтика загадки (Очерк становления и эволюции стиля). СПБ., 2004.

Геллер М. Андрей Платонов в поисках счастья. М.: МИК, 1999.

Гумилёв Л.Н.Этногенез и биосфера земли.М., ТОО "Мишель и К", 1993.

Гюнтер Г.Жанровые проблемы утопии и "Чевергур" А.Платонова//Утопия и утопическое мышление.М., 1991.

Гюнтер Х.Котлован и Вавилонская башня// «Страна философов» Андрея Платонова: проблемы творчества. М., 1995. Вып.2. С.145-151.

Гюнтер Х.Любовь к дальнему и любовь к ближнему: постутопические рассказы А.Платонова второй половины 1930-х гг.// «Страна философов» Андрея Платонова: проблемы творчества.М., 2000.Вып.4.С.304-313.

Гура А.В.Символика животных в славянской народной традиции.М.: Индрик, 1997.

Даль В.И.Толковый словарь живого великорусского языка: В 4 т.М.: Русский язык.2000.

Дмитровская М.Антропологическая доминанта в этике и гносеологии А. Платонова (конец 20-х – середина 30-х годов) //М. Дмитровская//«Страна философов» Андрея Платонова: проблемы творчества. М., 1995.Вып.2.С.91-100.

Дмитровская М.Д.Архаичная семантика зерна (семени) у А. Платонова // «Страна философов» Андрея Платонова: проблемы творчества.М., 2000.Вып.4.С.362-368.

Дмитровская М.А.Макрокосм и микрокосм в художественном мире А.Платонова: учеб.пособие; Калиниград.гос.ун-т.Калининград, 1998.

Дмитровская М.А.Образная параллель «человек – дерево» у А. Платонова// Творчество Андрея Платонова: исследования и материалы.Кн.2.СПб., 2000.С.25-40.

Домников С.Д.Мать-земля и Царь-город.Россия как традиционное общество.М.: Алетейа, 2002.

Дубровина К.Н.Энциклопедические словарь библейских фразеологизмов. Флинта-Наука.М.: Флинта, Наука, 2010.

Дужина Н.И.Путеводитель по повести А.П.Платонова «Котлован».М., 2010.

Дунаев М.М.Православие и русская литература: Учебное пособие для студентов духовных академий и семинарий.В 5-ти частях. Часть1.М.: Христианская литература.1996.

Дунаев М.М.Православие и русская литература.: Учебное пособие для студентов духовных академий и семинарий.В 5-ти частях. Часть 2.М.: Крутицкое Патриаршее Подворье.1997.

Дунаев М.М.Православие и русская литература.В 5-ти частях. Часть 3.М.: Христианская литература.1997.

Дунаев М.М.Православие и русская литература.В 5-ти частях. Часть4.М.: Христианская литература, 1998.

Дунаев М.М.Православие и русская литература.В 6-ти частях. Часть 5.М.: Христианская литература.1999.

ДунаевМ.М.Православие и русская литература. В 6-ти частях. Часть 6.М.: Христианская литература.2000.

Дунаев М.М. Вера в горниле сомнений: Православие и русская литература в XVII-XX веках.М,: Совет РПЦ.2003.

Дырдин А.А.Потаенный мыслитель: творческое сознание Андрея Платонова в свете русской духовности и культуры.Ульяновск: УлГТУ, 2000.

Дырдин А.А.Ум и сердце в образе человека у Андрея Платонова: параллели с православной аскетикой//Литература и культура в контексте христианства.Труды Второй Международной научной конференции.Ульяновск: УлГТУ.1999.С.77-81.

Есаулов И. А. Пасхальность русской словесности, М.: Кругъ, 2004.

Есаулов И. А. Категория соборности в русской литературе. Петрозаводск: Изд. Петрозаводского ун-т. 1995.

Заваркина М., Храмых А. Социалистическая утопия в творчестве А. П. Платонова. НЛО. 2017 (5). https://magazines.gorky.media/nlo/2017/5/soczialisticheskaya-utopiya-v-tvorchestve-a-p-platonova.html

Злыднева Н.В. Мотивика прозы Андрея Платонова. М,: Ин-т славяноведения РАН, 2006.

Золотоносов М.А.Ложное солнце: (Чевенгур и Котлован в контексте советской культуры 1920-х годов) //Вопрос литературы. М., 1994.Вып.5

Иванов В.В., Топоров В.Н.Мифы народов мира.: энциклопедия: в 2 т.2-е изд. М., 1992.

Капица Ф.С.Славянские традиционные верования, праздники и ритуалы.М.: Флинта: Наука, 2000.

Карасев Л.В.Движение по склону: (пустота и вещество в мире А. Платонова) // Вопросыфилософии.1995.№ 8.С.123-143.

Карасев Л. В. Знаки покинутого детства: («постоянное» у А. Платонова) // Вопросы философии.1990.№2.С.26-43.

Клибанов А.И.Народная социальная утопия в России.М.: Наука, 1977.

Клибанов А.И.Духовная культура средневековой Руси М.: Аспект Пресс, 1996.

Колесникова Е.И.Духовные контексты творчества Платонова// Творчество Андрея Платонова: исследования и материалы, книга 3, СПб.: Наука, 2004.С.34-60.

Колесникова Е.И.Мастерская победы Андрея Платонова // Вестник Санкт-Петербургского государственного университета технологии и дизайна.Серия 2. № 4.2014.С.50-60.

Колесникова Е.И.Малая проза Андрея Платонова.СПб, 2013.

Колесов В.В.Язык и ментальность.СПб.: Петербургское Востоковедение, 2004.

Колотаев В.А.Мифологическое сознание и его пространственно-временное выражение в творчестве А. Платонова: Дис…канд.Филолог. Наук.Ставрополь, 1993.

Колотаев В. А. Фольклорное пространство в романе А. Платонова Чевенгур//Русский фольклор: проблемы изучения и преподавания.Материалы научно-практической конференции.Тамбов, 1991.

Комков О.А.Традиции православного иконологического мышления в русской литературе XIX-начала XX веков, А.С.Пушкин, Н.В.Гоголь, Н.С.Лесков, И.С.Шмелёв. Дис.канд. культурол.наук. М., 2001.

Корниенко Н.В.Сказано русским языком. Андрей Платонов и МихаилШолохов: встречи в русской литературе.М.: ИМЛИ, 2003.

Костов Х.Мифопоэтика Андрея Платонова в романе «Счастливая Москва».Helsinki, 2000.

Красовская С. И. Андрей Платонов на путях и перепутьях русской литературы 20-х годов XX века: цикл и роман. Благовещенск, 2005.

Красовская С.И.Художественна проза А.П.Платонова: жанры и жанровые процессы, Благовенщенск, 2005.

Кузьменко О.А.Андрей Платонов: Призвание и судьба: очерк творчества. Киев: Лыбидь, 1991.

Лепахин В.В.Икона в русской словесности 19-20 веков.JATEPress, СЕГЕД, 2015.

Лепахин В. В. Икона и иконичность. СПб.: Оптина Пустынь, 2002.

Лепахин В. В. Икона в русской художественной литературе. М.: Отчий Дом, 2002.

Лепахин В. В. Значение и предназначение иконы, М., 2003.

Лепахин В. В. Образ иконописца в русской литературе XI-XX веков. М.: Русский путь, 2005.

Лепахин В. В. Золотой век сказаний о чудотворных иконах, М, 2008.

Лепахин В. В. Икона в русской словесности 19 - 20 веков. СЕГЕД, 2015.

Лосев А. Ф. Бытие. Имя. Космос. М.: Мысль, 1993.

Лосев А. Ф. Логика символа. Философия. Мифология. Культура. М., 1991.

Лосев А. Ф. Философия имени. Из ранних произведений. М., 1990.

Лотман Ю. М. Анализ поэтического текста: структура стиха. Л.: Просвещение, 1972.

Лотман Ю. М. О типологическом изучении литературы. Проблемы типологии русского реализма. М., 1969.

Лотман Ю. М. Структура художественного текста. М.: Искусство, 1970.

Лотман Ю. М. Успенский Б. А. Миф-имя-культура. СПб.: Искусство-СПБ, 2000.

Малыгина Н. М. Образы-символы в творчестве А. Платонова// Страна философов Андрея Платонова: проблемы творчества М.: Наследие, 1994.

Малыгина Н. М. Андрей Платонов: поэтика «возвращения»,

М.: ТЕИС, 2005.

Малыгина Н.М.Диалог Платонова с Достоевским//«Страна философов» Андрея Платонова: Проблемы творчества. Вып. 4. Юбилейный.М., ИМЛИ РАН, 2000, С.185.

Михеев М.Ю.В мир Платонова через его язык.М., 2003.

Мороз О. Н. Историософская концепция Андрея Платонова: вселенная-человек-техника. М.: Краснодар, 2001.

Мароши В. В. Роль мифологических оппозиций в мотивной структуре прозы А. Платонова//Эстетический дискурс. Семиоэстетические исследования в области литературы. Межвуз. Сб. Науч. Трудов.Новосибирск: НГПИ, 1991.

Мухин М.Ю.Лексическая статистикаи концептуальная система автора: М. Булгаков, В. Набоков, А. Платонов, М. Шолохов, Екатеринбург, 2010.

Неретина С.С.Никольский С.А.Порус В.Н.«Философская антропология Андрея Платонова», Москва, 2019.

Пастушенко Ю.Г.Мифологические основы сюжеты у А. Платонова (Роман«Чевенгур»): Дисс..канд. Филолог. Наук.М., 1998.

Пауткин А. А. В поисках сокровенного. Древняя книжность и иконопись в рассказе Н. С. Лескова«Сошествие во ад»//русская литература 19 века и христианство.М.: Изд-во МГУ, 1997.

Пенкина Е.О.Мифопоэтика и структура художественного текста в философских произведениях М. А. Булгакова. Автореферат дисс. Канд.Филолог.Наук.М., 2001.

Платонов А. П. Записные книжки.Материалы к биографии. М. ИМЛИ РАН, 2006.

Платонов А.П.Размышления читателя: Литературная критика. Статьи и рецензии.М., Советский писатель, 1970.

Платонов А. Живя главной жизнью. М.: Правда.1989.

Платонов А.П. http://platonov-ap.ru/novels/vzyskanie-pogibshih

Платонов А.П. Чевенгур: Роман и повести. М., 1988.

Платонов А. Избранные произведения. М., Экономика.1983.

Платонов А. П. Собрание сочинений, Том 3, М., Советская Россия.1984.

Платонов А.П. Повести и рассказы А.Платонова, Л., Лениздат, 1985.

Платонов А.П. Собрание сочинений: в 8 т. М., Время.2009-2011.

Платонов А.П. Котлован. СПб., 2000.

Платонов А.П. Ноев Ковчег. Драматургия. М., 2006.

Платонов А. П. Смерти нет! Рассказы и публицистика 1941-1945 годов. М., 2011.

Потебня А.А. О мифическом значении некоторых поверий иобрядов//Символ и миф в народной культуре. М.: Лабиринт, 2000.

Потебня А.А. Слово и миф. М.: Правда, 1989.

Пропп В.Я. Русская сказка. М.: Лабиринт, 2000.

Пропп В.Я. Русские аграрные праздники. М.: Лабиринт, 2000.

Пропп В.Я. Проблемы космизма и смеха. М.: Лабиринт, 1999.

Пропп В.Я. Змееборство Георгия в свете фольклора//Фольклор и этнография русского Севера. Л., 1973.

Радбиль Т. Языковые аномалии в художественном тексте: Андрей Платонов и другие. М., 2006.

Ристер В. Имя персонажа у А.Платонова//Russian Literature. Amsterdam, 1988.Т23.№2.

Рыбаков Б. А. Язычество древних славян. М.: Русское слово, 1997.

Савельзон И.В.Тенденции и судьбы： М. Булгаков, А. Платонов, Литература 1920-х годов, Оренбург： Изд. ОГПУ, 2007.

Сендерович С.Я.Георгий Победоносец в русской культуре.М.： АГРАФ, 2002.

Семенова С.Г. Николай Федоров.Творчество жизни.М.： Советский писатель, 1990.

Семенова С.Г.«Идея жизни» Андрея Платонова.М., 1988.

Семенова С. Г.Россия и русский человек в пограничной ситуации： военные рассказы Андрея Платонова// «Страна философов» Андрея Платонова： проблемы творчества. М., 2000. Вып. 4. С. 138-152.

Славина В. А. Загадка Андрея Платонова//В поисках истины： Литературный сборник в честь 80-летия профессора С.И.Шешукова.М.： Прометей, 1993.

Соколов Ю.М.Русский фольклор.М.： Учпедгиз, 1938.

Солдаткина Я.В.Мифопоэтика русского романа 20-30-х годов： "Чевенгур" А. П. Платонова и "Тихий Дон" М. А. Шолохова.Автореферат дисс. Канд. Филолог. Наук.М., 2002.

Спиридонова И.А. Икона в военных рассказах А.Платонова // Евангельский текст в русской литературе XVIII-XX веков. Цитата, реминисценция, мотив, сюжет, жанр. Вып. 7. Петрозаводск： Изд-во ПетрГУ, 2012.

Спиридонова И.А. О природе «сокровенного» в творчестве А. Платонова.//Евангельский текст в русской литературе 18-20 веков： цитата, реминисценция, мотив, сюжет, жанр. Выпуск 4. Петрозаводск, 2005.С 513-524.

Спиридонова И.А.Творчество А.Платонова： проблемы интерпретации художественного текста. Петрозаводск, 2012.

Спиридонова И. А. «Внутри войны» (поэтика военных рассказов А. Платонова). Петрозаводск, 2005.

Спиридонова И. А. Христианские и антихристианские тенденции творчества Андрея Платонова 1910-1920-х годов //Евангельский текст в русской литературе XVIII - XX веков. Цитата. Петрозаводск, Выпуск 3, 1994. С.348-360.

Спиридонова И. А. Мотив сиротства в «Чевенгуре» А. Платонова в свете христианской традиции//Евангельский текст в русской литературе XVIII - XX века. Цитата, реминисценция, мотив, сюжет, жанр. Петрозаводск.1998.

Толстая Е.Д. Мир после конца. Работы о русской литературе XX века М.: РГГУ, 2002.

Толстая Е.Д. Мир после конца: Работы о русской литературе XX века. М., 2002.

Толстой Н.И. Язык и народная культура. Очерки по славянской мифологии и этнолингвистике.М.: Индрик, 1995.

Толстой Н.И. Язычество древних славян//Очерки истории культуры славян.М.: Индрик, 1996.

Топоров В.Н. Миф. Ритуал. Символ. Образ: Исследования в области мифопоэтического.М.: Прогресс-Культура, 1995.

Топорков А.Л. Теория мифа в русской филологической науке 19 века.М.: Индрик, 1997.

Торопцев А.П. Святой Георгий Победоносец. М.: Бизнес - Пресс, 2005.

Успенский Л.А. Богословие иконы православной церкви.Изд-во западно-европейского экзархата. Московский патриархат, 1989.

Успенский Б.А. Семиотика искусства. М.: Школа «Языки русской культуры», 1995.

Фёдоров В.С. Феномен «сокровенного» - ключ к «тайнописи» А. Платонова // Вопросы филологии: Сборник научных трудов. Ульяновск, УлГТУ, 2002.

Федоров Н. Приговор и несколько слов в оправдание // Федоров Н. Собрание сочинений: В 4 т. Т. 2. М., 1995. С. 71-75.

Фёдоров Н.Ф. Сочинения. М., Мысль. 1982.

Федотов Г.П. "Мать-земля" (К религиозной космологии русского народа) // Судьба и грехи России: В 2 т. Т. 2. СПб., София. 1991. С. 67-83.

Флоренский П.А. Иконостас // Имена: Сочинения. М.: ЗАО Изд-во ЭКСМО Пресс, Харьков: Изд-во Фолио, 1998.

Фрейденберг О.М. Миф и литература древности. 2-е изд., испр. и доп. М.: Издат. фирма «Восточная литература» РАН, 1998.

Фрейденберг О.М. Поэтика сюжета и жанра. М.: Лабиринт, 1997.

Чалмаев В.А. Андрей Платонов. М.: МГУ, 1999.

Чичеров В.И. Календарная поэзия и обряд // Русское народное поэтическое творчество. М.: Учпедгиз, 1956.

Шепинг Д.О. Мифы славянского язычества. М., Гаудеамус. 2014.

Шеппинг Д.О. Русская народность в ее поверьях, обрядах и сказках. М., Либроком, 2012.

Шубин Л.А. Поиски смысла отдельного и общего существования. Об Андрее Платонове. Работы разных лет. М.: Сов. писатель, 1987.

Щепанская Т.Б. Культура дороги в русской мифоритуальной традиции XIX-XX вв. М.: «Индрик», 2003.

Щукин В. Христианский Восток и топика русской культуры.

Вопрос философии, 1995. №4.

Этингоф О.Е. Образ Богоматери. Очерки византийской иконографии XI–XIII веков. М.: Прогресс-Традиция, 2000.

Юдин. А.В. Русская народная духовная культура. М.: Вышая Школа, 1999.

Юрьева Л.М. Русская антиутопия в контексте мировой литературы. М.: ИМЛИ РАН, 2005.

Яблоков Е.А. На берегу неба (роман Андрея Платонова «Чевенгур»). СПб., 2001.

Яблоков Е.А. Мотивная структура рассказа Андрея Платонова «Неодушевленный враг» // Вестник МГУ. Сер. 9. Филология. № 5. 1999. С. 55–65.

Яблоков Е.А. На берегу неба: (роман Андрея Платонова «Чевенгур») СПб.: Дмитрий Буланин, 2001.

Яблоков Е.А. Homo Creator – Homo Faber – Homo Spectator: (тема мастерства у А. Платонова и М. Булгакова) // Russian Literature. 1999. Вып. 46. С. 185–205.

Запечатленная победа: ключевые образы, концепты, идеологемы. Материалы Международной конференции, посвящённой 70-летию окончания Второй мировой войны. СПб. Воронеж., 2016.

Материалы из Рукописного Отдела ИРЛИ (Публикация и примечания Е. И. Колесниковой) // Творчество Андрея Платонова: исследования и материалы, книга 3, Санкт-Петербург, Наука, 2004.

Реминисценция. Материалы из Рукописного Отдела ИРЛИ (Публикация и примечания Е. И. Колесниковой) // Творчество Андрея Платонова: исследования и материалы, книга 3, Санкт-Петербург, Наука, 2004, С. 472–473.

Роман Платонова А.П. «Чевенгур»: авторская позиция и контексты восприятия, Воронеж, 2004.

Страна философов Андрея Платонова: проблемы творчества. Выпуск 5. Юбилейный.М.: ИМЛИ РАН, «Наследие», 2008.

Творчество Андрея Платонова. Исследования и материалы. СПб.1995, 2000, 2004, 2008.

Православная энциклопедия: http://www.pravenc.ru/.

英文文献

Banerjee, A., *We Modern People: Science Fiction and the Making of Russian Modernity*, Middletown: Wesleyan University Press, 2012.

Billington, James H., *The Icon and the Axe: An Interpretive History of Russian Culture*, New York: Vintage Books/Random House (NY), 1966.

Bullock, Ph., *The Feminine in the Prose of Andrey Platonov*, Oxford, 2005.

Gordan, M., *Andrey Platonov*, Manchester, 1973.

Gillet, Lev, *Orthodox Spirituality: An Outline of the Orthodox Ascetical and Mystical Tradition*, St Vladimirs Seminary Pr., 1978.

Holt, K., "Collective Authorship and Platonov's Socialist Realism", *Russian Literature*, Vol.73, 2013.

Livingstone, A., *Fifty Poems from Chevengur: Transposition into English Verse of Fifty Passages from Andrei Platonov's Chevengur*, Clacton: Gilliland Press, 2004.

Meerson, O., *Dostoevsky and Platonov: The Importance of the Omitted*, Columbia University, 1991.

Naiman, E., "The Thematic Mythology of Andrej Platonov", *Russian Literature-Amsterdam*, 1987.

Platonov, A., *Soul and Other Stories*, trans. Robert and Elizabeth

Chandler, Vintage, 2013.

Platonov, A., *The Return and Other Stories*, trans.A.Livingstone, R. and E.Chandler, London: Harvill Press, 1999.

Seifrid, T., *Andrey Platonov*, Cambridge, 1992.

Teskey, A., *Platonov and Fedorov: Influence of Christian Philosophy of Soviet Writer*, Amsterdam, 1982.

后　　记

　　2012—2016 年，我在北京大学攻读俄罗斯文学博士学位，本书第三、四章便是由博士论文《普拉东诺夫战争小说宗教母题研究》修改而成。近年来，我的关注视野扩大到作家的整体创作，因此，在普拉东诺夫战争小说研究基础上又增加了聚焦作家早中期创作的第一、二章。2021 年，拙著有幸获得中国社科院创新工程学术出版资助。这本书就像我的第三个孩子，从确定博士论文选题到答辩再到扩充完善，跌跌撞撞一路走来，掐指一算，竟历时十个寒暑。如今，书稿马上付梓出版，我的内心竟没有太多如释重负的轻松和欣喜，更多的是诚惶诚恐，如履薄冰。

　　本书的出版首先要感谢我的博士导师赵桂莲教授。赵老师不仅带领我走进俄罗斯文学研究的大门，指导我顺利完成论文答辩，在书稿写作过程中亦多次为我排解迷茫，解答困惑。书稿通过所学术委员会审核后，我怀着忐忑的心情请赵老师作序，她百忙之中欣然应允。如今这篇沉甸甸的序言已经呈现在读者面前，我想这既是对我过去数年间学术研究的总结与评点，更是对我未来从事科研工作的鼓励和鞭策。至今仍清晰记得赵老师在我刚入职外文所时对我的提醒：孩子长大以后不会记得你曾为他洗衣做饭，不要让自己淹没在没完没了的家务中。现在想来，赵老师的"警告"是多么及时啊！感谢我的硕士导师宁琦教授一直以来对我的关爱，亦师亦友的宁老师始终是我为人为学的榜样。每当我身处人生低谷之时，宁老师的一席话总能让我重拾信心。这些年的成长掷地有声地验证了宁老师对我说的那句"为母则刚"。我在圣彼得堡大学进修时的导师 Ольга Богданова 教授每周一次面对面的指导令我受益匪浅，普希金之家的普拉东诺夫研究专家 Елена Колесникова 研究员在科研和生活上给予的帮助均令我难忘。一日为师终身为母。老师们开阔的学术视野，值得我终身学习。除了要发自内心尊敬老师们，更要以实际行动将老师们的教诲落实在学问和人生中，这才是做学生的本分！

感谢外文所学术委员会的老师们和外审专家们对书稿提出的宝贵修改意见，尤其要感谢程巍老师和吴晓都老师对拙著存在问题的用心指点和善意提醒。感谢外文所提供的专业科研平台和浓厚学术氛围，感谢俄罗斯室的诸位同事以及所有关心我个人成长的同事们！

需要指出的是，从申请出版资助到书稿付梓出版，恰逢我身在挂职岗位上，因此，我还要感谢我的领导和同事甄老师，她承担了过于繁杂和沉重的工作，却时常提醒我，勿忘自己的专业。在完成挂职日常工作之余还能抽出时间完善书稿，实在是多亏了甄老师对我的鼓励和担待！

当然了，最想感谢的是无怨无悔支持我的家人，他们以各自力所能及的方式为我解除后顾之忧。父母公婆总能在我有需要时第一时间伸出援手。爱人在背后默默支持我，是我安心读书做学问的坚实后盾。哥哥总能在我人生的重要关口为我提供可行性的建议。尽管平日联系不多，但是哥哥像一座灯塔，始终指引着我的精神成长。两个懂事又可爱的孩子无疑是我前行路上最大的动力！

本书部分章节曾发表于《外国文学研究》《解放军外国语学院学报》《中国俄语教学》等刊物，感谢这些刊物提供的宝贵版面，感谢责任编辑和外审专家们提供的修改建议。感谢外文所科研处同事文博在本书申请出版资助的过程中付出的辛劳。本书责任编辑慈明亮老师的专业素养和耐心细心，以及校对、排版、封面设计等各个环节的通力配合是本书得以问世的重要保证。在此一并感谢！

由于本人才疏学浅，能力有限，本书错讹之处难免，敬请批评指正！

壬寅年初春于北京和平村